古典文獻研究輯刊

二二編

曾永義 主編

第 4 冊

北宋前期貶謫文化與文學

趙雅娟 著

國家圖書館出版品預行編目資料

北宋前期貶謫文化與文學／趙雅娟 著 -- 初版 -- 新北市：花
木蘭文化事業有限公司，2020〔民 109〕
目 4+246 面；19×26 公分
（古典文學研究輯刊　二二編；第 4 冊）
ISBN 978-986-518-174-1（精裝）
1. 中國文學史 2. 宋代
820.8　　　　　　　　　　　　　　　　　　109010543

古典文學研究輯刊
二二編　第四冊　　　　　　　ISBN：978-986-518-174-1

北宋前期貶謫文化與文學

作　　者　趙雅娟
主　　編　曾永義
總 編 輯　杜潔祥
副總編輯　楊嘉樂
編　　輯　許郁翎、張雅淋　美術編輯　陳逸婷
出　　版　花木蘭文化事業有限公司
發 行 人　高小娟
聯絡地址　235 新北市中和區中安街七二號十三樓
　　　　　電話：02-2923-1455／傳真：02-2923-1452
網　　址　http://www.huamulan.tw 信箱 hml810518@gmail.com
印　　刷　普羅文化出版廣告事業
初　　版　2020 年 9 月
全書字數　221802 字
定　　價　二二編 9 冊（精裝）台幣 22,000 元　　　　版權所有・請勿翻印

北宋前期貶謫文化與文學

趙雅娟　著

作者簡介

趙雅娟（1978～）籍貫：陝西蒲城，文學博士，廣東潮州韓山師範學院文學與新聞傳播學院講師，研究方向：唐宋文學；貶謫文學。發表文章有：《「觀象」與「表徵」：莊子與本雅明的寓言理論比較》，《「弱德之美」——秦觀詞的文化意義探究》，《「屈於身不屈於道」——論「三黜」對王禹偁文化人格形成的影響》等。

提　　要

　　本書以北宋前期貶謫文化與文學為研究對象，將貶謫制度與貶謫文學的研究相結合，採用文史互證、定量分析與文本細讀的方法，注重還原北宋前期貶謫制度之制定、實施的文化背景及其特點，關注其對貶謫官員與貶謫文學的影響，考察此階段貶謫文學的內容及其藝術特色。由此兩方面之關聯溝通，揭示北宋前期貶謫制度、文化與北宋前期貶謫文人主體精神的重塑、政治節操的作成之間的關係。北宋前期貶謫文人在理論與實踐上較為有效地解決了「道」與「位」、「進身」與「行己」的問題，他們在面對貶謫時所表現出的鮮明的主體意識與高尚的政治氣節，給宋代後期經歷貶謫的士大夫們以思想和行動上的借鑒與支持。

　　本文共分六章，第一章著力於北宋前期政治文化背景的梳理，以及在此背景下貶謫制度的制定、實施及影響。北宋在統治初期就採用右文政策，「以文立國」。宋朝歷代君主都注重科舉制度的實施，並致力於拔擢寒門，培養和使用通過科舉制度脫穎而出的士人，並立下了「不殺士大夫及上書言事人」的祖宗家法。在此種情況下，貶謫成為懲罰官員失職和過錯的唯一選項。而貶謫制度的制定既嚴密，又有很大程度上的人性化，所謂「以仁義為本，綱紀為輔」。大部分官員在被貶謫之後會很快得到量移，或者重新恢復使用，正是「以寬大養士人之正氣」。真宗統治時期又實施了極具宋代特色的臺諫制度。臺諫官以風節自勵，能夠主持公議、知無不言，顯著地起到了激勵士風的作用。士大夫之間砥礪士氣，直道而行，即使面對貶謫也能從容以對，體現了北宋前期逐漸形成的士大夫群體的高尚節操與錚錚風骨。

　　第二章就北宋前期貶謫制詔與貶官謝表的體例淵源、撰寫機制及文化影響進行考察。在宋代貶謫制度中，貶謫制詔與謝表的撰寫，是貶謫事件形於文字的重要制度性規定。通過貶謫制詔的下行與貶官謝表的上達，最高統治者與被貶官員完成了一次懲戒與接受在程序及思想上的互動。制詔文書在宋代成為應用性與文學性兼具的特殊文體，受到高度重視。貶謫制詔草制過程中辭令上的斟酌，主要基於政治上的考慮。撰寫制詔的知制誥本人的胸懷、個性以及他與被貶謫對象的關係也會影響到貶謫制詔的措辭。謝表雖是例行性的文書，但宋代謝表書寫具備非常強的個性色彩和文學特徵。宋代前期的貶官謝表不但在內容和境界上顯示出耿介與自尊的士人主體性意識，同時還自覺地以其文學理想改造了謝表的傳統體式，使得謝表在內容與形式上都具備了一定的時代特徵。可以說，貶謫官員的謝表不僅是宋代文人用於自我辨誣的工具，也是在複雜的權力鬥爭格局中文儒臣僚立身行世，彰顯大臣氣象及士大夫人格魅力、生存價值意義的文化載體或者文化象徵。

　　第三章通過分析北宋前期貶官及其貶地的基本數據，以瞭解北宋前期貶官概況，同時對此階段文士貶謫事件發生的時代背景、文化氛圍、事件性質進行梳理。根據對文士貶謫原因、被貶職務、貶謫地等情況的數據統計，宋太祖、太宗、真宗、仁宗四朝貶謫官員人數不斷增加，一方面說明文職官員總數增加，另一方面說明貶謫成為對文職官員的主要處罰方式。從貶謫區域看，北宋四朝被貶官員大部分集中在京西路、淮南路、江南路等地理位置及經濟條件較好的

地區，這是因為北宋奉行優禮文士政策，使得其對於士大夫官員的懲罰，總體呈現出寬容態勢。在貶謫制度的實施上，對於有罪的臣下多「止於罷黜」，且於罷黜之時還採取「撫之以仁，制之以義」的政策導向。這就決定了北宋朝廷在一般情況下很少把官員貶往嶺南。有些官員即使貶往嶺南，也會很快召回，並重新受到重用。在這種政治文化環境下，宋代士大夫的精神氣質、貶謫心態與唐代的貶謫文人截然不同。他們對待貶謫的心理範式與行為模式也由唐代的抑鬱不平、彷徨失意漸轉為心胸開闊、寵辱不驚。

第四、五章分別討論貶謫對士人主體精神之重塑及政治氣節之作成方面的推動作用。太宗時期的王禹偁在經歷貶謫的痛苦之後，認為士人在面臨「道高位下」的現實狀況時，仍應追求實現自己的人生價值，即「垂之於文章」，把自己的人生追求與道德信念建立在文學創作之上。歐陽修在被貶夷陵、滁州時，注意文、道兼顧，著意突出文學與學術的價值，注重推動士風的變革和政治實踐。蘇舜欽因「奏邸之獄」而被除名的經歷使他創造了「滄浪亭」這個關於貶謫的新的文化意象。而精神和現實的自我放逐，也使他開始思考「有道之人」有「位」與無「位」時的內心應對。貶謫的困厄境遇客觀上是一次人生的契機，大大激發了士大夫對自身生命意義和個體價值的探求衝動，這種宗教般的自我救贖歷程也賦予宋代文人獨特的文化性格，即在溫潤之中不失剛健之氣，困境之中不乏超越之思。北宋前期文人身處貶謫的種種行動，來自於不依附皇權的行道意識和人格獨立意識，標誌著宋代士大夫主體意識的覺醒與重塑。

范仲淹因直言進諫而歷經「三黜」。他在貶謫期間「興學利民」、專心政務，並寫下《桐廬嚴先生祠堂記》以思考封建皇權之下君臣的相處之道。他以「寧鳴而死，不默而生」的強烈的擔當精神和具體的實際行動，以極具感召力的「以天下為己任」的精神境界成為北宋前期士大夫群體的精神領袖。在與保守派官僚的鬥爭中，認同改革的士大夫為了救免被貶謫的范仲淹而不惜「自請貶謫」。這種剛直不屈的忘我精神卻被政敵誣之為朋黨。儘管歐陽修撰《朋黨論》、范仲淹為宋仁宗當面解釋過「朋黨」問題，但保守派依然憑藉專制皇權對於朋黨天然的猜忌和排斥心理，將支持范仲淹、力主改革的士大夫以「朋黨」的罪名貶謫出京。而「慶曆新政」也在政敵的攻擊之下半途夭折。范仲淹在無奈之下退居鄧州，寫下千古名文《岳陽樓記》。范仲淹及其追隨者們崇高的政治氣節和精神境界對北宋及後世產生了極其深遠的影響。但此時產生的「朋黨之論」也對北宋後期的政治生態造成了潛在的負面影響。

第六章總論北宋前期的貶謫文化與文學。北宋前期的貶謫文學，不但數量多，而且成就高。王禹偁、歐陽修、蘇舜欽、范仲淹等人均在貶謫期間創作出了他們的代表作品。從王禹偁《黃州新建小竹樓記》到歐陽修《醉翁亭記》再到范仲淹《岳陽樓記》，都印證了這樣一種文統與道統合一的過程。這也標誌著文人士大夫由原來近似附庸的注經者，漸趨轉化為彰顯價值自信和主體自覺意識的明道、傳道者。這樣的文學必然產生於彼此適應的文化當中。北宋士大夫普遍認為自己身處明時，貶謫的經歷促使他們深入思考得位與行道的關係，並因此具備了鮮明的主體意識。他們認為，即使宦途坎坷，失去行道之位，也並不意味著人生就失去了價值感，因為他們還可以「以文行道、修身行己」。相比於唐朝及以前的貶謫文人心態，宋代貶謫文人認為「不以物喜，不以己悲」的超然心態，才是君子之道的體現。同時，鮮明的主體意識與高尚的政治氣節，使他們具有強烈的擔當精神和責任感，為了道之能行，能夠勇敢地面對甚至主動選擇貶謫。這種精神財富也給宋代後期經歷貶謫的士大夫，如蘇軾、黃庭堅等人以借鑒和支持，使他們在身處貶謫時能夠擺脫壓抑與失落的情緒，積極鎮定的尋找屬於士大夫自身的價值與尊嚴。

韓山師範學院博士啓動項目：貶謫視域下的北宋前期文學與文化研究，項目編號：QD20191013

目

次

緒　論

一、研究對象、目標及研究方法

　　本書以北宋前期貶謫文化與文學為研究對象。北宋前期具體指的是北宋太祖、太宗、真宗、仁宗四朝〔註1〕。從時間段的選擇來看，北宋前期是北宋政治制度與文化形成的重要歷史階段，同時也是北宋貶謫制度形成的重要階段。北宋特殊的國情導致了北宋「以文立國」「不殺士大夫及上書言事人」的國家治理策略。這種治理策略又加強了貶謫制度對於北宋控制和管理文官的重要性。北宋前期大量的官員因為種種原因曾經遭受貶謫的處罰。貶謫制度的制定與實施顯然對他們的生存狀態與心理狀態有著非常現實的影響。宋代前期官員基本都是平民出身，國家政策與社會文化對進士的尊崇使這些由民到官的士人對本朝產生了強烈的認同感，同時也產生了強烈的社會責任感。

〔註1〕這裡關於北宋前四朝的歷史分期依據，主要參照了學術界比較通行的北宋歷史分期觀念並結合北宋貶謫文學自身的演進過程，而綜合做出的選擇。比較有代表性的觀點，如錢穆先生在《國史大綱》（商務印書館，1996 年版）中論述宋初貧弱的新中央政權時，即將宋初時間段定在前四朝。鄧小南教授在《祖宗之法：北宋前期政治述略》（北京三聯書店，2014 年版）一書中，也是將北宋前期定位在前四朝。在宋代文學研究領域，較有代表性的論著，如張興武教授在《宋初百年文學復興的歷程》（中華書局，2009 年版）中，將研究的時限定在上起建隆元年（960），下到嘉祐二年（1057）歐陽修權知貢舉之時，可以視作將宋初時間定在前四朝。此外，孫望、常國武教授主編的《宋代文學史》（人民文學出版社，1996 年版）、孫康宜、宇文所安主編《劍橋中國文學史》（北京三聯書店，2013 年版）、成瑋《制度、思想與文學的互動——北宋前期詩壇研究》（復旦大學出版社，2013 年版），也是將宋初定在太祖、太宗、真宗、仁宗四朝。

在這種情況下，士人開始從五代時期「身事數朝」的常態，轉向追求政治節操，直道事君，「屈於身不屈於道」。他們在遭遇貶謫之後力求作文施政文道兼具，體現出「先憂後樂」的憂患意識和強烈的政治責任感、歷史使命感，形成了與之相應的貶謫文化。從宋代前期貶謫文人的行為模式來看，宋代貶謫文人「雖都寄希望於『得君行道』，但卻並不承認自己只是皇帝的工具，而要求與『皇帝』共治天下，最後的權源雖在皇帝手上，但『治天下』之權並非皇帝所能獨佔，而是與『士』所共同享有的。」〔註2〕這些貶謫官員以自己的文學創作和文化行為模式為宋代政治文化的發展奠定了良好的基礎。而北宋後期士大夫文化與北宋前期士人行為模式具有直接的傳承關係。宋代士人的主體精神（包括文化主體、道德主體和政治主體）重塑的過程是伴隨著宋代前期士人的貶謫生涯而不斷發展和成長的。研究宋代前期貶謫制度與貶謫文學，對於我們瞭解制度與文化及士風文風的關係具有非常重要的作用，對我們現代社會重建中華民族文化精神也具有一定的借鑒意義。

貶謫文學是集政治、文化、文學及地理於一身的比較複雜的研究對象，最近這些年來，關於宋代貶謫文學的研究論著取得了一定的成果。這些研究成果，從內容上來看，基本是從歷史文化、貶謫地域、貶謫心態或者創作體裁的角度展開論述。從研究對象上看，主要以家族、師友群體或個人來進行分析探討。從目前的研究文獻來看，還沒有博士論文或其他論著從貶謫文化特別是貶謫制度的角度切入貶謫文學研究。宋代「以文立國」，奉行重文抑武的基本國策，廣泛推行科舉制度，大量出身平民的文士通過進士科晉身入仕，因此宋代士大夫的人生經歷、文學創作與仕宦的黜降沉浮密切相關。從宋太祖「不殺士大夫」的祖宗家法開始，如何對廣開科舉情況下由文入仕的眾多官僚士大夫進行有效的任用、治理，就成為宋朝行政管理的重中之重。我們從宋太祖、太宗立國之初即著手構建的官僚政治體制，可以看出宋代為加強對文官的任選、考核、監察而逐步推行了相當複雜完備的考課、磨勘、臺諫及貶黜制度體系。這些完善的職官制度，特別是對文官進行懲戒的貶謫制度（包括貶謫、量移、敘復等），使得宋代文人士大夫的政治活動與其貶謫境遇及其文學創作之間產生了密切的聯動效應。可以說，宋廷嚴密精細的貶謫制度及相對有效的政令實施，促使貶謫文學成為貫穿兩宋王朝、令人持續關注的文化現象。就此而言，探究貶謫文學這一文化現象特別是北宋

〔註2〕余英時：《國學與中國人文》，廣西師範大學出版社，2014年版，第65頁。

前期遭貶士人的文化心態、生命境遇及其文學創作意義重大。從文獻資料上看，宋代文化發達，關於貶謫制度和貶謫文人文學創作的文獻資料留存也較豐富。因此，我們研究北宋前期貶謫文化與文學，具有理論上的必要性和操作上的可行性。

本人的研究目標在於通過對宋代前期貶謫文化，特別是貶黜制度與貶謫文學的研究，明確宋代前期貶謫文化的形成過程與具體形態，以及在此種文化影響下宋代前期貶謫文人的生活狀態、心理狀態及文學創作的實際情況，揭示宋代前期貶謫文化、制度與宋代貶謫文人主體精神、政治節操的確立之間的相互關係。並在此基礎上，研究宋代貶謫文人文學創作的具體實踐，以及宋代前期貶謫文人通過自身貶謫期間的文學作品與政治作為、立身行事對當時宋代政治文化的影響，及對北宋後期政治與文學的影響。可以說，貶謫事件給當時文人的現實生活、思想觀念帶來強烈的衝擊，這些衝擊和變化促使他們認真思考和反省自己的處境，這樣如何在政治事功的挫折逆境中尋求主體精神的內在超越、自我充實，以重建獨立的文化人格、自足的精神世界就成為士人的當務之急和普遍心態。比如，王禹偁在經歷了貶謫的痛苦後，認識到除了追求政治地位之外，文人儒生還可以在「道高位下」的情況下，將自己的人生追求與道德信念「垂之於文章」。歐陽修在初次被貶夷陵時，注意文、道兼顧，著意突出文學與學術的價值，注重士人作為文化主體與道德主體的精神重建。

研究方法方面，本書採用文史互證、文本細讀的方法，注重還原宋代前期貶謫制度的制定、實施的文化背景及其特點，以及其對貶謫官員與貶謫文學直間或間接的影響。在貶謫制度研究方面，採取計量統計的方法，儘量全面搜集宋代前期貶謫文人的數據資料，以準確的還原宋代貶謫制度的全貌。在此基礎上，通過對宋代前期貶謫文學進行細讀和研究，探討貶謫制度對貶謫文人創作心態及行為模式的影響。在研究貶謫文學之前，為了更好的展現貶謫文人生活狀態對文學創作的影響，本書在貶謫事件發生的具體情況及朝廷如何處理此類事件方面給予較大的關注，與此相應的也關注貶謫官員對於來自朝廷的這種懲罰的反應和應對。研究北宋前期每個階段的政治生態狀況，爬梳文獻資料來瞭解此階段文人被貶的原因，根據被貶詔書措辭以及處罰力度來分析被貶文人的實際生活處境；細讀貶謫文學文本，總結此階段貶謫文學的內容及其藝術特色，由此兩方面研究的結合，來展示宋代前期貶謫文化的特殊性與共通性，並發掘和分析此一時期所形成的貶謫文化和文學特

色，及其對當時和後世的影響。指出貶謫這種經歷對入仕文人的政治道德操守、文學創作所產生的直接或間接的作用，對我們全面瞭解宋代文人士大夫文化的形成以及宋代文學發展的脈絡能夠起到追根溯源的作用。

二、研究現狀與存在的問題

「貶謫文學」是一個牽扯很多方面的概念，它包括了政治制度、政治事件、文人身份、貶謫地區、貶謫群體等一系列互相交織的問題。要研究「貶謫文學」，我們就必須對此有一個比較準確的界定。尚永亮教授在《貶謫文化與貶謫文學——以中唐元和五大詩人之貶及其創作為中心》中提到：「所謂貶謫文學，大致由三大部分組成。第一部分是貶謫詩人在謫居期間創作的文學作品，這是貶謫文學的主體；第二第三部分則是貶謫詩人在謫居前後以及非貶謫詩人在送別贈答、追憶述懷時創作的有關貶謫的文學作品，這是貶謫文學的側翼。」〔註3〕他對於貶謫文學這一概念的界定，既考慮到時間段這一層面，又兼顧到內容這一層面，在概念界定上更為全面準確。我們在總結宋代貶謫文學研究時，就以此界定為基礎來觀照和選擇總結的範圍。

相對於唐代貶謫文學研究的成熟度，宋代貶謫文學的研究還有待於繼續深入。但近年來也出現了不少成果，我們可以從多個方面來總結一下宋代貶謫文學的研究成果。

首先，從研究所涵蓋的廣度來看，我們可以看到有學者對宋代貶謫文學形態進行了總的描述和研究。其中代表性的論文有尚永亮、錢建狀《貶謫文化在北宋的演進及其文學影響——以元祐貶謫文人群體為論述中心》，這篇文章以北宋最具代表性的元祐貶謫文人群體為論述的中心，在與唐代貶謫文學現象對比的情況下，詳細分析了元祐黨人遭貶的原因即激烈的新舊黨爭，以及由此引起的貶謫文人的險惡處境。在這種處境下貶謫文人群體的應對措施即自我保護意識的增強，以及這種保護意識對於文學創作的影響。同時作者通過對貶謫文人貶謫期間作品內容的分析，指出宋代元祐貶謫文人群體在心態上分為兩類，一類是以秦觀、蘇轍、鄒浩等為代表的憂怨苦悶的心態，這類文人在很大程度上仍然重複著唐代逐臣曾經演繹過的心路歷程。第二類則是由蘇軾、黃庭堅為代表的雖然置身逆境但心態曠達具有超越意識的文人。

〔註3〕尚永亮：《貶謫文化與貶謫文學——以中唐元和五大詩人之貶及其創作為中心》，蘭州大學出版社，2004年版，第256頁。

雖然他們二人由於人生哲學的差異導致在貶謫心態上也有一些差異，但他們「在遭貶處窮之際，通過心理的調適，力圖擺脫煩惱的糾纏與外物的束縛，讓內心歸於平靜、安寧，係蘇黃二人共通的心理訴求。而這種心理訴求，反映在審美情趣上，就是對「中和」的肯定，反映在文學創作上，就是對平淡風格的追求。」〔註4〕全文通過對元祐貶謫文人群體的分析，對北宋貶謫文化進行了定位，認為「北宋，特別是北宋中後期，乃是唐宋之際貶謫文化的分水嶺。」〔註5〕他們認為在「蘇黃等人詩文中體現出的這種文化趨勢，一方面改變了北宋貶謫士人的精神風貌，使得無畏、超越、樂觀成為宋代貶謫文化的核心內容；另一方面，它打通了價值實現的另一途徑，使得宋代諸多遭貶士人於逆境中重新發現生命的意義、審視生命的內涵。⋯⋯儘管貶謫文化在宋代的演進，至南渡之初，再起波瀾，但就其基本內涵來說，卻沒有逸出北宋的範圍」。〔註6〕這篇長文雖然從元祐貶謫文人群體切入，沒有涉及宋代其他貶謫事件和貶謫文人的創作，但由於其選擇的典型性，論述的深入和透徹，給後來的宋代貶謫文學研究指出了方向。復旦大學吳增輝的博士論文《北宋中後期貶謫與文學》則主要關注北宋中後期的貶謫與文學的關係。論文根據北宋中後期的歷史背景，以儒學復興的演變、南北地域文化的衝突、士人心態的衰變及詩歌風格的流轉為主要線索，對此期的貶謫與文學間關係進行了較為深入的探討。從新舊學術的歧異、南北地域文化的衝突來分析北宋中後期黨爭以致導致貶謫事件頻發的深層原因，並將貶謫文人分為熙豐、元祐、紹聖至徽宗朝三個階段，分析和總結了三個階段不同的貶謫事件和政治風波導致的貶謫文人不同的心態與文風，以及這種心態的形成過程和表現特徵。論文特別分析了蘇黃貶謫文化人格的典範意義，以及貶謫事件造成的對後世詩壇發展的影響。因為北宋中後期是黨爭導致的貶謫高發期，其內容龐雜，千頭萬緒，人物眾多。作者從多角度切入論題，論述內容全面多樣，哲學、文化、心態、文學、對後世影響均有涉及，整體分析和個案分析相結合，是一部內容特別豐富的博士論文。

〔註4〕尚永亮、錢建狀：《貶謫文化在北宋的演進及其文學影響——以元祐貶謫文人群體為論述中心》，《中華文史論叢》，2010年第3期，第222頁。

〔註5〕尚永亮、錢建狀：《貶謫文化在北宋的演進及其文學影響——以元祐貶謫文人群體為論述中心》，第225～226頁。

〔註6〕尚永亮、錢建狀：《貶謫文化在北宋的演進及其文學影響——以元祐貶謫文人群體為論述中心》，第225～226頁。

　　浙江大學趙忠敏的博士論文《宋代謫官與文化》是從整個有宋一代出發討論宋代貶謫官員與文化的關係。論文首先給自己的論述對象一個明確的界定：即有貶謫經歷的宋代官吏，二是宋代謫官的文學創作。在這個界定的基礎上，作者分析了宋代貶謫事件的演變歷程及其特徵，宋代謫官的現實處境及其生存狀態，他們面對困境的表現和安頓之道，並進而分析了他們的處窮哲學，最後一章則集中分析宋代謫官的文學創作特徵。作者認為宋代貶謫文學的特徵在於追求「平淡美」。「『平淡美』已經與人格境界日益趨於一致，它不僅表現為風貌的淡泊、情感的沉潛、韻味的深遠，還擺脫了為文造情的窠臼，呈現出隨心所欲而自造平淡的特點。因此，士大夫以貶謫為契機所闡釋的平淡詩風，不僅是實現了對前人的超越，也為宋詩日後的走向產生深遠影響。」〔註7〕這篇博士論文是目前唯一一篇全面論述宋代貶謫文學的博士論文，其內容涉及政治、文化、地域、哲學思想及文學創作，是比較有分量的一部論文成果。整體性研究還有蘭州大學夏向軍的碩士論文《北宋貶謫詞研究》，他從文獻出發梳理了北宋詞人遭貶的原因、時間和地點並分析了貶謫給北宋文學帶來的影響，總結了宋代貶謫詞的各種特徵：即詞的功能的轉化；詞的題材和內容的豐富；藝術更為成熟；以及詞風趨向多元化。第四部分透過貶謫詞分析北宋被貶詞人的種種心態，並進一步探究形成這些心態的內部和外部原因，而且對北宋詞人與唐代士人貶謫心態成因作了比較研究。蘭州大學李傑的碩士論文《南宋貶謫詞研究》，這篇論文主要對南宋貶謫詞進行全面的勾勒描繪，分析南宋貶謫詞中所呈現的三大類情感：家國之念與黍離之悲、壯志難酬與愛國之情以及拘囚憂憤與思鄉愁苦之情，力圖還原南宋貶謫詞的真實面貌，論述其在詞體演進的過程中，汲取屈原以來各朝文學精華的基礎上達到了內容與藝術的完全成熟。這兩篇碩士論文都以貶謫詞為研究對象，填補了貶謫詞研究方面的不足。〔註8〕

　　有些論者把唐宋兩朝作為貶謫文化演進的一個整體過程進行研究，這方面代表性的論文成果有尚永亮教授《唐宋貶謫詩的發展與嬗變》（《山西大學學報》，2007年第3期），這篇論文認為唐宋兩代是貶謫事件高發、貶謫詩歌創作勃然興起的朝代。作者分別論述了唐代貶謫詩的幾個階段，總結出唐代

〔註7〕趙忠敏：《宋代謫官與文化》，浙江大學2013級古代文學博士論文，第260頁。
〔註8〕關於宋代貶謫文學整體研究的還有趙彩娟的《關於宋朝「貶謫」文學的分析》（《語文建設》，2013年第5期），周尚義的《北宋貶謫詩文論略》（《四川師範學院學報》，2003年第2期）等。

貶謫詩悲涼鬱憤的特點，也通過對宋代各個時期不同貶謫文人詩歌創作的分析，總結了宋代貶謫詩歌是在逆境中走向超然的特點，進而將兩者進行比，得出宋代貶謫詩歌風格不同於唐代的三個特點，即「趙宋王朝有優待文士的政策。二是宋人更重視心性的修養和志節的持守，使詩學方向發生了變化。」張英《宋代詞人貶謫與詞體的「詩化」》（《文藝評論》，2011 年第 4 期）則把宋代詞體的「詩化」與宋代詞人貶謫聯繫起來，認為詞體的「詩化」首先是因為詞人被貶謫後詞體的抒情主人公由女變男，由歌女變成了詞人自己；從詞情看，作為貶謫者的主人公情感內涵由窄變寬，由「假」變「真」，詞人的個性開始顯現出來。可見詞人遭遇貶謫是詞體「詩化」的一個重要原因。這篇論文提法比較新穎，也為我們思考詞體「詩化」的問題提供了新的視角。

　　還有學者從貶謫心態的角度來進行研究，如張文靜《唐宋貶謫文人的自我精神重建》（《天水師範學院學報》，2006 年第 6 期），作者認為貶謫是中國古代知識分子的一種特殊存在形態，唐宋時代文人遭遇貶謫的現象十分普遍，但貶謫文人在此期間的文學作品卻是光彩照人的。這主要是因為他們將仕途的不幸轉化為文學精神的昇華，把文學創作看成是他們生命的另一種存在形式，以此為動力而進行他們精神世界的定位與重建。〔註9〕

　　其次，從個體作家的角度進行研究，這方面的研究則比較集中於宋代的著名文學家，如蘇軾、黃庭堅、王禹偁、李綱、秦觀等人。但其內容非常豐富多樣，有不同的創作體裁的研究。比如巨傳友的《東坡貶謫詩的意趣及其表現特徵》（《懷化師專學報》，2002 年第 1 期），論文提出蘇軾繼承了宋初柳、石、歐、梅等詩人尚理重意的特點，但由於貶謫經歷的影響，他的貶謫詩表現出不同的意趣，即渴望回歸自然與追求個性自由的野趣；富有生命意識的哲理思辨之趣；「含著眼淚微笑」的諧趣，這些意趣的表現特徵則是靈思妙悟、體物傳神、運思自由。他認為：「蘇軾在總結前人經驗的基礎上，使他的詩突破了意理的狹隘性，將個人的思想、經驗、品格都融入其中，使意的內涵最大化。他主張『詩以奇趣為宗』，注重對趣的追求，崇尚柳宗元的『至味』『奇趣』，李白的『天工』『清新』，表現出對唐詩的揚棄，他力圖將唐詩的情韻融入宋詩的意中，創造一種具有味外之味的意趣。蘇軾對意趣的追求與表現，形成了宋詩以意趣取勝的風尚。崇寧、大觀年間蘇軾貶謫海

〔註9〕 其他類似的論文還有張春美的《困境中精神家園的守護——從貶謫心態看貶謫文學的思想內容》（《中學語文》，2010 年第 11 期），劉勇的《窮達皆能為國憂——論唐宋貶謫文學的濟世心態》（《牡丹江大學學報》，2010 年第 6 期）等。

外的詩盛行，『士大夫不能誦坡詩者，便自覺氣索』，這與蘇詩深厚的意趣是分不開的。」〔註 10〕類似內容的還有梁梅的《禪宗的幽默與蘇軾的諧謔貶謫詩》（《巢湖學院學報》，2012 年第 5 期）等。李寅生的《試論黃山谷的兩次貶謫及其貶謫詩》（《河池師專學報》，1996 年第 4 期）則是通過分析黃庭堅兩次貶謫期間的生活狀態與詩歌創作，論證了黃庭堅兩次貶謫期間的詩歌藝術特色，以及所反映的貶謫心態。他認為「從黃山谷的兩次貶謫及其貶謫詩中可以看出，黃山谷是中國文學史上葬身貶所的詩人之一。在兩次貶謫中，他的生命由沉淪、磨難而一步步被貶值、被拋棄。他的心理也由幽憤、焦慮而一步步發展為孤獨、苦悶。但是，黃山谷畢竟是精熟於老莊著作和佛經的詩人，儘管苦悶一直與他始終相隨，但他外冷內熱，外柔內剛，往往能以達觀的態度對苦悶加以克制，心情始終保持著清靜淡泊。在兩次貶謫期間，黃山谷是懷著一種自足的優勝心理來看待昔日自身的坎坷和今日自身之不幸的。」〔註 11〕福建師大賴世賢的碩士論文《黃庭堅貶謫時期尺牘研究》則是從黃庭堅貶謫期間創作的尺牘即書信為主要研究對象，認為這些作品無論從題材、體裁、語言、風格來看都極具特色，對宋代尺牘文學創作產生了深遠的影響。類似的還有福建師大張潔的碩士論文《黃庭堅貶謫心態研究》等。

在對個體作家研究當中，有以貶謫地的創作為主的研究，如廖文華、陳小芒《蘇轍兩謫筠州的心態與文風》（《江西社會科學》，2005 年第 10 期），作者通過對蘇轍兩貶筠州所創作的文學作品的分析，指出初謫筠州，蘇轍的生活和創作稱得上豐富多彩，而杜門自省、研修佛理、祈求安寧、迴避社會，是他後期心態的主要特徵。類似的研究還有華中師大田寶的碩士論文《貶謫文學與超越意識——以蘇軾黃州嶺海時期創作為中心》，張麗明的碩士論文《蘇軾嶺海詩研究》，任曉凡的碩士論文《論蘇軾儋州散文的創作成就》，於玉蓉的碩士論文《蘇軾黃州詞論略》，蔡興科的碩士論文《蘇軾謫儋詩的民本思想研究》，陳瑤的碩士論文《王禹偁貶謫商州時期的文風研究》等。貶謫詞人研究方面有張英《多少江湖憂樂意，漫呼青兕作詞人——談辛棄疾貶謫詞》（《上饒師範學院學報》，2010 年第 5 期），文中通過對辛棄疾進行縱向和橫向

〔註10〕 巨傳友：《蘇軾貶謫詩的意趣及其表現特徵》，《懷化師專學報》，2002 年第 1 期，第 53 頁。

〔註11〕 李寅生：《試論黃山谷的兩次貶謫及其貶謫詩》，《河池師專學報》，1996 年第 4 期，第 39 頁。

的比較，描述了辛棄疾貶謫詞的演變過程。認為辛棄疾貶謫詞與同時期貶謫詞相比更具備實幹精神和領袖氣質，但隨著貶謫生涯的漫長經歷，他詞中的理想之光變得逐漸暗沉。〔註12〕

　　第三，作家群體研究，主要著眼於一個歷史階段或一個地區內以及有師友親戚關係的貶謫詩人群體的研究。這些人或者有縱向的歷史承接關係，或者有橫向的區域鏈接，有的則是因社會關係而在情感、思想、學術等方面互相影響。研究者主要集中在以下幾個群體的研究。如郭慶材《論宋代海南謫宦的渡海詩》（《中國文學研究》，2013年第2期），論文通過對宋代流謫制度的梳理，分析了宋代謫貶海南的士人渡海時的自我救贖之道，總結了嶺南謫宦渡海詩的特質為「瞻前顧後與情景雙綰」。〔註13〕其他的單篇論文有宋先紅《「蘇門四學士」貶謫詞中的感情蘊涵》，熊星宇碩士論文《宋代黃州謫宦研究》。其中比較重要的要數河北大學石蓬勃的博士論文《蘇門詩人貶謫詩歌研究》，這篇博士論文以元祐黨人最突出之代表蘇門詩人群體為觀照對象，主要研究蘇門貶謫詩人群的詩歌創作，將中國古代詩人的「狂」「逸」心態引入，分別論述了蘇門不同詩人貶謫心態之不同，同時探討了其作詩的主題取向，主要從生活苦痛之記述、憂民情懷之展示、歸隱情志之思考、死生問題之討論四方面入手，對蘇門詩人貶謫詩作予以全面深入之剖析並結合詩句分析蘇門詩人貶謫詩作中使用物象、事象之特徵。

　　復旦大學嚴宇樂的博士論文《蘇軾、蘇轍、蘇過貶謫嶺南時期心態與作品研究》，則把群體研究與地域研究結合在一起。採用「文史結合」的方式，把研究對象聚焦在蘇軾兄弟與父子這個家族身上。論文用翔實的材料論證了蘇氏兄弟因為新舊黨爭而遭貶的政治原因，以及蘇氏家族對於貶謫命運的應對之策，通過對他們在貶謫嶺南期間詩文作品的創作和學術寫作的研究，總結了他們的詩文創作的藝術特點、創作心態和學術思想，充分探討了蘇軾在嶺南時期的苦難及其悲戚，揭示出蘇軾人性化的一面，注重分析蘇軾和蘇轍的政治境遇的不同以及對貶謫的不同態度，也指出他們父子兄弟之間互相影

〔註12〕另外關於貶謫詞人研究的還有曹章慶的《悲苦與絕望——秦觀謫恨詞的情感心態分析》（《武漢科技學院學報》，2006年第11期），張英《在悲苦不振中沉淪自滅——論秦觀貶謫詞的情感軌跡》（《常熟理工學院學報》，2011年第5期）等。

〔註13〕郭慶材：《論宋代海南謫宦的渡海詩》，《中國文學研究》，2013年第2期，第34頁。

響、共感互勉的情形。按照作者的說法,「本文要探究的主要研究問題,就是關係緊密的蘇氏家族成員,兩代三人,包括蘇軾、蘇轍、蘇過,如何面對貶謫的困境,心態上作出了怎樣的調適,而產生怎樣的作品。通過家族文學、貶謫文學、文人心態等研究角度的交叉融合考索這個文人群體如何展現文窮而後工的異采。」〔註14〕

第四,以貶謫地域為中心的研究。尚永亮教授《遷客離憂楚地顏——略說貶謫文學與荊湘地域之關係及其特點》(《湛江海洋大學學報》,2003 年第 2 期),指出荊湘地域因為其地理原因而成為歷朝歷代貶謫官員的中轉地或者貶謫地,而荊湘地域奇特的風俗與奇麗的景色也在歷代貶謫文人的作品中凝聚了下來,形成了近乎凝固的悲怨傳統和貶謫代碼,積澱了濃厚的人文精神。這篇文章不是專論宋代貶謫文學,但在文章最後提到了「荊湘貶謫文學體現著歷代文人強烈的關懷現實的精神,荊湘的景物也成為展示遷謫主體仁民愛物之淑世情懷的客觀對應物,成為『先天下之憂而憂,後天下之樂而樂』之人文關懷的明確象徵。范仲淹的《岳陽樓記》可以說是一個界碑,對這種淑世精神和人文關懷予以明確釐定和提升,由此內化為身處逆境之貶謫文人的心理要素,並擴大成一個頗具感召力的人文傳統,對後人發揮著代復一代的深遠影響。」〔註15〕比較全面地論述了貶謫地對貶謫文人心態與創作的影響。〔註16〕

主要集中於宋代貶謫文學地域文化研究的有馬來西亞陳湘琳《夷陵與滁州——一個主題性空間的建構》(《長江學術》,2008 年第 2 期),文章通過論證歐陽修兩次被貶到夷陵與滁州,而在兩次貶謫中他圖繪、建構的文學世界中的夷陵與滁州,是在窮山以外、邊荒之上的一個主題性空間。此外作者還通過論述歐陽修文章中「樂」與「醉」「睡」的主題,指出「夷陵與滁州,隱隱然成為一個空間隱喻,成為自我主體意識的明晰顯現。也是在這樣的建構意義上,歐陽修完成了他個人理念的反思與闡述。他因此得以超越窮山邊荒

〔註14〕嚴宇樂:《蘇軾、蘇轍、蘇過貶謫嶺南時期心態與作品研究》,復旦大學 2012 年博士論文。

〔註15〕尚永亮:《遷客離憂楚地顏——略說貶謫文學與荊湘地域之關係及其特點》,《湛江海洋大學學報》,2003 年第 2 期,第 29 頁。

〔註16〕其他類似的單篇論文還有趙環《貶謫文學中的「地景書寫」的文化解讀》(《河南社會科學》,2013 年第 8 期)、楊簡《廣東貶謫詩論析》(《學術交流》,2010 年第 8 期)、侯豔《嶺南意象視角下唐宋貶謫詩的歸情》(《廣西社會科學》,2013 年第 5 期)等。

的惶迫，表現張揚強烈的自我特質與生命追求，並且在實踐詩歌日常生活化的創作理念之基礎上，把日常生活雅趣化、詩意化，從而大大影響了後來的北宋士人、特別是蘇軾的文學創作與人生觀，成為北宋一代尚理尚意詩風與知性思辨風氣的先行者與領導者。」〔註17〕該文視野開闊，顯示了作者深厚的理論功底，很有說服力。其他的從貶謫地域的角度展開論述的單篇論文還有李景新《李光在海南島貶謫文化中的貢獻和地位》（《瓊州大學學報》，2006年第3期）、巨傳友和衛亞浩《不到瀟湘豈有詩──湖湘古文化對秦觀詩詞創作的影響》（《湘潭大學社會科學學報》，2002年第3期）等。程磊《北宋士人貶謫山水中的「集體記憶」──以蘇軾及蘇門諸子武昌「寒溪西山」唱和為例》（《煙臺大學學報》，2012年第2期），向偉《「海外五逐客」謫瓊詩地域特色探微》（《西昌學院學報》，2014年第2期），雖然其中有一個李德裕屬於唐代，但其他四人李綱、趙鼎、胡銓、李光都是宋人。這幾篇論文既是群體研究，又兼具地域特色。

　　第五，用比較的方法進行研究。有從唐宋兩個朝代來進行整體比較的研究，如劉麗《唐宋海南貶謫文人心態之比較》，分別以唐代的李德裕與宋代的盧多遜為代表，指出唐代詩人感性成分較多，情緒多悲觀、悽愴、憤激，而宋代文人則心態較為豁達、平和、超脫。而造成這種情況的原因則主要因為時代精神的不同。以唐宋貶謫文人個案的比較有劉勇《白居易、蘇軾貶謫詩文意蘊之比較》（《牡丹江大學學報》，2007年第11期），王啟鵬《蘇軾貶惠與韓愈貶潮影響比較談》（《周口師範學院學報》，2007年第1期），汕頭大學趙雅娟的碩士論文《論蘇軾與其「南遷二友」之關係》，都是把宋代貶謫文人與前代文人進行對比，揭示出他們的同異之處，並分析了具體的社會原因和個人因素，指出後人對前人的接受以及根據時代及個性的不同而產生的各種變異。

　　宋代內部貶謫文人個案的比較，主要集中在蘇門文人之間，如劉紅紅《超越與執著──張耒與秦觀貶謫心態之比較》（《哈爾濱學院學報》，2007年第5期），姚菊《「桃源」與「扁舟」──從意象的選擇看秦觀與蘇軾的貶謫心態》（《海南大學學報》，2014年第6期）、《從詞中用典看晁補之的貶謫心態兼與蘇軾比較》（《中國文學研究》，2014年第4期）等。

〔註17〕〔馬來西亞〕陳湘琳：《夷陵與滁州──一個主題性空間的建構》，《長江學術》，2008年第2期，第44頁。

除了上述分類以外，也有少量從語言學的角度對宋代貶謫文學的分析，如《理想化認知模型與唐宋貶謫詩詞的語篇銜接》（《重慶交通大學學報》，2010 年第 6 期）、《概念整合理論視閾下的蘇軾貶謫詞研究》（長沙理工大學 2011 年碩士論文），劉明明《解讀秦少游「霧失」「月迷」》》（《北方文學》，2012 年第 3 期）。還有研究貶謫文學對於後世及外國影響的論文，如劉陶染《中國古代貶官文學對朝鮮朝晚期賦的影響》（延邊大學 2013 年碩士論文），沈雪明《「貶謫文化」現象與古今遊記文學——以柳宗元、蘇軾、郁達夫、朱自清、余秋雨為例》（福建師大 2006 年碩士論文）等。

迄今為止，以宋代貶謫文學為主體研究對象的專著只有一本，臺灣學者鄭芳祥的《出處死生：蘇軾貶謫嶺南文學作品主題研究》（巴蜀書社，2006 年版）。

根據以上論述，我們可以發現，宋代貶謫文學研究在近年來開始受到重視。從 2012 年開始，每年都有一部跟宋代貶謫文學有關的博士論文問世，碩士論文在量和角度的選擇上比博士論文相對更多。單篇論文也呈現異彩紛呈的局面。探討問題的深度、廣度越來越大。但我們也要看到，相對於唐代貶謫文學研究來說，宋代貶謫文學還不夠成熟，研究方法雖然多樣，但研究對象則比較集中，還有很多宋代貶謫文人沒有進入研究者的視野。大部分貶謫文學研究者注重研究宋代中後期貶謫文學現象，而對前期貶謫文學有所忽視。其實宋代前期是整個宋代政治制度和政策以及文化的奠基階段，這個時期由貶謫引起的文學和文化實踐對宋代中後期產生了極大的影響，研究宋代前期貶謫制度的形成與文學、文化的關係以及對後期的影響，應該是宋代貶謫文學研究的一個重要方向。另外，「一代有一代之文學」，不同的政治文化與政策制度，對於貶謫文人的心態及創作具有極其重要的影響，而大部分研究者在這個層面上顯然是有所缺失的，他們主要從文化現象和文學現象的表層發現貶謫文學的特徵，但卻忽視了國家政策層面對於貶謫文人及文學的影響。有些歷史學專業的論著如金強的《宋代嶺南謫宦研究》（暨南大學 2004 年博士論文）、山東大學高良荃的博士論文《北宋前四朝官員貶謫研究》等，重點研究了宋代貶謫制度，包括貶謫官員的獲罪原因、貶謫地點、敘複製度等，但貶謫制度對文學與文化的影響卻並不在他們的研究範圍之內。由於貶謫文學與政治的密切關聯，所以我們應該致力於宋代前期貶謫制度與貶謫文學、文化之關係的研究，從而彌補這個宋代貶謫文學研究的一個缺失。

三、研究價值與意義

　　北宋前期貶謫文學具備非常全面的內容，成就突出。貶謫各地的文人雖身處逆境，但由於宋王朝實行優待文士、以「文德致治」的治國方略，使得這些文官士大夫普遍具有空前的參政、議事熱情，即便進退於廟堂與江湖之間，也都有著較為清晰的自我定位與價值認識。他們創作的文學作品大多精神剛健、主體人格挺立，遠沒有唐代韓愈、柳宗元、李德裕等文人貶黜荒蠻之地時的悲愴與憤激，而是充滿著「得君行道」「共治天下」的士大夫政治理想主義和榮辱不驚的雍容氣象，表現出強烈地開啟和創造一代文風、士風的歷史使命感。可以說，北宋前期貶謫文人在長期的貶黜遭遇中逐漸顯現出士大夫主體意識的覺醒，具備了高尚的政治氣節，初步形成了集文學、政事、學術三位一體的士大夫精神氣象，為其後宋代社會士大夫精神主體意識的進一步發展開啟了方向。但同時，此時期興起的「朋黨論」也給後世政治文化帶來潛在的負面影響，以致出現了以新黨和舊黨的政治分野為基礎的文學集團化傾向，這種文學結盟的政治化、黨派化也損害了文學的多元化良性發展。

　　因此，研究北宋前期的貶謫文學有助於我們將宋代文學帶入一個廣闊的社會文化視野，深入呈現有宋一代的文學活動與政治、制度及朝廷政局的變動交織在一起的複雜演進過程。正是在這種複雜的文學演變過程中，形成了前期貶謫文學在思想內涵上與宋初理學思想一樣漸趨彰顯出將名節、操守內化為心性、學養、道德境界的超越與提升，並進而外化為文儒風骨的垂範、士風精神的張揚以及淑世濟人的天下情懷。從這個角度講，北宋前期貶謫文學是這一時期的文人士大夫在謫宦經歷中道德人格的陶鑄和砥礪，這種人格的錘鍊和砥礪也極大地拓展了士人主體的心靈世界和精神價值。可以說，文人士大夫所構築的貶謫文學世界，是古代知識分子在對「聖人之道」的「道統」體認中構築出來的詩性的人文話語世界，這一自由自得的人文審美世界與尊王、事君的現實政治世界、社會等級世界構成了內在的對話和抗衡，並使宋代文人士大夫相比前代彰顯出更為鮮明的人格獨立、精神自尊和文化自信意識。中國古代的知識分子從來沒有像宋朝的儒臣文士那樣對內聖境界和外王事功的追求懷有如此強烈的仁者情懷，這種情懷即便一時受挫、受到冷遇，他們也會很快振作起來，論道經邦，積極參與朝廷大政方針的討論和地方事務的管理，務使政治清明、造福天下百姓，究其原因就在於宋朝士大夫所依持的這種「以天下為己任」的淑世精神和道德至高點。因此相較於其他

時代，北宋前期貶謫文學在整體上常常散發出更為強烈的道德魅力、道義擔當、政治主體意識和歷史責任感，這也使得作為這一文學整體形態的北宋前期貶謫文學研究佔有特殊地位。如果沒有北宋前期貶謫文學厚重的思想奠基和開啟一代文風的文化氣魄，我們很難想像後來宋代文學所能夠達到的藝術成就和歷史高度，從這個意義上講，研究北宋前期貶謫文學具有重要的理論價值和學術意義。

第一章　北宋前期貶謫文化與制度考察

　　唐末五代之際，武夫悍將橫行天下，民生凋敝，社會動盪，文化衰退。宋初統治者有鑒於此，同時也為了避免「陳橋兵變」的歷史重演，在統治初期就採用右文政策，「以文立國」。宋朝歷代君主都注重科舉制度的實施，並致力於拔擢寒門，培養和使用通過科舉制度脫穎而出的士人，並立下了「不殺士大夫及上書言事人」的祖宗家法。在此種情況下，貶謫成為懲罰官員失職和過錯的唯一選項。而貶謫制度的制定既嚴密，又有很大程度上的人性化，所謂「以仁義為本，綱紀為輔。」大部分官員在被貶謫之後會很快得到量移，或者重新恢復使用，正是「以寬大養士人之正氣」。同時在真宗統治時期又實施了極具宋代特色的臺諫制度。臺諫官如果以風節自勵，能夠主持公議、知無不言，可以顯著地起到激勵士風的作用。因此諫官之選成為朝廷關注的重大事件，歷代皇帝也均以各種方式鼓勵諫官直言進諫。田錫、范仲淹、歐陽修、唐介等不避權貴、剛直不阿的諫官代不乏人，社會公論也就是「清議」在這種氛圍下逐漸形成。士大夫之間砥礪士氣，直道而行，即使面對貶謫也能從容以對，體現了北宋前期逐漸形成的宋代士大夫群體的高尚節操與錚錚風骨。臺諫制度的建立與施行導致了一系列的貶謫事件，而由臺諫所導致的貶謫事件背後，是君主專制體制與朝廷權力鬥爭的巨大陰影。

第一節　「以文立國」──政治文化生態考察

一、「以文立國」的政治文化背景

　　公元 960 年，宋太祖趙匡胤因「陳橋兵變」而「黃袍加身」，建立了中

國歷史上繼漢唐以來的又一個漢族統治的君主專制國家。宋代的官制以及典章制度雖然大部分都因襲唐朝，但宋朝的政治氣候與文化氛圍都與唐代大不相同。唐朝開國皇帝唐高祖李淵與唐太宗李世民是靠殺伐征戰奪得天下，其對於自身駕馭部下武將文臣的能力具有極強的自信心，因此對於文臣與武將能夠同等任用，不具有重文輕武的偏向與心結。相對唐朝而言，宋太祖則是通過「兵變」的形式獲得皇位。並且北宋承五代十國的亂世而來，開國皇帝宋太祖對於武將專權的殘暴與造成的嚴重危害有著切身的感受和體會。經過唐末五代的大劫難，作為唐朝政權基石的世家大族基本已經消亡殆盡，代之而起的是靠科舉制度選撥出來的為五代十國各個政權效勞的平民中的精英分子。在這種局面之下，決定了北宋統治者在施政方略、制度設計、政務管理，特別是皇權行使方式等各方面都與前代有著較大的差異性。王夫之在《宋論》中認為：「商、周之德，漢、唐之功，宜為天下君者，皆在未有天下之前，因而授之，而天之祐也所逸。宋無積累之仁，無撥亂之績，乃載考其臨御之方，則固宜為天下君矣；而凡所降德於民以靖禍亂，一在既有天下之後。是則宋之君天下也，皆天所旦夕陟降於宋祖之心而啟迪之也。」〔註 1〕相對於商周之有天下是以其德，漢唐之有天下是因其功，宋代能夠建立並且承傳下來，則是靠宋代建立之後，是靠宋太祖能夠心承「天德」，制定以文德治國的「臨御之方」，而這種以文立國的治國方略的形成除了歷史的客觀性因素之外，還與宋太祖個人的出身及境遇密切相關，當然還有他個人的資質稟賦、精神氣質等因素。《宋史·文苑傳》中尤為突出了宋代開國之君的文化好尚對於整個朝代的風氣引領作用：「自古創業垂統之君，即其一時之好尚，而一代之規橅，可以豫知矣。藝祖革命，首用文吏而奪武臣之權，宋之尚文，端本乎此。太宗、真宗其在藩邸，已有好學之名，及其即位，彌文日增。自時厥後，子孫相承，上之為人君者，無不典學；下之為人臣者，自宰相以至令錄，無不擢科，海內文士，彬彬輩出焉。」〔註 2〕一方面開國之初，百廢待興，為迅速建立安定的政治秩序，實現社會政局的長治久安，任何朝代建立初期都迫切需要精通典章制度、宮廷禮儀的飽學之士，另一方面宋太祖「首用文吏」，開宋代尚文的風氣，太宗、真宗繼之，最終形成整個宋代文士輩出的文化繁榮景象。

〔註 1〕〔清〕王夫之：《宋論》卷一，舒士彥點校，中華書局，2015 年版，第 2 頁。
〔註 2〕〔元〕脫脫等：《宋史》卷四百三十九，中華書局，1985 年版，第 12997 頁。

　　正是這些客觀性的歷史條件和主觀性的皇帝個人性格、稟賦氣質等因素疊加在一起，很大程度上構成我們理解有宋一代整體國勢氣象的基本語境。王夫之在《宋論》中也是從「親」、「位」、「權」、「望」、「學」、「恩」等範疇，宏觀描述了宋初政治權力態勢與宋太祖個人道德聲望及領袖魅力等方面的聯繫，深入地揭示了宋朝「文」質形態的塑造與客觀性的歷史、主觀性的個人因素的邏輯關聯：

> 以親，則非李嗣源之養子，石敬瑭之為愛婿也。以位，則非如石、劉、郭氏之秉鉞專征，據嚴邑而統重兵也；以權，則非郭氏之篡，柴氏之嗣，內無贊成之謀，外無捍禦之勞，如嗣源、敬瑭、知遠、威之同起而佐其攘奪也。推而戴之，不相事使之儔侶也；統而馭焉者，素不知名之兆民也；所與共理者，旦秦暮楚之宰輔也；所欲削平者，威望不加之敵國也。一旦岌岌然立於其上，而有不能終日之勢。權不重，故不敢以兵威劫遠人，望不隆，故不敢以誅夷待勳舊；學不夙，故不敢以智慧輕儒素，恩不洽，故不敢以苛法督吏民。懼以生慎，慎以生儉，儉以生慈，慈以生和，和以生文。〔註3〕

　　正是因為宋太祖非「親」、無「位」，也無「權」，繼而導致宋太祖由「懼生慎」、「慎生儉」，再到「慈生和」、「和生文」，王夫之非常清楚地闡明了宋朝「斯文」氣質的形成及文治方略建立的政治文化邏輯，他認為宋朝以文立國政策的形成是宋代建立以後各種原因所造成的必然選擇。在宋太祖、宋太宗繼位之後的作為以及他們的言行來看，「以文立國」確實貫穿在宋代初期政治生活的方方面面，並且是一個不斷發展變化並持續進行文化建構的過程。

　　北宋初期，宋太祖趙匡胤就多次提到「欲武臣讀書」的想法，《宋史·太祖本紀》記載：「壬午，上謂侍臣曰：『朕欲武臣盡讀書以通治道，如何？』左右不知所對。」〔註4〕可見，在開國初期，宋太祖認為最理想的狀態是武將而兼文治，但當時的侍臣不知所對。可見，在五代混亂局面剛剛結束之際，北宋臣子還沒有發展出新的政治意識之時，宋太祖的這種思想認識在當時的環境下還是比較具有前瞻性的。隨著宋朝初期政局的逐漸穩定，對於具有較強治國理政才能官員的需要越來越急迫，皇帝也通過很多事件發現掌握諸多

〔註3〕〔清〕王夫之：《宋論》卷一，第3頁。
〔註4〕《宋史》卷一，第11頁。

歷史文物典故的文臣的重要性。比如《宋史》就記載：「乾德改元，先諭宰相曰『年號須擇前代所未有者。』三年，蜀平，蜀宮人入內，帝見其鏡背有志『乾德四年鑄』者，召竇儀等詰之，儀對曰：『此必蜀物，蜀主嘗有此號。』乃大喜曰：『作相須讀書人。』由是大重儒者。」〔註5〕。後來在太宗朝坐上宰相位置的盧多遜也是以讀書多、知識淵博為太祖皇帝所賞識。據《續資治通鑒長編》記載，盧多遜在擔任史館修撰時，就曾從史館小吏那裡得到宋太祖所讀書目，並通夕閱覽，以備太祖詢問。盧多遜正是已經瞭解了皇帝對於學識淵博的文臣的欣賞與偏愛，所以才會買通史館書吏，為備宋太祖提問而預作準備。他的這種行為也收到了「同列皆服。上益寵異之」〔註6〕的極好的效果。而在鄧小南所著《祖宗之法：北宋前期政治述略》裏，則具體分析了宋代祖宗朝在用人方面的政治導向，明確指出「『就宰相須用讀書人』的說法而言，與『讀書人』們理解不盡相同的是，在開國皇帝心目之中，重要的或許是一個『用』字。在為他所用的前提下，不同類型的文臣開始活躍於當時的政治歷史舞臺；首先，其當務之急，是要建立統治秩序，安定趙宋政權；而這項使命的完成，無疑有賴一批富有實踐經驗、長於吏幹的文職官僚。其次，為大宋王朝的長治久安計，又要自根本處著手『丕變敝俗，崇尚斯文』，這當然又離不開淹博飽學、精通禮儀倫理的儒生。」〔註7〕宋太祖對於讀書人的重視，主要在於其在統治過程中的實用性和必要性。除此以外，對於長期作為「武將」征戰沙場的宋太祖來說，他對於五代時期戰亂頻仍，悍將武卒憑藉武力劫持君主、為禍平民的現實情況具有切身的體驗，深刻地認識到手中握有兵權的武將對於國家和社會的破壞性。相較而言，使用文人執政則相對安全，文人手中沒有武力，其權力是由皇帝賦予，犯了錯誤也很容易懲治，不會威脅到宋王朝的統治。正如他對趙普所言：「五代方鎮殘虐，民受其禍，朕令選儒臣幹事者百餘，分治大藩，縱皆貪濁，亦未及武臣一人也。」〔註8〕他認為所任用的文臣即使都是貪官污吏，也比不上一個手握重兵的武將為害之大。這種對於武臣的有意識的防備心理，也是宋朝「祖宗」二帝啟用文人當政，「以文立國」的重要原因之一。美國學者包弼德在《斯文：唐宋思想的

〔註5〕《宋史》卷一，第50頁。

〔註6〕〔宋〕李燾：《續資治通鑒長編》卷九，中華書局，2004年版，第201～202頁。

〔註7〕鄧小南：《祖宗之法：北宋前期政治述略》，北京三聯書店，2015年版，第167頁。

〔註8〕《長編》卷十三，第293頁。

轉型》中說：「宋朝國初的君主支持士，我認為，他們這樣做是因為士是心甘情願的下屬，沒有獨立的權力，依賴於至高的權威來獲得政治地位，而且他們是出於對文官文化的追求來履行職責，這對於中央權威的制度化，其價值之大，無法估量。我認為，利用士來統治，是皇室希望利用有能力卻沒有權力基礎的人的一個例證。」〔註9〕

在這種現實需要的情況下，宋代的「祖宗」二代以長治久安為出發點，從選擇、任用以及黜陟等方面制定了一系列制度性的政策，形成了宋代特殊的社會文化現象。我們所研究的宋代前期貶謫制度的創制過程也正如富弼所言：「臣歷觀自古帝王理天下，未有不以法制為首務。法制立，然後萬事有經，而治道可必。宋有天下九十餘年，太祖始革五代之弊，創立制度；太宗克紹前烈，紀綱益明，真宗承兩朝太平之基，謹守成憲。」〔註10〕可見，宋代制度的形成是一個漸進的過程，太祖、太宗是制度的初創和建立者，而真宗則是在祖宗所創制的基礎之上，遵守成法。因此要研究宋代貶謫制度的形成過程以及此種制度所造成的對士人仕宦生活狀態及文學創作的影響，就應該非常注重宋代「祖宗」二帝在制度創建方面的重要作用。

二、「以文立國」政策層面的實施與影響

宋太祖作為「創業之主」，首先提出和採取了「用讀書人」、「首用文吏」的文治方略。對於這一治國方略，范祖禹在元祐五年上《帝學》八篇時有概括性認識：「恭惟本朝累聖相承，百三十有三年，四方無虞，中外底寧，動植之類，蒙被涵養，德澤深厚，遠過前世，皆由以道德仁義文治天下，人主無不好學故也。陛下廣覽載籍，歷觀前世，創業之主、守文之君，有如祖宗之皆好學者乎？」〔註11〕范祖禹認為宋代之所以能夠長期社會安寧、政治昌明，皆在於宋太祖作為「創業之主、守文之君」，實行以道德仁義為基礎的文治天下策略。事實上，一個朝代的興起和奠基，總是由它的開國之君來奠定本朝的政治文化基礎。宋太祖「杯酒釋兵權」，以金錢美酒贖買了武將的軍權，那麼這些政治的空白就需要填補，即是要「以文立國」，重用文吏。這些文吏的來源是一個需要解決的重大問題。在宋太祖當政期間，主要使用

〔註9〕〔美〕包弼德：《斯文：唐宋思想的轉型》，劉寧譯，江蘇人民出版社，2017年版，第71～72頁。
〔註10〕《長編》卷一百四十三，第3455頁。
〔註11〕《長編》卷四百四十七，第10761頁。

的還是五代時期成長起來的一批儒生。這些人是五代時期通過科舉進入仕途的官員，由於他們所服務的王朝被宋王朝所滅，他們就隨著以前的君主進入宋朝，開始新的仕宦生涯。比如宋初建國，周朝的三位宰相王溥、范質、魏仁輔就繼續留任。南唐滅亡後，南唐著名文人徐鉉、張洎等也進入宋廷任職。《續資治通鑑長編》記載了他們入朝時的情形：

> 徐鉉從煜至京師，上召見鉉，責以不早勸煜歸朝，聲色甚厲。鉉對曰：「臣為江南大臣，而國滅亡，罪固當死，不當問其他。」上曰：「忠臣也。事我如事李氏。」賜坐，慰撫之。又責張洎曰：「汝教李煜不降，使至今日。」因出帛書示之，乃王師圍城，洎所草召江上救兵蠟丸內書也。洎頓首請死，曰：「書實臣所為也。犬吠非其主，此其一耳，他尚多。今得死，臣之分也。」辭色不變。上初欲殺洎，及是奇之，謂曰：「卿大有膽，朕不罪卿。今事我，無替昔之忠也。」〔註12〕

眾多五代舊臣被吸納到宋廷的官僚隊伍當中，一方面宋太祖對他們的前朝仕宦經歷有著強烈的不信任感，懷有猜疑防範之心，另一方面他又操作帝王權柄通過恩威並用的方式將他們對前朝的事君之心轉換為對新朝效忠的忠義意識、名節意識的堅守。這種君主對待前朝之臣的比較微妙複雜的心理背後的歷史語境，自然就比較集中地體現在宋初皇帝對文臣的道德、名節操守的強調，實際上這也是新君主通過道德上的壓力來強化文臣忠心耿耿地為新朝服務的一種方式。生活於宋神宗、哲宗、徽宗時期的魏泰在《東軒筆錄》中指出：「太祖、太宗下諸國，其偽命臣僚忠於所事者，無不面加獎激，以至棄瑕錄用，故徐鉉、潘眘修輩皆承眷禮。至如衛融、張洎應答不遜，猶優假之，故雖疏遠寇讎，無不盡其忠力。」〔註13〕太祖、太宗對於五代十國的舊臣忠於所事之君，都當面加以獎賞與激勵，其最重要的原因就在於以對其忠義的讚揚來贏得前朝舊臣對於北宋君主的道德認同，從而在心理層面真正地降服他們，使其能夠在北宋朝廷竭忠盡智，為其所用。從另一層面講，宋太祖、太宗對所下諸國的舊臣「棄瑕錄用」，文官人才的缺乏也是一個重要的原因。

〔註12〕《長編》卷十七，第 361～362 頁。

〔註13〕〔宋〕魏泰：《東軒筆錄》卷三，燕永成整理，選自朱易安、傅璇琮等主編：《全宋筆記》（第二編第八冊），大象出版社，2003 年版，第 6～7 頁。

　　除了接收和繼續使用這些人才，宋太祖還承唐五代舊制，重新實施科舉制度，以便從全國範圍內選擇人才，來為宋王朝的統治服務。太祖登基之初建隆元年二月，「中書舍人安次扈蒙權知貢舉，庚寅，奏進士合格者楊礪等十九人姓名」〔註14〕，賜進士及第、出身有差，並歲以為常。在建隆二年二月，工部尚書、竇儀奏進士合格者張去華等11人。終太祖一朝由權知貢舉奏進士合格者約163人，平均下來每年取進士10人左右，錄取人數還不是很多。但是到了宋太宗時期，進士科的錄取數額大大增加，在太平興國二年首次開科，「就命翰林學士李昉、扈蒙定其優劣為三等，得河南呂蒙正以下一百九人」〔註15〕。某種意義上說，宋初太祖開始「崇尚斯文」、注重文治，到了太宗時期才真正確立了崇文抑武的政治文化格局，科舉制度的重要性大大增加。葉夢得在《避暑錄話》中就認為：「國初猶右武，廷試進士多不過二十人，少或六七人。自建隆至太平興國二年更十五榜，所得宰相畢文簡公一人而已。自後太宗適欲廣致天下之士，以興文治。是歲一百九人，遂得呂文穆公為舉首，與張僕射齊賢宰相二人。自是取人益廣，得士益多。」〔註16〕太宗朝比太祖朝錄取的進士名額要增加了近十五倍，特別是仁宗景祐元年，「已而得進士張唐卿、楊察、徐綬等五百一人，諸科二百八十二人，特奏名八百五十七人。賜及第、出身、同出身及補諸州長史」〔註17〕。整體粗略估計，宋代的進士科錄取名額至少是唐代錄取名額的十倍以上，甚至是數十倍。〔註18〕可以說，宋朝大行科舉制度，廣攬人才，並給予登科進士優厚的賜官授職、升遷待遇，這都是與宋代「以文立國」的基本政策密切相關。科舉的重新舉行，也給天下百姓帶來了政治清明、社會安定的希望。宋太祖在實行科舉制時，非常注意選舉的公平性。多位官員就曾因為考試不公的問題受到貶謫與懲處。如庫部員外郎王貽孫、周易博士奚嶼就因在考試品官子弟時，「翰林學士承旨陶穀屬其子戩於嶼，戩誦書不通，嶼以合格聞，補殿中省進馬。俄為人所發，下御史府按之。」因為此案，「嶼坐受請求，責乾州司戶參軍。貽孫不知覺，責贊善大夫。穀奪兩月俸。」〔註19〕為了

〔註14〕《長編》卷一，第9頁。

〔註15〕《長編》卷十八，第393頁。

〔註16〕〔宋〕葉夢得：《避暑錄話》卷上，《全宋筆記》（第二編第十冊），第266頁。

〔註17〕《長編》卷一百十四，第2671頁。

〔註18〕諸葛憶兵：《論唐宋詩差異與科舉之關聯》，《文學評論》，2012年第5期，第54頁。

〔註19〕《長編》卷五，第131頁。

進一步防止考官舞弊，還專門設置了殿試。起因在於一次科舉考試後，新進士登殿謝恩，宋太祖發現進士武濟川、三傳劉睿材質最陋，武又是知貢舉李昉的同鄉，其他下第舉子又擊登聞鼓「訴昉用情、取捨非當」。因此，宋太祖命令從下第者中擇取一百九十五人重考，「乙亥，上御講武殿親閱之，得進士二十六人，士廉預焉，五經四人，開元禮七人，三禮三十八人，三傳二十六人，三史三人，學究十八人，明法五人，皆賜及第。又賜準錢二十萬，以張宴會。責昉為太常少卿，考官右贊善大夫楊可法等皆坐責。自茲殿試遂為常式。」〔註20〕宋太祖設置殿試，就是為了保證考試的絕對公平，從而杜絕考官的徇私舞弊。

　　除此之外，宋代科舉同時也注意抑置豪右，拔擢孤寒。宋太宗即位之後，更是注重科舉取士的公信力，甚至不許錄取當朝高官子弟進士入等。據《續資治通鑑長編》載：「宰相李昉之子宗諤、參知政事呂蒙正之從弟蒙亨、鹽鐵使王明之子扶、度支使許仲宣之子待問，舉進士試皆入等。上曰：『此並世家，與孤寒競進，縱以藝升，人亦謂朕有私也！』皆罷之。」〔註21〕這種嚴格的「委曲防閑」，導致當時的官僚子弟一度都不敢去參加科舉考試。宋太宗也是想要以此來獲得民眾對科舉制度的公平性的最大程度的信任。正如南宋高宗朝王十朋所言：「法之至公者莫如選士，名器之至重者莫如科第。」〔註22〕在宋代士大夫的心目中，最具有公平性的法是科舉取士制度，科場登第特別是進士及第一向為士林所推重，可以說科舉考試是廣大讀書人晉身仕途的重要和基本的途徑，而北宋科舉制度的公平性則為這些讀書人出人頭地、實現政治理想提供了制度性的保證，而這又進一步增加了士人對於北宋政權的向心力和支持度。

　　宋太宗對於科舉取士抱有很大的期望，他曾對宰相說：「天下至廣，藉群才共治之。今歲登第者，又千餘人，皆朕所選擇。此等但能自檢，清美得替而歸，則馴致亨衢，未易測也。」〔註23〕太宗對通過科舉取士延攬人才的路徑很是重視，提出「藉群才共治之」的政治期望，正是在這一理念指引下，他於太平興國五年的科舉中甚至一舉錄取五百人，並且「先賜綠袍靴笏，賜

〔註20〕《長編》卷十四，第297頁。
〔註21〕《長編》卷二十六，第595頁。
〔註22〕《宋史》卷三百八十七，第11883頁。
〔註23〕《長編》卷三十三，第735頁。

宴開寶寺，上自為詩二章賜之。」〔註24〕至宋真宗時，宋代科舉考試制度已經非常成熟，且形成了自己的一套運作的方式，確定了殿試制，並以「糊名」、「謄錄」、「鎖院」等具體規定，來進一步保障科舉考試的公平性。仁宗時期，科舉制度還在繼續完善之中，在一般科舉之外，還補充恢復了唐朝制舉這樣額外的選撥人才的方式，其科名目繁多，希望能夠選拔更多擁有特殊才能的豪傑。

> 壬子，詔曰：「朕開數路以詳延天下之士，而制舉獨久置不設，意吾豪傑或已故見遺也，其復置此科」……其法，皆先上藝業於有司，有司較之，然後試秘閣，中格，然後天子親策之。〔註25〕

錄取制度的嚴密，錄取人數的增加，為北宋朝廷的文官統治提供了源源不斷的人才儲備，也為宋代「以文立國」政策的施行，奠定了堅實的文化、制度基礎。這些經過嚴格認真選拔的人才經過考試，就直接進入仕途，被分配到各個地方任職。接下來的重要問題，就是如何管理好這些官員，這對形成良好的政治風氣至關重要。官員的黜陟就成為一個非常重要的制度層面的問題。

第二節 「臣下有罪，止於罷黜」──貶謫制度的制定

作為宋代開國皇帝，太祖趙匡胤在歷史上可以說是少有的「聖性至仁」〔註26〕之君。據陸游《避暑漫抄》等文獻裏記載，太祖繼位不久就在東京太廟內立了一塊誓碑：

> 藝祖受命之三年，密鐫一碑立於太廟寢殿之夾室，謂之誓碑，用銷金黃幔蔽之，門鑰封閉甚嚴。因敕有司，自後時享及新天子即位，謁廟禮畢，奏請恭讀誓詞。是年秋享，禮官奏請如敕。上詣室前，再拜升階。獨一小黃門不識字者一人從，余皆遠立庭中。黃門驗封啟鑰，先入焚香明燭，揭幔，亟走出階下，不敢仰視。上至碑前，再拜跪瞻默誦訖，復再拜而出。群臣不知所誓何事。自後列聖相承，皆踵故事。歲時伏謁，恭讀如儀，不敢漏泄。雖腹心大臣，

〔註24〕《長編》卷十八，第 393 頁。

〔註25〕《長編》卷一百七，第 2500 頁。

〔註26〕〔宋〕魏泰：《東軒筆錄》卷九，燕永成整理，《全宋筆記》（第二編第八冊），第 72 頁。

如趙韓王、王魏公、韓魏公、富鄭公、王荊公、文潞公、司馬溫公、
呂許公、申公，皆天下重望，累朝最所倚任，亦不知也。靖康之變，
犬戎入廟，悉取禮樂祭祀諸法物而去。門皆洞開，人得縱觀。碑止
高七八尺，闊四尺餘，誓詞三行，一云：『柴氏子孫有罪，不得加刑，
縱犯謀逆，止於獄中賜盡，不得市曹刑戮，亦不得連坐支屬。』一
云：『不得殺士大夫及上書言事人。』一云：『子孫有渝此誓者，天
必殛之。』後建炎中，曹勳自虜中回，太上寄語云『祖宗誓碑在太
廟，恐今天子不及知』云云。」〔註27〕

　　陸游《避暑漫抄》所記述的這段材料，是目前所見關於宋太祖誓碑內容
最為詳盡的文獻記載。對於宋代太廟誓碑的真偽問題，學術界有眾多的討論
〔註28〕，但是眾多學者認為有正史、筆記、大臣文章等大量的間接材料證
明三行廟碑誓約的存在。這三條誓詞中，對於宋代的文臣官僚最為重要的一
條就是「不得殺士大夫及上書言事人」，這已成為宋代歷朝皇帝謹守的「祖
宗家法」。每位新皇帝登大位之時，都要獨自進入太廟恭讀誓詞。王夫之《宋
論》中講：「自太祖勒不殺士大夫之誓以詔子孫，終宋之世，文臣無歐刀之
辟。張邦昌躬篡，而止於自裁；蔡京、賈似道陷國危亡，皆保首領於貶所。……
若夫辱人賤行之尤者，背公死黨，鬻販宗社，則崔胤、張浚、李蹊、張文蔚
倡之於前，而馮道、趙鳳、李昊、陶穀之流，視改面易主為固然，以成其風
尚。士之賤也，於此為極。則因其賤而賤之，未為不愜也。惡其賤，而激之
使貴，抑御世之權也。然太祖之與此，意念深矣。」〔註29〕在王夫之看來，

〔註27〕〔宋〕陸游：《避暑漫抄》，李昌憲整理，選自上海師大古籍整理研究所編：《全
　　　　宋筆記》（第五編第八冊），大象出版社，2012 年版，第 139～140 頁。
〔註28〕對於太祖誓碑存在的真實性問題，較早提出質疑的有民國時期的張蔭麟。他
　　　　在《宋太祖誓碑及政事堂刻石考》（《文史雜誌》第 1 卷第 7 期，1941 年 1 月）
　　　　中，對陸游《避暑漫抄》、曹勳《北狩見聞錄》、王明清《揮塵錄》、李心傳《建
　　　　炎以來繫年要錄》等重要文獻進行了較為詳細的考證，認為太祖誓碑可能不
　　　　存在，但是作為「太廟藏約，而有待於徽宗傳語高宗，則其為秘密可知。北
　　　　宋人臣雖不知有此約，然因歷世君主遵守唯謹，遂認為有不殺大臣之不成文
　　　　的祖宗家法」。其後不斷有學者對此一問題進行論述，比如杜文玉《宋太祖誓
　　　　碑質疑》（《河南大學學報》1986 年第 1 期）、徐規《宋太祖誓約辨析》（《歷史
　　　　研究》1986 年第 4 期）、楊海文「宋太祖誓碑」的文獻地圖》（《學術月刊》
　　　　2010 年第 10 期）、李合群《北宋東京太廟誓碑有無辨》（《開封大學學報》2014
　　　　年第 4 期）等。
〔註29〕《宋論》卷一，第 6 頁。

五代時期的士大夫道德淪喪，根本沒有必要對他們施以寬厚之道，所謂「因其賤而賤之，未為不愜也」。但宋太祖卻在太廟立誓碑，發誓不殺士大夫及上書言事人。此其所為，正是為了激勵士風，使其能夠自重自貴。這也正表明了宋代士大夫群體節操風骨之所以能夠高過漢唐，有著深刻的歷史政治原因。而這主要是與宋太祖開國時所秉持的政治原則「以忠厚養前代之子孫，以寬大養士人之正氣，以節制養百姓之生理」〔註30〕，有著根本的關係。

　　據《宋史》記載宋太祖「晚好讀書，嘗贊《二典》，歎曰：『堯、舜之罪四凶，止從投竄，近代何法網之密乎！』謂宰相曰：『五代諸侯跋扈，有枉法殺人者，朝廷置之不問。人命至重，姑息藩鎮，當若是耶？自今諸州決大辟，錄案聞奏，付刑部覆視之。』遂著為令。」〔註31〕《續資治通鑑長編》也提到「上性寬仁多恕，尚食供膳，有蟲緣食器旁，謂左右曰：『勿令掌膳者知。』嘗讀《堯典》，歎曰：『堯、舜之世，四凶之罪，止從投竄，何近代憲綱之密耶？』蓋有意於刑措也。故自開寶以來，犯大辟非情理深害者，多貸其死。乙丑，有司言自二年至今，詔所貸死罪凡四千一百八人。」〔註32〕宋太祖本性仁恕，對於五代時期法網嚴密，普通百姓動輒得咎，對於枉法殺人的藩鎮又姑息縱容、置之不理的這種狀況非常不滿。他認為人命關天，要求以後的各州涉及到死刑的案件，一律要經刑部覆核，目的就是為了減少冤假錯案。至於官員犯罪的情況，宋太祖當政期間，除了因為「犯贓罪」及「濫殺人命」而被處死的官員，沒有官員因為其他過犯被處以死刑。對於官員管理的問題，宋太祖於「是歲，命參知政事盧多遜、知制誥扈蒙張澹以見行《長定》、《循資格》及泛降制書，考正偽異，削去重複，補其缺漏，參校詳議，取悠久可用之文，為《長定》格三卷。有旨限選數集人取解出身科目。銓有司檢勘注擬加選減選之狀，南曹檢勘用闕年滿佚考課春闈雜處分。塗注乙凡二十條，總二百八十七事，《循資格》一卷，《制敕》一卷，《起請條一卷》。書成，上之，放為永式。自是銓綜益有倫矣」〔註33〕，專門整理了一系列選官以及考課黜陟的制度。對於犯罪的官員，也因御史臺上言而「自後命官犯罪當配隸者，多於外州編管，或隸牙校。其坐死特貸者，多決杖黥面，配遠州牢城，經恩量移，即免軍籍。大凡命官犯罪，多有特旨，或勒停，或令

〔註30〕《宋論》卷一，第 5 頁。
〔註31〕《宋史》卷三，第 50 頁。
〔註32〕《長編》卷十六，第 337 頁。
〔註33〕《長編》卷十六，第 311 頁。

釐務，贓私罪重，即有配隸；或處以散秩，自遠移近者，經恩三四，或放任便，所以儆貪濫而肅流品也」〔註 34〕。這段話可以看出，宋太祖對於命官犯罪，其處罰和一般平民不同，主要是用特旨的形式，或是「勒停」（據龔延明《宋代官制詞典》，勒停，官吏革職稱勒停。勒停，不必除名，除名必勒停〔註 35〕），釐務則指的是雖然犯罪，但仍然允許其參預收稅等事務性工作。要是犯了嚴重的私罪（宋代官吏罪名有私罪和公罪之分，所謂公罪，指官吏因辦理公事違式或致罪，其中不涉私情者。公罪處理比私罪為輕。私罪，指官吏非因執行、辦理公事而致罪，即私自犯法，以及利用所居官受請枉法（受人囑託、違法徇情）、制勘刑獄公事心懷隱私或欺詐不實等，統屬私罪。私罪責罰量刑比公罪為重〔註 36〕）以及貪污罪，那就會被配隸。或者給予沒有實際權力的散官名號，經過幾次大赦恩典，自遠移近。「或放任便」，（指原除名編管人，量移後遇恩不復受官府監視，許其自由居住與行動。〔註 37〕）這樣做的意圖，就是為了「儆貪濫而肅流品」。可見，這是宋太祖時期比較制度化的一種對於犯罪官員的處理方式。按照宋太祖對於官員犯罪的最嚴重的貪污情節，一般最重的就是「除名」。比如太祖時期「癸卯，殿中侍御史劉光輔坐知楚州日受賂，除籍為民。」〔註 38〕「乙未，太子中舍郭粲除名，坐監萊蕪受治官景節賂也。」〔註 39〕從整體上來看，還是比較寬厚的。另外就是「配隸」，但可以遇恩量移，直到經過三四次量移之後，最後就放其自便。

宋太宗即位以後，同樣非常注重官吏的操守與廉潔。《續資治通鑒長編》載：

> 上謂宰相曰：『朕頃在藩邸，頗聞朝臣有不檢修節操，以強詞利舌，謗瀆時事，陵替人物；或遣使遠方，不存事體，但規財用，此甚辱國。今朝行寧復有此等耶？若人人自修，豈不盡善。』宰相曰：『陛下敦崇風教，不嚴而治，輕薄之徒自然弭息矣。』上嘗作戒諭詞二付閣門，一以戒京朝官受任於外者，一以戒幕職、州縣官。

〔註 34〕《長編》卷八，第 189 頁。

〔註 35〕龔延明編著：《宋代官制詞典》，中華書局，2013 年版，第 654 頁。

〔註 36〕《宋代官制詞典》，第 653 頁。

〔註 37〕《宋代官制詞典》，第 655 頁。

〔註 38〕《長編》卷十五，第 318 頁。

〔註 39〕《長編》卷十六，第 337 頁。

丁未，令閤門於朝辭日宣旨勗勵，仍書其辭於治所屋壁，遵以為戒。
〔註40〕

　　宋太宗與宰相的一番對話顯示出他對朝廷官員德行操守的重視，他希望每位官吏加強修養和自我要求，「人人自修，豈不盡善。」而宰相則建議太宗通過「敦崇風教，不嚴而治」，也就是說不通過嚴刑峻法，而是通過崇奉儒家之教，而達到治理官吏不正之風的目的。因此，宋太宗繼承了太祖一貫的做法和理念，作戒諭詞兩首，一首用來警戒京朝官受任於外者，一以戒幕職、州縣官。在另外一次與新任命的宰相宋琪及李昉談話時，太宗也講到了關於官員的賞罰獎懲問題。

　　　十一月壬子朔，以刑部尚書參知政事宋琪、工部尚書參知政事李昉並本官同平章事。上謂曰：「世之治亂，在賞罰當否，賞罰當其功罪，無不治，或以為飾喜怒之具，即無不亂，與卿等戒之。」琪曰：「賞罰二柄，乃御世之銜勒。若馬無銜勒，何以控御？治天下者，苟賞罰至公，未有不致太平也。」〔註41〕

　　此次談話，主要關注點在於賞罰的重要性及公平性。對於貪污問題，《續資治通鑑長編》記載：「上注意治本，深懲贓吏，己巳，詔自太平興國元年十月乙卯以後，京朝、幕職、州縣官犯贓配諸州者，縱逢恩赦，所在不得放還，已放還者，有司不得敘用。」〔註42〕可見，無論是宋太祖還是宋太宗，都非常注重所任用官員的廉潔，把官員的貪污問題作為最嚴重的罪行來進行處理。而文官最重要的危害民生的行為就是貪污，處理好這個方面，對於國家的長治久安是非常重要的。宋真宗時，曾因關於如何懲治貪官的問題與當時的宰相王旦有這樣一段對話，真宗提到「數有人言官吏犯贓者多，蓋朝廷緩於懲戒。」王旦回答道：「今品官犯贓，情理乖當，但千錢已上皆配隸衙前，遇赦，得逐便，再遇赦，得參軍、文學，終身不齒良善。其有犯法輕贓，遇大慶不過得一判司，每赴選調，必首載其贓濫，為辱極矣。然萬一有當極典者，朝廷但委之有司，死者無由得免。蓋太宗謹重刑罰，行三宥之恩，此等多蒙減死。陛下即位以來，贓吏若比前代，則犯者似亦差少。」〔註43〕宋真宗對王旦提出最近有些人提到官員「犯贓者多」，他認為是朝廷對於貪官

〔註40〕《長編》卷二十四，第543頁。
〔註41〕《長編》卷二十四，第556頁。
〔註42〕《長編》卷二十四，第431頁。
〔註43〕《長編》卷八十五，第1940頁。

的懲戒還不夠嚴厲。可見，宋真宗也同樣重視對貪官的懲處。王旦則向真宗解釋了朝廷法令對於貪官的處置方式，即已經具有相當嚴厲的懲處規定，並且收到了良好的警戒的效果。因為在真宗即位之時，「贓吏若比前代，則犯者似亦差少。」而太宗則對於犯贓該死罪者實行了三宥之恩，赦免了他們的死罪。在仁宗時期，對於謫降官員的懲處力度進一步減弱。

> 己亥，詔諸州文學、參軍、長史、別駕等降謫經十年者，聽還鄉。……壬申，以星文示變，赦天下流以下罪，死罪減一等。十惡至死，故殺、劫殺、謀殺人、官典枉法贓至死，造妖惑眾者，論如律。在降官羈管十年以上者，放還。京朝官丁憂移任七年未改秩者，以聞。〔註44〕

對於貶降十年，流亡在外者，全部放還。但對於重犯嚴重贓罪者，則再次重申永不錄用。

> 詔自今應犯贓注廣南、川峽幕職、州縣官，委逐路轉運使常加糾察，再犯贓罪者，永不錄用。時司勳員外郎梁象言：『川峽幕職、州縣官，曾坐贓左降者，多復恣貪，逾以擾遠民。請自今犯贓者，不注川峽官，並除廣南遠惡州軍。』上以廣南亦吾民也，且非自新之道，故特有是詔。〔註45〕

可見，在宋仁宗時期，犯贓罪的官員大部分是被貶降到廣南、川峽等地作幕職或州縣官，但這些人很多在當地依然放縱貪欲，擾亂當地百姓的生活。因此，朝廷要求廣南、川峽等地轉運使要經常注意糾察這些犯贓左降的官員，一旦發現再犯贓罪，則永不錄用。可見，貪贓而左降的官員與因其他過失被貶的官吏不同，因其行為為害當地百姓，所以朝廷對其在貶謫地的行為加以持續關注，並給予相應處罰。但相對於太祖時期因貪贓而被處死的懲罰來說，從太宗到仁宗，其力度是越來越減弱了。

由此可見，北宋前期官員貶謫制度基本原則的形成與宋太祖趙匡胤對於刑政繁密的厭惡，以及對生命價值的高度關注有很大的關係。正是因為趙匡胤認為「人命至重」，所以不管在處理普通平民還是官員犯罪的問題上，都秉持著仁慈和慎重的態度。同時，也因為他在太廟立「誓碑」，要求「不殺士大夫及上書言事人」。他認為「朕今選儒臣幹事者百餘，分治大藩，縱皆

〔註44〕《長編》卷九十二，第2118～2119頁。
〔註45〕《長編》卷九十四，第2167頁。

貪濁，亦未及武臣一人也。」而文臣最主要的問題就在於會有貪污之嫌。所以管理文臣主要針對貪濁問題。北宋前期除了太祖期間有官員因嚴重的貪贓問題被處死外，沒有官員因犯罪被處以死刑。到了太宗時期，更加寬宥，甚至犯贓罪的官員也多免死。但相對而言，對貪官的處置比犯其他公罪私罪的處罰要重。像仁宗時期引起軒然大波最後導致「慶曆新政」失敗的「奏邸之獄」的主角蘇舜欽，就是以「監守自盜減死一等除名」的罪名被貶謫為民，最後鬱鬱而終的。蘇舜欽被除名並且在屢次大赦中都不能得到赦免，主要原因就是他是以「監守自盜」即貪污的罪名被貶黜的。這足以說明，在宋代，官員貪贓是一個非常嚴重的罪名。

北宋前期是各項制度的奠基、形成到成熟的階段，貶謫制度作為北宋朝廷官員管理制度的重要部分，自然也是在這個階段逐步形成和成熟的。元祐八年，呂大防在皇帝面前曾說：「前代多深於用刑，大者誅戮，小者遠竄；唯本朝用法最輕，臣下有罪，止於罷黜。」〔註46〕如此說來，貶謫制度的制定與執行就成為宋代皇帝與朝廷管理處罰官員的一個重要甚至是唯一的手段。

第三節　「仁義為本，紀綱為輔」——貶謫的實施

北宋前期貶謫制度是隨著時代的變化不斷完善的。總體上來說，宋代貶謫制度的實施非常人性化，概括起來說，就是「仁義為本，紀綱為輔」。正如宋人呂中《宋大事記講義》講到的：「取士至於及累舉，舉官至於及內親，任子至於異姓，拜近臣必擇良日，退大臣則曰均勞逸。固所以結士大夫之心。」〔註47〕但是，貶謫制度的實施與官員的懲治也經歷了一個逐漸制度化和規範化的過程。

在太祖時期，由於當時國家初創，法制未備，宋太祖在處理官員犯罪方面，經常採取個人專斷的方式。如《宋史‧刑法二》所言：「律令者，有司之所守也。太祖以來，其所自斷，則輕重取捨，有法外之意焉。然其末流之弊，專用己私以亂祖宗之成憲多矣。」〔註48〕也即是說，宋太祖時期對官員犯罪的處置很大程度上取決於太祖自己本人的決斷，而不是交由具體的有關單位

〔註46〕《宋史》卷三百四十，第10843頁。
〔註47〕〔宋〕呂中：《宋大事記講義》卷一，影印《四庫全書》文淵閣本，第686冊，第188頁。
〔註48〕《宋史》卷二百，第4985頁。

去實施。據《宋史》記載：「端拱間，虜犯邊郡，北面部署言：『文安、大城二縣監軍段重誨等棄城遁，請論以軍法。』帝遣中使就斬之。既行，謂曰：『此得非算管州軍召之耶？往訊之乃決。』使至，果訊得乾寧牒令部送民入居城，非擅離所部，遽釋之。』」〔註49〕宋太祖本人作為開國之君，具備足夠清晰的判斷力和公正性，其後來之人未必有這樣的能力與境界。因此，這樣做造成的弊端就是後來之人會「專用己私以亂祖宗之成憲」。在仁宗時期，這種情況就受到諫官的反對：

> 時近臣有罪，多不下吏劾實，不付有司議法。諫官王贄言：『情有輕重，理分故失，而一切出於聖斷，前後差異，有傷政體，刑法之官安所用哉？請自今悉付有司正以法。』詔可。近臣間有干請，輒為言官所斥。諫官陳升之嘗言：『有司斷獄，或事連權倖，多以中旨釋之。請有緣中旨得釋者，劾其干請之罪，以違制論。』許之。仁宗於賞罰無所私，尤不以貴近廢法。〔註50〕

宋仁宗時期，出現近臣得罪不交給有關部門去議罪的情況，就馬上受到諫官彈劾，而宋仁宗也很快採納了諫官的建議。可見，宋朝的官員懲治方式由宋太祖到宋仁宗期間，發生了比較大的變化，一切都越來越走向制度化和規範化。北宋貶謫制度的制定與實施也是在太祖、太宗、真宗、仁宗四朝確立與完善起來的。

一、北宋前期官員被貶原因及方式

金強先生所著《宋代嶺南謫宦》裏提到：「官員黜降制度，俗稱貶官制度。基本形態就是降職，但不侷限於降職，除此之外，往往伴隨著任職地點的變化，如京官貶為地方官，地方官則貶為更為邊遠的地區。此外，還有職務性質的變化，如由實職改為閒職。」〔註51〕本文所研究的貶謫官員範疇，也同樣採取這個關於貶官制度的概念。包括降職、京官貶為地方官，以及由實職改為閒職。官吏被貶謫的原因和情況各有不同，從職務高低的分別來看，宰相作為北宋權位最高的文官，同樣面臨被貶黜的可能性。一般由實職改為閒職的，在宰相身上體現最為明顯。他們被貶有以下幾種方式：

〔註49〕《宋史》卷二百，第4987頁。
〔註50〕《宋史》卷二百，第4989頁。
〔註51〕金強：《宋代嶺南謫宦》，廣東人民出版社，2009年版，第71頁。

　　第一，因施政不當或其他原因（有時甚至是天氣原因）被彈劾，需要被罷免的，基本是以「均勞逸」的藉口罷免其宰相職務，同時，提高他的勳官待遇。像宋太宗時期的宰相李昉就是典型的例子。李昉因被翟馬周擊登聞鼓狀告其身為宰輔，在契丹入寇之時，不憂心國事，忠於職守，而是賦詩飲酒，置辦女樂。宋太宗決定罷免他的宰相職位，「於是，召翰林學士賈黃中草制，授昉右僕射罷政，且令黃中切責之。黃中言：『僕射師長百僚，舊宰相之任，今自工部尚書拜，乃疏遷，非黜責之意也。若以文昌務簡均逸為辭，庶幾得體。』上然之。庚子，罷昉為右僕射。」〔註 52〕這些被罷免的宰相在實質上失去了權力，但皇帝都給予他們足夠的優厚待遇，保留了他們作為朝廷重臣的體面。

　　第二，對於得罪當權者的宰相或朝廷重臣，採取貶謫出京到地方任職的方式。例如宋仁宗初期，時任樞密副使的晏殊因反對劉太后任用自己的親信張耆，引起太后不悅。後來，晏殊因從幸玉清昭應宮時，用笏板打掉來遲的持笏隨從的牙齒，被監察御使曹修古、王沿等彈劾，認為「殊身任輔弼，百僚所法，而忿燥無大臣體。古者三公不按吏，先朝陳恕於中書榜人，即時罷黜。請正典刑，以允公議。」於是晏殊就被以「忿躁」的罪名貶到宣州任職。不久又改為知應天府。〔註 53〕晏殊之前的宰相寇準、趙普也均有多次被朝廷貶謫到地方任職的經歷。晏殊之後的范仲淹、歐陽修等人也皆經歷過此種方式的貶謫。但這種貶謫不是長時間的棄置不用，而是經過一段時間的沉澱，經過朝廷重臣推薦或者皇帝認為還可以大用，依然可以重新回京任職，直至重回宰相大位。比如寇準雖被王欽若所讒，出知陝州，但因其才能以及時任宰相王旦的推薦，仍在真宗時期回到朝廷重新擔任宰相或者樞密使等重要職務。晏殊也在劉太后去世，仁宗當政時重回朝廷並升任宰相。

　　第三，對於參與到朝廷權力鬥爭，或對皇權的更迭起到威脅作用的宰相與大臣，朝廷對他們的貶黜是毫不留情的。像太宗時期的盧多遜，因為參與了宋太宗及其弟弟趙光美之間的皇權爭奪而觸犯宋太宗的大忌，被直接從宰相的任上下詔獄推堪，罪名確定後就被流放到遠在海外的崖州，並「追奪其在身官爵及更三代封贈、妻子官封，並宜削奪追毀。一家親屬，並配隸崖州。充長流百姓。所在馳驛發遣，仍終身禁錮，縱更大赦，不在量移之限。其期

〔註 52〕《長編》卷八十五，第 647 頁。
〔註 53〕《長編》卷一百五，第 2435 頁。

周以上親屬，並配隸邊州遠郡禁錮。部曲奴婢並縱之。」（《盧多遜削奪官職配隸崖州制》）〔註 54〕這種類似的宰相間權力的爭奪，及其對皇權更替期間的參與導致的貶謫，還有後來的寇準與丁謂。他們的罪名與盧多遜不同，沒有牽扯到皇家內部的權力鬥爭，而主要是朝廷重臣間的權力爭奪。在這種權力鬥爭中的失敗者的貶黜是要分步驟進行的。首先要把他從宰相的位置罷免，貶到地方任職，然後再從地方貶黜到嶺南等僻遠荒蠻之地。比如寇準在真宗晚期病重期間謀劃使當時的太子也就是後來的仁宗監國，但因醉酒洩露機密，被當時的政敵丁謂發現，丁謂聯合錢惟演，在真宗面前進讒，並故意歪曲真宗旨意，達到將寇準從相位罷免的目的。先將寇準從太子太傅降授為太常卿，並出知相州，然後再從相州貶到嶺南之地雷州。丁謂在後來與王曾等人的權力鬥爭中落敗，也同樣是先將其宰相職位罷免，責為太子少保，分司西京。〔註 55〕在貶謫丁謂時，為了做到速戰速決，朝廷沒有按照正常的程序降制施行，而只是召了當時正在當值的舍人寫下詔書，直接在朝堂張貼公布，並以布告諭知天下。在把他從宰相位置罷免之後，「辛卯，再貶謂崖州司戶參軍，諸子並勒停。矼又坐與德妙奸，除名，配隸復州。籍其家，得四方賂遺，不可勝記。其弟誦、說、諫悉降黜。仍以罪狀布告中外。」〔註 56〕

　　在北宋前期，宰相被貶謫罷黜，基本是這三種情況。而作為普通官員，被貶黜的原因和情狀要更複雜多樣。總得來說，有以下八種：

　　（一）因職務上的過錯被貶。這是北宋官員貶謫制度實施中最容易被辨別和定罪的一種，諸如貪污、瀆職之類。屬於私罪，是個人原因造成的。在《宋史》和《續資治通鑑長編》中有眾多此種原因的貶謫事例。如：

　　　　甲寅，右拾遺梁周翰奪兩任官，坐通判眉州日決人至死也。

〔註 57〕

　　　　癸卯，殿中侍御史劉光輔坐知楚州日受賂，除籍為民。〔註 58〕

　　　　己卯，工部郎中陳堯佐、右正言陳執中，並奪一官。堯佐為起居郎，依前直史館，監鄂州茶場，執中衛尉寺丞，監岳州酒稅。初，

〔註 54〕司義祖整理：《宋大詔令集》卷第二百三，中華書局，1962 年版，第 755 頁。
〔註 55〕《長編》卷九十八，第 2286 頁。
〔註 56〕《長編》卷九十九，第 2293 頁。
〔註 57〕《長編》卷九，第 201 頁。
〔註 58〕《長編》卷十五，第 318 頁。

上累定考試條制，舉人納試卷，即先付編排官，去其卷首鄉貫狀，以字號第之，封彌官謄寫校勘，始付考官定等訖，復封彌送覆考官再定等，乃送詳定官啟封，閱其同異，參驗著定，始付編排官取鄉貫狀字號合之，即第其姓名差次，並試卷以聞，遂臨軒放牓焉。大抵欲考校、詳定官不獲見舉人姓名、書翰，編排官雖見姓名，而不復升降，用絕情弊。而堯佐、執中為編排官，不詳此制，復改易其等級。翌日，內廷覆驗，多所同異，遂悉付中書，命直龍頭閣馮元、太子右諭德魯宗道閱視，仍召堯佐、執中泊考校、詳定官對辨之，堯佐等具伏。王欽若等言：「堯佐等所犯，誠合嚴譴。若屬吏議，其責甚重，請止據罪降黜。」從之。〔註59〕

這些事例中官員被貶的罪名分別是瀆職、貪贓、破壞考試規則，是宋代關於官員黜陟的正常舉措。此種處置不會對士大夫社會產生嚴重的不良影響，其產生的效果基本是積極的。

（二）因言獲罪。因言獲罪又可以分為兩種，一種是因為上書議論朝政，得罪皇帝與執政大臣，如宋太宗朝著名直臣田錫曾上書言事。「疏奏，上不悅，宰相亦怒錫疏有『燮調倒置』語，尋罷知制誥，以戶部員外郎出知陳州。」〔註60〕宋仁宗時左司諫滕宗諒也曾因奏疏諫內寵「言宮禁事不實」〔註61〕而被貶知信州。還有一種是私下議論，但被皇帝聽到後不滿，故因此被貶，如王禹偁因開寶皇后之喪，群臣不成服，「禹偁與賓友言：『後嘗母天下，當遵用舊制。』或以告，上不悅。甲寅，禹偁坐輕肆，罷為工部郎中、知滁州。」〔註62〕諸如此類，因上述政治言論得罪皇帝與執政大臣的，均屬於「因言獲罪」，也是宋代大臣被貶謫的一種緣由。

（三）反對皇帝的某項舉措或政策，而使皇帝及宰相無法對付的，一般也會採取貶黜的方式，把反對者貶出京城，達到使他們無法繼續反對的效果。同時，也是對反對者不配合的一種懲戒。宋仁宗在位期間，因為反對仁宗廢后，范仲淹與孔道輔就曾被貶出京城，到地方任職。

　　　　仲淹即與權御史中丞孔道輔率知諫院孫祖德、侍御史蔣堂、

〔註59〕《長編》卷九十三，第 2140 頁。
〔註60〕《長編》卷三十，第 689 頁。
〔註61〕《長編》卷一百一五，第 2698 頁。
〔註62〕《長編》卷三十七，第 813 頁。

郭勸、楊偕、馬絳、殿中侍御史段少連、左正言宋郊、右正言劉渙
詣垂拱殿門，伏奏皇后不當廢，願賜對以盡其言。護殿門者闔扉不
為通，道輔撫銅環大呼曰：『皇后被廢，奈何不聽臺諫入言。』尋
詔宰相召臺諫諭以皇后當廢狀，道輔等悉詣中書，語夷簡曰：『人
臣之於帝后，猶子事父母也。父母不和，固宜諫止，奈何順父出母
乎！』眾譁然，爭致其說。夷簡曰：『廢后自有故事。』道輔及仲
淹曰：『公不過引漢光武勸上耳，是乃光武失德，何足法也！自餘
廢后，皆前世昏君所為。上躬堯、舜之資，而公顧勸之效昏君所為，
可乎？』夷簡不能答，拱立曰：『諸君更自見上力陳之。』道輔與
范仲淹等退，將以明日留百官揖宰相廷爭。而夷簡即奏臺諫伏閤請
對，非太平美事，乃議逐道輔等。

丙辰旦，道輔等始至待漏院，詔道輔出知泰州，仲淹知睦州，
祖德等各罰銅二十斤。故事，罷中丞，必有詰辭。至是，直以敕除。
道輔比還家，敕隨至，又遣使押道輔及范仲淹亟出城。仍詔諫官御
史，自今並須密具章疏，毋得相率請對，駭動中外。」〔註63〕

這段史實清楚地記載了宰相呂夷簡因為自己的私怨慫恿和支持宋仁宗
廢后，遭到范仲淹、孔道輔等臺諫官員的強烈反對並嚴詞質問的情況。呂夷
簡無法應對，就使用緩兵之計，在范、孔二人毫無精神準備的情況下，在待
漏院宣詔將準備廷爭的他們直接貶出京城。其他追隨者則處以罰金。並且為
了早點將他們趕出京城，呂夷簡不顧過去的舊例，直接以敕書的形式送至時
任御史中丞的孔道輔家，還派使者將他們馬上押解出城。並發布詔書，要求
以後的諫官御史奏事，必須密章奏上，不得一起聚眾請對。這樣的處理結果，
在當時朝野引起了很大震動。對於宋代臺諫制度來說，是一個很大的衝擊。
這在仁宗初期，主要是當時的宰相呂夷簡的強硬手段的體現。

（四）由於聲援被貶大臣而被貶，甚至是自求與其同貶以表達其政治態
度，還有臺諫官員因其建議不被採納而自請出外。宋仁宗在位期間，范仲淹
因上《百官圖》，與宰相呂夷簡在官員升遷及建都等方面進行爭論，呂夷簡
向皇帝怒訴范仲淹：「離間君臣，所引用，皆朋黨也。」〔註64〕因此范仲淹
被罷知饒州。余靖冒著被指為朋黨的風險聲援范仲淹，終以此被貶。尹洙則

〔註63〕《長編》卷一百十二，第2648～2649頁。
〔註64〕《宋史》卷三百十四，第10269頁。

因為上言自請與范仲淹同貶而被貶。而歐陽修則因為寫信指責諫官高若訥在范仲淹被貶事件上閉口不言，且認為范仲淹該貶而坐視不管，以為其「不復知天下羞恥事也」。因此而被貶為夷陵縣令。這起貶謫事件，已經是一個群體的貶謫事件，他們不是因為共同犯罪，也不是因為被政治對手攻擊，而是為了聲援自己認同的政治主張，甚至以自請貶謫的方式來表達自己不怕任何政治打擊而堅守道義的堅定信念。這種行為在宋代以前或以後都沒有出現過，可以看成是宋代士人政治節操與精神信仰形成的標誌。

（五）因文章或詩歌觸動忌諱而被貶謫。如胡旦與李淑。胡旦多次因其文章的措辭激怒皇帝而獲罪被貶。

> 丙午，右補闕、直史館胡旦獻《河平頌》，言逐盧多遜、出趙普事。其序略云：「賊臣多遜，陰泄大政，與孽弟廷美呪詛不道，共造大難。強臣普，恃功貪天，違理背正，削廢大典，駕豪傑之罪，飾帝王之非，榛賢士之路，使恩不大賞，澤不廣洽。」頌復有「逆遜投荒，奸普屏外」等語。上覽之大怒，召宰相謂曰：「旦辭意悖戾，朕自置甲科，歷試外任，所至悉無善狀。知海州日，為部下所訟，獄已具，適會大赦，朕錄其才而捨其過，乃敢恣胸臆狂躁如此！今朝多君子，旦豈宜尚列侍從耶？亟逐去之。」且下其頌史館。中書舍人、史館修撰王祜等奏旦指斥大臣，謗瀆聖代，下流訕上，宜加竄斥。丁未，責旦為殿中丞，商州團練副使。〔註65〕

> 辛酉，兵部郎中、知制誥、史館修撰胡旦，責授安遠節度行軍司馬。旦與王繼恩等邪謀既露，上新即位，未欲窮究之，而旦草行慶制詞，頗恣胸臆，多所溢美，語復訕上，故先絀之。〔註66〕

李淑，真宗時以給事中知鄭州時，寫有《周陵詩》。後在朝廷任職時，國子監博士陳述古以私隙訟其譏訕朝廷，被除去龍頭閣學士，出知應天府。魏泰《東軒筆錄》記載：

> 李淑在翰林，奉詔撰《陳文惠公神道碑》，李為人高亢，少許可，其文章尤尚奇澀，碑成，殊不稱文惠之功烈文章，但云「平生能為二韻小詩」而已。文惠之子述古等懇乞改去「二韻」等字，答已經進呈，不可刊削。述古極銜之。會李出守鄭州，奉時祠於恭陵，

〔註65〕《長編》卷二十四，第561頁。
〔註66〕《長編》卷四十一，第865頁。

而作《恭帝陵詩》曰：「弄楯牽車挽鼓催，不知門外倒戈回。荒墳斷壠才三尺，猶認房陵半仗來。」述古得其詩，遽諷寺僧刻石，打墨百本，傳於都下。俄有以詩上聞者，仁宗以其詩送中書。翰林學士葉清臣等言：「本朝以揖遜得天下，而淑誣以干戈。且臣子非所宜言。」仁宗亦深惡之，遂褫李所居職。自是連蹇於侍從垂二十年，竟不用而卒。〔註67〕

李淑與胡旦二人在宋代初期的士大夫群體中評價極低，被認為性姦邪險陂，荒誕悖謬。此二人得罪於文辭，主要是因為他們的文字內容都涉及到了宋室得天下以及傳承的方式是否合法，是否合乎儒家倫理道德的問題。胡旦還涉及了對於宋朝開國功臣趙普的評價。在這種情況下，其無所顧忌的措辭與行文是很容易激怒皇帝，從而被貶斥的。從事件本身來看，李淑的《周陵詩》事件，應該是宋代「以文字入罪」的先聲。但因為當時還沒有北宋中後期非常殘酷的新舊黨爭問題，所以李淑雖然因詩得罪，但只除去龍頭閣學士之職，出知應天府，受到的處罰並不是很重，但是他也因此不被皇帝大用。比起蘇軾的「烏臺詩案」以及後來蔡確的「車蓋亭」詩案，這個事情的處理是簡單的多了。

（六）因被誣告而遭貶。

> 癸未，降知永興軍陳堯佐知廬州，為狂人王文吉所誣也。堯佐罷政，過鄭，文吉挾故怨告堯佐謀反。上遣中官訊問，復以屬御史臺。中丞范諷夜半被旨，詰旦得其誣狀上之，堯佐猶坐是左降。〔註68〕

陳堯佐被人誣告謀反，宋仁宗先派宦官訊問，後來又把案子交給御史臺，御史中丞范諷半夜得到聖旨，連夜審訊，搞清楚是一件誣告的案子。在這種情況下，陳堯佐依然被降職處理。

（七）因政治權力鬥爭被牽連貶謫的也不在少數。如前寇準在真宗晚期被貶嶺南時，翰林學士盛度、寇準的女婿王曙都分別被貶黜到光州和汝州。寇準的親吏張文質、賈德潤並黜為普寧、連山縣主簿，後因朱能案，被除名，配隸封、貴州。朝士與寇準親厚的，丁謂必定把他們貶斥。只有楊億因丁謂

〔註67〕〔宋〕魏泰：《東軒筆錄》卷三，燕永成整理，《全宋筆記》（第二編第八冊），第23～24頁。
〔註68〕《長編》卷一百十二，第2622頁。

愛才而得以保全。

（八）不服從調遣而被貶：

工部尚書陳若拙擔任京東轉運使時被召回京城，因為沒有得到三司使的職位，他拒絕接受新的任命，甚至在皇帝好言勸慰之後依然拒絕接受，因此「固當譴降」，以儆效尤。《長編》卷二十九載：

> 若拙大失望，因對固辭，且言常任三司判官及轉運使，今守湖外，反累責降。又言父母老，不願遠適。上曰：「潭州大藩，朕為方面擇人，所委任不在轉運使下，輔相舊臣，固亦有出典大藩者，卿其勿辭！」若拙懇請不已，乃追新授告敕而有此命。

> 上謂宰臣曰：「士大夫操修，必須名實相副。若拙前使鄆州，就徙為本路轉運使，加賜金紫。謂其幹事，委以方面，改官未久，仍令遷秩，而貪進擇祿至此。乃知取士擢才，必須審慎。頃有黃觀者，或稱其能，遷為西川轉運使，輒訴免，尋絀知閬州，自後無敢然者。今若拙固當譴降。大凡朕之用人，豈以親疏為間，苟能盡瘁奉公，有所樹立，何患名位之不至也。」〔註69〕

二、貶謫的具體實施程序

北宋管理懲處官員的部門主要是御史臺。《宋史‧職官志九》載：「御史臺：掌糾察官邪，肅正綱紀。大事則廷辨，小事則奏彈。其屬有三院：一曰臺院，侍御史隸焉；二曰殿院，殿中侍御史隸焉；三曰察院，監察御史隸焉。凡祭祀、朝會，則率其屬正百官之班序。」〔註70〕御史臺設「中丞一人，為臺長。」其主要作用就是監察官員的行為是否失當。如果是大事的話，則在朝廷百官朝會之時進行廷爭。小事則直接上摺彈劾。三個部門各有專職。也即是說，所有官員的貶謫黜陟均由御史臺的各個部門分工合作，進行監察，以決定其黜陟。而御史中丞，是御史臺的最高長官，對御史臺的工作負有直接的責任。張詠作御史中丞時，就曾因「宰相張齊賢呼參知政事溫仲舒為鄉弟，及他語，鄙甚。公以非所宜言，失大臣體，遂彈奏之。」〔註71〕結果引起張齊賢的怨恨，以致後來在太宗面前詆毀他與他的親家王禹偁。仁宗

〔註69〕《長編》卷二十九，第1135頁。

〔註70〕《宋史》卷三百十四，第3871頁。

〔註71〕〔宋〕江少虞撰：《宋朝事實類苑》卷第七，上海古籍出版社，1981年版，第71頁。

時期「天章閣侍講林瑀上周易天人會元紀，御史中丞賈昌朝言：「瑀以陰陽小說，上惑天聽，不宜在勸講之地。」帝諭輔臣曰：『人臣雖有才學，若過為巧偽，終有行跡。』乃落瑀職，通判饒州。」〔註72〕天章閣侍講林瑀就因為御史中丞賈朝昌的彈劾，而遭到貶謫。這是關於在朝官員的監察工作。在外官員，則由各路轉運使來調查刺探他們的功過罪錯，並上報朝廷。《宋史‧職官志九》「轉運使：掌經度一路財賦，而察其登耗有無，以足上供及郡縣之費；歲行所部，檢察儲積，稽考帳籍，凡吏蠹民瘼，悉條以上達，及專舉刺官吏之事。」〔註73〕《宋朝事實類苑》記載了明肅太后過問福州陳絳髒污狼藉之事，宰相王曾回答：「外方之事，須本路監司發摘。不然，臺諫有言，中書方可施行。今事從中出，萬一傳聞不實，既所損又大也。」〔註74〕也就是說對外方官員進行處罰，有兩條途徑，一是由本路監司，即本路轉運使來舉發，二是由臺諫對其進行彈劾，這樣政府才能夠對他進行調查處理。所以明肅太后才要求「速選有風力更事，任一人為福建路轉運使」，以調查陳絳的貪污行為。

在朝官員被臺諫彈劾或被本路轉運使發摘之後，還要根據實際情況看是否需要下詔獄來弄清犯罪事實。按照《宋史‧刑法二》：「詔獄，本以糾大奸慝，故其事不常見。初，群臣犯法，體大者多下御史臺獄，小則開封府、大理寺鞫治焉。」〔註75〕「天下疑獄，讞有不能決，則下兩制與大臣若臺諫雜議，視其事大小，無常法，而有司建請論駁者，亦時有焉。」〔註76〕（《宋史‧刑法三》）牽扯到大案、要案中的官員，像盧多遜這樣重大的涉及謀反的案情，就要下御史臺獄，由皇帝專門指派官員審理此案，在案情明白之後，詔文武群臣朝堂集議，最後根據集議結果定罪施行。這種就叫做詔獄。所以當王欽若因「人有言其受金者」，請求宋真宗以此事下御史臺時，真宗斥責他曰：「國家置御史臺，固欲為人辨虛實耶？」〔註77〕可見，一般下御史臺的詔獄都是比較重大的事件。而王欽若後來也被御史臺就第按問，則是因為他在判河南府時，沒等朝廷召回就自己輿疾回京，丁謂向皇帝告發他「擅去官守，無人臣禮」，皇帝就「命御史中丞薛映就第按問，欽若惶恐伏罪。戊

〔註72〕《宋朝事實類苑》卷第五，第 45 頁。
〔註73〕《宋史》卷三百十四，第 3965 頁。
〔註74〕《宋朝事實類苑》卷第十三，146 頁。
〔註75〕《宋史》卷二百一，第 4997 頁。
〔註76〕《宋史》卷二百一，第 5005 頁。
〔註77〕《長編》卷九十三，第 2149 頁。

子，責授司農卿，分司南京，奪從益一官。轉運使及河南府官皆被罪。仍攽論天下。」〔註78〕除此之外，蘇舜欽曾因「進奏院事件」下御史臺按治後被以堅守自盜的罪名「減死一等除名」，歐陽修也曾因被誣告與甥女有姦而下御史臺按治，後被貶知滁州。

普通的官員在履行職責的過程中所犯過錯，此種事件一般就由開封府官員來處理。比如呂公綽因被諫官、御史上言，彈劾他以前知開封府時，曾按照龐籍的意思，杖責趙清旽，致其沒到配所就死亡的事情。呂公綽因此得罪，但他不久後上奏章為自己辯解，於是皇帝下詔讓知開封府楊察來處理此事，也就是說這樣的事情交由開封府處理就可。〔註79〕

有些案件則是由相應的部門提出彈劾，然後朝廷根據其罪錯將其直接下旨貶斥。如胡旦獻《河平頌》，其文詞悖謬引起宋太宗不滿，將他的《河平頌》下史館討論，史館官員中書舍人、使館修撰等將討論結果上奏給宋太宗，說他「指斥大臣、謗瀆聖代，下流訕上，宜加竄斥」，胡旦因此被責為殿中丞、商州團練副使。〔註80〕

案情及罪行以及處置方式確定以後，宰輔類官員由翰林學士知制誥草制，其他官員由中書舍人草寫貶詔，由中書門下授予被貶官員，有些重大的貶謫制詔還會榜示朝堂，頒諭天下。被貶官員到任後以謝表的形式向皇帝報告自己到任行程及表示感謝。整個貶謫的程序就完成了。

三、皇權專制對官員貶謫的影響

雖然北宋前期制訂了一系列與貶謫相關的制度及政策，但作為以人治為主的專制集權國家，皇帝擁有至高無上的權力。《長編》就記載了關於李穆的一件事情。李穆因為坐盧多遜事被黜降，後來因為宋準在奏事之時為其美言，宋太宗才有所感悟。「於是，穆同知貢舉，預侍立，上見穆顏色腰瘁，謂曰：『卿何故如此，豈非黜降以來憂畏所致乎？』即日還穆舊官。」〔註81〕可見，李穆貶官與還舊官就是宋太宗本人的一念之間而已。宋仁宗作為寬厚之君，也同樣會在宰相呂夷簡的慫恿之下，違反貶黜程序罷免范仲淹、孔道輔，並派使者押解他們馬上出城。而呂夷簡之所以在廢后這件事情上如此賣

〔註78〕《長編》卷九十七，第 2256 頁。
〔註79〕《長編》卷二十九，第 561 頁。
〔註80〕《長編》卷一七五，第 4226 頁。
〔註81〕《長編》卷二十四，第 541 頁。

力，主要原因也是因為他初次被罷相出守許州，是因為宋仁宗聽信郭皇后的話才導致的。

> 張鄧公、呂許公同作宰相。一日朝退，仁宗獨留呂公，問曰：「張士遜久在政府，欲與一差遣出去。」呂公曰：「士遜出入兩朝，亦頗宣力。」仁宗曰：「恩命如何？」呂公曰：「與除靜江軍節度使、檢校太傅、知許州。」仁宗曰：「不虧他否？」呂公曰：「聖恩優厚。」呂公既退，張，呂姻親也，私焉，曰：「主上獨留公，必是士遜別有差遣。」因祁以恩命。呂沉吟久之曰：「使弼，使弼。」張亦欣然慰望。是日張公打屏閤內物已過半矣，明日令院子盡搬閤內物色歸家，更不趨待漏院，只就審官東院待漏。既入朝，張公唯祗候宣麻，呂公唯準備押麻耳。忽堂吏報呂公曰：「相公知許州。」呂公大驚，於是張公押麻，乃呂公除靜江軍節度知許州也。〔註82〕

仁宗本與呂夷簡商議將另一宰相張士遜罷職外放，因此呂夷簡完全沒有預料到自己會被罷相貶謫，所以貶詔下達之後，他顯然大為震驚。類似出於皇帝之口就直接罷職貶出京城的還有仁宗皇帝時期的蘇紳。

> 仁宗初逐林瑀，一日執政奏事罷，因談時政，而共美上以聰明睿智，洞察小人情者。仁宗曰：「卿等謂林瑀去，而朝廷遂無小人耶？」執政曰：「未諭聖旨，不識小人為誰？」仁宗從容曰：「蘇紳可侍讀學士，知河陽。」〔註83〕

貶謫蘇紳完全是出於仁宗皇帝本人的意志。而蘇紳自己並沒有被御史和諫官彈劾，執政甚至都不知道仁宗皇帝所指「小人」為誰。從呂夷簡及蘇紳被貶，可以看出皇權專制社會中皇帝對於官員貶謫的不可置疑的決定權。也是因此，在處理朝政時，皇帝有時難免會受個人意志的支配，做出不符合朝廷常規的事情。這時，宰相的作用就體現出來了。《宋史‧職官志九》載「宰相之職：佐天子，總百官，平庶政，事無不統。」〔註84〕如果一個宰相具備相當大的道德勇氣和意志力，那麼他就會以自己的個人意志與皇帝抗衡，以說服皇帝回到正軌。這樣的情況也需要一個開明的皇帝，才可能出現。而宋太祖趙匡胤與開國宰相趙普之間的關係恰恰就體現了這一點：

〔註82〕〔宋〕孔平仲：《談苑》卷一，池潔整理，選自《全宋筆記》（第二編第五冊），大象出版社，2003年版，第292頁。
〔註83〕《宋朝事實類苑》卷第四，第42～43頁。
〔註84〕《宋史》卷三九十，第11963頁。

太祖時，嘗有群臣立功，當遷官，上素嫌其人，不與。趙普堅
以為請，上怒曰：「朕固不為遷官，將若何？」普曰：「刑以懲惡，
賞以酬功，古今之通道也。且刑賞者，天下之刑賞，非陛下之刑賞
也，豈得以喜怒專之？」上怒甚，起，普亦隨之。上入宮，普立於
宮門，久之不去，上寤，乃可其奏。〔註85〕

「刑賞者，天下之刑賞。」在趙普這裡，他已經把皇帝的私意與天下之
公理區分了開來。他的這種認識最終被宋太祖所認可。以此可見，當朝皇帝
與當權的宰相，其個人意志完全會影響貶謫官員的處置。宋真宗在位時，《宋
朝事實類苑》卷十六記載了關於如何罷免寇準的：

寇準在樞府，上欲罷之，萊公已知，乃使人告公曰：「遭逢最
久，今出欲一使相，望同年主之。」公曰：「將相之任，極人臣之貴，
苟朝廷有所授，亦當辭，豈得以私有干於人？」仍亟往白之，萊公
不樂。後上議：「寇準令出，與一甚官？」公曰：「寇準未三十歲，
已登樞府，太宗甚器之。準有才望，與之使相，令當方面，其風采
足以為朝廷之光。」上然之，翌日降制，萊公捧使相告謝於上前，
感激流涕曰：「苟非陛下主張，臣安得有此命？」上曰：「王某知卿。」
具道公之言。萊公出謂人曰：「王同年器識，非準可測。」〔註86〕

王旦雖沒有直接答應寇準的要求，但寇準被罷免樞密使時被授予使相之
職，完全是因為皇帝採納了王旦的建議。

很多官員的升降黜陟甚至存在一定的偶然性，取決於皇帝或宰相本人對
這位臣子的直接觀感。太宗朝李符，在盧多遜被流放崖州時對趙普提出：「朱
崖雖遠在海中，而水土頗善。春州稍近，瘴氣甚毒，至者必死，不若令多遜
處之。」〔註87〕後來宋太宗惡其朋黨，命令把李符徙於嶺表，趙普就把李符
貶知春州，一年多後，李符就死於春州。可見，宰相在決定官員貶謫地域時，
因其對被貶官員人品的看法，可以選擇自己認為適合其人的貶謫之地。而真
宗末年寇準被貶，也是完全出於當時宰相丁謂的意志。他利用真宗病重之機，
聯合當時的翰林學士錢惟演，請深責寇準。寇準因此被特授太常卿知相州。
丁謂等不想讓寇準在內地任職，向皇帝請示遠徙寇準，真宗命令給寇準安排

〔註85〕《宋朝事實類苑》卷第十六，第 190 頁。
〔註86〕《宋朝事實類苑》卷第十三，第 152 頁。
〔註87〕《長編》卷二十四，第 544 頁。

一個小郡。丁謂退下後在紙尾署到：「奉聖旨，除遠小處知州。」同為宰相的李迪認為，當時皇帝的聖旨裏並沒有講到「遠」字，丁謂說：「君面奉聖旨，欲擅改聖旨，以庇準乎？」李迪非常氣憤但卻無可奈何。〔註88〕因此，寇準被徙知安州。在安州任上，因坐朱能叛，再貶道州司馬。「自準罷相，繼以三紲，皆非上本意，歲餘，上忽問左右曰：『吾目中久不見寇準，何也？』左右亦莫敢對。上崩，乃責雷州。」〔註89〕在將要貶寇準到雷州時，王曾認為責罰過重，丁謂威脅他說：「居停主人恐亦未免耳。」因王曾嘗借宅邸給寇準居住，王曾懼怕丁謂以此牽累到自己，因此不敢再爭。他利用了真宗晚期的病狀，通過對皇帝旨意的歪曲以及對同朝臣子的威脅，達到了把寇準拉下宰相位置並貶黜到嶺南的政治目的。可見，要將某位官員貶謫到某處，有時並不經過具體的審判論罪，而完全出自於當時執政者的一己之意。

對於貶謫官員的處理，也會因為執政宰相氣度與心胸的不同，而有所區別。比如，仁宗中後期的唐介，其激怒仁宗的程度比范仲淹、孔道輔有過之而不及，但因為當時宰相文彥博比較寬厚，尊重諫官言事的權力，在他的求情之下，唐介得到了較輕的貶謫處理，並很快就被召回朝廷。

第四節　「雖罹譴放，尋沐甄收」——貶謫官員的量移與敘復

北宋前期對被貶官員按照制度規定進行量移以及敘復，體現了宋代對貶謫官員的人性化處理方式。從貶謫的力度與量移及敘復的過程來看，按照宋人自己的說法，那就是「雖罹譴放，尋沐甄收」〔註90〕。對於士大夫中的優秀分子，雖然因種種原因會遭受到不同程度的貶謫。但一般情況下，都會很快得到量移和敘復。即使是一些犯了較大罪過、甚至是具有謀反罪名的官員，在多年以後也會得到諒解，甚至給予一定的恩澤，如果本人身死，他的家人也會得到一定的補償。

宋太宗在位期間，著名文學家王禹偁曾兩次遭貶。第一次是太宗淳化二年，在他三十八歲時，因其為徐鉉雪冤而由大理寺丞、知制誥被貶為商州團

〔註88〕《長編》卷九十六，第2211頁。
〔註89〕《長編》卷九十六，第2212頁。
〔註90〕《長編》卷三十五，第771頁。

練副使。一年半後因南郊祭祀，他隨例量移解州團練副使。王禹偁在《量移
自解》詩中寫道：「商山五百五十日，若比昔賢非滯留。試看江陵元相國，四
年移得向通州。」《續資治通鑑長編》卷二十九記載：

> 初，商州團練副使王禹偁量移解州，因左司諫呂文仲巡撫陝
> 西，疏言父老，求徙東土，上即詔禹偁還朝。己卯，授左正言，謂
> 宰相曰：「禹偁文章，獨步當世，然賦性剛直，不能容物，卿等宜召
> 而戒之。」尋命直昭文館。〔註91〕

同中唐元稹被貶江陵，四年之後才量移通州相比，他被貶兩年就得以量
移，並且在量移後不久就被詔還朝。第二次被貶是在太宗至道元年他四十二
歲時，因其對「開寶皇后」喪儀的議論而以「加恩去職」的方式被貶知滁州。
在滁州一年半，王禹偁就奉詔移知揚州軍州。第二年三月癸巳，太宗崩，真
宗即位，特授王禹偁尚書刑部郎中，散官賜勳如故。五月丁卯，真宗下詔求
直言，王禹偁上《應詔言事書》，真宗即召王禹偁還朝，以刑部郎中守本官，
復知制誥，是為王禹偁三度任知制誥。但好景不長，真宗咸平元年（998）王
禹偁四十五歲時，在本年的十二月二十九日（歲除日）落知制誥，出知黃州。
在貶謫黃州期間，由於王禹偁曾預修《重修太祖實錄》，還特授朝請大夫，賜
絹五十匹，銀五十兩。十一月大赦天下，特授王禹偁上柱國之勳官。在黃州
第二年十月，黃州出現特異自然現象，真宗為避免王禹偁出現意外，特命他
徙知蘄州。

> 初，黃州境二虎鬥，其一死，食之殆半；群雞夜鳴，經月不
> 止；仲冬，震雷暴作。知州、刑部郎中王禹偁手疏言之，且引《史
> 記天官書》、《洪範五行傳》為證。上亟命中使乘驛勞問，醮禳之。
> 又詢於日官，言守土者當其咎。上惜禹偁才名，即命徙知蘄州，
> 至，未逾月卒。戊午，訃聞，上甚嗟悼之，厚賻其家，賜一子出
> 身。〔註92〕

通過觀察王禹偁三次被貶的實際情況和處罰力度，我們可以發現，王禹
偁被貶後的境遇無論從貶謫地、貶謫時間還是社會輿論氛圍、皇帝的態度，
都要比唐朝貶謫官員的經歷寬鬆溫和許多。王禹偁在三次貶謫期間，在仕途
上感到失落和孤立的同時，趙宋皇帝對貶謫官員的溫和寬鬆的政策，也使得

〔註91〕《長編》卷二十九，第 752 頁。
〔註92〕《長編》卷四十九，第 1064 頁。

王禹偁感戴不已，就如他在《應詔言事疏》中所言：「臣本自草萊，擢居臺閣，雖罹譴放，尋沐甄收。每欲酬恩，恨無死所。智小謀大，惟俟誅夷，報國捐軀，豈復顧慮。」〔註93〕而正是因為這樣雖非罪而貶卻又留有餘地的處理方式，使王禹偁在被貶之後懷有一種矛盾的心理：一方面，他對於自己被貶本身深表不滿；但另一方面他對皇帝及當時的政治文化環境抱有信心，並衷心擁戴。

除了王禹偁這樣本身並沒有太大過錯的文人士大夫，其他官員也同樣在被貶謫之後，會很快獲得量移或升遷，以至有些官員對自己早日重回朝廷抱著極大的期待和自信。太宗時「右諫議大夫李巨源責授都官郎中、知朗州。巨源性訐直，好言事，上屢加獎激，將有大用之意。會貶，巨源恃舊恩，日夕望召還，嘗語僚屬曰：『會當思我，寧久居此。』後數歲，驛遞堂帖令傳歸闕，巨源啟封見之，大笑，喜極氣絕而卒。」〔註94〕李巨源雖然被貶，但他對自己在太宗心目中的地位很有信心，日夜渴望回到朝廷。果然，數年後他接到回京的命令。雖在預料之中，但他樂極生悲，竟「喜極氣絕而卒。」結局雖是悲劇，但仍能看出，北宋前期被貶官員不會因被貶而對自己未來的仕途感到憂慮，也可見出宋初對於被貶官員的量移和敘復是很正常的政治待遇。仁宗時期，「晏殊之出也，上意初不謂然，欲復用之，會李及卒，乙酉，召殊於南京，命為御史中丞，仍令班翰林學士上。」晏殊因張耆事被貶出朝，仁宗很快就從南京把他召回，重新任命為朝廷重臣。因與宰相呂夷簡政見不同而被貶的范仲淹等人，也同樣在被貶不到一年的時間，很快就得到量移善地的處理。「壬辰，徙知饒州范仲淹知潤州，監筠州稅余靖監泰州稅，夷陵縣令歐陽修為光華縣令，上諭執政令移近地故也。」〔註95〕（因葉清臣上疏）唐介因彈劾宰相文彥博而被仁宗貶為英州別駕，但在不到兩年內，先由英州別駕徙為全州團練副使、監郴州酒稅，又升其職位升為秘書丞。再調任其為主客員外郎、通判譚州。

　　丁未，主客員外郎、通判潭州唐介為殿中侍御史裏行、知復

州。〔註96〕

〔註93〕〔宋〕王禹偁：《王黃州小畜集》卷六，《四部叢刊初編》（集部）本，上海書店，1939年版。

〔註94〕《長編》卷二十九，第654頁。

〔註95〕《長編》卷一百二十，第2843頁。

〔註96〕《長編》卷一百七十五，第4228頁。

庚申，新知復州、主客員外郎、殿中侍御史裏行唐介為殿中侍
御史，充言事御史，遣內侍齎敕詰賜之。介貶斥不二歲，復召，議
者謂天子優容言事之臣，近古未有也。〔註97〕

　　唐介從被貶到重新回朝時間不超過兩年，當時之人認為天子優待容忍臺
諫官員，是古今從未有過的現象。

　　除了此種類型官員的貶黜會很快得到量移或敘復，那些犯有較大罪過被
流放嶺南甚至被除名的官員，例如盧多遜、丁謂、胡旦等人，在數年之後，
依然可以得到赦免和加恩。據《長編》載：「大理寺丞、知彭山縣盧察乞官
襄州，以灑掃墳墓。上問察家，王欽若對曰：『察父多遜，故宰相，謫死朱
崖。』上惻然，許之。」〔註98〕盧多遜所犯罪過本是謀逆大罪，但多年後皇
帝對盧多遜的家人依然懷有惻隱之心，准許他的兒子盧察在家鄉任職，以便
灑掃墳墓，照顧家人。朝廷還因為儋州流人洪湛之事，特給予嶺南流人特別
的照顧：

先是，儋州流人洪湛卒於此州調馬驛。湛一子偕行，甚幼，州
以聞。湛之被罪也，參知政事王欽若亦自內愧，於是白於上。詔給
錢二萬，官為護喪還本貫。丁卯，因詔命官流竄沒於嶺南者，給緡
錢，聽歸葬，其親屬州遣吏部送之。〔註99〕

　　宋太宗對於被貶出守外藩的寇準，也是懷著思念牽掛之情。寇準被貶出
守青州之後，宋太宗問左右侍臣曰：「寇準在青州，樂否？左右侍臣曰：「準
得善藩，當以為樂也。」宋太宗過幾日後又問，身邊有人揣測太宗有復用寇
準之意，就回答說：「陛下思準不少忘，聞準日置酒縱飲，未知亦念陛下否？」
宋太宗默然無語〔註100〕。寇準後來被宋太宗召回京城。真宗末年，寇準死在
貶謫地雷州，十一年後得到赦免，「始復為太子太傅。甲戌，贈準中書令，
復萊國公，其婿屯田員外郎張子皋復直史館，仍令齎詔賜其家，祭酹之。又
贈左驍驍使、英州團練副使周懷政為安國節度使，以其弟太子右內率府副
率、宿州安置懷吉為禮賓副使。」〔註101〕恢復了他以前的各項榮譽職務，並
恩及其家人。對於這些謫死嶺南的官員，朝廷給予經濟上的救濟，以便他們

〔註97〕《長編》卷一百七十五，第4230頁。
〔註98〕《長編》卷一百一，第2343頁。
〔註99〕《長編》卷五十五，第1202頁。
〔註100〕《長編》卷三十四，第756頁。
〔註101〕《長編》卷一百十二，第2643頁。

能夠得以歸葬家鄉，其滯留嶺南的親屬則由吏部派人護送回鄉。對於寇準這種被陷害而貶謫至死的功臣，則不但復其舊官，還特令贈其親屬為官，以作為對他們的補償。

至於被貶嶺南的丁謂，則因為其「雅多智」，善於揣摩皇帝的心理，他給在洛陽的家人寫的家書裏，「嘗為書自剋責，敘國恩厚，戒家人毋輒怨望，」並「遣人致於西京留守劉燁，祈付其家，戒使者伺燁會眾僚時達之。」而劉燁在大庭廣眾之下怕引起誤會，連累自己。因此不敢隱瞞，就把丁謂的這封家書上交給宋仁宗。宋仁宗「見之感惻。」宰相加以阻攔，仁宗說：「謂斥海上已數年，欲令生還嶺表耳。」〔註102〕因此丁謂由崖州司戶參軍徙為雷州司戶參軍，成功得以過海內徙，在生前就得到了量移。後來遇到南郊大赦，丁謂又差點得以回到朝廷，因當時殿中侍御史陳琰的強烈反對，丁謂才沒能得逞。但是，丁謂仍然在因劉太后生病而進行的另一次大赦中，得到了「乾興以來貶死者復其官，謫者皆內徙，丁謂特許致仕。（宋朝要錄云：寇準、曹利用、周懷政、曹允恭、周文質並追復舊官，丁謂特許致仕，徙居近地州軍）」〔註103〕這樣的優厚處置。只要丁謂活著，在當時的政治環境和宋代對士大夫的寬厚禮遇中，他回到朝廷的可能性是一直存在的，也是因此，當光州報來秘書監致仕丁謂去世的消息，王曾聽說了，對人說：「斯人智數不可測，在海外猶能詐得還。若不死，數年未必不復用，斯人復用，則天下之不幸可勝道哉！吾非幸其死也。」〔註104〕

除了這些因犯了大罪而被貶嶺南的官員都能夠得到恩典，量移乃至回朝。被除名者也能夠因為朝廷大赦而被重新啟用，再次進入宦籍。像胡旦這樣因參與謀逆而被除名流放的人，在大赦中遇赦回到京城，如果本人表現正常或者良好，是可以再次被授予官職的。只是，胡旦當時因「頗不檢慎，故授以冗秩」〔註105〕即通州團練副使。胡旦本是被流放的，這次大赦雖然是被授以通州團練副使這樣不簽書公事的散官，但他仍然是從罪犯的行列進入了正式的宦籍，隨著下次大赦的到來，他就有機會由冗職變為正官。蘇舜欽因「奏邸冤獄」以「監守自盜」的罪名被除名，但多年後也因大赦而被授以湖州長史的散官，如果他不是很快就去世的話，從理論上講，是有可能被朝廷

〔註102〕《長編》卷一百三，第2458頁。
〔註103〕《長編》卷一百十二，第2609頁。
〔註104〕《長編》卷一百二十，第2830頁。
〔註105〕《長編》卷四十九，第1073頁。

重新啟用的。可見，在宋代前期，官員不管因何等罪名被貶謫，即使被除名，都會獲得赦免，從而重新得到任用的機會。

對於被貶謫官員的處理，朝廷有專門的詔令來規定對他們的懲罰以及任用。真宗時，曾發布詔書，要求：「『使臣犯入己贓徒以上罪，敘用已至本職降兩資者止；犯入己贓杖罪及元斷徒以上，該恩特停官者，敘用至元職降一等止。縱逢赦命，不得敘進。』又詔援赦敘理選人，入曾犯贓及酷刑害命者，令流內銓責其再犯當永不敘用知委狀。先是，太宗時貶黜再用人，皆責改過狀，以示儆戒，於是申明之。」〔註106〕這次詔令，是針對貪贓枉法的官吏受處罰後，再經敘用時所授官職的限定。並且要求他們在任職時要簽定再犯當永不敘用的知委狀。這恰恰說明了這些犯罪的官員還有被再次任職的可能性。

宋朝貶謫官員之所以能夠在短時間內得到量移和敘復，同宋朝皇帝對於士大夫的優待有很大的關係。從具體政策層面分析，宋代朝廷重視赦免是一個非常重要的制度性因素。「這種制度發展到兩宋時，則被定為長制，《宋史・刑法志》：『三歲遇郊則赦』，且赦宥名目繁多，有大赦、曲赦、德音、錄囚等，除此之外，還有明堂、立儲、立後、徹災、吉慶、祥瑞、獲珍禽異獸、河水清、生皇孫等等，可以說幾無不赦之事，且赦免頻率也較高。」〔註107〕如此頻繁、寬大的赦宥給貶謫官員的量移和敘復也提供了非常多的機會。

> 丁未，中書言：「命官犯罪配諸州衙前者，承前經赦止放從便。昨赦恩內許令敘理。今請以贓重及情理盡害者授諸州參軍，餘授判司，京朝官、幕職、令錄簿尉，等第甄敘。」〔註108〕

> 己亥，詔諸州文學、參軍、長史、別駕等降謫經十年者，聽還鄉。壬申，以星文示變，赦天下流以下罪，死罪減一等。……在降官羈管十年以上者，放還。京朝官丁憂移任七年未改秩者，以聞。〔註109〕

這些詔書的發布都是關於被赦免的貶謫官員的具體舉措的。這些人在如此頻繁的赦免中，很容易獲得量移、敘復或放罪的機會，從而得以重新走上

〔註106〕《長編》卷八十，第1815頁。
〔註107〕范立舟、蔣啟俊：《兩宋赦免制度新探》，《暨南學報》（人文社科版），2005年第1期，第101頁。
〔註108〕《長編》卷八十，第1815頁。
〔註109〕《長編》卷九十二，第2118頁。

仕途，開始新的仕宦生涯。

大量的赦免給予了無辜獲罪的官員重新回歸的機會，但也有一部分真正有罪或者心思姦邪的大臣也因此不能得到應有的懲罰，他們因赦免得以重回朝廷，會導致更大的政治災難和政治迫害。雖然宋太宗在位期間，已經注意到了這個問題，如《續資治通鑑長編》卷二十四：

> 五月庚午，中書門下奏，謫官在外而累經赦宥者，欲令歸闕，責其後效。上不許，謂宰相曰：「朝廷致理，當任賢良，君子小人，宜在明辨。大抵人君宜先自正其身，亦如治家，身不正則家亂矣。故聽讒邪之言，則骨肉至親，坐成離間，豈能致敦敘之道歟！大小雖殊，其致一也。今海島瓊、崖遠惡處，甚多竄逐之臣，郊祀以來，豈不在念！然此等務行巇嶮，若小得志，即復結朋植黨，恣其毀譽，如害群之馬，豈宜輕議哉。」〔註110〕

宋太宗注意到有些被貶謫到海島瓊、崖等遠惡處的臣子，心術不正，務行巇嶮，為了防止他們回朝之後拉幫結派，更相毀譽，擾亂朝廷正常的秩序，所以不能輕易允許他們回朝。但是太宗之後的歷代皇帝，沒有他這等提防之心，而是務行寬仁之政，這也就是像丁謂這種公認的奸臣最後能夠生還嶺海，並且如果他不死的話，還可能重回朝廷，再任高官的原因。

總而言之，鑑於宋代重獎重懲的官員管理制度，對官吏的貶黜採取比較優容的態度，一般官員受到落職、勒停、安置甚至編管等處罰後，常常經過一段時間以後很快能夠復職，甚至是提拔。在傳統的皇權專制社會裏，皇帝威柄在握偏聽偏信，難免會造成懲處官吏的一定隨意性。儘管宋初在制度上，已經有相對比較完善的對官員懲戒的條例，皇帝下詔令懲處官員也有一套規範的程序和原則，但是朝廷內部的朋黨和派系鬥爭，互相傾軋，加上專制皇權本質上的人治觀念，造成眾多的冤假錯案是不可避免的。所以我們可以看到宋代前期的詩人名臣如王禹偁、晏殊、范仲淹、歐陽修、尹洙、唐介等人無不經歷多次貶謫，王禹偁、范仲淹、歐陽修更是歷經三黜，沉淪下僚多年。他們在被貶過程中，經歷了宦海的浮沉，人生命運的大轉折，遠離政治中心漩渦，其道德修為、人生志向、精神性格或者思想世界往往都會發生重大變化。特別是被貶逐的文人士大夫來到蠻煙瘴雨之地，政治、文化、地理空間的變化與疏離也更加錘鍊了他們對儒家之學、君臣之道、忠孝節義、

人生命運等問題的深刻思考與理解，可以說其文、其人無不經過脫胎換骨的變化與昇華。但是由於宋代的量移與敘復製度，以及各種赦免制度的施行，使得他們的貶謫生活與貶謫心態也因此而與前代貶謫文人有所不同。

第五節 北宋臺諫制度與貶謫之關係

一、北宋臺諫制度的建立及對士風的影響

在任何一個政權當中，監察系統都是必不可少的，北宋當然也不例外。宋代御史臺和諫院制度是以唐制為基礎進一步發展健全起來的，但在因襲唐制的同時，宋代的臺諫制度也呈現出自身的特色。按照虞雲國在《宋代臺諫制度研究》一書中的論述〔註111〕，我們可以將其總結為三點：其一，宋代往往將御史臺與諫院並稱為臺諫，把臺官和諫臣通呼為臺諫官、言事官或言官，反映出兩者在職能上的趨同傾向。其二，宋人又往往把臺諫與君主、宰執三者並舉，揭示了臺諫系統在宋代君主官僚政體中具有就舉足輕重的地位，是唐代以前所不可同日而語的。可以說，臺諫官及其制度在規諫君主過失、制衡相權、糾劾大臣、抑制外戚、制約宦官干政方面，發揮著重要的作用。而且臺諫官如果以風節自勵，能夠主持公議、知無不言，可以顯著地起到激勵士風的作用。從長遠來看，臺諫制度對於宋代的政局穩定、政治清明的社會秩序的建立和維持都具有重要影響。其三，臺諫系統在宋代政治生活中的作用更是令人刮目相看，以至於元人認為「宋之立國，元氣在臺諫」〔註112〕，「宋之天下，以臺諫興，亦以臺諫敗」〔註113〕。可見，臺諫制度對於宋代的政治文化生活具有非常重要的影響。

我們所討論的北宋前期這個階段，是北宋臺諫制度從模仿唐制到建立其自己獨特的臺諫制度的一個時期。在太祖太宗時期，對於諫官的重視程度不是很高。宋太祖甚至在御史中丞雷德驤劾奏宰相趙普時，為了袒護趙普，命左右羞辱這位御史中丞。《宋朝事實類苑》卷六《君臣知遇》「趙韓王」條云：

> 御史中丞雷德驤劾奏普強市人第宅，聚斂財賄。上怒叱之，

〔註111〕虞雲國：《宋代臺諫制度研究》，上海人民出版社，2014年版，第1～2頁。
〔註112〕《宋史》卷三九十，第11963頁。
〔註113〕〔元〕方回：《左史呂公家傳》附於〔宋〕呂午《左史諫草》卷後，影印《四庫全書》文淵閣本，第427冊，409頁。

曰：「鼎鐺有耳，汝不聞趙普吾之社稷臣乎？」命左右曳於庭數匝，

徐復使冠，召升殿，曰：「今後不宜爾，且赦汝，勿令外人知也。」
〔註 114〕

自宋真宗起，才開始真正重視臺諫制度的整頓和建設。宋真宗在天禧元年頒布的整頓臺諫的詔書規定甚詳：「自今兩省置諫官六員，御史臺除中丞、知雜、推直官外，置侍御史以下六員，並不兼領職務。……其或詔令不允，官曹涉私，措置失宜，刑賞逾制，誅求無節，冤濫未深，並仰臺官奏論，憲臣彈舉。」〔註 115〕表明宋代臺諫對於上自人君下至百官的闕失，都堂堂正正地享有諫諍論列的言事權。從真宗以後，歷代皇帝對於臺諫官員言事都持支持和鼓勵的態度，宋代「故事，臺諫官言事，甚者不次進擢，其次亦敘遷美職，或謬妄不職，則明示降黜」〔註 116〕。范仲淹曾對仁宗建議：「諫官、御史，耳目之司，不諱之朝，宜有賞勸。」〔註 117〕宋朝皇帝與大臣都意識到激勵往往比懲戒更能激發臺諫的責任心和使命感。除了激勵，也有包括貶黜和處罰在內的對臺諫官員的懲戒機制。正是在這樣的政治環境之下，北宋臺諫官中的直臣層出不窮，由直言進諫被貶出朝的官員代不乏人。同時，因臺諫官員彈劾而被貶謫的宰執、官員也是多不勝數。臺諫官員的攻擊也曾經導致重大的政治後果，例如「慶曆革新」的失敗，就與臺諫製造的「奏邸之獄」有直接關係。

臺諫的設置是一種制度，而這種制度要發揮作用，取決於臺諫是否得人，也就是被挑選的人選是否適合這個職位。宋仁宗就非常重視臺諫官員的選用，他曾宣喻宰臣曰：「諫官、御史必用忠厚淳直、通明制體之人，以革澆薄之弊。」〔註 118〕英宗也很重視諫官御史人選的德行，他曾對輔臣說：「諫官御史，貴通達大體，如任己愛憎以中傷善良，或繩治細故，規圖塞言責，此何足以補職？卿等亦當察之。」〔註 119〕而判斷其是否適合，皇帝與朝廷還非常重視「物論」，也就是社會輿論，即整個士大夫階層對於臺諫官本人品行節操的認可。

〔註 114〕《宋朝事實類苑》卷六，第 64 頁。

〔註 115〕〔清〕徐松輯：《宋會要輯稿・職官三之五一》，中華書局，1957 年版，第 2423 頁。

〔註 116〕《長編》卷四百五十六，第 10920 頁。

〔註 117〕〔宋〕范仲淹：《范仲淹全集》上冊卷，〔清〕范能濬編集，薛正興校點，鳳凰出版社，2004 年版，第 175 頁。

〔註 118〕《宋會要輯稿・職官三之一七》，第 3451 頁。

〔註 119〕《宋朝事實類苑》卷第五，第 48 頁。

　　慶曆初，永叔、安道、王素，俱除諫官，君謨以製詩賀曰：「御筆新除三諫官，暄然朝野競相歡。當時流落丹心在，自古忠良得路難。必有謀猷裨帝力，直須風采動朝端。世間萬事俱塵土，留取功名久遠看。」三人以其詩薦於上，尋亦除諫官。〔註120〕

　　歐陽修等三人被除為諫官，符合了朝廷上下士大夫群體對於諫官人選的期待，因此蔡襄作詩慶賀朝廷諫官得人。而蔡襄因此詩也被除為諫官。臺諫官員能否忘身直諫已經成為檢驗士大夫風骨節操的重要風向標，也成為宋代士大夫修身行道、砥礪名節的時代精神標誌。名節觀念促使宋代的士大夫官僚，尤其是臺諫官，惕惕乾乾，不敢背公徇私。他們普遍懷著這樣一種價值尺度：「刑賞乃一時之榮辱，而其權在時君；名義為萬世之榮辱，而其權在清議。」〔註121〕他們認為時人與後人對自己的評價也就是「清議」才能決定他們的道德價值。一些不能得到「物論」認可的諫官本人，繼續任職自己都會感到不妥，比如仁宗時期慶曆年間的魚周詢，恥於未能同一起被擢為諫官的王素、歐陽修、余靖等人贏得士論的熱烈推重，自請免職。這種狀況的形成，來自於宋王朝對諫官進言的寬容鼓勵與士大夫身體力行的相互作用。據《宋朝事實類苑》載：

　　　　仁宗時，宦官雖有蒙寵信甚者，臺諫言其罪，輒斥之不吝也，由是不能弄權。〔註122〕

　　　　孔道輔以剛毅直諒名聞天下，知諫院日，請明肅太后歸政天子。為中丞日，諫廢郭后。其後知兗州日，近臣有獻詩百篇者，執政請除龍頭閣直學士，仁宗曰：「是詩雖多，不如孔道輔一言。」乃以公為龍頭閣直學士。〔註123〕

　　這些事例都證明宋仁宗對於稱職的臺諫官員的重視以及重用。

　　北宋太宗、真宗朝，田錫作為諫官，與王禹偁一起被稱為「名臣」與「直臣」。從他的仕宦經歷我們可以一窺宋初諫官與皇帝之間的互動情況。據《宋史》記載：

　　　　錫好言時務，既居諫官，即上書言軍國機要者一、朝廷大體者

〔註120〕《宋朝事實類苑》卷第三十九，第522頁。
〔註121〕〔宋〕王應麟：《玉海・祥符御史臺　元豐六察》卷一二一，京都：中文出版社，1977年版，第2318頁。
〔註122〕《宋朝事實類苑》卷第五，第46頁。
〔註123〕《宋朝事實類苑》卷第五，第46～47頁。

四。……疏奏，優詔褒答，賜錢五十萬。僚友謂錫曰：「今日之事鮮矣，宜少晦以遠饞忌。」錫曰：「事君之誠，惟恐不竭，矧天植其性，豈為一賞奪邪？」……端拱二年，京畿大旱，錫上章，有「調燮倒置」語，忤宰相，罷為戶部郎中，出知陳州。坐稽留殺人獄，責授海州團練副使，後徙單州。……五年，再掌銀臺，覽天下章奏，有言民饑盜起及詔敕不便者，悉條奏其事。上對宰相稱錫「得爭臣之體」，即日以本官兼侍御史知雜事，擢右諫議大夫、史館修撰。連上八疏，皆直言時政得失。六年冬，病卒，年六十四。遺表勸上慈儉守位，以清靜化人，居安思危，在治思亂。上覽之惻然，謂宰相李沆曰：「田錫，直臣也。朝廷少有闕失，方在思慮，錫之章奏已至矣。若此諫官，亦不可得。」〔註124〕

田錫作為一個諫官，在其任職期間，因直言進諫受到過皇帝的鼓勵和獎賞，也曾因進諫時言辭犀利而遭到貶謫。但在其回朝再次擔任諫官之時，不改初衷，仍然能恪守諫官職責，直言時政得失。即使在其去世之時，所上遺表也在規勸皇帝「慈儉守位，以清靜化人，居安思危，在治思亂。」他不僅對皇帝敢於直言進諫，對於當權宰相趙普，也同樣敢於提出建議，「趙普當國，錫謁於中書曰：『公以元勳當國，宜事損儉。有司群臣書奏，盡必先經中書，非尊主之體也。諫官章疏，令閣門填狀，大弱臺憲之風，尤為不可也。』普引咎，正容厚謝皆罷之。」〔註125〕他的直言進諫，憂國忘身的精神，得到了宋太宗及宋真宗的肯定。

田錫在端拱二年因旱災上書皇帝時，以其奏摺中有「調燮倒置」之語，得罪宰相，而被罷為戶部郎中，出知陳州。到陳州以後，所寫《陳州謝恩表》沒有因被貶而顯得驚慌失措，而是提醒皇帝，自己之所以「嘗思啟沃，上答聖明，每有見聞，必陳章疏，非敢沽直臣之譽，但欲酬英主之知。」乃是以為皇帝曾經「敕書喻臣曰：『今後凡有見聞，更在無辭獻替。或行或寢，斷自於朕心；盡節盡忠，勿渝於爾志。』」，如今卻「屢因上書，致茲落職。雖文翰之職，豈臣所能；而物論之間，以臣為誡。臣心匪石，雖獲罪以寧辭；眾口若鉗，豈達聰之有補。」〔註126〕由這封謝上表的言辭中可以看出，皇帝對

〔註124〕《宋史》卷二百九十三，第9787～9792頁。

〔註125〕《宋朝事實類苑》卷第十七，第203頁。

〔註126〕〔宋〕田錫：《咸平集》卷二十四，羅國威校點，巴蜀書社，2008年版，第254頁。

諫官進諫的鼓勵，也可以看出田錫謇諤的個性。他在謝上表中把皇帝鼓勵他進諫的敕書抄錄出來，是在提醒皇帝，不能出爾反爾，違背自己鼓勵臣下進諫的初衷。皇帝如果不能優容諫官，就會導致「眾口若鉗，豈達聰之有補」的嚴重後果。

在陳州，他還曾寫有《代書呈蘇易簡學士希寵和見寄以便題之於郡齋也》一詩，整首詩篇幅很長，但沒有像唐時貶官所流露出來的濃厚傷感與絕望，而是著筆於離開朝廷之後所感到的淡淡孤獨。在詩中，田錫寫到自己離開京城時，對京師生活的留戀與不捨，以及對友人們的懷念。所謂「下車猶未踰莽月，官舍初經禁煙節。殘陽乍聽吹角聲，臺榭梨花簇香雪。獨酌不歡何所為，孤懷無緒懷已知。十八學士相念否，應笑骨凡格且卑。地仙敢言謫仙宦，海槎卻有上天時。陳州去京地不遠，莫惜音書來慰勉。若得工夫可做歌，歌中言語不厭多。畢三情旨頗似我，向二宋四及李大。請與副閣王舍人，呈以此歌希唱和。四庫本注：畢相士安、向相敏中、宋給事湜、李相沆、副閣王禹偁。」〔註127〕可見，田錫被貶陳州，沒有使他與朝廷士大夫隔絕，他仍然可以與其他舊時同僚詩歌唱和，書信往來。這種處境應該說大大減弱了他內心的失落之感。「地仙敢言謫仙宦，海槎卻有上天時」，這兩句詩體現出詩人雖然被貶，但是他對自己的未來卻依然保持著一份信心，正如後世范仲淹所說：「殊無遷謫意也。」與他同時的郭忠恕曾寫有《送田表聖出知陳州》：「客裏睽離已不堪，何當出守正移驂。孔融在漢人應憚，善感鳴唐罪自甘。義重不嫌身萬死，憂深寧忍口緘三。陳州亦是天朝地，好為創痍雨露覃。」〔註128〕肯定和讚賞田錫直言進諫的勇氣和忠誠。這種鼓勵其實也代表著社會輿論對他的忠直表現出的支持和讚賞。不僅如此，在田錫擔任陳州知州，因稽留殺人獄而再次被貶為海州團練副使時，他受到了皇帝與朝廷在各個方面給予的照顧與方便。

田錫為人耿介，是個稱職的諫臣。但據《宋史》記載：「然性凝執，治郡無稱。」〔註129〕也就是說他並不善於具體的政務工作，在陳州就因稽留殺人獄再次被貶海州。田錫被貶海州之後，有《海州謝恩表》：「闕下三載，每愧忝臣；淮陽二年，遂致遺曠。據其罪戾，合竄遐荒，尚蒙宥過之恩，俾列副

〔註127〕北京大學古文獻研究所編：《全宋詩》第一冊卷四六，北京大學出版社，1998年版，第493～494頁。

〔註128〕《全宋詩》第一冊卷一一，第148頁。

〔註129〕《宋史》卷二九三，第9792頁。

戎之秩。東海之郡，去京不遙；南風之薰，順流而下。程途自便，骨肉隨行。罪重責輕，恩深感極。曳涕知幸，警魂省躬。」〔註130〕可以看出，田錫被責之地海州，也是離汴京不遠的郡縣，在去往海州之時，可由自己決定行程，並可攜帶家眷。一年後，田錫又量移單州，從他謝表看，單州離京師更近，所謂「五色絲綸，頒於海上；貳車官秩，移近京師。」〔註131〕但他又恰好遇到了河道不通，經濟困窘的情況，遂乞漣水暫住，皇帝不僅同意了他的這個請求，並且還允許他直接在「漣水軍請給料錢者」〔註132〕，解決他的生活問題，第二年，田錫就被重新起復，回京任職。田錫在《謝特授工部員外郎表》中寫道：「洎閣下改官，淮陽典郡，素無政術，但受詔條。然京輔之間，豪滑難理；州郡之職，智慮不周。負陛下拔擢之恩，孤陛下憂勤之旨。致有公過，上煩聖聰。每思受恩既異於常倫，受責亦宜於加等。陛下尚寬朝典，俾副戎車，不踰年逢赦量移，未周歲抽歸引見。」〔註133〕可見，田錫因其直言敢諫，在諸多方面受到了北宋皇帝的勉勵與優待。即使在知陳州時犯有過錯，被再貶時，也不到一年時間就因大赦而量移，又不到一週年就召回京城，重新起用了。正如蘇軾撰《田表聖奏議敘》裏所寫：「嗚呼田公，古之遺直也。其盡言不諱，蓋自敵以下受之有不能堪者，況於人主乎！吾是以知二宗之聖也。自太平興國以來，至於咸平，可謂天下大治，千載一時矣。而田公之言，常若有不測之憂，近在朝夕者，何哉？古之君子，必憂治世而危明主。明主有絕人之資，而治世無可畏之防。夫有絕人之資，必輕其臣，無可畏之防，必易其民，此君子所甚懼也。」〔註134〕在太宗、真宗統治時期的太平時代，田錫以危言警戒帝王要居安思危，一般臣子都不能接受這樣的直言不諱，而太宗、真宗卻不但能接受，而且以各種方式來勉勵田錫。這可見，宋初統治者對於諫臣不同一般的容受力。也可見，直言不諱的諫臣與聖明的君主是相輔相成的。而北宋初期皇帝對於諫臣的重視與寬容是宋代臺諫制度發展完善的必要條件。後世在總結北宋士大夫直言敢諫、不避權貴的士風形成的原因時，也深刻認識到了這一點，「我宋之祖宗容受讜言，養成臣下剛勁之氣。朝廷一

〔註130〕《咸平集》卷二十四，第256頁。

〔註131〕《咸平集》卷二十四，第257頁。

〔註132〕《咸平集》卷二十四，第257頁。

〔註133〕《咸平集》卷二十四，第257頁。

〔註134〕〔宋〕蘇軾：《蘇軾文集》卷十，孔凡禮點校，中華書局，1986年版，第317頁。

黜陟不當，一政令未便，則正論輻輳，各效其忠，雖雷霆之威不避也。漢唐惡足以語此哉？」〔註135〕

　　除了皇帝作出對諫臣優容的表率，作為臣子的田錫，其本人敢於直言進諫、憂國忘身的風骨與節操也成為宋代士大夫的典範，引起了後世士大夫的欽佩與傚仿。田錫曾在新定作官，作有《登郡樓望嚴陵釣臺》：「溪上嚴陵古釣臺，倚樓凝望自徘徊。先生能保孤高節，英主嘗師霸王才。日暮白雲迷草莽，岸平春水浸莓苔。登臨不盡微吟興，花落東風首重回。」〔註136〕對於嚴光與劉秀的這段既是故友又是君臣，但嚴光能保其名節，劉秀能尊重其故友之選擇的故事多有感慨。多年以後，范仲淹也被貶來此，他所寫《新定感興五首》之一：「山水真名郡，恩多補諫官。中間好田錫，風月亦盤桓。」〔註137〕對於與他同為諫官，並同貶到此地的田錫表示仰慕。並且還寫有《桐廬嚴先生祠堂記》一文，接續了田錫對嚴光與劉秀這對君臣關係的思考和推崇。范仲淹還為田錫寫了墓誌銘，稱讚他：「公動必以禮，言必有法，賢不肖皆憚服之，出處二十年，未嘗趨權貴之門，在貶廢中樂得其心，晏如也。……嗚呼田公，天下之正人也。言甚危，命甚奇，盡心而弗疑，終身而無違。嗚呼賢哉！吾不得而見之。」〔註138〕（《贈兵部尚書田公墓誌銘》）田錫在貶廢之中「樂得其心」的表現，對於後來多次被貶的范仲淹、歐陽修等人來說，是在貶謫生活中如何自處的新模式，也是范仲淹、歐陽修等一批士大夫憂心國事、直言敢諫的寶貴精神資源。

二、臺諫導致的貶謫事件及對政治文化的影響

　　宋初，太祖、太宗兩朝對臺諫制度未甚注意。真宗始著手臺諫制度的整頓，天禧元年（1017年）別置御史諫官的詔書，是宋代臺諫系統走上新軌的標誌。經真、仁兩朝的制度完善，臺諫系統進入較佳運行狀態，故宋人說：「臺諫之職在國初則輕，在仁宗時則重；在國初為具員，在仁宗之時則為振職。」〔註139〕仁宗時期，臺諫官員在政治權力圈中的地位越來越重要。哲宗

〔註135〕〔宋〕何坦：《西疇老人常言·原治》，中華書局，1985年版，第13頁。
〔註136〕《咸平集》卷十五，第146頁。
〔註137〕《范仲淹全集》卷五，第85頁。
〔註138〕《范仲淹全集》卷三十，第283頁。
〔註139〕〔宋〕呂中：《宋大事記講義》卷九，影印《四庫全書》文淵閣本，第686冊，第277頁。

親政之初在向范純仁詢問先朝法度時，范純仁向哲宗建議要重視執政與臺諫大臣的任選，且言：『仁宗朝委事執政，而臺諫實參議論。可以為法。然不可用非其人。』」〔註140〕正說明了在仁宗朝，臺諫是有資格與執政一起參與國家大事的討論，並且可以隨時發表自己的看法。正是因此，因臺諫官員彈劾而被貶謫的官員不乏其人，而臺諫官員因言事被貶也是屢屢發生。

因臺諫彈劾而被貶謫的官員在北宋前期比比皆是。仁宗時宰相晏殊因為不耐諫官歐陽修屢屢言事，把他出為河東轉運使。諫官蔡襄等留修不得，就上章彈劾晏殊，最後導致晏殊被貶陳州。而仁宗朝的夏竦，在朝廷已經下旨詔他回朝擔任樞密使時，因為臺諫言其姦邪，其在來京途中就被罷樞密使知河南府。仁宗嘉祐五年，樞密使、兵部尚書同平章事宋庠因臺諫論列罷為河陽三城節度使、同平章事、判鄭州。殿中侍御史趙抃彈劾不避權貴，正氣凜然，被稱為「鐵面御史」。《宋史》載：「溫成皇后之喪，劉沆以參知政事監護，及為相，領事如初。抃論其當罷，以全國體。又言宰相陳執中不學無術，且多過失；宣徽使王拱臣生平所為及奉使不法；樞密使王德用、翰林學士李淑不稱職，皆罷去。」〔註141〕趙抃在御史任上多所彈劾，為彈劾宰相陳執中就曾連上奏章十幾道，最終使得陳執中被罷免。作為御史，趙抃不僅彈劾不稱職或者姦邪之人，同時還針對朝廷對官員的不當處置發言，歐陽修等人在備受攻擊，不得不求出守外郡之時，趙抃向皇帝上言：「近日正人端士紛紛引去，侍從之賢如修輩無幾，今皆欲去者，以正色立朝，不能詔事權要，傷之者眾耳。」〔註142〕正是因為御史趙抃的主持公道，歐陽修、賈黯這些人才得以留在京城，一時的名臣才得以安居其位。由此可見，臺諫在對於官員去留問題上所起的重要作用，以及臺諫是否得人，對於朝廷政治清明的重要性。臺諫不僅針對宰相，對於普通官員，也有監察之職。例如滕宗諒，就在擔任外任時因被御史中丞王拱辰彈劾侵佔公使錢而再貶岳州。王拱辰入見仁宗時，還受到仁宗的鼓勵：「言官事第自振職，勿以朝廷未行為沮己，而輒請解去以取直名。自今有當言者，宜力陳無避。」〔註143〕因被臺諫彈劾而產

〔註140〕〔宋〕朱熹：《三朝名臣言行錄》卷十一之一，選自朱傑人、嚴佐之等主編：《朱子全書》（第十二冊），上海古籍出版社；安徽教育出版社，2002 年版，第 728 頁。

〔註141〕《宋史》卷三百一十六，第 10322 頁。

〔註142〕《宋史》卷三百一十六，第 10322 頁。

〔註143〕《長編》卷一百四十六，第 3542 頁。

生的大規模貶謫事件，並導致重大後果的還有前文提到的仁宗慶曆年間的
「奏邸之獄」。大理評事、集賢校理、監進奏院蘇舜欽在進奏院祠神會上，「循
前例用鬻故紙公錢召妓女，開席會賓客」，被御史中丞王拱臣指使手下御史
劉元瑜、魚周詢上章彈劾，引起宋仁宗震怒。當晚仁宗命內侍帶著詔旨直接
去抓捕蘇舜欽、王益柔等人，並下詔獄治理，導致蘇舜欽等多人被貶黜出京，
蘇舜欽作為召集人還因「監守自盜」的罪名被處以「減死一等除名」的重罰。
這件由臺諫發起並製造的貶謫事件的發生，直接導致了「慶曆革新」的失敗。
范仲淹此時剛好自請離開朝廷中樞去西北巡邊，也因此案的發生從此沒能回
到朝廷，杜衍也在任宰相百餘天後被罷免。「慶曆新政」就此失敗。王拱臣
其人人品不佳，曾經被趙抃彈劾罷去。其在御史中丞任上所為，也證明了臺
諫不得人時，對朝廷政局及政策施行的重大負面影響。

　　臺諫言事導致的另一個結果即是臺諫官本身被貶。臺諫言事如果不被採
納，即應主動請求解職，這在宋代已經成為臺諫官的言事規則，所謂「本朝
故事，有言責者，不得其言，當去」〔註144〕。仁宗時諫官因意見不被採納而
自請解職外放的也有很多。仁宗繼位初年，劉太后秉政，戶部判官、左司諫
劉隨因請「軍國常務專稟帝旨，太后不悅，會隨請外，因命出守。」〔註145〕
范仲淹也是在左司諫的位置上諫太后還政，疏入不報，自請出外，遂命出守河
中府。范仲淹的好友滕宗諒任左司諫因言「宮禁事不實」，出知信州〔註146〕。
諫官唐介等人交章論列新除樞密副使陳旭陰結宦者而得此命，不被採納，唐
介等諫官便闔門待罪。最後結果是雙方都被罷免。不過臺諫因言事被貶的，
一般都不會處以特別嚴重的懲罰，並且大部分會很快被召回朝廷。虞雲國在
《宋代臺諫制度研究》一書中總結到：「罷任外補雖是對臺諫的一種貶謫，
其原因也頗複雜，處事不當，議論不合，直言忤旨等等，都可能導致罷任。
但宋代統治者對臺諫官一般過失的處理原則是『厥初選用既審，則議論雖不
合，人才亦不可遺』，因此『例少貶責，間有外補者，皆是平出』。尤其是對
直言忤旨的臺諫，往往不過薄責，旋即升遷。」〔註147〕也就是說罷任外補
雖是貶謫，但一般情況下他的官階品級是不變的。即使被貶外任，也會因為

〔註144〕〔宋〕袁燮：《絜齋集・黃公行狀》卷十三，影印《四庫全書》文淵閣本，第
　　　　 1157 冊，第 178 頁。
〔註145〕《長編》卷一百六，第 2476 頁。
〔註146〕《長編》卷一百十五，第 2698 頁。
〔註147〕虞雲國：《宋代臺諫制度研究》，上海人民出版社，2014 年版，第 81 頁。

顧惜人才難得，而很快會得到升遷。這種對於諫官的優容也使得諫官不避權
貴、直言進諫的風氣愈來愈濃，以致諫官與執政經常發生激烈的衝突。仁宗
親政之後，宰相呂夷簡曾大量地貶謫與其政見不一、屢次上書言事反對他的
諫官。范仲淹、孔道輔就曾因反對廢黜郭皇后而被貶出京城。其他人被處以
罰銅二十斤的懲罰。〔註 148〕後來呂夷簡因年歲已大，歸老故鄉，但宋仁宗
仍寵任夷簡，以至夷簡人雖歸老，但仍能干涉朝政。當時的諫官蔡襄上書皇
帝，直言呂夷簡執政多年的劣跡，其中一條就是指責呂夷簡屢貶言者，對他
這種行為所造成的惡劣社會影響，進行討伐。

> 諫官蔡襄因此上疏言：「夷簡……執政以來，屢貶言者，如曹
> 修古、段少連、孔道輔、楊偕、孫沔、范仲淹、余靖、尹洙、歐
> 陽修等，或謫千里，或抑數年，或緣私恨，假託人主威權以逐忠
> 賢，以泄己怒，殊不念慮受惡名。立性不臧，欲人附己，兼為介
> 特而自立者，皆以好名、希求富貴污之。善人恥此，往往退縮，
> 以避好名、干進之毀。是以二十年來，人人不盡尚廉隅、厲名節。」
> 〔註 149〕

呂夷簡作為宰相，希望朝廷官員能依附自己，遇到耿介獨立之人的直言
批評，就以「好名」「希求富貴」這樣的言辭來污蔑他。二十年來，貶謫過曹
修古、段少連、孔道輔、楊偕、孫沔、范仲淹、余靖、尹洙、歐陽修等眾多
不依附於他，並對他有所批評的諫官。如此作為，導致多年以來士風不振。
但從另一個角度去看，恰恰證明了呂夷簡執政期間，臺諫官員言事不避，敢
於得罪權貴的風氣已經形成，也證明了仁宗時期諫官的得人。宋代士大夫議
論之風已經大長，諫官言事之激烈程度有增無減，導致呂夷簡為了自保，而
需要不斷打擊這些臺諫官員，「假託人主威權以逐忠賢，以泄己怒，殊不念慮
受惡名」。這種風氣到了仁宗後期，更是如此。就從殿中侍御史裏行唐介論張
堯佐黜宣徽、節度、景靈、群牧四使之事來看，可以發現當時臺諫議政的政
治風氣。張堯佐是宋仁宗寵妃張貴妃的伯父，是謂外戚。親連宮掖的張堯佐
一日內連除四使，全是出於仁宗自己的旨意。作為臺諫官員的唐介與包拯力
爭不可，甚至使用了「留班」這樣的方式來阻止。最終因臺諫論爭，奪其「宣
徽、景靈」二使。但不久後又復除其宣徽使，使出知河陽。唐介認為「宣徽

〔註 148〕《長編》卷一百十三，第 2648 頁。
〔註 149〕《長編》卷一百四十，第 3367 頁。

次二府，不計內外，獨爭之」，並上書彈劾宰相文彥博，說他：「專權任私，挾邪為黨。知益州日，作間金奇錦，因中人入獻宮掖，緣此擢為執政。及恩州平賊，幸會明鎬成功，遂叨宰相。昨除張堯佐宣徽、節度使，臣累論奏，面奉德音，謂是中書進擬，以此知非陛下本意。蓋彥博奸謀迎合，顯用堯佐，陰結貴妃，外陷陛下有私於後宮之名，內實自為謀身之計。」結果引起仁宗震怒，他不看唐介的奏摺，並警告唐介，將要貶他出京。唐介堅持在仁宗面前讀完自己的奏疏，對仁宗說：「臣忠義憤激，雖鼎鑊不避，敢辭貶竄。」最後唐介責授春州別駕。禮部尚書、平章事文彥博罷為吏部尚書、觀文殿大學士、知許州。「而介之直聲，自是聞天下。」到第二年春正月辛亥，徙英州別駕唐介為全州團練副使、監郴州酒稅，並下詔曰：「昨為唐介顯涉結附，合行黜降，亦慮言路或塞，尋與敘遷。尚恐言事之臣有所顧忌。御史臺、諫院，其務盡鯁直，以箴闕失。仍令通進司，或有章奏，畫時進入，必當親覽，或只留中。」意思是唐介的奏章依然可以直接送達皇帝手邊，而且皇帝「必當親覽」。後來，「介貶斥不二歲，復召，議者謂天子優容言事之臣，近古未有也。」不到兩年，唐介歷經幾次升遷，又重新回到京城，任職殿中侍御史，皇帝遣內侍齎敕誥賜之。唐介回到京城，「介始入見，無一言及遷謫，上曰：『聞卿遷謫以來，未嘗有私書至京師，可謂不易所守矣。』介頓首謝。後數論得失，因言於上曰：『臣繼今言不行，必將固爭，爭之急，或更坐黜，是臣重累陛下，願聽解言職。』許之。」〔註150〕

皇帝為了不堵塞言路，對於諫臣，能夠寬容以待。諫臣則不易其守，不避權貴，甚至敢於冒犯主威，也是宋仁宗時期臺諫發達的原因。北宋前期對於臺諫制度的重視，使臺諫官員的重要性越來越大，臺諫官員面對皇帝直言進諫、敢於廷爭面論的風氣已然養成。

臺諫制度，是宋代獨特的一種制衡和監督權力的制度設計。但是，「在中國人治文化的大背景下，宋代由君主、宰執、臺諫組成的制衡態勢的維持，雖然已有相對健全的制度、程序，但主要仍依賴制衡各方的個人道德修養和賢明程度，來發揮至關緊要的維繫作用。換言之，只有同時滿足明君、賢相、真臺諫這些人治文化的充分條件，宋代中樞的分權制衡態勢才有可能維持住。」〔註151〕就拿仁宗時期來說，在呂夷簡任宰相期間，面對范仲淹對他提

〔註150〕《長編》卷一百七十一，4113～4116頁。
〔註151〕虞雲國：《宋代臺諫制度研究》，上海人民出版社，2014年版，第141頁。

出的批評和意見，呂夷簡的處理方式是和他在朝堂之上廷爭論辯，指責范仲淹「薦引朋黨、離間君臣」，把他貶到饒州。而在仁宗晚期，文彥博為相時，面對唐介的彈劾，宋仁宗怒不可遏，要把唐介送去御史臺治罪。文彥博向皇帝請求不要治唐介之罪，認為臺官諫諍是其本職，不應該因此就加罪於他。如前提到的鐵面御史趙抃與後來造成「奏邸之獄」的王拱臣之對比，可以看出，臺諫是否得人、皇帝能夠對臺諫的進言進行正確的判斷、宰相如何面對臺諫的批評，都是影響和制約臺諫制度的正面價值的重要元素。臺諫上書言事、秉持公議是冒著一定的政治風險的。這樣臺諫官員的德行操守就顯得非常重要，如劉元瑜在呂夷簡與范仲淹相爭之時，曾上言仁宗，言范仲淹以非罪貶，既復天章閣待制，宜在左右。尹洙、余靖、歐陽修皆坐朋黨竄逐，此小人惡直醜正也。到「慶曆革新」後期，宋仁宗對改革失去信心，改革主持者范仲淹將要失去權力的時候，他又迎合宰相章得象、陳執中的意思，興起「奏邸之獄」，使一批支持革新的青年官員橫遭貶斥，「慶曆革新」也因此失敗。仁宗還算是一個寬厚賢明的仁君，但也不能完全不犯錯誤。在皇權專制社會，完全依賴一個賢明的君主來判斷臺諫官員言事的正確性與可行性，或者指望賢明的宰相來主動接受臺諫的建議和批評，那是一個可遇而不可求的機緣巧合。就在宋仁宗在位期間，臺諫就曾經成為政治立場不同的雙方互相攻擊的工具。到了北宋後期，臺諫很多時候被權相控制，淪為權力爪牙。沈松勤在《北宋臺諫制度與黨爭》中就對臺諫的負面效應進行了解讀。他認為「作為一種監察制度，北宋臺諫在鞏固君主集權的過程中，確曾起過積極作用；臺諫對北宋學術文化的繁榮所起的促進作用，近來也為人們開始認識。但這僅是一方面。由於臺諫有與生俱來的封建專制的工具品格與性能，對北宋政治和文化產生過不可忽視的負面效應。北宋黨爭的激化，便與臺諫的參與密不可分。」〔註152〕可見，臺諫制度對於北宋王朝來說，是一把雙刃劍。幸運的是，北宋前期四朝大部分諫官都號稱得人，田錫、王禹偁、范仲淹、歐陽修、趙抃、唐介等著名的諫官御史都是具有錚錚風骨的直臣、名臣，他們以自己的忠言讜論，用自己的政治前途甚至是生命為北宋王朝贏得一次次糾偏正誤的機會，他們強烈的責任感與事業心，在我們現在看來，確實是一種偉大而悲壯的精神境界。正如呂中所說：「臺諫，天子耳目，為朝廷爭是非，

〔註152〕沈松勤：《宋代政治與文學研究》，商務印書館，2010 年版，第 13 頁。

辨邪正者也。祖宗盛時，先正名臣有識大體者；有風采動朝端者；有稱鐵面御史者。其所彈劾，往往合於眾論之公。曷嘗觀望朝廷之風旨哉。」〔註153〕可見，臺諫制度的建立與施行在很大程度上促進了北宋士大夫重議論、重氣節的風氣的形成，臺諫官們不畏貶謫，不避權貴，在批評彈劾一批不稱職的宰執官員、使其被罷免貶謫之時，也冒著自己進言不被採納，被宰相報復、激怒皇帝而被謫出京的極大可能。可以說，臺諫制度是北宋仁宗時期政治清明的重要的制度保障。臺諫制度在北宋前期，還是具備重要的正面作用的。

〔註153〕劉時舉：《續宋編年資治通鑒》卷十三，影印《四庫全書》文淵閣本，第 328 冊，第 1012 頁。

第二章 貶謫制詔與謝表——北宋前期貶謫公文研究

　　隨著人們對宋代文學認識的深入，宋代詔書與謝表的制度運作機制、文體形態及發展源流等問題，逐漸引起眾多學者的重視〔註1〕，但把制詔與謝表兩種文書統一起來，納入制度層面來進行研究的還不多見。從宋代貶謫制度的層面來看，一方面朝廷大臣被貶必須由皇帝和朝廷頒布詔書來予以正式定性與公布，另一方面謫降官員到貶地後照例要撰寫謝表向皇帝謝恩。實際上，貶謫制詔和被貶官員的謝表構成了貶謫制度實施的重要環節，是貶謫這個行政行為得以完成的必要構成部分。也就是說，貶謫詔書與受貶官員所寫的謝表，構成了一個完整意義上的動態的公文下行上達的過程。在研究宋代貶謫

〔註1〕論述詔書問題的文章，就筆者所見就有楊果《宋朝時期詔令文書的主要制度》（《檔案與歷史》1999 年第 3 期）、祝尚書《論宋季的擬人制詔》（《北京化工大學學報》2002 年第 3 期）、楊芹《宋代制書制度及其影響》（中山大學博士學位論文，2009 年）、曾棗莊《中國古代文體學・上下卷中國古代文體學史》（上海人民出版社，2012 年版）、祝尚書《宋元文章學》（中華書局，2013 年版）、劉湘蘭《論詔書的文體形態》（《山西師大學報》2010 年第 6 期）、徐海容《論宋代制書的文體形態和文學性》（《文藝評論》2012 年第 8 期）等。論述和涉及宋代謝表文書的研究論著，主要有張海鷗《宋代謝表文化和謝表文體形態研究》（《學術研究》2014 年第 5 期）、阮忠《蘇軾「謝表」的情感世界及其文體意義》（《蘇軾研究》2011 年第 1 期）、施懿超《宋四六論稿》（上海古籍出版社，2005 年）、劉麗麗《宋代謝表研究》（中山大學 2008 年碩士學位論文，張海鷗指導）、楊芹《宋代謝表及其政治功能》（《中州學刊》2016 年第 10 期）等。這些文章重微觀考察文書制度的運作機制，辨析文章源流、文體形態及文獻資料的整理考述問題，但從宋代貶謫制度及其對詔書、謝表書寫活動的影響方面進行文學研究，這些文章則較少論及。

制度與文化時，把貶謫詔書與被貶官員的謝表綜合起來進行研究，可以在朝廷上下公文的溝通交流中，來觀察宋代皇帝對於文人士大夫被貶的政治態度，也可以看到文人士大夫在被貶之後承受的政治壓力及其精神狀態。同時，貶謫制詔的寫作者與謝表的寫作者同屬於一批人，即文人士大夫。這些人大部分由科舉考試進身入仕，本身都具有相當強的文字運用能力。對於以「右文」著稱的北宋朝廷來說，制詔與謝表這類公文的寫作，在實現其公文的政治功能之餘，也要展現相當的文采。應該說文辭與功能相結合，是北宋政治公文的重要特點。本章主旨在於研究北宋前期貶謫制詔與受貶官員的謝表書寫活動，作為體現宋代前期貶謫制度與文化的重要環節，是如何參與到貶謫事件中，並因此造成對政治及文學文化的影響。通過宋前期貶謫制詔及謝表文書分析，以期能夠展現兼具公文性和文學性的北宋前期制詔及謝表，是如何演化生成及建構北宋前期士大夫政治文化和政治主體意識的。

第一節　北宋前期貶謫制詔研究

　　為了釐清貶謫制詔與謝表的體制與功用，我們有必要將這兩者的文體淵源與撰寫機制梳理清楚。貶謫制詔與謝表的撰寫、行文過程，是宋代貶謫制度實施的重要環節，也是實現朝廷內部上下溝通的一種程序與慣例。

一、貶謫制詔的文體淵源與撰寫機制

　　總體上看，「天子之言曰制詔」〔註2〕，由於制詔文書的發布者來自具有絕對政治權威的君主，所以制詔文書必然會對朝廷的政治活動產生重大影響。按照劉勰在《文心雕龍‧詔策》中的看法，制詔文書作為君主詔告臣民的文書，具有重大的政治意義。所謂「皇帝御宇，其言也神。淵嘿黼扆，而響盈四表，唯詔策乎？」〔註3〕制詔文體演變過程大致是，先秦時稱誥、誓、命等，秦始皇時改命為制，漢朝時則有策書、制書、詔書、戒書等。其中這些制詔文書的文體功能也是有具體明確的分工的，即：「戒戒州部，詔誥百官，制施赦命，策封王侯。策者，簡也。制者，裁也。詔者，告也。戒者，

〔註2〕清朝學者黃叔琳注語，見〔梁〕劉勰：《增訂文心雕龍校注》（上冊），黃叔琳注、李詳補注，中華書局，2012年版，第264頁。
〔註3〕〔梁〕劉勰：《增訂文心雕龍校注》（上冊），黃叔琳注、李詳補注，中華書局，2012年版，第262頁。

正也。」〔註4〕這裡制書主要發布敕令，詔書則主要是詔告百官。到了唐代，制書不僅發布敕令，而且「唐世，大賞罰、赦宥、慮囚及大除授，則用制書，……宋承唐制，用以拜三公、三省（門下、中書、尚書）等官，而罷免大臣亦用之」〔註5〕，制與詔的文體功能和文書內容漸趨同一，可統稱為制詔、制誥等。明代學者徐師曾在《文體明辨序說》中認為：「秦廢古法，止稱制詔。漢武帝元狩六年，始復作之，然亦不以命官。唐世王言，亦不稱誥。至宋，始以命庶官，而追贈大臣、貶責有罪、贈封其祖父妻室，凡不宣於廷者，皆用之。故所作尤多。然考歐、蘇、曾、王諸集，通謂之制，故稱內制、外制，而誥實雜於其中，不復識別。蓋當時王言之司，謂之兩制，是制之一名，統諸詔命七者而言。」〔註6〕並指出了宋代外制與內制的具體行文格式，「宋代外制制書以『敕』字開頭，下接具官及人名，起首兩句切入正題，中間說明具官原因，再行警戒勸勉，最後以『可』字收尾。而內制制書起首則書『門下』二字，點明收文者；正文開頭用四六駢句一聯，概述新授官職，稱為『制頭』或『破題』，接敘授官的原因；中間交代被授予者的前任官銜及任職表現，再以『於戲』作停頓，例行勉勵；最後以『主者施行』四字結束。」〔註7〕也就是說，為皇帝代言的公文在唐以前，根據使用對象還是有制、誥、詔、敕等形式上的區別的。到了唐宋之世，特別是宋代，制書和詔書多呈合一之勢。而在北宋的實際使用當中，將為皇帝代言之公文均稱之為制。這跟宋代制詔撰寫的機構被稱為內制、外制有關。即宋代制詔的撰寫一般由兩套班子完成，按照其官職以及負責撰寫的制詔內容分為內制和外制兩種。翰林學士兼知制誥稱為內制，以其工作地點在皇宮禁內，是專為皇帝服務的，所以翰林學士又被稱為「天子私人」，根據《宋史‧職官志》載，學士的職責主要是「掌制、誥、詔、令撰述之事。凡立后妃，封親王，拜宰相、樞密使、三公、三少，除開府儀同三司、節度使，加封，加檢校官，並用制；賜大臣太中大夫、觀察使以上，用批答及詔書；餘官用敕書；布大號令用御劄；戒勵百官、曉諭軍民用敕榜；遣使勞問臣下，口宣。凡降大赦、曲赦、德音，則先進草；

〔註4〕《增訂文心雕龍校注》（上冊），第262頁。
〔註5〕〔明〕徐師曾：《文體明辨序說》，羅根澤校點，選自〔明〕吳訥：《文章辨體序說》；〔明〕徐師曾：《文體明辨序說》，人民文學出版社，1998年版，第114頁。
〔註6〕《文體明辨序說》，第115頁。
〔註7〕《文體明辨序說》，第115頁。

大詔命及外國書，則具本取旨，得書亦如之。」〔註 8〕這段文字說明了掌內制的翰林學士知制誥的工作內容，以及根據不同內容所起草詔書的不同種類。相對於宰相所代表的外朝官員體制來說，學士院裏掌制誥者被稱為內制。而中書門下舍人院裏的中書舍人知制誥者則稱為外制，是隸屬於宰相的屬官。他們主要是聽從宰相的命令，撰寫日常政務以及罷免黜陟普通官員所需要的詔命文書。《宋史・職官志九》載：「舍人，掌行命令為制詞，分治六房，隨房當制，事有失當及除授非其人，則論奏封還詞頭。國初，為所遷官，實不任職，復置知制誥及直舍人院，主行詞命，與學士對掌內外制。凡有除拜，中書吏赴院納詞頭。其大除拜，亦有宰相召舍人面授詞頭者。若大誥命，中書並敕進入，從中而下，餘則發敕官受而出之。及修官制，雖以實正名，而判後省之事。」〔註 9〕也就是說，在北宋肇基之初，中書舍人只是作為遷官存在，沒有實際履職。又重新設立了知制誥及直舍人院這樣的官職和機構，來「主行詞命」，與在內廷的學士分別掌外制和內制。而內制與外制最大的不同就在於，內制是替皇帝起草各種制詔文書的，其在專制皇權的政治體制中具有特殊的政治地位。正如《宋朝事實類苑》卷第三十載：「翰林學士居深嚴之地，職任事體，與外司不同，至於謁見相府，自非朔望慶弔，止公服繫鞋而已。學士於內廷出入，或曲詔，亦不具靴簡。學士每非時召對，即公服繫鞋袖，具員而入，每恩例除改，即宰相得旨後，入熟狀，至晚或召對，或降出熟狀，便草麻。惟進退宰相，及非時特旨除改，皆夜後宣入，面受處分，宰臣不得知也。」〔註 10〕翰林學士在北宋屬於清貴之官，都由文采出眾、德才兼備之人充當，平時隨侍皇帝左右，以備諮詢顧問。所謂「經營庶務，進退大臣，未嘗不預諮詢。」〔註 11〕宋代宰相也多由翰林學士擢升而來。因此他們在謁見宰相時，具有不同其他官員的禮節與待遇。進退宰相的制詔，也都是由內制也就是翰林學士知制誥來撰寫的。一般情況下，學士如果有缺員，則由中書舍人中才德佼佼者來補充。《宋朝事實類苑》卷第二十九記載：

〔註 8〕《宋史・職官二》卷一百六十二，第 3811 頁。

〔註 9〕《宋史・職官一》卷一百一十四，第 3785 頁。

〔註 10〕〔宋〕江少虞：《宋朝事實類苑》卷第三十，上海古籍出版社，1981 年版，第 379 頁。

〔註 11〕〔宋〕曾鞏：《元豐類稿・中書舍人除翰林學士制》卷二十，影印摛藻堂《四庫全書薈要》本，臺灣世界書局印行，1985 年版，第 374 冊，第 360 頁。

進退宰相，其帖例草議，皆出翰林學士。舊制，學士有闕，則第一廳舍人為之。嘉祐末，王荊公為閣老，會學士有闕，韓魏公素忌介甫，不欲使之入禁林，遂以端明殿學士張方平為承旨，蓋用舊學士也。既而魏公罷政，其議論皆出安道之手。〔註12〕

內外制的區別還在於接受詔書官員級別的高低。內制出於「天子私人」翰林學士之手，代表了高級別的對待。而舍人院所出的制詔只是宰相政事堂所出的命令。因此，拜除官職是由內制還是外制來撰寫制誥，是學士草詔降麻還是舍人院出制，是很多官員非常關注的事情，甚至會因在拜命時受到區別對待而心生怨恨。《宋朝事實類苑》卷二十六載：

丁晉公自保信軍節度使知江寧府，召為參知政事，中書以丁節度使，召學士草麻。時盛文肅為學士，以為參知政事合用舍人草制，遂以制除，丁甚恨之。〔註13〕

丁謂在由平江節度使召為參知政事時，盛度正擔任翰林學士，他認為參知政事是宰相屬官，應該由舍人院出制任命，因此丁謂的參知政事就是由中書舍人也就是外制來撰寫制詔而任命的。丁謂因此對盛度非常不滿。這也導致丁謂在排擠寇準時將盛度同時貶出京城的原因之一。同樣，罷免及貶謫官員的制詔也會因為級別的不同而由掌內制的學士或者掌外制的中書舍人來分別撰寫。一般，宰執層面的官員升遷或者貶謫時的制詔都是掌內制的學士來負責撰寫。比如，在真宗晚年，丁謂與寇準權力鬥爭之時，晏殊曾經被召入禁內撰寫制詞。但晏殊當時不是翰林學士，而是中書舍人知制誥，也就是外制，因此他以不是自己職責所在而拒絕草詔。據《江臨幾雜誌》載：

晏相言，作知制誥誤宣入禁中，真宗已不豫，出一紙文書，視之，乃除拜數大臣。奏：臣是外制，不敢越職領之。須臾，召到學士錢惟演。晏奏：臣恐洩漏，請止宿學士院。翌日，麻出，皆非向所見者，深駭之，不敢言。〔註14〕

這段文字就記載了晏殊作為外制時是沒有資格去草寫關於除拜宰相類級別大臣的制書的。但他又看到了屬於絕密的內容，因此就要求留宿學士院以避嫌。但他第二天看到的制書與他以前所見文書內容又完全不同，他深為驚

〔註12〕《宋朝事實類苑》卷第二十九，第365頁。

〔註13〕《宋朝事實類苑》卷第二十六，第329頁。

〔註14〕〔宋〕江休復：《江臨幾雜誌》，儲玲玲整理，選自朱易安、傅璇琮等主編：《全宋筆記》（第一編第五冊），大象出版社，2003年版，第170頁。

駁但卻不敢明言。由此也可見，翰林學士知制誥不僅僅是草寫詔書，在草寫
詔書之時還可能對皇帝有所建議，從而改變皇帝本來的意思。晏殊之所以看
到的與以前不一樣，就在於後來召去草制的學士錢惟演與丁謂狼狽為奸，在
真宗面前對寇準大肆詆毀所導致的。

作為「王者之言」的制詔撰寫，與平時一般的個人性文字不同，由於其
獨特的地位與影響力，而具備相應的風格。劉勰在《文心雕龍·詔策》篇專
論古代朝廷應用文的形式與風格。在風格方面，他指出「授官選賢，則義炳
重離之輝；優文封策，則氣含風雨之潤；敕戒恒誥，則筆吐星漢之華；治戎
變伐，則聲有洊雷之威；眚災肆赦，則文有春露之滋；明罰敕法，則辭有秋
霜之烈：此詔策之大略也。」〔註15〕根據不同的內容，制詔則應該具備相應
的風格。從文體的角度看，宋代制詔類文體沿襲唐及五代時期，都使用的是
「四六」體式的駢文寫成，在寫作的過程中能夠熟練而準確地使用相應的典
故，使其文風符合臺閣之體。《宋朝事實類苑》卷第四十就指出了朝廷臺閣之
文的獨特風格：

> 山林草野之文，則其氣枯槁憔悴，乃道不得行，著書立說者之
> 所尚也。朝廷臺閣之文，則其氣溫潤豐褥，乃得位於時，演綸視草
> 者之所尚也。故本朝楊大年、宋宣獻、宋莒公、胡武平所撰制詔，
> 皆婉美淳厚，過於前世燕、許、常、楊遠甚，而其為人，亦各類其
> 文章。〔註16〕

認為本朝楊億、宋祁、宋庠、胡旦所撰制詔，在文體風格方面勝過了唐
玄宗時被稱為「燕許大手筆」的張說、蘇頲。《新唐書》記載張說：「朝廷大
述作多出其手，帝好文辭，有所為必使視草。」〔註17〕杜甫曾作有《贈翰林
張四學士》云：「翰林逼華蓋，鯨力破滄溟。天上張公子，宮中漢客星。賦詩
拾翠殿，佐酒望雲亭。紫誥仍兼綰，黃麻似六經。」〔註18〕也就是說，作為
為皇帝代言的制詔類文體，在語言應用方面應該具有皇家朝廷獨有的審美風

〔註15〕〔梁〕劉勰：《增訂文心雕龍校注》（上冊），黃叔琳注、李詳補注，中華書局，
　　　　2012 年版，第 263 頁。

〔註16〕《宋朝事實類苑》卷第四十，第 516 頁。

〔註17〕〔宋〕歐陽修、宋祁：《新唐書·張說傳》卷一百二十五，中華書局，1975
　　　　年版，第 4404 頁。

〔註18〕〔唐〕杜甫：《杜甫詳注·贈翰林張四學士垍》上冊卷二，〔清〕仇占鰲注，
　　　　中華書局，2015 年版，第 87 頁。

格和寫作規範。張說文采出眾，很受唐玄宗的器重，因此多讓他來起草朝廷大的詔令文書。但在注重文采的同時，還要符合儒家六經的禮教規範。宋的制詔風格，「婉美淳厚」，更勝過「紫誥仍兼綰，黃麻似六經」的張說，主要原因在於宋代的「右文政策」，使得宋代官員多由科舉出身，大多文字嫻熟。而掌制誥的翰林學士與中書舍人又均由在士大夫中「素有文學之稱」的文人擔任，對於這些文人來說，制詔的撰寫是顯示個人才華的重要方式，因此必然非常重視制詔文書的撰寫。同時，作為北宋皇帝本人，對於此類公文的撰寫，也具有自己的考量和要求。比如宋真宗時，「七月以兵部郎中知制誥張秉為左諫議大夫罷職。時秉草敘用官制，有『頃日微累，謫於遐荒』之句。真宗覽之，曰：『若是即先朝失刑矣。』故有是命。」〔註19〕知制誥張秉在草寫詔書時，沒有注意到措辭的嚴謹。『頃日微累，謫於遐荒』，意思是說往日因為微小的過失，而被貶謫到荒遠之地。作為皇帝，宋真宗敏銳地意識到了這句制詞的失誤，在於指出前朝以微累謫人於遠，是不恰當地暴露了先朝行政的失誤。張秉因此被罷免了知制誥之職。《宋朝事實類苑》卷第四十記載：

> 景祐元年，張唐卿榜賜恩澤出身章服等誥詞，略曰：「青衿就學，白首空歸，屢陳鄉老之書，不預賢能之選。靡務激昂而自勵，止期華皓以見收。」仁宗怒曰：「後世得不貽子孫之羞乎？」御筆抹去。宋鄭公庠別進云：「久淪岩穴，夙蘊經綸。鶯遷未出於喬林，頷薦屢先於鄉板，縱響誠希於遠到，摶風勉屈於卑飛。」上頗悅。」
> 〔註20〕

　　恩賜出身章服，本是給予年紀老大但仍沒有考中的士人的恩典，以對他們多年苦讀應舉進行撫慰和勉勵。但是原來的誥詞語帶譏諷，不符合勉勵與恩典的語氣與內容。仁宗考慮到受賜者的尊嚴與體面，對這樣的措辭非常不滿。宋庠所撰誥詞則既說明了實際狀況，而用詞用典又古雅溫厚，符合恩典詔書的要求。可見，在制詔的措辭方面，宋代皇帝非常注意制誥的措辭之嚴謹、得體，合乎禮儀規範。這種皇帝對於制詔措辭的要求，也會成為宋代制詔寫作風格的引導性因素，使宋代制詔的創作趨於婉美淳厚。歐陽修在《謝知制誥表》中寫道：「伏以王者尊居萬民之上，而誠意能與下通，奄有四海之

〔註19〕〔清〕徐松輯：《宋會要輯稿‧職官三》，中華書局，1957年版，第2403～2404頁。
〔註20〕《宋朝事實類苑》卷第四十，第529頁。

大,而惠澤得以遍及者,得非號令告詔發揮而已哉!然其為文也,質而不文,則不足以行遠而昭聖謨;麗而不典,則不足以示後而為世法。居是職者,古難其人。」可見,歐陽修已經意識到了作為皇帝代言、通行天下的制詔文字,具備「文雅典麗」的特殊風格是其題中應有之義。由此可見,宋代制詔成為應用性與文學性兼而有之的特殊文體,在宋代受到相當的重視。

二、北宋前期貶謫制詔的撰寫狀況及其影響

作為制詔內容之一的貶謫制詔,因其具有處罰儆戒的作用,如劉勰所言,在措辭上應該像「秋霜」一般肅殺酷烈。北宋前期的貶謫制詔則因時代的不同以及北宋關於官員處理的政治考慮,而具有自己的鮮明特徵。在因各種原因而導致的貶謫事件之中,都必須下達能夠對此次貶謫的原因和結果進行說明並公之於眾的制詔文字,來作為最終的定論和公開的文書。貶謫制詔不但下發給被貶黜者本人,有時還要榜示朝堂。在這種情況下,臣子被貶的罪狀會引起朝野上下社會輿論的極大關注。對於講究名節的儒家士大夫而言,貶謫制詔中的措辭與罪狀對其本人的心理打擊的輕重、以及在士大夫群體中的名聲地位都有至關重要的影響。對於身居高位的被罷免和貶黜者來說,更加具有重要的政治意義。因此在貶謫命令下達之際,貶黜制詔如何書寫,就顯得尤為重要。從體式上講,有宋一朝的貶詔基本上分為三個部分,開頭開宗明義,使用相應的歷史典故,來切入題目。第二部分則直接指出被貶之人所犯過錯,有時也寫有議罪的過程,並警告其人要在貶所反省悔過。接下來宣布對其人的處罰結果。第一、二部分都使用駢文,第三部分則用散文。其內容基本上既要點出被貶之人所犯錯誤以及被貶結果,同時也要顯示皇帝的仁慈與寬大,恩威並施,起到儆戒群臣的作用。但在具體措辭方面,根據不同情況,還是具有很大的不同之處。接下來,我們就具體分析北宋前期貶謫制詔寫作的具體情況。

(一)罷免宰相時的優禮之舉

北宋優待文人、提倡「與士大夫共治天下」的國策導致宋代前期皇帝在罷免宰執之時,一般不會採取非常強硬的措辭指出宰執的罪過所在,而是會選擇委婉的語氣和溫和的辭藻,來給予被罷免者相當的尊嚴和體面。比如,宋太祖罷免宰相趙普,其制詞就以「代天治物,厥功已成。仗鉞臨戎,所委尤重。雖弼諧而是賴,且勞逸以惟均」這樣非常委婉甚至是褒揚的語句來措

辭。太宗時期，中書侍郎、兼工部尚書、平章事也就是宰相的李昉因被翟馬周訴其「身任元宰，屬北戎入寇，不憂邊思職，但賦詩飲酒並安置女樂等事」，太宗詔翰林學士賈黃中草制罷免李昉，但卻打算在罷免他時授予其右僕射的官階，比他的原官工部尚書還要高。賈黃中認為：「僕射師長百僚，舊宰相之任，今自工部尚書拜，乃殊遷，非黜責之義也。若以文昌務簡均逸為辭，庶幾得體。」〔註21〕宋太宗這種任官的方式與他罷免宰相職務的實際意圖從邏輯上是說不通的，因此賈黃中對其建議不若以「務簡均逸為辭才為得體」，宋太宗採納了他的建議。後來，李昉再次入相，因在遭遇陰雨連綿的自然災害之時沒有引咎辭職而遭到彈劾，宋太宗又一次將他從右僕射、平章事的位置上罷黜，同時授李昉左僕射。當時草制的翰林學士張洎對宋太宗說：「昉因循保位，近霖淫百餘日，陛下焦勞惕厲，憂形於色，昉居輔相之任，職在燮調陰陽，乖戾如此，而昉晏然自若，無歸咎隱退之意。矧中臺僕射之重，百僚師長，右減於左，位望輕重不侔。因而授之，何以勸人臣之盡節。宜加黜削，以儆具臣。」〔註22〕從漢代董仲舒《春秋繁露》把天氣災變與人事聯繫起來以後，遇到自然災害，朝野上下都認為宰相應該為此負責。但作為宰相的李昉卻沒有辭職引咎之意，因此被彈劾。但是宋太宗仍然念在李昉年老且是舊臣，只令他罷守本官，在制詞中以「久壅化源，深孤物望」責備他，不想給予重譴。宋真宗時期，左僕射、平王欽若因章事與收蓄禁書的道士譙文易相交而被貶出守杭州，制詞也是以均勞為辭，給予優禮。這是正常情況下罷黜宰輔時制詔的書寫方式。也可見，北宋前期皇帝在罷黜宰相時一般都不會在制詞中嚴厲指責宰執的過失，以維持宰相與朝廷的體面與尊嚴。

（二）權力鬥爭與政治報復的工具

　　但在特殊情況下，尤其是牽扯到皇家或朝臣權力鬥爭的問題上時，對於鬥爭的失敗一方，勝利者在完全掌握話語權的情況下，是不惜採取非常嚴厲的措辭，甚至是誣衊的方式來書寫貶謫制詔的。作為公開的朝廷文書，貶謫制詔在這裡的作用是打擊和侮辱政敵，在政治上佔據道德的制高點，提升自己掌握權力的正當性的工具。比如太宗初期盧多遜捲入太宗家族內部皇權之爭以及與趙普相權之爭的雙重權力鬥爭之中時，對於盧多遜的貶謫制詔就採取了非常嚴厲的書寫策略。如《盧多遜削奪官職配隸崖州制》：

〔註21〕《長編》卷二十九，第 647 頁。
〔註22〕《長編》卷三十四，第 754～755 頁。

臣之事君，貳則有闢。下之謀上，將而必誅。兵部尚書盧多遜，
頃自先朝，擢參大政。洎予臨御，薦正臺衡。職在燮調，任當輔弼。
邦家之務，一以咨之。朕既倚成，汝合思報。爾乃交接藩邸，窺伺
君親。指斥乘輿，謀危社稷。大逆不道，非所宜言。因遣近臣推治
其事。醜跡共露，具獄已成。既有司之定刑，俾外庭而集議。僉以
梟夷其族，污瀦其宮。用正憲章，以合經義。尚念嘗居重位，久事
明廷。將寬盡室之誅，止用投荒之典。實汝有負，非我無恩。凡爾
群臣，當體茲意。其盧多遜在身官爵及更三代封贈，妻子官封，並
宜削奪追毀。一家親屬，並配隸崖州。充長流百姓。所在馳驛發遣，
仍終身禁錮，縱更大赦，不在量移之限。其期周以上親屬，並配隸
邊州遠郡禁錮。部曲奴婢並縱之。餘依百官所議施行。〔註23〕

這篇製書中首先開宗明要，指出貶黜盧多遜所依據的關於懲處為臣不忠
的儒家典故。接下來進入正題，以宋太宗的身份用嚴厲的語言指責盧多遜所
犯「交接藩邸，窺侍君親。指斥乘輿，謀危社稷」的大逆不道的罪行。接著
陳述了派遣近臣推治其事的過程，顯示盧多遜罪證確鑿，對於他的處罰也是
經過有關部門的集議而決定的，因此在整個事實的認定和處罰上「合於經
義」。同時，在制詞中從君臣情義的角度對盧多遜進行指責，表現出作為皇帝
不得不貶黜遠竄盧多遜的無奈。然後是對盧多遜及其全家的具體處理辦法。
整個制詞文辭典雅、條理清晰，恩威並施，也體現了宋代不殺士大夫的祖宗
家法，是北宋處置謀反罪名官員的標準文書。

對於牽扯到宰輔權力鬥爭中而失敗的一方，其罷免制詞的寫作則完全取
決於勝利者的一方，比如真宗後期時，宰相寇準在與丁謂的權力鬥爭中失敗，
加上宋真宗晚年病重昏聵，丁謂就竊取了本應屬於皇帝的權力，掌握了書寫
貶謫寇準的制詔的話語權，利用制詔撰寫的措辭對寇準進行污名化，以達到
打擊其精神心理、破壞其個人威信的政治目的，並滿足其個人洩憤的心理動
機。寇準本無重罪，但在政治權力鬥爭中落敗，因而被罷免宰相之職，並貶
到邊遠州郡。據《續資治通鑑長編》記載：

　　始，謂命宋綬草寇準責詞，綬請其故，謂曰：「《春秋》無將，
　　《漢》法不道，皆證事也。」綬雖從謂指，然卒改易謂本語，不純
　　用。及謂貶，綬猶當制，即草詞曰：「無將之戒，舊典甚明；不道之

〔註23〕司義祖整理：《宋大詔令集》卷二百三，中華書局，1962年版，第755頁。

辜，常刑罔赦。」朝論快焉。〔註24〕

在撰寫他的貶詔之際，負責撰寫制詔的學士宋綬遇到了難題，因為他無法找到寇準的準確罪名，也就無法措辭。而丁謂則舉出《春秋》「無將」與《漢書》「不道」的兩個典故，來指責寇準為臣不忠。《公羊傳・莊公三十二年》記載：「君親無將，將而誅焉。」〔註25〕意思是作為臣子，如果有不忠之心，即使還沒有付諸實施，那也應該被誅殺。《漢書》中記載漢武帝時大司馬顏異在朋友批評漢武帝的貨幣政策時，沒有出聲，只是「微反唇」〔註26〕，嘴巴動了動，都沒有出聲，但被他的政敵張湯得知，說他對政策不滿，卻不提出來，而只是「腹誹」，應該死罪，因此誅殺了他。丁謂要宋綬使用這兩個典故，主要是因為「不忠」這樣的罪狀在君主專制時代是非常嚴重的。因此宋綬雖然接受了丁謂這樣的指示，但沒有純用，而是加以改易，以減輕制詞對寇準的壓力。但即使當值學士宋綬有意迴護，寇準由宰相被罷為太常卿知相州，然後又由相州再貶道州司馬，再由道州司馬貶為雷州司戶，其被貶的三道詔書，層層遞進，罪名越來越嚴重，措辭越來越嚴厲，懲治措施也越來越重。首先第一道制詞將寇準以「將明莫顯，聲實靡孚。興議交喧，朝章失序。罔思兢慎，不素門庭。交接匪人，虧傷大體」〔註27〕的罪名從宰相任上罷黜，特授太常卿知相州。第二道制詞用詞就要嚴厲的多，制詞中有「不務敦修，密萌凶慝。辱予輔弼，玷乃縉紳」〔註28〕等語，直接就是斥責和辱罵的語氣。並且這張貶詔還要求御史臺在朝堂上公開張貼以警戒百官。第三道制詞則將宋真宗病重直至死亡的原因都推到了寇準的身上，說其「始其告變之辰，適當違豫之際。阽危將發，震駭斯多。」〔註29〕在封建專制王朝，寇準對皇帝的死負有責任的話，那是最大的不忠，是非常不利於他的名譽和聲望的。而丁謂在寇準被貶之後不久也在政治鬥爭中落敗。這次丁謂直接就被貶為崖州司戶。當值的學士仍是宋綬，他把丁謂當時對寇準所用的罪名的建議完全用在了丁謂的身上，其《丁謂貶崖州司戶敕（乾興元年七月辛卯）》

〔註24〕《長編》卷九十九，第 2294 頁。
〔註25〕〔清〕莊存與、孔廣森：《春秋正辭　春秋公羊經傳通義》，郭曉東等點校，上海古籍出版社，2014 年版，第 393 頁。
〔註26〕〔漢〕班固：《漢書・食貨志第四下》，中華書局，2007 年版，第 169 頁。
〔註27〕司義祖整理：《宋大詔令集》卷二百四，中華書局，1962 年版，第 759 頁。
〔註28〕《宋大詔令集》卷二百四，第 760 頁。
〔註29〕《宋大詔令集》卷二百四，第 760 頁。

開首就是：無將之戒，舊典甚明。不道之辜，常刑罔捨。」〔註30〕最後以「背恩棄德，一至於斯，竄處遐方，實乃自取」作結，說明丁謂為臣不忠，被罷免遠竄，實屬咎由自取。可見，貶謫制詔的撰寫，有時會成為朝臣在政治鬥爭中利用手中權力來發洩私憤的工具。宋綬後來把這兩個典故完整用在丁謂的貶詞裏，以其人之道還治其人之身，因丁謂其人在朝野的名聲很壞，因此「朝論快焉」。

仁宗時期，保守派借蘇舜欽奏邸之獄，想要將支持范仲淹「慶曆新政」的官員一網打盡。范仲淹當時已經自請以參知政事的身份出巡西北邊境。朝廷還剩范仲淹的堅定支持者杜衍在朝。宰相陳執中與杜衍在中書論事每不合，就利用蔡襄、孫甫二位諫官乞出而杜衍想要留其在京供職的事件，向皇帝進讒，說：「衍黨顧二人，苟欲其在諫院，欺罔擅權，及臣覺其情，遂壞焚劄子以滅跡，懷奸不忠。」〔註31〕仁宗聽進讒言，因將此杜衍與范仲淹、富弼等一起罷免。丁度草其制詞曰：「自居鼎輔，靡協嚴瞻。頗彰朋比之風，難處咨謀之地。顧群議之莫遏，豈舊勞之敢私！」〔註32〕當時攻擊范仲淹與他的支持者們互為朋黨的聲音甚囂塵上，所以詔書中就利用這個罪名，杜衍做宰相才百二十日就被以「朋黨」的罪名罷免了。

這些貶謫制詔的撰寫都是出於政治上的考慮，掌握話語權的一方——皇帝或者權臣出於種種原因，或因為禮敬大臣而採取委婉之語，或為警戒群臣而出語嚴厲，或者為了鞏固自己的權力、打擊政敵而肆行污蔑，這些都是宋代前期貶謫制詔的特點。相對於宋代中後期蘇軾等人知制誥時，因為新舊黨爭的激烈，其在撰寫貶謫制詔時，往往加以議論，在制詔中進行政治路線的指責和辯論來說，還是相對比較傳統的。

（三）貶謫制詔撰寫中的個人因素及影響

撰寫制詔的翰林學士或者知制誥本人的胸懷、個性以及他與被貶謫對象的關係也會影響到貶謫制詔的措辭。貶謫對於任何一個被貶官員來說，都是一種權力的剝奪與尊嚴的傷害。而貶謫制詔的措辭嚴厲與否、內容是否真實，會進一步加強被貶謫者內心的或痛苦或有所安慰的反應。面對貶謫制詔的同時，被貶官員對於詔書的撰寫者也會產生相應的情緒反應，感受到不公待遇

〔註30〕《宋大詔令集》卷二百四，第 762 頁。
〔註31〕《長編》卷一百五十四，第 3741 頁。
〔註32〕《長編》卷一百五十四，第 3741 頁。

的恥辱感，甚至是世態炎涼的內心痛苦。有的人甚至會對制詔撰寫者產生報復心理。

宋代筆記中就記載了一些文人士大夫在擔任知制誥期間利用撰寫貶詔的機會來挾私報復的事例。田況《儒林公議》記載：

> 謝絳，吳人，雅秀有文藻，景祐中，知制誥。然輕點利唇吻，人罕測其心，時謂之士面觀音。與范諷同年，素為諷所薄。及龐籍訟諷，兩被黜。時王堯臣當制，絳求代草其詞，籍誥末云：「季孫行父之功，予不忘矣。」蓋指諷為四凶也，論者益畏之。未幾齬守南陽，卒於官。疾亟自嚙舌，喫其血肉。聞者深鑒之。〔註33〕

謝絳在擔任知制誥時就曾因為與被貶官員范諷素有矛盾，就利用撰寫其貶詔之機，對其進行諷刺打擊。丁謂的姻親錢惟演也在丁謂之後被貶出朝廷，其貶謫制詔的寫作也是這樣的情形。《宋朝事實類苑》卷第四十記載了貶錢惟演詞的寫作過程：

> 時大臣為樞相，以非辜降節度使，謫漢東。會禁林主詔者素為深仇，貶語曰：「公侯之家，鮮克秉訓，茅土之後，多或緻宗。具官某，亡國之衰緒，孽臣之累姻。」孽臣蓋晉公也，時家宰謂典誥曰：「萬選公其貶語太酷。」禁林曰：「當留數句，以俟後命。」太宰笑曰：「尚未遑憾乎？」〔註34〕

制詔撰寫者某翰林學士因其對錢惟演的仇恨，而在貶詔中運用了嚴厲指斥的措辭，因其是自動納土歸降的吳國國主錢俶的後代，又是丁謂的姻親。說其是「亡國之衰緒，孽臣之累姻。」累及祖宗親友，連宰相都覺得有些「太酷」。宋真宗時期，兵部侍郎、平章事向敏中因買房和娶妻的事情被人所訟，真宗對呂蒙正等人說：「向敏中所負如此，騰於清議，不可不加黜免。朝廷進退宰輔，亦非細事，卿等更思持守正道，以輔朕躬。」當時草制的翰林學士宋白「嘗就向敏中假白金十鋌，向敏中靳不與。於是，白草向敏中制書，極力詆之，有云：『對朕食言，為臣自昧。』向敏中讀制泣下。」〔註35〕宋仁宗時晏殊被從參知政事的任上貶往陳州，後改亳州。撰寫貶詔的是他素來欣賞善待的宋祁。宋祁卻不顧向來情面，在貶詔裏嚴厲批評他「廣營產以殖私，

〔註33〕〔宋〕田況：《儒林公議》，儲玲玲整理，選自朱易安、傅璇琮等主編：《全宋筆記》（第一編第五冊），大象出版社，2003年版，第110～111頁。
〔註34〕《宋朝事實類苑》卷第四十，第526頁。
〔註35〕《長編》卷五十三，第1155頁。

多役兵以規利」〔註36〕，使「觀者駭歎」，引起了士大夫輿論的極大震動，也使晏殊受到了很大的打擊。以至於他出守亳州之後，經常感歎士風凋落。據《西清詩話》載：

> 元獻初罷政事，守亳社，每歎士風凋落。一日，營妓曰劉蘇歌，有約終身而寒盟者，方春物暄妍，馳駿馬出郊，登高冢曠望，長慟遂卒。元獻謂士大夫受人晼睞，隨燥濕變渝，如翻覆手，曾狂女子不若，為序其事以詩弔之云：「蘇歌風味逼天真，恐是文君向上人，何日九原芳草綠，大家攜酒哭青春。」〔註37〕

這兩段故事都說明了貶謫制詔的撰寫，在一定程度上會受到個人因素的影響。這種個人因素不會影響官員被貶的結果，但卻因其措辭的嚴厲而使被貶謫官員在心理上受到一定的打擊，並在社會輿論上形成負面的後果。

有時，制詔的撰寫者性格剛直，在撰寫貶詔時不太注重到被貶之人的接受心理，甚至會因所寫貶詔的措辭而引起被貶者的報復。宋太宗時期，宰相張齊賢就因為在公共場合語言不當被御史中丞張詠彈劾，而張詠的姻親王禹偁又曾經在作翰林學士之時作齊賢罷相制詞，其措辭非常嚴厲，引起了張齊賢的不滿。「齊賢深以為恨，後於上前短公曰：『張詠本無文，凡有申奏，皆婚家王禹偁為之。』」〔註38〕對張詠與王禹偁兩中傷之。而不同的翰林學士，其思想境界與政治閱歷的不同，也使得其在撰寫貶謫制詔之時，有比較深層次的考慮，會對貶詔的撰寫進行巧妙地構思和處理，儘量做到客觀公正，使被貶者在心理上能夠接受。仁宗至和元年歐陽修作翰林學士知制誥時，曾撰寫宰相陳執中罷相的制詞。陳執中與歐陽修在政治見解上有相當大的分歧。在諫官彈劾陳執中而仁宗皇帝卻依然包庇倚重陳時，歐陽修曾上書仁宗，嚴厲批評仁宗「近年宰相多以過失，因言者罷去，陛下不悟宰相非其人，反疑言事者好逐宰相。疑心一生，視聽既惑，遂成自用之意，以謂宰相當由人主自去，不可由言者而罷之。」〔註39〕（《論臺諫官言事未蒙聽允書》）並在此

〔註36〕 〔宋〕魏泰：《東軒筆錄》卷十，燕永成整理，選自朱易安、傅璇琮等主編：《全宋筆記》（第二編第八冊），大象出版社，2003年版，第74頁。

〔註37〕 〔宋〕蔡絛：《西清詩話》，劉德重、張培生校點，選自吳文治主編：《宋詩話全編》（第三冊），江蘇古籍出版社，1998年版，第2515頁。

〔註38〕 〔宋〕江少虞：《宋朝事實類苑》卷六，上海古籍出版社，1981年版，第233頁。

〔註39〕 〔宋〕歐陽修：《歐陽修集編年箋注》第六冊卷一〇九，李之亮箋注，巴蜀書社，2008年版，第319頁。

奏摺上達皇帝但沒有被採納時，自請出知蔡州。由於大臣紛紛上書挽留朝廷才收回成命，留住歐陽修而將陳執中罷相出知亳州。而陳執中罷相制詞，也是歐陽修當值草制，陳執中與歐陽修關係一向不好，自認肯定不得好詞。

> 陳恭公素不喜公，知陳州時，公自潁移南京過陳，拒而不見。後公還朝作學士，陳為首相，公遂不造其門。已而陳出知亳州，尋罷使相。公當制，自謂必不得好詞，及制出，詞甚美，至云：「閉門卻掃，苦避權貴以遠嫌。處事執心，不為毀譽而更變。」陳大驚曰：「使與我相知深者，不能道此，此得我之實也。」手錄一本寄李師中曰：「吾恨不早識此人。」〔註40〕

　　歐陽修所草罷相詔書中對陳執中的評價，連陳執中本人都認為非常準確，認為即使是相交甚深之人也不能寫出這樣的評價，以致後悔自己沒有早結識歐陽修。歐陽修的一封制詞化解了二人多年的恩怨。至於歐陽修為何這樣做，究其原因，主要在於歐陽修本人的政治經歷使他認識到，士大夫內部的個人意氣之爭對於整個北宋的政局穩定顯然會造成非常不利的影響。慶曆年間的朋黨之爭也使他意識到文字對人的傷害程度，比如石介當時所作《慶曆聖德詩》，范仲淹與韓琦看到之後，都認為將會在士大夫中引起爭論和憤怒，造成很大的負面影響。《續資治通鑑長編》載：

> 初，呂夷簡罷相，夏竦授樞密使，復奪之，代以杜衍，同時進用富弼、韓琦、范仲淹在二府，歐陽修等為諫官。石介作《慶曆聖德詩》，言進賢退奸之不易。奸，蓋斥夏竦也，竦銜之。而仲淹等皆修素所厚善，修言事一意徑行，略不以行跡嫌疑顧避。竦因與其黨造為黨論，目衍、仲淹及修為黨人。〔註41〕

　　這首《慶曆聖德詩》使得夏竦對革新派抱有深刻的仇恨，並因此捏造「朋黨」之論，給保守派藉此打擊革新派製造了輿論。石介本人死後還被誣陷假死而興起大獄，牽連家人。現實的政治鬥爭使歐陽修不願意因文字之爭而造成朝廷士大夫之間的分裂和內耗。在制詞的措辭方面，能顧及被罷免相的體面與尊嚴，既是北宋祖宗以來的慣例，也可以此來彌合士大夫之間因政治見解不同而造成的裂痕。歐陽修這樣的想法和做法在慶曆革新失敗以後是一貫的，比如他為范仲淹寫神道碑時，就特意寫了范仲淹以參知政事的身份西

〔註40〕〔宋〕張邦基：《墨莊漫錄》卷八，選自朱易安、傅璇琮等主編：《全宋筆記》（第三編第九冊），大象出版社，2003年版，第107～108頁。

〔註41〕《長編》卷一百四十八，第3580頁。

巡時特意拜訪了前宰相呂夷簡，二人解仇的事情。歐陽修的此種書寫方式，引起富弼對他這種做法的不滿，他在給歐陽修的信中寫道：

> 大都作文字，其間有幹著說善惡，可以為勸誡者，必當明白其詞，善惡煥然，使為惡者稍知戒，為善者稍知勸，是亦文章之用也。……弼嘗病今之人，作文字無所發明，但依違模棱而已。人之為善固不易，有遭讒毀者，有被竄斥者，有窮困寒惡者，甚或誅死族滅。而執筆者但求自便，不與之表顯，誠罪人也。……君子為小人所抑，不過祿位耳。唯有三四寸竹管子，向口頭角褒善貶惡，使善人貴，惡人賤，善人生，惡人死，須是由我始得，不可更有所畏怯而嘿默，受不快活也。向作《希文墓誌》，蓋用此法，但恨有其意而無其詞，亦自謂希文之善稍彰，奸人之惡稍暴矣。今永叔亦云：「胸臆有欲道者，誠當無所避，皎然寫之，泄忠義之憤，不亦快哉！」則似以弼說為是也。然弼之說，蓋公是公非，非於惡人有所加諸也。如《希文墓誌》中所詆奸人，皆指事據實，盡是天下人所聞之者，即非創意為之，彼家數子皆有權位，必起大謗議，斷不恤也。〔註42〕

富弼雖然沒有明確說明對歐陽修此種筆法的不滿，但他通過闡釋自己對於「作文字」的理解，比較隱晦的對歐陽修提出批評。而歐陽修對自己如此做法也有合理的解釋。在《與澠池徐宰書四》中，他講到：「諭及富公言《范文正公神道碑》事，當時在穎，已共詳定，如此為允。述呂公事，於范公見德量包宇宙，忠義先國家。於呂公事各紀實，則萬世取信。非如兩仇相訟，各過其實，使後世不信，以為偏辭也。大抵某之碑，無情之語平，富之志，嫉惡之心盛。後世得此二文雖不同，以此推之，亦不足怪也。」〔註43〕歐陽修指出自己作碑誌是採取了客觀公正的平允之舉，與富弼嫉惡如仇具有強烈感情色彩的墓誌各有所長，都是可以理解和接受的。並且他在寫作碑誌之時，重視的是「至於辨讒謗，判忠邪，上不損朝廷事體，下不避怨仇側目，如此下筆，抑又艱哉？」〔註44〕（《與孫威敏公書二》）其中的難度不言而喻。當

〔註42〕〔宋〕邵博：《邵氏聞見後錄》卷二十一，夏廣興整理，選自上海師大古籍整理研究所編：《全宋筆記》（第四編第六冊），大象出版社，2008年版，第146～147頁。

〔註43〕〔宋〕歐陽修：《歐陽修集編年箋注》第八冊卷一五一，李之亮箋注，巴蜀書社，2008年版，第218～219頁。

〔註44〕《歐陽修集編年箋注》第八冊卷一五一，第18頁。

時朝廷上各方勢力糾纏，歐陽修希望「此文出來，任他姦邪謗議近我不得也。要得挺然自立，徹頭須步步把作道理事，任人道過當，方得恰好。」〔註45〕（《與姚編禮書一》）在寫作時，保持公正公平，步步都要占住道理，這也是歐陽修在撰寫制詔之時所秉持的基本態度和原則。正是因為歐陽修認識到了制詔作為皇帝代言的重要性和權威性，瞭解貶謫制詔文字對於被貶大臣的政治意義，並考慮到士大夫群體輿論以及對政局的影響，歐陽修才會不同於一般的知制誥者，而是在綜合考慮朝廷政局、不引起朝臣的個人意氣及朋黨爭鬥的多重因素下，來撰寫陳執中的罷相詔書的。

總而言之，貶謫制詔的撰寫在北宋前期就具有多種情況。制詔的撰寫者翰林學士知制誥作為皇帝和朝廷的代言人，是沒有權力決定貶謫官員的具體罪名的。但是，在人治的專制皇權社會，皇帝代表著至高無上的權力，翰林學士出入禁林，以備顧問，除拜宰相這樣的大事，翰林學士也可以參與其中。同時，在法治並不健全，士大夫之間政治傾軋、權力鬥爭之時，詔書的書寫也就是話語權的掌握是非常重要的一環。在非常重視名聲操守、以禮治國的儒家之道的統治下，一紙詔書上所載的內容能給人帶來極大的痛苦和恥辱感。但翰林學士本身作為代言人，一旦自己的意志和皇帝本人的意志產生牴牾之時，那翰林學士自己也面臨被罷免和貶黜的命運。《宋史‧職官志三》就記載了翰林學士錢公輔與祖無擇因不願草制而被貶謫的例子：

> 英宗治平元年十二月貶知制誥錢公輔為滁州團練副使不簽書本州公事，祖無擇罰金三十斤。公輔坐言王疇不當為樞密副使，不肯草制，無擇以不即草貶公輔制，英宗意欲加罪而中書救之，乃有是命。」〔註46〕

錢公輔因反對任命王疇為樞密副使而拒絕為之草制，這就違背了皇帝的意志，因此英宗可以馬上將他從翰林學士的位置上貶走。而祖無擇作為他的同事，也因為不肯按照皇帝的旨意立刻草寫貶謫錢公輔的詔書，而差點被貶，幸得宰相救護而改處罰金。在遇到翰林學士與皇帝意志衝突之時，尤其是比較強勢的皇帝，他必然會運用自己手中的權力，將不服從命令的翰林學士調離身邊的。

〔註45〕〔宋〕歐陽修：《歐陽修集編年箋注》第八冊卷一五一，李之亮箋注，巴蜀書社，2008 年版，第 233 頁。

〔註46〕〔清〕徐松輯：《宋會要輯稿‧職官三》，中華書局，1957 年版，第 2404～2405 頁。

第二節　北宋前期貶官謝表的撰寫體例及政治文化影響

一、謝表的文體淵源與北宋前期貶官謝表的撰寫體例

　　表作為章奏類公文，是官僚大臣向天子謝恩、陳事，以及表明臣子心跡之類的古代行政文書。南朝梁時期的顧野王在《玉篇・衣部》中所言：「表，碑矯切，衣外也，上衣也，書也，威儀也，明也，標也。」〔註47〕蕭統《文選》中認為：「表者，明也，標也，如物之標表。言標著事序，使之明白，以曉主上，得盡其忠，曰表。」〔註48〕也就是說表作為一種公文體制，主要是用來向皇帝來說明事情的原委，表明自己的心跡。劉勰《文心雕龍・章表第二十二》也提到「漢定禮儀，則有四品：一曰章，二曰奏，三曰表，四曰儀。章以謝恩，奏以按劾，表以陳請，議以執異。」「原夫章表之為用也。所以對揚王庭，昭明心曲。」〔註49〕劉勰則明確指出，章是用來謝恩，表則用來陳請的。但總得來說，章表都是用來向皇帝說明情況，表達自己的心情與請求的。但到了魏晉南北朝時期，表也可以用來謝恩，像曹植就曾寫有多封謝表，如《封甄城王謝表》、《謝賜穀表》等。此後，謝恩、陳請都可以用表。清王之績在《鐵立文起》後編卷九言：「或曰：表制有六，賀表則頌聖處貴詳盡，辭謝表則敘事自勉處貴詳盡。……《指南錄》曰：有所感激故稱謝。謝幸御，謝官爵，謝金帛，謝宴享，謝頒降，謝珍味，謝衣服，皆感激君父殊恩而非偽也。夫忠心感則興，激則奮。恩踰望外，則敬從中起，非徒鬱結思報而已。最要默動人君以禮使臣意，然入題自敘處須詳之。」〔註50〕相對於其他內容的表，謝表更加突出寫作者文筆的條理性、邏輯的嚴密性以及情感的真摯與忠誠。只有如此，才能打動最高統治者，使其能夠「以禮使臣」。

　　作為例行性的公務文書，謝表也有相對固定的文書格式，關於表書包括謝表文書的固定格式，《慶元條法事類・文書門》卷十六、〔宋〕王銍《四六

〔註47〕〔梁〕顧野王：《玉篇》，影印摛藻堂《四庫全書薈要》本，臺灣世界書局印行，1985年版，第80冊，第635頁。

〔註48〕〔梁〕蕭統編：《文選》（第四冊卷三十七），〔唐〕李善注，上海古籍出版社，1986年版，第1667頁。

〔註49〕〔梁〕劉勰：《增訂文心雕龍校注》（上冊），黃叔琳注、李詳補注，中華書局，2012年版，第311頁。

〔註50〕〔清〕王之績：《鐵立文起》，選自王水照編：《歷代文話》（第四冊），復旦大學出版社，2007年版，第3833頁。

話》、〔宋〕洪邁《容齋四六叢談》、〔宋〕王應麟《辭學指南》、〔元〕陳繹曾《文章歐冶（文筌）》、〔明〕朱荃宰《文通》、〔清〕陳維崧《四六金針》、〔清〕王之績《鐵立文起》等書，皆有較為具體的記載，內容也大致相同。具體到宋代貶謫官員所寫謝表的格式，則一般分為三個部分。其開頭一般以「臣某言」開頭，講述自己於某月日收到詔命，並於某月日到本州上訖。交代清楚自己到州任命的起始時間，然後對皇帝表示感謝，這部分結束後有「中謝」二字，是宋代謝表的固定用語。如王禹偁《滁州謝上表》：「臣某言：奉五月九日制命，伏蒙聖慈特授臣守尚書工部郎中知滁州軍州事。已於六月三日到本州上訖。罷直禁中，臨民淮上。雖離近侍，猶忝正郎，省己戴德，既榮且懼。臣某中謝。第二部分則以「伏念臣」開頭，是自述性的表白，表明自己的生平遭際與人格操守，並對此次被貶的原因進行解釋說明。此段乃是謝上表的主體，根據實際情況，可長可短，像王禹偁《滁州謝上表》就用了 551個字。以「伏念臣早將賤跡，誤受聖知。進身不自於他人，立節惟尊於直道」開始，到「況臣頭有重戴，身被朝章。所守者國之禮容，即不是臣之氣勢。因茲謝表，敢達愚誠」結束。主要講述自己的人品操守，並對自己擔任翰林學士一百天內所作所為作出反省，對自己為何被貶作了揣測和解釋，因其此次被貶沒有具體罪名，詔書上只講其「輕肆」，主要是為自己辯誣。第三部分則是請求與表態，表明自己在此次貶謫之後的心態與如何自處。《滁州謝上表》最後一段從「況臣粗有操修，素非輕易，心常知於止足，性每疾於回邪」到「今則隋岸千里，堯天九重，微軀或遂於生還，勁節尚期於死所」結束，請求皇帝考慮自己之所以被貶的原因，表達自己雖遭貶謫，志節不屈的忠貞。最後以「臣無任」這樣的固定格式結束。有時也會用「臣無任感天荷聖，激切屏營之至」這樣類似表示不勝感恩之意的文字。

　　明代學者徐師曾在《文體明辨》中指出：「至論其體，則漢晉多用散文，唐宋多用四六。而唐宋之體又自不同：唐人聲律，時有出入，而不失乎雄渾之風；宋人聲律，極其精切，而有得乎明暢之旨，蓋各有所長也。」〔註51〕從北宋前期現存謝表的體式來看，主要還是沿襲了唐代謝表的形式，是以四六對仗的駢文來寫的。像上舉太宗時王禹偁在滁州所寫《滁州謝上表》、《謝加朝散大夫表》，移鎮揚州時所寫《揚州謝上表》《謝轉刑部郎中表》以及被

〔註51〕〔明〕徐師曾：《文體明辨序說》，羅根澤校點，人民文學出版社，1998 年版，第 122 頁。

貶黃州時的《黃州謝上表》，田錫的《陳州謝上表》，仁宗時唐介因彈劾文彥博被貶英州，後量移潭州時所作《潭州通判謝上表》，英宗時呂誨因諫「濮議」事被貶蘄州時所作的《蘄州謝上表》，都是典型的四六文體。但仁宗時范仲淹與歐陽修的謝表則在四六文體中加入了單行散文，如范仲淹《睦州謝上表》第二部分介紹自己生平行事之後，則用散文形式列舉了前朝廢后之朝未能致福的事例，並對郭后的處理方式提出建議。

> 蓋以前廢后之朝，未嘗致福。漢武帝以巫蠱事起，遽廢陳后，宮中殺戮三百餘人。后及巫蠱之災，延及儲貳。及宣帝時，有霍光妻者，殺許后而立其女，霍氏之釁，遂為赤族。又成帝廢許后咒詛之罪，乃立飛燕，飛燕姊妹妒甚於前，六宮嗣息盡為屠害。至哀帝時理之，即皆自殺。西漢之祚，由此傾微。魏文帝寵立郭妃，僭殺甄后，被髮塞口而葬，終有反報之殃。後周以虜庭不典，累後為尼，危辱之朝，不復可法。唐高宗以王皇后無子而廢，武昭儀有子而立。既而摧毀宗室，成竊號之妖。是皆寵衰則易搖，寵深則易立。後來之禍，一一不差。臣慮及幾微，詞乃切直。乞存皇后位號，安於別宮，暫絕朝請。選有年德夫人數員，朝夕勸導，左右輔翼，俟其遷悔，復於宮闈。〔註52〕

這段文字運用了敘述和議論的形式，夾敘夾議，有很強的說服力，用傳統的四六文體是很難達到這樣的語言效果的。因此，范仲淹在四六駢體文中間加入了這段散文體的議論。他在《潤州謝上表》中引用《易》經時，也運用了簡短的散文句式，即「臣按《太易》之義，坤者，柔順之卦，臣之象也，而有履霜堅冰之防，以其陰不可長也。豐者，光大之卦，君之象也，而有日中見鬥之戒，以其明不可微也。」〔註53〕這段散體議論的文字也處於第二部分，所謂引重言以重之。范仲淹引用易經來向宋仁宗解釋對權臣要防微杜漸的道理。這兩篇謝表，都突破了謝表以駢文為表達方式的傳統，將散文體的議論引入了謝表之中，使謝表由例行的表達感謝、忠心而成了闡釋自己政治見解的一種文字形式。歐陽修的《滁州謝上表》在文體上也採用了散體的句式，在論張氏妹事之時，他寫到：

〔註52〕〔宋〕范仲淹：《范仲淹全集‧睦州謝上表》上冊卷十六，〔清〕范能濬編集，薛正興校點，鳳凰出版社，2004年版，第341頁。
〔註53〕《范仲淹全集‧潤州謝上表》上冊卷十六，第344頁。

張氏此時，生才七歲。臣愧無著龜前知之識，不能逆料其長大所為，在人情難棄於路隅，緣臣妹遂養於私室。方今公私嫁娶，皆行姑舅婚姻。況晟於臣宗，已隔再從；而張非己出，因謂無嫌。乃未及笄，遽令出適。然其嫁五六年後，相去數千里間，不幸其人自為醜穢，臣之耳目不能接，思慮不能知。……〔註54〕

這段話駢散相兼，而以散文為主，主要原因在於駢文在敘述議論上的不便。而歐陽修本人對於文體也有著自己的見解和喜好。他在未中舉之前，就非常追慕韓愈。在《答陝西安撫使范龍圖辭辟命書》中，他就寫道：「況今世人所謂四六者，非修所好，少為進士時不免作之，自及第，遂棄不復作。在西京佐三相幕府，於職當作，亦不為作，此師魯所見。」〔註55〕可見，歐陽修本身不喜作四六文之類的駢儷文字，中進士之前因考試原因不得不作，考中之後就棄而不為了。因此，在自己可以主導的謝表寫作中，不使用標準的駢四儷六的文字形式，是歐陽修個人對於文學的認識和喜好所導致的。《邵氏聞見後錄》載：

本朝四六，以劉筠、楊大年為體，必謹四字六字格律，故曰四六。然其弊類俳語可鄙。歐陽公深嫉之曰：「今世人所謂四六者，非修所好。少為進士時不免作，自及第遂棄不作，在西京佐三相幕府，於職當作，亦不為作也。」如公之四六云：「造謗於下者，初若含沙之射影，但期陰以中人；宣言於庭者，遂肆鳴梟之惡音，孰不聞而掩耳。」俳語為之一變」〔註56〕

可見，歐陽修撰寫謝表的文字形式，對於後來宋代謝表文字的變化產生了相當大的影響。

綜合范仲淹和歐陽修謝表的形式特徵，我們可以看到，宋人「好議論」的風氣已經開始有所發端，即使是謝表這樣傳統例行感恩的公文，也開始具備一定的議論性成分。而四六駢儷文字講究對仗，在一定程度上妨礙了議論說理的效果，散體文字不用考慮對偶押韻字數等形式問題，則能夠將問題講清。可以說，范仲淹與歐陽修在謝表中加入散體單行文字，是因為內容決定了形式，駢文的形式已經滿足不了作者想要表達的內容和意圖了。散文形式

〔註54〕《歐陽修集編年箋注》第五冊卷九一，第337頁。

〔註55〕《歐陽修集編年箋注》第三冊卷四七，第255頁。

〔註56〕〔宋〕邵博：《邵氏聞見後錄》卷十六，夏廣興整理，選自上海師大古籍整理研究所編：《全宋筆記》（第四編第六冊），大象出版社，2008年版，第112頁。

的利於議論，也是其中的重要原因。

二、謝表的內容風格及文化影響

　　謝表與制詔在行文方向上有著很大不同，制詔作為古代的公文文體，它的行文方向是詔告臣民的下行文。謝表則是上行文類型，宋趙升《朝野類要・文書》中提到：「帥、守、監司初到任，並升除，或有宣賜，皆上四六句謝表。」〔註57〕龔延明在《宋代官制詞典》中認為：「凡官員升遷除授、謫降貶官，至於生日受賜酒醴、封爵追贈等等，均有謝表，謝皇帝恩惠之表（如謝當權宰執，稱謝啟）。雖為形式，臣僚常利用上謝表例行公事的機會，申訴被謫降的客觀原因或受委屈的情況，籍以引起皇帝的同情和諒解。」〔註58〕也就是說，謝表的使用範圍很廣，在官員的升遷除拜、謫降貶黜、封爵追贈中皆有廣泛使用。謝表作為一種固定的例行文書而存在，恰好給了貶謫官員一個與皇帝直接對話的機會。從某種意義上講，謝表可以說是對與其相應的貶謫制詔的回應。貶謫官員可以借上謝表的機會，表達自己對此次黜降事件的看法和心情，解釋自己得罪的緣故，希望以此感動皇帝，求得朝廷的諒解和皇帝的同情。當然，此類表書在語句的措辭和語體風格上都是以委婉、醇雅、忠誠、精確周詳為要。因為謝表文書的此類特點，使得時常處在黨爭政治漩渦當中的宋代文臣尤其重視謝表的寫作，不僅文采斐然，富於感染力，並賦予了謝表文書以前代所沒有的豐富的政治文化功能。所以有學者認為：「謫降類謝表往往最能流露出作者真實心聲，也最引起朝廷關注。」〔註59〕宋代由於「不殺士大夫及上書言事人」的祖宗家法，對於官員的主要處罰方式就是貶謫，因此宋代貶謫官員的增多，也就意味著貶官謝表的增加。在宋代前四朝，著名文人王禹偁、田錫、歐陽修、范仲淹、唐介等都有貶官期間的謝表多篇流傳下來。另有盧多遜、丁謂等在宋人筆記中記載的謝表中的殘篇斷句。我們可以通過研究宋代前期貶官謝表的書寫，來觀察宋代前期貶謫士人利用公文形式與皇帝直接交流，而顯示出來的君臣關係，以及其面對貶謫時的心態變遷，從而梳理出宋代前期士風是如何在經歷貶謫的過程中逐漸樹立和構建起來的。

　　雖然表面上看，謝表是一種具備規範性和例行式的文書，但宋代由於右

〔註57〕〔宋〕趙升編：《朝野類要》，王瑞來點校，中華書局，2007 年版，第 86 頁。
〔註58〕龔延明編著：《宋代官制詞典》，中華書局，1997 年版，第 626 頁。
〔註59〕楊芹：《宋代謝表及其政治功能》，《中州學刊》，2016 年第 10 期，第 120 頁。

文政策的社會氛圍，科舉進身的士大夫大部分都具備很強的作文字的能力，並且非常重視對各種公文的寫作與評價，這也使得謝表的寫作具備了非常強的個性色彩和文學特徵。由受貶者的立場看，因其要使皇帝能夠理解和感動，所以謝表的寫作通常具備非常強的文學感染力。北宋太宗時期，盧多遜被貶海外，「其謝表末云：『流星已遠，拱北極已無由；海日空懸，望長安而不見。』臨終自作遺表，略云：『昔日位居黃閣，眾口鑠金；此時身謝朱崖，蔓草縈骨。』雖有五代衰氣，然亦可哀也。〔註60〕同樣被貶崖州的丁謂也因其謝表文字引起皇帝的憐憫，從而得到了內遷的機會。「丁晉公謂文字雖老不衰。……北遷道州，謝表云：『心若傾葵，漸暖長安之日；身同旅雁，乍浮楚澤之春。』又謝復秘書監表云：『炎荒萬里，歲律一周。傷禽無振羽之期，病樹絕沾春之望。』人亦哀之。」〔註61〕盧多遜與丁謂都屬於北宋早期的士大夫，北宋此時的士風還延續著五代時期的功利主義及「士無特操」的狀況，他們兩人的被貶也可以說是咎由自取。但是他們在謝表中嫻熟的運用四六對仗的句子，選擇恰當確切的典故，真誠的傳達了自己對於皇帝的忠誠傾慕以及被貶南荒的哀傷，引起了皇帝與士大夫群體對他們的同情和憐憫。而與此同時的王禹偁因私議開寶皇后葬禮而被貶滁州，其《滁州謝上表》的風格與內容則代表了新一代士風的逐漸開啟。《滁州謝上表》整個謝表事實詳明，邏輯清楚，感情真摯，語言對仗工整，語氣不卑不亢，毫無乞憐之意，全篇流露出對自己的行為與操守的自信。在謝表的最後，他講到「伏望陛下，思直木先伐之義，考眾惡必察之言。曲與保全，俾伸臣節。則孤寒幸甚，儒墨知歸。在於小臣，有何不足。」把自己被貶的遭遇上升到與自己同等出身的大部分孤寒的士人與儒家文臣的歸屬感上面，希望皇帝能夠意識到自己無辜而貶所導致的嚴重後果，從而能夠對他「曲與保全」，使其能夠「俾伸臣節」。這封謝表中的名句「諸縣豐登，絕少公事；全家飽暖，共荷君恩」還被後來也貶到滁州的歐陽修在《書王元之畫像側》這首詩中化用，來表達自己對於王禹偁的追懷與傾慕。其《黃州謝上表》依然延續了《滁州謝上表》的風格，認為自己被貶完全是因為：「夫饞謗之口，聖賢難逃。周公作鴟鴞之詩，仲尼有桓魋之歎。蓋行高於人則人所忌。名出於眾則眾所排。自古及

〔註60〕〔明〕蔣一葵輯：《木石居精校八朝偶雋》卷四，《續修四庫全書‧一七一四‧集部‧詩文評類》，上海古籍出版社，2002 年版，第 627 頁。

〔註61〕〔明〕蔣一葵輯：《木石居精校八朝偶雋》卷四，《續修四庫全書‧一七一四‧集部‧詩文評類》，上海古籍出版社，2002 年版，第 628 頁。

今，鮮不如此。伏望皇帝陛下雷霆霽怒，日月回光。鑒曾參之殺人，稍寬投
杼。察顏回之盜飯，或出如簧。」〔註62〕他舉了眾多古代聖賢被人誹謗排擠
的例子，希望皇帝能夠以古為鑒，明察自己被人誣陷的事實。同時，他又表
明自己「況臣孤貧無援，文雅修身。不省附離權臣，祇是遭逢先帝。但以無
心於苟合，性昧隨時，出一言不愧於神明。議一事必歸於正直。」「粗有操
修，素非輕易，心常知於止足，性每疾於回邪。位非其人，誘之以利而不往。
事非合道，逼之以死而不隨。」（《謝轉刑部郎中表》）其對自己的道德節操
的自信之情溢於言表。對於自己多次被黜的事實，他總結為「虛名既高，忌
才者重。直道難進，黜官亦多。」（《滁州謝上表》），語氣之中，不無抱怨之
情。在這種情況之下，「未令君子之道消，惟賴聖人之在上。」他把自己被
誣謗貶官的現實情況上升到了「君子道消」的高度，更要求皇帝作為聖人能
夠為此負責。歐陽修在被貶滁州時所寫的《滁州謝上表》，其主要內容也是
對自己之所以被污蔑的情況作了分析，「自蒙睿獎，嘗列諫垣，議論多及於
貴權，指目不勝於怨怒。」主要內容也是為自己辨誣。但與王禹偁不同的是，
歐陽修在謝表中對自己被貶進行了理性地分析與思考，認為在這種情況下被
貶黜反而是一種保全自己的最好方式。與王禹偁同時的田錫在被貶之後，甚
至在謝表中有對皇帝的質問之語，「敕書喻臣曰：『今後凡有見聞，更在無辭
獻替。或行或寢，斷自於朕心；盡節盡忠，勿渝於爾志。』臣所以嘗思啟沃，
上答聖明，每有見聞，必陳章疏，非敢沽直臣之譽，但欲酬英主之知。……
以臣屢因上書，致茲落職。雖文翰之職，豈臣所能；而物論之間，以臣為誡。
臣心匪石，雖獲罪以寧辭；眾口若鉗，豈達聰之有補。」〔註63〕他直言指出，
皇帝敕書鼓勵臣子進言，而自己卻屢因上書而獲罪落職，如此一來，眾人都
以己為戒，從此鉗口不言，這樣一來，必然無補於皇帝的見聞。同樣，范仲
淹《睦州謝上表》勸諫仁宗不要廢后，《潤州謝上表》中提醒仁宗對權臣要
防微杜漸。王禹偁、田錫、范仲淹等這種將謝表變為諫書的情況，在北宋前
期是多有所見的。

　　這些謝表的措辭與內容既體現了被貶文人清醒的自我認識，又展示了他
們在皇帝面前侃侃而談，有理有據的獨立自尊的君子心態。朝廷其他官員也

〔註62〕〔宋〕王禹偁：《王黃州小畜集》卷二十二，《四部叢刊初編》（集部）本，上
　　　　海書店，1933 年版。
〔註63〕〔宋〕田錫：《咸平集》卷第二十四，羅國威校點，巴蜀書社，2008 年版，第
　　　　255 頁。

不會將謝表內容「尋章摘句」作為攻擊他人的工具。這與北宋中後期逐漸以謝表入罪的惡性政治鬥爭區別還是很大的。比如宋神宗時御史中丞李定就曾「劾蘇軾《湖州謝上表》，摘其語以為侮慢。因論軾自熙寧以來，作為文章，怨謗君父，交通戚里。逮赴御史臺窮治。」〔註64〕由此而導致了北宋中期最大的文字獄「烏臺詩案」。江輔之因被蔡確摘引其謝表中的「清時有味，白首無能」〔註65〕，認為其有怨望之情，因此再被罷免。宋徽宗時，張商英「以言者論列，落職知隨州，謝表不自引咎降一官。」〔註66〕同樣是宋徽宗時期，建中初「張文潛謝表用『我來自東』。彭汝霖謂表用『我』字大無禮。引王韶故事乞竄謫，魯公云：『王韶聖問有時或差，乃不遜，我來用經語，恐不可罪。』乃止。」〔註67〕張耒因為在謝表中用了一個「我」字，就被御史彈劾為「大無禮」，要求將他竄逐出朝廷。可見，在北宋中後期，謝表在某種程度上已經成為政敵「尋章摘句」、構陷對手的一個重要的工具了。

　　按照宋代關於上奏章疏文件的管理，除了少數機密文件皇帝會「留中不出」，大部分都會「降出付外」，楊芹《宋代謝表及其政治意義》中提到宋代謝表的傳播途徑時，就指出在宋代，「謝表降出後，通過進奏院下發到相關機構處理，部分謝表通過進奏院邸報的登載可為天下人所讀。」〔註68〕其之所以這麼做，原因在於謝表是與官員的升遷黜降密切相關的文書，登載於邸報，「蓋朝廷之意，欲以遷授降黜示賞功罰罪，勉勵天下之為吏者」〔註69〕，且「不特欲四方知其到官之日，是亦使人留意文字之端也」〔註70〕。也就是說謝表不僅僅皇帝可以閱讀，還會在朝廷及士大夫群體中傳播，也就會對社會輿論造成一定的影響。這種謝表的廣泛傳播，也使士大夫群體對於政治事件中的被貶者的心理狀態有非常清晰地認識，同時能夠對此現象進行分析判斷。正如《宋朝事實類苑》中記載的：「景祐中，范文正公以言事觸宰相，黜

〔註64〕《宋史》卷三百二十九，第 10602 頁。

〔註65〕〔宋〕胡仔纂集：《苕溪漁隱叢話・前集》卷第二十三，廖德明校點，人民文學出版社，1962 年版，第 150 頁。

〔註66〕〔宋〕杜大珪編：《名臣碑傳琬琰集》下卷四十八，影印《四庫全書》文淵閣本，第 450 冊，第 788 頁。

〔註67〕〔宋〕王應麟：《玉海・辭學指南語忌》卷二百一，京都：中文出版社，1977 年版，第 3789 頁。

〔註68〕楊芹：《宋代謝表及其政治功能》，《中州學刊》，2016 年第 10 期，第 121 頁。

〔註69〕《宋會要輯稿・刑法二》，第 6510 頁。

〔註70〕《宋會要輯稿・儀制七》，第 1955 頁。

守饒州，到任謝表云：『此而為郡，陳憂憂布政之方。必也立朝，增蹇蹇匪躬之節。』天下歎公至誠許國，始終不渝，不以進退易其守也。」〔註71〕范仲淹不僅在謝表中表達了自己的政治思想，並且還展現出於國家大事公而忘私、奮不顧身的高尚節操。通過謝表的傳播途徑，范仲淹的這種「不以進退易其守」的高風亮節被士大夫廣為認知，為他成為仁宗時期士林之精神領袖起了一定的推動作用。除此之外，王銍在《四六話》中曾就范仲淹之子范純仁及劉摯罷官謝表指出：

> 表章有宰相氣骨。如范堯夫（范純仁）《謝自臺官言濮王事責安州通判表》云：『內外皆君父之至慈，出處蓋臣子之常節。』又《青州劉丞相（劉摯）罷省官謝起知滑州表》云：『視人郡章，或猶驚畏；諭上恩旨，罔不歡欣。』又云：『詔令明具，止於奉行；德澤汪洋，易於宣究。』愛其語整暇，有大臣氣象。《劉丞相守鄆謝表》云：『雖進退必由其道，所願學者古人；顧功烈如此其卑，終難收於士論。』此真罷相表也。〔註72〕

可見，貶謫官員的謝表通過在士大夫群體中的傳播，對宋朝士大夫的氣節操守及政治文化氣象造成了一定的影響。

總而言之，在宋代貶謫制度當中，貶謫制詔與謝表的撰寫，是貶謫事件形於文字的重要制度性規定。而貶謫制詔的撰寫開啟了貶謫，謝表的撰寫則意味著整個貶謫事件的完成。通過貶謫制詔的下行與貶官謝表的上達，最高統治者與被貶官員完成了一次懲戒與接受在形式與思想上的溝通。通過以上分析，我們可以看到，宋代前期對於貶謫制詔的寫作是分好幾種情況的。在撰寫制詔的翰林學士或者中書舍人知制誥手裏，完成對被貶官員罪名的書寫，其措辭及所用典故會因為草制之人的思想境界、文學才華、個人性格以及與被貶官員的關係，而有一定的或嚴厲偏激、或溫和公正的偏差，但總得來說，撰寫制詔的知制誥們都是皇帝或朝廷的代言人，其最高的權力來自於皇權。貶謫官員的罪名是來自於君主的，知制誥如果與皇帝的意志不同而拒絕草詔的話，就會被撤離知制誥的職位。而謝表的撰寫則完全取決於被貶官員自身。從謝表的本意來看，主要是用來向皇帝謝恩的例行的禮節性的公

〔註71〕《宋朝事實類苑》卷第五十三，第 689 頁。
〔註72〕〔宋〕王銍：《四六話》卷上，選自王水照編：《歷代文話》（第一冊），復旦大學出版社，2007 年版，第 8～9 頁。

文。但作為能夠被皇帝親自閱讀的公文，對於貶官來說，也是直接向皇帝表明心跡的重要機會。因此，在貶謫官員所作謝表中，除了例行向皇帝謝恩之外，貶官們還會利用謝表來表達一些自己需要向皇帝說明的事實和情況。宋代前期貶謫官員的謝表，大部分是給自己辯誣，如王禹偁。也有將謝表變為諫書的，如田錫、范仲淹。在謝表的體制方面，宋代前期謝表基本還是追隨唐朝，以駢文為主要寫作方式，而從歐陽修、范仲淹開始在駢文之中加入散體，正如清代阮元在《四六叢話後序》中所講到的：「宋自廬陵、眉山以散行之氣運對偶之文，在駢體中另出機杼，而組織經傳，陶冶成句，實足跨越前人。要之，兩端不容偏廢也。由唐以前，可以徵學殖；由宋以後，可以見才思。」〔註73〕可見，宋代前期的貶官謝表不但在內容和境界上顯示出耿介與自尊的士人的主體性意識，同時還自覺的以自己的文學理想改造了宋代謝表的行文方式，使得謝表從內容與形式上都具備了一定的時代特徵。從宋代前期幾朝皇帝對於此時期貶官謝表的反應來看，沒有因對謝表不滿而對貶官再加懲罰的記載。反而從貶官在被貶期間所寫的其他謝表當中，可以看到他們在貶謫期間仍然多次受到轉官、復官和其他的賞賜。由此可見，宋代前期幾朝對於文士的優容、對直言進諫官員的鼓勵。通過宋代前期貶謫事件中的貶謫制詔與謝表的下達與上行，宋代士大夫政治文化的發展軌跡也在這樣的官方文件中被構建出來。謝表的自主性表達顯示了宋代前期士大夫在遭遇貶謫之時，由王禹偁式的「直道難進，黜官亦多」的激烈反應到歐陽修的「若臣身不黜，則攻者不休，苟令讒巧之愈多，是速孤危於不保。必欲為臣明辨，莫若付與獄官；必欲措臣少安，莫若置臣閒處」的以退為進的策略，再到范仲淹的「此而為郡，陳憂憂布政之方；必也入朝，增謇謇匪躬之節」的寵辱不驚、許國忘身的胸懷，宋代士大夫的氣節與精神境界在繼承與發展中走上了封建社會政治文化的頂峰。可以說，在某種程度上，貶謫官員謝表文書的寫作不僅是宋代文人政治黨爭中用於自我辯誣的工具載體，也是在複雜的權力鬥爭格局中宋代文儒臣僚立身行世，彰顯大臣氣象及士大夫人格魅力、生存價值意義的文化載體或者文化象徵。

〔註73〕〔清〕阮元：《四六叢話後序》，選自王水照編：《歷代文話》（第五冊），復旦大學出版社，2007 年版，第 4227 頁。

第三章　北宋前期文人貶官概況及貶地分布的定量分析

　　本章重點在於通過定量分析的方法，對北宋前期貶謫官員概況進行統計分析，以便從宏觀上把握北宋前期貶官的數量及貶謫區域分布情況。同時進一步通過對北宋前期被貶文人貶謫原因、被貶職務、貶謫地等情況的統計分析，討論宋代文人士大夫在北宋前期被貶的特殊政治文化背景，及由此導致的貶謫生活境遇，從而揭示北宋前期貶謫文人文化人格的形成及對文學創作的影響。本章只討論在宋代文學史上留下作品或者文集、詩集的貶謫文人，沒有作品傳世和不以文學名世的其他貶謫官員不在本章討論範圍之內。

第一節　北宋前期貶官概況及貶地分析

　　為了能夠從宏觀上把握北宋前期貶官情況，作者把北宋前四朝歷朝姓名可考貶謫官員人數和貶官中文士人數統計出來，進行分析，以說明宋代前期貶謫官員的實際情況及其政治文化背景。據對有關資料的初步統計並參考今人研究成果〔註1〕，北宋前期各類貶官共有 1136 人次，文士貶官共有 140 人

　　〔註 1〕 數據統計所依據的材料主要為《續資治通鑑長編》《宋史》《宋會要輯稿》《宋大詔令集》，以及《全宋筆記》等宋人筆記小說類資料；同時還參考了山東大學高良荃 2003 年博士論文《宋初四朝官員貶謫研究》。對於被貶官員文士身份的認定則根據曾棗莊主編的《中國文學家大辭典》（宋代卷）及傅璇琮主編《宋才子傳箋證》（北宋前期卷）。

次。北宋太祖立朝十八年，貶官人數 125 人，年貶人數為 6.94 人次，其中文士官員姓名可考者 8 人，占朝士貶謫比率為 0.06，在四朝貶謫官員統計數據中均為最低。其原因在於，首先，太祖立國時期，朝官中文官比例較少，大部分官員還是五代時期遺留下來的武將。加上當時北宋立國未穩，有些武將攜五代驕兵悍將之氣，作風惡劣。同時，宋太祖認為文官最嚴重的問題就是貪污，為了整頓官場風氣，徹底改變五代官場遺風，他對坐贓污以及殺人者基本都直接處以「棄市」的死罪。在太祖朝因這兩個罪名被殺的可考姓名官員就有 27 人，還有其他因試圖謀反、私習天文妖言利害等罪名被殺的，這樣就造成貶謫人數相對較少。而文士官員少的原因，則在於北宋初期經戰亂之後，文官人員缺乏，文官中的文士更是少之又少。在這種情況下，貶謫文人就更少了。太宗朝貶謫人數相較太祖朝有所增加，其立朝年數為 22 年，貶官總數為 162 人，年貶人次為 7.36 人次，被貶文士官員 20 人，占被貶朝官總數比例為 0.12。其被貶人數增加的原因，一部分是因為太宗時期，科舉考試制度進一步成熟，士人通過科舉考試進入官場，文官人數增多。對於貪污等犯罪行為，太宗也實行「三宥」之恩，因犯貪污罪而被殺的官員人數減少，整個太宗統治期間只有 12 人因貪贓被處以死刑，有不少以貶謫代替死刑作為處罰，如太平興國元年，秘書丞安璘受賄枉法，就處以杖脊並除籍為民的處罰。侍御史任惟吉，犯貪贓罪，削奪官爵配隸汝州等等。太宗推行文治，本朝文士入朝為官者增多，因事被貶的文士官員數量也相應增多。真宗、仁宗朝年貶官人數繼續增加，真宗朝貶官人數為 282 人，年貶官人次為 10.85，比太宗時增加 3.51 人次，而仁宗朝貶官人數為 567 人，年貶官人次為 13.5 人次，比真宗時又增加 2.75 人次。真宗朝只有兩人因貪贓被處以死刑，仁宗朝竟無一人因貪贓罪名被殺，而代之以各種或輕或重的貶謫。正如真宗時宰相王旦所言：「然萬一有當極典者，朝廷但委之有司，死者無由得免。蓋太宗謹重刑罰，行三宥之恩，此等多蒙減死。陛下即位以來，贓吏若比前代，則犯者似亦差少。」〔註2〕可見，貶謫已經成為北宋前期對官員進行處罰的唯一手段。同時，真宗、仁宗二朝，以文官為主的政治格局已經形成，並且文官數量在不斷增加，以致在仁宗時期就已經出現了「冗官」這樣的不利局面，食祿人員過多，也給國家財政造成很大負擔。並且其中很多官員能力與素質均有一定問題，

〔註2〕《長編》卷八十五，第 1940 頁。

這就造成了北宋仁宗期間出現了要求革新的時代呼聲。從文士被貶的數量來看，真宗、仁宗朝文士被貶數量也在不斷增加，其原因在於隨著北宋統治進入穩定階段，右文政策的實行，科舉制度的規範化運作，使得一大批文士能夠進入朝廷為官，但太宗、真宗、仁宗朝文士占朝官的比例卻是基本相當的。可見，從太宗朝開始，宋代官員中的文學之士就保持著比較均衡的發展態勢。具體數據參見下表：

表1：北宋前期各朝姓名可考之貶官人次總表

朝代	起止時間	統治年數	姓名可考貶官人次	年貶官人次	文士貶官人次	年文貶官人次	文士占朝士貶官比例
宋太祖	960～976	18	125	6.94	8	0.44	0.06
宋太宗	977～997	22	162	7.36	20	0.91	0.12
宋真宗	998～1022	26	282	10.85	38	1.46	0.13
宋仁宗	1023～1063	42	567	13.5	74	1.76	0.13
總計		108	1136		140		

再把北宋前期四朝官員的貶謫地按照其所屬之路加以統計分析，參見表2，

表2：北宋前期貶謫地域統計表

貶地	京東路	京西路	河北路	河東路	陝西路	淮南路	江南路	荊湖路	兩浙路	福建路	西川路	廣南路	總計
太祖	6	12	1	1	6	2		1					29
太宗	5	17	3	2	11	5	2	7	3		2	8	64
真宗	13	44	2	5	10	31	14	23	6	3	2	18	171
仁宗	45	91	17	7	45	73	62	41	35	3	1	29	449

可以發現，宋太祖時期，官員的貶謫地主要集中在京西路及陝西路。而沒有一人被貶謫到江南路、兩浙路、福建路和西川路去。其主要原因在於北宋繼承後周的領土，其主要佔領地區就是京東、京西，及陝西路等地區。河北路有北漢與契丹建立的遼國，當時還不屬於北宋領土，其他南方州郡還沒有統一。在這種情況下，對於官員的貶謫地，其實沒有太多的選擇，另加上

外貶官員不是很多，所以從數據上體現出來的就是這樣一種狀況。宋太宗時期，外貶官員數量增加了將近 3 倍，而貶謫區域除了福建路以外，各路均有。其原因在於宋太宗時期，南方各州郡以及北漢所佔領地區已經歸於北宋統治。貶謫官員數量又以京西路與陝西路為多。這個情況同太祖時期較為一致。可以看出宋太祖與太宗對於外貶官員，基本都不傾向於將其貶往非常偏遠的地區，而是就近安置，陝西路雖然自宋定都汴京後，變得不是非常重要，但是距離京城也不是很遠。其次人數最多的就是廣南路和荊湖路，也就是說，在懲罰一部分罪行比較嚴重的臣子時，宋太宗還是選擇將他們貶往中國歷史上傳統的偏遠荒蠻以及經濟落後的荊湖路與廣南路的。宋真宗時期，貶官數量進一步增加，其貶謫官員人數最集中的除了京西路，就是淮南路。其次則為荊湖路與廣南路。宋仁宗時期，貶謫人員集中地區增加到三個，即京西路 91 人，淮南路 73 人，江南路 62 人。京東路與陝西路在人員數量上持平。荊湖路與廣南路的人數也增加不少。這主要因為仁宗統治時期較長，貶謫人數較多導致。但之所以貶謫人員多集中在條件較好的京西路、淮南路以及江南路，可以觀察到的是，宋真宗、仁宗時期對於官員的懲罰力度不是很大，甚至只是略施薄懲。自從宋真宗整頓臺諫制度以來，有些臺諫官員會因為進言不被採納而自請出外，或者因直言敢諫而被貶黜出京。類似這種情況，都不會被貶謫到條件非常惡劣的地區，基本上都在京西路、淮南路或者江南路，以及兩浙路。這也進一步說明了北宋王朝對於士大夫的優待。至於西川路之所以貶謫人員數量很少，應該是因為北宋前期從宋太祖收復西川之後，這個地區就一直處在不太穩定的狀態，宋仁宗期間四川就有王則叛亂，朝廷曾派文彥博去平定叛亂。這種情況下，西川路顯然不適合作為官員的貶謫地。在全面瞭解北宋前期貶官的整體情況之後，我們把北宋各朝文人貶官群體作為具體的研究對象，對各朝文人貶官的政治文化背景、貶官原因以及貶謫地域進行分析，進而瞭解北宋貶謫文人的生存環境與生活狀態，從而揭示在這種狀態下所形成的北宋前期貶謫文化與文學的深層次的政治因素與文化因素。

第二節　北宋前期貶謫文人概況及貶地分析

一、太祖朝（960～976）文人貶官概況

表3：太祖時期主要貶謫文人統計表

時間	時任官職	姓名	被貶原因	貶後官職	地點	現地名	備註
建隆二年	國子博士	郭忠恕	喧競於朝堂	責授乾州司戶參軍	乾州	陝西乾縣	陝西路
乾德元年	翰林學士中書舍人	王著	被酒失儀	責授比部員外郎			
乾德元年	翰林學士中書舍人	扈蒙	以僕夫為子使釐務	左贊善大夫			
乾德元年	給事中知衡州	李昉	為所親求官	彰武行軍司馬	延州	延安	陝西路
乾德二年	屯田員外郎知制誥	高錫	私受節度使郭崇賂遺	責授萊州司馬	山東萊州		京東路
開寶元年	右拾遺	梁周翰	通判眉州日決人至死	奪兩任官			
開寶六年	翰林學士知貢舉	李昉	試人失當	太常卿			
開寶九年	左司員外郎知制	扈蒙	不附盧多遜	權知荊南府	荊南府	湖南長沙	荊湖路

　　宋太祖在位時期是宋朝草創之初。因為承繼五代亂世之後，文臣數量本就不多，就連在官府各衙門從事書吏工作的人員都很缺乏。李昉就曾說過：「自太祖臨御以來，百司吏艱於選補，後進者多不習故事，由是臺省舊規，漸成廢墜云。」〔註3〕為了維持社會的安定，保持朝廷事務的正常運行，宋太祖趙匡胤選擇繼續以北周的三位宰相范質、王溥、魏仁輔留任。有鑑於五代期間武將悍卒橫行，朝代更迭迅速，宋太祖認為採取文官治國的政策才是長治久安之計。而宋朝初期，主要用力於討伐其他還沒有歸屬北宋的地方政權，還沒有足夠的時間和精力去培養本朝的文官人才。因此，宋太祖朝堂的

〔註3〕《長編》卷十八，第 403 頁。

文官基本都是來自於其他五代十國的官員。他對這些入宋的他朝舊臣基本保持了一種優容的態度。只有在非常不得已的情況下，才會給予這些臣子以貶謫的處罰。從上表來看，在宋太祖在位的十七年內，他貶謫的文人只有 8 人次。其中李昉與扈蒙分別被貶了兩次。從罪名來看，郭忠恕、王著、扈蒙（初次）、李昉（初次）、高錫均因私罪被貶，其中兩人只被降職，三人被貶出京。梁周翰、李昉（再次）因公罪被貶，都是奪官或降職，沒有被貶出京城到地方任職。只有扈蒙第二次被貶是因為他不依附當時的參知政事盧多遜，並因其所寫《聖功頌》受到宋太祖的欣賞和褒獎，使盧多遜感到嫉恨。根據《宋史·扈蒙傳》載：「蒙上《聖功頌》，以述太祖受禪、平一天下之功，其詞誇麗，有詔褒之。為盧多遜所惡，出知江陵府。」〔註 4〕因此扈蒙被貶顯然不是來自宋太祖的旨意，而是當時的參知政事盧多遜的迫害導致的。

從所貶人員的身份來看，郭忠恕、王著、李昉、扈蒙均來自前朝。郭忠恕和王著都曾仕於後周。據《宋史》載：

> 郭忠恕，字恕先，河南洛陽人。七歲能誦書屬文，舉童子及第，尤工篆籀。弱冠，漢湘陰公召之，忠恕拂衣遽辭去。周廣順中，召為宗正丞，兼國子書學博士，改《周易》博士。建隆初，被酒與監察御史符昭文競於朝堂，御史彈奏，忠恕叱臺吏，奪其奏，毀之，坐貶為乾州司戶參軍。〔註 5〕

可見其被貶完全是因為他恃酒亂性，在朝廷之上與人爭競，不遵守朝廷禮儀，因而被貶乾州司戶參軍。這應該屬於正常的官員貶黜行為。

王著曾任後周的翰林學士、知制誥，他在後周擔任翰林學士職務時，深得周世宗的信任和欣賞，曾多次表示要升任他做宰相，但都因為他嗜酒而未行。據《宋史》載：

> 著少有俊才，世宗以幕府舊僚，眷待尤厚，常召見與語，命皇子出拜，每呼學士而不名。屢欲相之，以其嗜酒，故遲留久之。及世宗大漸，太祖與范質入受顧命，謂質等曰：「王著藩邸舊人，我若不諱，當命為相。」世宗崩乃止。〔註 6〕

宋太祖「陳橋兵變」繼位以後，有些大臣就提出王著作為周朝舊臣，有

〔註 4〕《宋史·扈蒙傳》卷二百六十九，第 9240 頁。
〔註 5〕《宋史·文苑四》卷四百四十二，第 13088 頁。
〔註 6〕《宋史·王著傳》卷二百六十九，第 9241 頁。

留戀舊朝的不平情緒，但宋太祖認為王著深得周世宗賞識，有此情緒是人之常情，況且一個書生能有何作為，因此對他的所作所為特為優容。據《宋人軼事彙編》載：

> 太祖嘗曲宴，翰林學士王著乘醉喧嘩，太祖以前朝學士，優容之，令扶以出。著不肯出，即移近屏風，掩袂痛哭，左右拽之而去。明日或奏曰：「王著逼宮門大慟，思念世宗。」太祖曰：「此酒徒也。在世宗幕府，吾所素諳。況一書生哭世宗，何能為也。」〔註7〕

但王著本人沒有因為宋太祖的寬容而有所收斂，反而變本加厲。《長編》對王著被貶的過程和原因有詳細的記述：

> 二月甲申朔，翰林學士、中書舍人王著，責授比部員外郎。著嗜酒，不拘細行。嘗乘醉夜宿娼家，為巡吏所執，既知而釋之，密以事聞，上置不問。於是，宿直禁中，夜叩滋德殿求見。上令中使引升殿，近燭視著，髮倒垂被面，乃大醉矣。上怒，發前事黜之。
>
> 〔註8〕

作為王著來講，他作為周世宗所欣賞的臣子，周室天下被奪，自己無能無力，卻又再仕新朝，內心肯定是痛苦壓抑的。因此本人經常借酒澆愁，甚至在醉酒的狀態下去面見宋太祖，以這種方式隱晦的表達自己的不滿。宋太祖雖然對他寬容以待，但在親自見識他的荒謬行為後還是非常生氣，因此才將他由翰林學士、中書舍人貶降為比部員外郎。

李昉曾仕漢、周二朝，他的被貶，則是因為陶穀的誣告。「吏部尚書張昭與翰林學士承旨陶穀同掌選，穀誣奏左諫議大夫崔頌以所親屬給事中李昉求東畿令，引昭為證。上召昭面質其事，昭知其不實，於上前免冠，抗聲言穀罔上。上不悅。三月丁丑朔，昉坐責為彰武行軍司馬，頌為保大行軍司馬。」〔註9〕宋太祖對於李昉為所親求官非常不滿，雖然張昭為其作證，說明陶穀欺君罔上。但宋太祖疑心未消，故將其貶降。但後來又召回李昉，重新任用。

可見，在宋太祖時期，對於官員的處理，基本是有理有據的。主要根據官員的行為採取相應的貶謫措施，沒有太多的主觀隨意性。而貶謫官員的構成主要來自前朝，也是因為宋太祖時期開科取士的次數較少，進士登科者人

〔註7〕〔宋〕夷門君玉：《國老談苑》卷一，趙維國整理，選自朱易安、傅璇琮等主編：《全宋筆記》（第二編第一冊），大象出版社，2003年版，第174～175頁。

〔註8〕《長編》卷四，第84頁。

〔註9〕《長編》卷四，第123頁。

數也不多。而且當時登科的進士亦不過授司寇，或幕職官而已。北宋一朝的文官政治格局還沒有正式形成。

二、宋太宗朝（976～997）文人貶官概況

表4：太宗時期貶謫文人官員統計表

時間	時任官職	姓名	被貶原因	貶後官職	地點	現地名	備註
太平興國元年	國子監主簿	郭忠恕	肆言時政擅鬻官物取值	決杖配隸登州禁錮	登州	山東蓬萊市	京東路
太平興國三年	右贊善大夫知河州	王嗣宗	械武德卒，太宗怒其橫	下吏削秩			
太平興國五年	三司副使	范旻	擅市竹木入官	房州司戶	房州	湖北房縣	荊湖路
太平興國七年	中書侍郎兵部尚書平章事	盧多遜	交通廷美	守兵部尚書			
太平興國七年	同平章事守兵部尚書	盧多遜	交通廷美	削奪官爵並家屬流崖州	崖州	海南省三亞市	廣南路
太平興國八年	右補闕直史館	胡旦	獻《河平頌》詞意悖戾	殿中丞商州團練副使	商州	陝西商洛	陝西路
雍熙四年	殿中侍御史知貝州	柳開	與監軍忿爭	上蔡令	上蔡	河南上蔡	京西路
端拱元年	中書侍郎兼工部尚書平章事	李昉	不盡職	右僕射			
端拱元年	知制誥	胡旦	私相交結	坊州司戶參軍	坊州	陝西黃陵縣	陝西路
端拱二年	知制誥	田錫	上疏言語不當	戶部郎中知陳州	陳州	河南淮陽縣	京西路
淳化二年	左司諫知制誥判大理寺	王禹偁	議獄不當	削一任，責商州團練副使	商州	陝西商洛	陝西路
淳化二年	左散騎常侍	徐鉉	請託	削一任，責靜難軍行軍司馬	靜難軍	陝西邠縣	陝西路

淳化三年	戶部郎中知陳州	田錫	稽留刑獄	海州團練使	海州	江蘇	京東路
淳化四年	左諫議大夫同知院事	寇準	與同列不協，爭上前互發其私	罷守本官尋出知青州	青州	山東青州市	京東路
	右僕射，平章事	李昉	居位無補	罷守本官			
至道元年	翰林學士	王禹偁	言開寶皇后之喪輕肆	工部郎中知滁州	滁州	安徽滁州	淮南路
	陝西轉運使	鄭文寶	撓邊	藍山縣令	藍山	湖南永州	荊湖路
至道二年	參知政事	寇準	中外官吏進秩率意輕重	罷為給事中尋知鄧州	鄧州	河南鄧州	京西路
至道三年	兵部郎中知制誥史館修撰	胡旦	陰謀廢立	安遠軍行軍司馬尋削籍流潯州	潯州	廣西桂平縣	廣南路
	秘書郎大理寺詳斷官	陳彭年	不詳	監湖州酒稅	湖州	浙江湖州	兩浙路

　　宋太宗時期，北宋消滅了其他存在的割據勢力，逐漸實現了統一。在出兵平定北漢，想要趁勢戰勝契丹，收復燕雲十六州時，卻遇到了重大挫折。與契丹之戰大敗以後，宋太宗把注意力放在了國家的文治與內政方面。他認為最注重的事情之一就在於培養宋朝的文官人才，擴大開科取士的比例。「至太宗時，親御便殿臨視貢士，博於採拔，待以不次。太平興國二年，賜進士諸科五百人遽令釋褐。或授京朝官，或倅大郡，或即授直館。進士中第多至七百人，後遂為例。」〔註10〕在這種情況下，宋朝本朝培養的大批文官進入官場，並取得重要職位。在這種狀態下，宋太宗時期被貶謫的文官數量也相應的有所增加。

　　由於宋太宗繼承皇位的方式不同一般的父死子繼，而是兄終弟及。這種不符合常理的皇位傳承方式，使宋太宗對於自己皇位的合法性和皇位的穩固非常敏感，同樣皇位的傳承問題也是宋太宗極端困擾的事情。在這種情況下，朝廷官員圍繞皇位傳承問題而造成的貶謫事件就有好幾起。最嚴重的一起應該是宰相盧多遜及其家人被長流崖州的事件。盧多遜因為交通秦王廷美而成為北宋歷史上第一個被貶嶺南的宰相。盧多遜之所以被貶，也是因為他既與

〔註10〕錢穆：《國史大綱》（下冊），商務印書館，1996年版，第541頁。

開國元勳趙普爭權，同時又陷入皇族內部權力的鬥爭。據《宋史》載：

> 先是，多遜知制誥，與趙普不協，及在翰林日，每召對，多攻
> 普之短。未幾，普出鎮河陽。太宗踐祚，普入為太保。數年，普子
> 承宗娶燕國長公主女，承宗適知潭州，受詔歸闕成婚禮。未踰月，
> 多遜白遣歸任，普由是憤怒。」〔註11〕

在這種情況下，趙普偵得盧多遜與秦王廷美交通之事，遂以此奏知宋太宗。太宗發怒，責授盧多遜兵部尚書，並將其下御史獄，逮捕相關人士，命翰林學士承旨李昉、學士扈蒙等人來審理此案。結果盧多遜承認了罪名，最後被削奪官職，全家流放崖州，成為北宋被流放崖州的第一位宰相。

盧多遜出身於「家世儒素」的家庭，在宋太祖「宰相須用讀書人」、宋太宗重視「文治」的時代背景下，身居相位。據《宋史》記載，盧多遜當上宰相之後，他的父親盧億看到盧多遜顯貴後奢侈的生活，非常擔心憂慮，對親友說：「家世儒素，一旦富貴暴至，吾未知稅駕之所。」〔註12〕後來盧多遜果然事敗，人們都佩服他父親有見識。這正說明，盧多遜謀求相位，主要在於對榮華富貴、功名利祿的追求。他在南遷路途中，遇到一位因兒子遭貶死去而流落南荒的老人。她告訴盧多遜說：「我本中原士大夫家，有子任某官，盧某作相，令枉道為某事。吾子不能從其意。盧銜之，中以危法，盡室竄南荒。未周歲，骨肉相繼淪沒，惟老身流落山谷。今僑寄道旁，非無意也。彼盧相者，妒賢怙勢，恣行不法，無所避忌，終當南竄，幸未死間，或可見之耳。」〔註13〕這段話，指出盧多遜此人妒賢害能，仗勢欺人，肆意妄為的惡劣品質，揭示了盧多遜必當南竄的根本原因。到崖州貶所後，一個低級將官向他女兒求婚，盧多遜不同意，這將官就用侮辱威脅的手段來逼他就範，無奈之下盧多遜只好答應婚事。他的南遷生涯之痛苦與艱難可想而知。盧多遜的行為模式說明了北宋初期一部分士人急功近利的心態。這些士人雖是儒生，但並沒有以儒家之道來規範自己的行為，而是把高官厚祿作為自己的終極追求，沒有更高境界的精神追求。

除了盧多遜因此事被貶之外，因此事觸犯宋太宗忌諱的還有王禹偁。據《長編》記載：「開寶皇后之喪，眾臣不成服，禹偁與賓友言：『后嘗母天下，

〔註11〕《宋史》卷二百六十四，第 9118 頁。
〔註12〕《宋史》卷二百六十四，第 9120 頁。
〔註13〕《長編》卷二十三，第 517 頁。

當遵用舊制。」或以告，上不悅。甲寅，禹偁坐輕肆，罷為工部郎中、知滁州。」〔註14〕

胡旦被貶，也是因為他在進獻的《河平頌》中，評論了秦王廷美與盧多遜被貶事件，其序中講到「賊臣多遜，陰泄大政，與孽弟廷美咒詛不道，共造大難。強臣普，恃功貪天，違理背正，削廢大典，假豪傑之罪，飾帝王之非，榛賢士之路，使恩不大實，澤不廣洽。」這件事情屬於皇家內部權力鬥爭的範疇，是宋太宗不願讓大臣隨意猜測和評論的事情，而胡旦卻對此大發議論。宋太宗讀後非常生氣，告訴宰相說：「旦辭意悖戾。朕自置甲科，歷試外任，所至悉無善狀。知海州日，為部下所訟，獄已具，適會大赦，朕錄其才而捨其過，乃敢恣胸臆狂躁如此！今朝多君子，旦豈宜尚列侍從耶？亟逐去之。」並將他的《河平頌》下史館討論，最後將其貶為殿中丞，商州團練副使。〔註15〕胡旦第二次被貶因私相結交，可見太宗朝已經開始注意臣子私下的互相交往，防範朋黨。至於第三次被貶，其罪名為「陰謀廢立」，如此大的罪名，其處理結果只是削籍流潯州。可見，宋代初期，確實做到了「不殺士大夫及上書言事人」了。

同時，被貶謫官員的罪名開始多樣化了。相對於宋太祖的較為優容與客觀，宋太宗在貶謫這些官員時，有相當大的主觀性和深層次的考慮。比如，王禹偁被貶商州團練副使，純粹是因為他當時任大理寺丞，有尼道安誣告徐鉉，王禹偁根據案情幫徐鉉洗雪冤屈，違背了宋太宗的「有詔勿治」的旨意，宋太宗便以「議獄不當」的罪名將其貶往商州做團練副使，並不得簽書公事。此案的當事人徐鉉也因請託他人，被貶為靜難軍行軍司馬。清徐松輯《宋會要輯稿》對此事有非常詳細的記載：

> （淳化）二年九月二日，左司諫、知制誥、判大理寺王禹偁，庫（《宋史》宋湜傳作「戶」）部員外郎、知制誥、判刑部宋湜，秘書丞、權大理正李壽，左贊善大夫、刑部詳覆趙曦，左散騎常侍徐鉉，開封府判官、左諫議大夫張去華，皆免所居官，仍削一任。續責禹偁商州團練副使、湜均州團練副使、鉉靜難軍節度行軍司馬、去華安遠軍節度行軍司馬。
>
> 坐盧州尼道安嘗請開封府訟兄蕭獻臣、嫂姜氏不養母姑，府不

〔註14〕《長編》卷三十七，第813頁。
〔註15〕《長編》卷二十四，第561頁。

為理，械繫道安送本郡。至是，道安復擊登聞鼓，自言嘗訴兄嫂不孝，嫂姜氏徐鉉妻之兄女，鉉以尺牘請託張去華，故不為治，且誣鉉與姜奸。帝頗駭其事，以道安、獻臣、姜氏及鉉、去華屬吏。獄具，大理寺以鉉之姦罪無實；刑部詳覆，議與大理寺同：尼道安當反坐。帝疑其未實，盡捕三司官吏繫獄，而有是命。〔註16〕

由此觀之，王禹偁貶商州，緣起於違背太宗旨意，為徐鉉雪冤。因此事被貶的人員眾多，可以算作一起集體貶謫事件。此事王強教授在《淳化二年王禹偁與道安事件初考》一文中有詳細的辨析。〔註17〕應該說此次貶謫事件表明了宋太宗對於南唐舊臣的微妙心態，借王禹偁抗命忤旨之機，貶黜南唐舊臣徐鉉，以起到警示他朝舊臣，加強趙宋王朝皇帝威權的作用。

同時，也出現了因直言進諫而導致的貶謫事件，如當時著名的「直臣」田錫，就因為直言進諫，而被貶出朝廷，到陳州任職。「知制誥田錫言：臣今奉詔，差在太一宮用青詞致醮祈雨者。……此實陰陽失和，調燮倒置，上侵下之職而燭理未盡，下知上之失而規過未能，所以成茲咎徵，彰乎降鑒，或乾文示變，或沴氣生妖。……疏奏，上不悅，宰相亦怒錫疏有「燮調倒置」語，尋罷知制誥，以戶部員外郎出知陳州。」〔註18〕因進言而被貶，田錫是北宋第一人，不久他又因為稽留殺人獄被再貶海州。不過，一年後就量移近地，不久就敘復回京了。可見，宋太宗雖然對諫官的直言不諱有些不快，但對於諫官因進諫獲罪的處理還是比較輕微的。這也奠定了北宋真宗臺諫制度完善以後諫官敢於直言、不避權貴的政治基礎。

宋太宗時科舉制度已經相當完善，每次錄取名額也大大增加，並且考中之後直接授官。王禹偁、田錫、寇準、胡旦等人皆是在宋太宗時期由科舉而進入仕途的。因此他們對於北宋朝廷具有天然的親近感和責任感。年才十九就中進士的寇準，更是其中的典型代表。寇準為人正直，《宋史》載：

太宗取人，多臨軒顧問，年少者往往罷去。或教準增年，答曰：『準方進取，可欺君邪？』」……「嘗奏事殿中，語不合，帝怒起，準輒引帝衣，令帝復坐。事決乃退。」〔註19〕

〔註16〕〔清〕徐松輯：《宋會要輯稿·職官六四之八》，中華書局，1957年版，第3824頁。

〔註17〕王強：《淳化二年王禹偁與道安事件初考》，《洛陽理工學院學報》，2014年第1期。

〔註18〕《長編》卷三十，第689頁。

〔註19〕《宋史》卷二百八十一，第9527頁。

　　寇準剛直的個性，使他在太宗朝面臨了兩次貶謫。第一次為與同僚在帝前相爭：「準與知院張遜數爭事上前。他日，與溫仲舒偕行，道逢狂人迎馬呼萬歲。判左金吾王賓與遜雅相善，遜嗾上其事。準引仲舒為證。遜令賓獨奏，其辭頗厲，且互斥其短。帝怒，謫遜，準亦罷知青州。」〔註20〕寇準去青州以後，宋太宗很想念他，第二年，他就被召回京城，官拜參知政事。第二次貶謫是因為官員遷轉問題率意輕重。《宋史》載，馮拯因不滿寇準「堂帖戒拯毋亂朝政。」遂向宋太宗告寇準擅權。

> 太宗怒，準適祀太廟攝事，召責端等。端曰：「準性剛自任，臣等不欲數爭，慮傷國體。」因再拜請罪。及准入朝，帝語及馮拯事，自辯。帝曰：「若廷辯，失執政體。」準猶力爭不已，又持中書簿論曲直於帝前，帝益不悅，因歎曰：「鼠雀尚知人意，況人乎？」遂罷準知鄧州。〔註21〕

　　由此可見，寇準雖才能卓著，有膽有識，但其在太宗朝表現出的剛直率意，不夠小心圓滑的性格特徵為他日後在真宗朝與丁謂的鬥爭失敗埋下了伏筆。

　　太宗朝也出現了官員多次被貶的情況，如李昉、王禹偁、寇準在太宗期間皆兩次被貶，胡旦三次被貶等，說明北宋時期官員宦海沉浮，一生中可能經歷多次貶謫已經成為他們官僚生涯的常態。

三、宋真宗朝（998～1022）文人貶官概況

表5：宋真宗時期貶謫文人官員統計表

時間	時任官職	姓名	被貶原因	貶後官職	地點	現地名	備註
咸平元年	刑部郎中知制誥	王禹偁	預修太宗實錄以私意輕重其間	落職知黃州	黃州	湖北黃岡	淮南路
咸平四年	太常丞	陳堯佐	言事切直	潮州通判	潮州	廣東潮州	廣南路
咸平四年	除名人	胡旦	遇赦，頗不檢慎	通州團練副使	通州	江蘇南通	淮南路
咸平五年	戶部員外郎直史館	曾致堯	狂躁受命不行	黃州團練副使	黃州	湖北黃岡	淮南路

〔註20〕《宋史》卷二百八十一，第9528頁。
〔註21〕《宋史》卷二百八十一，第9529頁。

景德三年	中書侍郎工部尚書平章事	寇準	剛愎用事	刑部尚書尋出知陝州	陝州	河南陝縣	京西路
	起居舍人直史館	姚鉉	納部內女口諸不法事	除名為連州文學	連州	廣東連州市	廣南路
大中祥符元年	太常寺丞判三司催欠憑由司	王曙	試舉人不實	監廬州鹽務	廬州	安徽合肥	淮南路
大中祥符二年	祠部員外郎直集賢院主判三司開拆司	梅詢	在計省不能靜畏自省	知濠州	濠州	安徽鳳陽	淮南路
大中祥符四年	左龍武將軍澄州刺史駙馬都尉	李遵勗	私長公主乳母	均州團練副使	均州	湖北丹江口市	京西路
大中祥符五年	祠部員外郎直集賢院	錢易	解國子監諸科不實	監潁州商稅	潁州	安徽阜陽	京西路
	河北轉運使諫議大夫	王曙	不察邊肅貪縱	知壽州	壽州	安徽壽縣	京西路
	泰州司理參軍	穆修	忤通判被構	池州參軍	池州		兩浙路
大中祥符六年	荊湖北路轉運使	梅詢	擅發驛馬私用	削一任通判襄州	襄州	湖北襄陽市	京西路
大中祥符七年	左司諫直史館	崔遵度	修起居注失誤	左正言			
大中祥符八年	樞密使同平章事	寇準	與同列忿爭	武勝節度使同平章事判河南府	洛陽	河南洛陽	京西路
大中祥符九年	翰林學士給事中	錢惟演	連坐	罷學士			
	樞密直學士右諫議大夫	王曙	舉人不當	左司郎中職任如故			
天禧元年	禮部郎中知制誥	夏竦	不能治家	職方員外郎知黃州	黃州	湖北黃岡	淮南路
天禧二年	知河南府兼西安留守司事	王嗣宗	不察帽妖及失職	知陝州	陝州	河南陝縣	京西路
	給事中參知政事	王曾	王欽若饞之	罷政除禮部侍郎			
	度支判官太子中允直集賢院	丁度	試進士薦舉不實	監齊州酒稅	齊州	山東濟南	京東路

天禧三年	工部郎中	陳堯佐	試進士失職	起居郎監鄂州茶場	鄂州	湖北武漢江夏區	淮南路
	翰林學士	錢惟演	被訴考校不公	降一官			
	樞密直學士	王曙	被訴考校不公	降一官			
	工部郎中	楊億	被訴考校不公	降一官			
	知制誥	李諮	被訴考校不公	降一官			
天禧四年	右僕射兼中書侍郎	寇準	丁謂力讒之	太子太傅兼萊國公			
	太子太傅	寇準	與周懷政交通	太常卿知相州	相州	河南安陽	河北路
	樞密直學士	王曙	與周懷政交通	落職知汝州	汝州	河南汝州市	京西路
	知相州太常卿	寇準	與周懷政交通	知安州	安州	湖北安陸市	荊湖路
	太常卿知安州	寇準	坐朱能叛	道州司馬	道州	湖南道縣	荊湖路
	陝西轉運使工部郎中直集賢院	梅詢	嘗薦舉朱能不能察奸	削一任，懷州團練副使	懷州	河南沁陽市	河北路
	平章事	丁謂	不協忿爭	以戶部尚書歸班尋復相			
乾興元年	道州司馬	寇準	丁謂迫害	雷州司戶參軍	雷州	廣東雷州市	廣南路
	知汝州	王曙	前附寇準	郢州團練副使	郢州	湖北鍾祥市	京西路
	平章事	丁謂	不忠，失奏山陵事	太子少保分司西京	西京	河南洛陽	京西路
	太子少保分司西京	丁謂	交遊不當語涉妖誕妄	崖州司戶參軍	崖州	海南省三亞市	廣南路
	樞密使	錢惟演	附丁謂	保大節度使	河陽	河南孟州	京西路

　　宋真宗時期，北宋的文官政治模式雖然已經確立和形成，北宋統治也進入穩定時期。但宋朝文官的政治性格和人格操守在此時期還處在分化階段。

既有王禹偁、陳堯佐、寇準那樣的直臣，也有覬覦權位的丁謂、錢惟演這樣
的奸臣。一部分官員因為職位上的過失或行為不檢而被貶謫，屬於正常的官
吏懲治行為，一部分官吏則是因為引起皇帝或者執政者的不滿而被貶斥，另
一部分則是因為爭權奪利的政治鬥爭失敗而走上貶謫的天涯海角。

王禹偁作為著名的直臣，在宋太宗時期就被貶兩次，此次在真宗朝被貶
表面看是預修《太宗實錄》私意輕重其間，實質上是當時的宰執對其直言不
諱非常不滿，這導致他第三次被貶黃州。當時與王禹偁關係甚好的丁謂還寫
信勸導他改掉「高亢剛直」的性格，與世浮沉。王禹偁回信表示對他的指責
和勸說不能接受。從此以後兩人就產生了價值觀念上的分歧。王禹偁此次被
貶黃州，寫出了著名的《黃州新建小竹樓記》《三黜賦》等名文，是貶謫文學
的巨大收穫。陳堯佐因言事切直，被貶潮州通判，據《長編》載：

> 咸平初，太常丞陳堯佐為開封府推官，坐言事切直，貶潮州
> 通判。去京七千里，民俗鄙陋，堯佐至州，修孔子廟，作韓愈祠堂，
> 率其民之秀者使就學。時張氏子年十六，與其母濯於惡溪，為鱷魚
> 所噬，堯佐以謂昔韓愈患鱷之害，以文投溪中，而鱷為遠去，今復
> 害人，不可不除。卒使捕得，更為文，鳴鼓於市而戮之，潮人以比
> 韓愈。三歲召還，獻詩數百篇，大臣亦稱其文學，於是，命直史館。
> 〔註22〕

陳堯佐在偏遠潮州能夠力行教化，為民除害。三年後召還，還獻上自己
在潮州所作詩數百篇。其貶謫潮州的作為，為繼韓愈以來的第二人。他也因
此被召直史館，成為清貴的文學侍從之官。

宋真宗在位期間，其最大的政治事件就是北宋與契丹訂立澶淵之盟，結
束雙方敵對的狀態。澶淵之盟的簽訂，寇準立了很大的功勞。景德元年，契
丹南侵，寇準極力促使宋真宗御駕親征，果然士氣大振，在兩軍相持之時，
宋軍利用床子弩射死了契丹統軍大將撻覽，契丹因此想要求和訂盟。《宋史》
載：

> 準欲邀使稱臣，且獻幽州地。帝厭兵，欲羈縻不絕而已。有譖
> 準幸兵以自取重者，準不得已許之。帝遣曹利用如軍中議歲幣，曰：
> 『百萬以下皆可許也。』準召利用至幄，語曰：『雖有敕，汝所許毋
> 過三十萬，過三十萬，吾斬汝矣。』利用至軍，果以三十萬成約而

還。河北罷兵，準之力也。〔註23〕

　　宋真宗的厭戰情緒使他在占上風的情況下同意以金錢換和平，使得寇準想要藉此機會收回幽州的想法落空。但在寇準的堅持下，曹利用以低於宋真宗預期的三十萬歲幣簽訂了與契丹的和平條約。澶淵之盟訂立之後，真宗非常尊重寇準，引起了王欽若的嫉妒，他向真宗進讒言，說寇準是把宋真宗當成「孤注一擲」的賭注，導致真宗對寇準的態度大為轉變，寇準因此被罷為刑部尚書、知陝州。後遷戶部尚書、知天雄軍。又因與三司使林特相爭，「帝不悅，謂王旦曰：『準剛忿如昔。』旦曰：『準好人懷惠，又欲人畏威，皆大臣所避，而準乃為己任，此其短也。』未幾，罷為武勝軍節度使、同平章事、判河南府。徙永興軍。」〔註24〕寇準對於自己的被貶謫，是不甘心的。天禧元年，他因上朱能所偽造的天書，再拜中書侍郎兼吏部尚書、同平章事、景靈宮使。此次再相，寇準遇到了很多反對的聲音，主要還是因為他為了重新登上相位而違背了自己的初衷。因為宋真宗一開始製造各種祥瑞和天書事件時，寇準是持反對意見的。後來的事實證明，寇準之所以屢次被謫，主要還是因為宋真宗對寇準並不能完全信任，他和宋真宗對國家大事的認識與處理方面有較大的分歧。宋真宗是宋代第一個沒有經歷過戰爭的君主，又在重文輕武的氛圍里長大，對於戰爭有一種天然的懼怕。所以在與契丹的戰爭中，即使處在戰爭的優勢，也願意向契丹讓步，只希望盡快結束戰爭，他與寇準對這場戰爭的判斷與期望值區別甚大。澶淵之盟建立之後，又被王欽若讒言所惑，對寇準由感激轉為反感，再加上寇準本人的剛直率意，才導致寇準在真宗統治期間多次被貶謫。寇準本人雖有治國之才，卻少有謀身之才，識人之明，容人之量。正如《宋史》載：

　　　　張詠在成都，聞准入相，謂其僚屬曰：「寇公奇才，惜學術不足爾。」及準出陝，詠適自成都罷還，準嚴供帳，大為具待。詠將去，準送之郊。問曰：「何以教準？」詠徐曰：「《霍光傳》不可不讀也。」準莫諭其意，歸取其傳讀之，至「不學無術」，笑曰：「此張公謂我矣。」〔註25〕

他對自己的短處還是有一定的認識的。但他卻沒能完全克服這個缺

〔註23〕《宋史》卷二百八十一，第 9531 頁。
〔註24〕《宋史》卷二百八十一，第 9532 頁。
〔註25〕《宋史》卷二百八十一，第 9533～9534 頁。

點。為追求再次復相而做出的錯誤舉動，也為他後來被貶嶺南埋下了伏筆。宋真宗病重期間，寇準請求宋真宗傳位給太子，並向宋真宗進言丁謂、錢惟演是佞人，不堪輔佐少主。宋真宗同意了他的建議。寇準密令翰林學士楊億草表請太子監國。由於走漏消息，寇準被他的政治對手丁謂利用周懷政事件貶為道州司馬，他的被貶完全是丁謂利用真宗病重昏瞶進行的對寇準的報復。

丁謂，是北宋第二位被貶崖州的宰相，他與盧多遜從精神和動機上是一脈相承的。寇準與王禹偁一樣，一開始都發現了丁謂的才能，但卻沒有認識到丁謂的品性。

> 寇準與丁謂善，屢以才薦於沆，不用。準問之，沆曰：『顧其為人，可使之在人上乎？』準曰：『相公終能抑之使在人下乎？』沆笑曰：『他日後悔，當思吾言也。』準後為謂所傾，始服沆言。〔註26〕

寇準一向喜歡用人以才，而丁謂在當時確實文名很盛，據《宋史》載：「丁謂字謂之，後更字公言，蘇州長洲人，少與孫何友善，同袖文謁王禹偁，禹偁大驚重之，以為自唐韓愈、柳宗元後，二百年始有此作。世謂之『孫、丁』。」〔註27〕他於太宗淳化三年登進士甲科，從此走上仕途。不可否認，丁謂同樣也是一個很有行政才能的幹史。但是同盧多遜一樣，丁謂從政入仕的最高理想是高官厚祿，榮寵加身。爭權奪利、得到皇帝肯定和信用是他在仕途的主要動力和努力的方向。他雖在地方任上做出很大的成績，但一到朝廷，就迎合宋真宗，造作天書祥瑞之事，助真宗封禪泰山，勞民傷財。而他自己則得以做到參知政事的高位。正如《高齋詩話》提到：

> 呂獻可誨嘗云：「丁謂詩有『天門九重開，終當掉臂入。王元之禹偁讀之曰：『入公門猶鞠躬如也，天門豈可掉臂入乎？此人必不忠。』後果如其言。」〔註28〕

王禹偁通過對丁謂詩句的解讀和把握，體會到了丁謂對得到權力的志在必得和洋洋得意，感覺到了他對權力的熱衷，而不是對皇室與朝廷的忠誠。可見，丁謂其人，作為儒家弟子，文章筆墨標榜學習韓愈，但他本質上是從

〔註26〕《宋史》卷二百八十二，第 9539 頁。
〔註27〕《宋史》卷二百八十三，第 9566 頁。
〔註28〕〔宋〕曾慥著，郭信和、蔣凡編纂：《高齋詩話》，選自吳文治主編：《宋詩話全編》第四冊，江蘇古籍出版社，1998 年版，第 3448 頁。

自己的利益出發，所謂「文類韓柳」的文章只是他獲得士林前輩賞識以及入
仕的敲門磚而已。在這樣的思想境界之下，爭名奪利是他的必然選擇。同時
他也是一個睚眥必報的人物。他本對寇準禮敬有加，畢竟寇準是「澶淵之盟」
的大功臣，同時也是他的上司，對他的才幹也頗為賞識，但在一次宴會的齟
齬之後，他就對寇準恨之入骨。據《長編》載：

> 戊戌，以山南東道節度使、同平章事寇準為中書侍郎、兼吏部
> 尚書、平章事，保信節度使丁謂為吏部尚書、參知政事。故事，節
> 度使拜除當降麻。翰林學士盛度以為參知政事當屬外制，遂命知制
> 誥宋綬草辭，謂深恨焉。謂在中書，事準謹甚。嘗會食，羹污準鬚，
> 謂起徐拂之。準笑曰：「參政，國之大臣，乃為官長拂鬚耶？」謂甚
> 愧之，由是傾誣始萌矣。〔註29〕

　　強烈的報復心加上對權力的爭奪，使得他在真宗統治後期，利用真宗病
重昏聵的機會，夥同錢惟演一起，把寇準貶往南方偏遠小州道州，再進一步
追貶至雷州。同時把與寇準平日相交的官員翰林學士盛度以及寇準的女婿樞
密直學士王曙同時落職，貶出京城去了，只要和寇準關係親厚之人，丁謂一
定要把他們貶黜斥去。〔註30〕寇準後因朱能叛亂，而他曾將朱能偽造的天書
上呈真宗，因此被牽連再貶道州司馬。丁謂在其貶詔中對寇準極盡羞辱，說
他「不務敦修，密朋凶憸，辱予輔弼，玷乃縉紳。」寇準由安州到道州的途
中，過零陵時，因護兵沒有及時到達，被溪洞蠻夷乘機掠走他的行李，幸虧
其酋長知道寇準是個賢明的宰相，遣人送回了所掠之物。《長編》卷九十六載：
「其在道州，晨具朝服如常時，起樓置經史道釋書，暇則誦讀，賓至笑語，
若初無廊廟之貴者。」〔註31〕寇準這種心平氣和的貶謫心態，體現了宋代貶
謫官員與唐代貶謫官員抑鬱不平、悲怨絕望的心態的不同，也開一代宋朝貶
官處窮之道，是宋代士大夫文化氣象有所變化的開端。

　　如此殘酷的權力鬥爭，是丁謂施之於寇準的。而寇準作為一代名相，其
風采氣度以及人品道德，使他即使是在南遷途中也能得到溪洞蠻夷酋長的尊
敬愛戴，也是這樣的氣度，使他能夠在丁謂派來的意圖威嚇而使其惶恐自殺
的中使到來之時，神色自若，從容應對，從而迫使中使不得不拿出敕文。在

〔註29〕《長編》卷九十三，第 2152 頁。
〔註30〕《長編》卷九十六，第 2210 頁。
〔註31〕《長編》卷九十六，第 2212 頁。

貶謫的路途上，寇準得到沿路州縣的照顧，「及赴貶所，道險不能進，州縣以竹輿迎之」。但寇準都以自己身為罪人，謝絕照顧。等他到了貶所，縣吏獻上圖經，他想起了自己少年時所作詩句「到海只十里，過山應萬重」，感慨一切都是命運的安排。寇準一生經歷了諸多事件，在仕途起起伏伏，但到了最後，把自己的被貶南遷歸結為命運。而在當時，就已經有人認為寇準晚年遠貶之禍，起於不能急流勇退。也即是後來歐陽修所說的「仕不知止」。據《長編》卷一百十四載：

> 修等遊飲無節，惟演去，曙繼至，數加戒敕，嘗屬色謂修等曰：『諸君知寇萊公晚年之禍乎？正以縱酒過度耳。』眾客皆唯唯，修獨起對曰：『以修聞之，寇公之禍，正以老而不知止耳。』曙默然，終不怒，更薦修及洙，置之館閣，議者賢之。〔註32〕

王曙所說，在於認為寇準如果不是縱酒過度，就不會走漏消息，從而使丁謂諸人掌握了政治上的主動權。但歐陽修則從根本上考慮，認為寇準如果不因獻偽造天書而再登相位，就不會有後來的禍事。王曙默然，等於承認了歐陽修的見解。這也說明北宋初期的士大夫於進退出處之際還沒有完全清晰的認知與考慮，對於功名權位還有著一定程度的貪戀。寇準雖在貶所表現得泰然自若，但在南遷的途中，對自己的仕途做了「到了輸他林下客，無榮無辱自由身」這樣幾乎全面否定的結論，但不能看出他是否對自己的行為及後來的結果做過理性的反省。

後來寇準死在貶所，朝廷許其歸葬京西，在他的棺槨經過荊南公安縣時，老百姓都在路邊擺上貢品祭祀他，因為折來用以掛紙錢的竹子都長出了筍，人們在此地為寇準立了紀念他的祠，起名「竹林寇公祠」。〔註33〕可見，寇準雖然與盧多遜、丁謂一樣被貶南遷，但他為國為民所做的貢獻還是贏得了百姓的尊重。《宋史》對寇準的評論是：「準於太宗朝論建太子，謂神器不可謀及婦人、謀及中官、謀及近臣，此三言者，可為萬世高抬貴手。澶淵之幸，力沮眾議，竟成雋功。古所謂大臣者，於斯見之。然挽衣留諫，面詆同列，雖有直言之風，而少包荒之量。定策禁中，不慎所與，致啟懷政邪謀，坐竄南裔，勳業如是而不令厥終，所謂『臣不密則失身』，其不信哉！」〔註34〕寇

〔註32〕《長編》卷一百十四，第 2683 頁。
〔註33〕《長編》卷一百一，第 2336 頁。
〔註34〕《宋史》卷二百八十一，第 9534 頁。

準作為有大功於社稷的臣子，卻欠缺了一些作為儒臣的修養，又不慎所與，《宋史》的評價應該說還是比較公允的，但丁謂與錢惟演對於寇準步步緊逼的迫害，也是他被貶死南荒的重要因素。

而與寇準相爭的勝利者丁謂在不久之後也因王曾的計謀，被以「失奏山陵事」的罪名貶為太子少保分司西京，再因交遊不當語涉妖誕妄被貶崖州司戶參軍。《宋史·丁謂傳》評論丁謂說：「王欽若、丁謂、夏竦，世皆指為姦邪。真宗時，海內乂安，文治洽和，群臣將順不暇，而封禪之議成於謂，天書之誣造端于欽若，所謂以道事君者，固如是耶？竦陰謀猜阻，鉤致成事，一居政府，排斥相踵，何其患得患失也！欽若以賕賄干吏議，其得免者幸矣。然而黨惡醜正，幾敗國家，謂其尤者哉。」〔註35〕在北宋前期被公認為是姦邪的三位大臣當中，丁謂被認為是危害最大的，其最重要的原因就是他的「黨惡醜正」，他對於寇準、李迪、盛度、王曙等人的迫害和貶斥，給當時的朝政及朝廷風氣造成了極大的危害。這也是王曾等人一定要設法貶走丁謂的重要原因。總而言之，這場權力鬥爭中寇準與丁謂都不是勝利者。

四、宋仁宗朝（1023～1063）文人貶官概況

表6：宋仁宗時期貶謫文人官員統計表

時間	時任官職	姓名	被貶原因	貶後官職	貶謫地	對應現址	備註
天聖五年	樞密副使刑部侍郎	晏殊	以笏擊人御史劾奏	知宣州	宣州	安徽宣城市	江南路
天聖七年	秘閣校理	范仲淹	疏請太后還政	河中府通判	河中府	山西永濟市	河東路
	翰林學士兼侍讀學士中書舍人	宋綬	失職	落學士			
天聖九年	翰林學士兼侍讀學士	宋綬	忤太后意	龍頭閣學士知應天府	應天府	河南商丘	京東路
	殿中侍御史	楊偕	忤太后意	太常博士監舒州稅	舒州	安徽懷寧縣	淮南路
明道二年	樞密副使尚書左丞	夏竦	太后所任用	禮部尚書知襄州，改潁州	潁州	安徽阜陽	京西路

〔註35〕《宋史》卷二百八十三，第9578頁。

	禮部侍郎參知政事	陳堯佐	太后所任用	戶部侍郎知永興軍	永興軍	湖北陽新縣	荊湖路
	尚書右丞參知政事	晏殊	太后所任用	禮部尚書知江寧府，改亳州	亳州	安徽亳州市	淮南路
	知永興軍	陳堯佐	被誣謀反	知盧州	盧州	安徽合肥	淮南路
	崇信節度使同平章事判河南府	錢惟演	擅議宗廟附太后	落平章事			
	權御史中丞	孔道輔	諫廢后	知泰州	泰州	江蘇泰州市	淮南路
	右正言	范仲淹	諫廢后	知睦洲	睦洲	浙江建德市	兩浙路
	喪畢還朝	富弼	上疏論救范仲淹	知絳州	絳州	陝西絳縣	河東路
景祐元年	左司諫	滕宗諒	言宮禁事不實	祠部員外郎知信州	信州	江西上饒市	江南路
	監察御史	孫沔	上疏忤旨	知潭州衡山縣，再責監永州酒	永州	湖南永州市	荊湖路
景祐二年	祠部員外郎知信州	滕宗諒	坐李迪與呂夷簡交爭	監饒州稅	饒州	江西鄱陽	江南路
	光祿寺丞館閣校勘	石延年	坐李迪與呂夷簡交爭	落職通判海州	海州		京東路
景祐三年	天章閣待制權知開封府	范仲淹	與呂夷簡交爭	落職知饒州	饒州	江西鄱陽	江南路
	秘書丞集賢校理	余靖	論救范仲淹	落職監筠州酒稅	筠州	江西高安	江南路
	太子中允館閣校勘	尹洙	論救範仲淹	崇信軍節度掌書記監郢州酒	郢州	湖北鍾祥市	京西路
	鎮南節度掌書記館閣校勘	歐陽修	論范仲淹事	夷陵縣令	夷陵	湖北宜昌	荊湖路
	淮南路轉運使	蔣堂	失查舉	吏部員外郎知越州	越州	浙江紹興	兩浙路
寶元元年	戶部侍郎平章事	陳堯佐	忿爭中書	不職，淮南節度使同平章事判鄭州	鄭州	河南鄭州	京西路

寶元二年	御史中丞	孔道輔	朋黨大臣	給事中知鄆州	鄆州	山東鄆城縣	京東路
慶曆元年	陝西經略安撫副使樞密直學士起居舍人	韓琦	兵敗自劾	右司諫知秦州職如故	秦州		陝西路
	陝西經略安撫副使兼知延州龍頭閣直學士戶部郎中	范仲淹	私焚西夏來書	戶部員外郎知耀州職如故	耀州	陝西銅川市耀州區陝西路	陝西路
	右諫議大夫參知政事	宋庠	論事不當	守本官知揚州	揚州	江蘇揚州市	淮南路
	河東路經略安撫緣邊招討使	楊偕	奏事不當	罷知邢州	邢州	河北邢臺縣	河北路
	龍圖閣直學士權三司使	葉清臣	宰相以為朋黨	知宣州	宣州	安徽宣城	淮南路
慶曆三年	大理寺丞集賢校理同知太常禮院	陸經	論事前後反復	落職監汝州	汝州	河南汝州市	京西路
	樞密使	夏竦	臺諫交章論列	罷之			
	翰林侍讀學士左司郎中	楊偕	論事不當	知越州	越州	浙江紹興市	兩浙路
	知慶州	滕宗諒	枉費公使錢	知鳳翔府	鳳翔	陝西鳳翔縣	陝西路
慶曆四年	刑部員外郎天章閣待制權知鳳翔府	滕宗諒	用過官錢	祠部員外郎知虢州如故職後改岳州	岳州		荊湖湖
	刑部尚書平章事兼樞密使	晏殊	修章懿太后墓不力，私役官兵	罷為工部尚書知潁州	潁州	安徽阜陽	淮南路
	大理評事集賢校理	蘇舜欽	坐自盜	除名勒停			
	工部員外郎直龍頭閣兼天章閣侍講史館檢討	王洙	行為不檢	落侍講、檢討，知濠州	濠州	安徽鳳陽	淮南路

	太常博士集賢校理	刁約	行為不檢	通判海州	海州		江南路
	殿中丞集賢校理	江休復	行為不檢	監蔡州稅	蔡州	河南汝南縣	
	校書郎館閣校勘	宋敏求	行為不檢	簽書集慶軍節度判官事	集慶軍	江蘇南京治下	京西路
	大理寺丞集賢校理	陸經	多為不法杖人至死	袁州別駕	袁州	江西宜春市	江南路
慶曆五年	右諫議大夫參知政事	范仲淹	饑者益甚	資政殿學士知邠州	邠州	陝西彬縣	陝西路
	右諫議大夫樞密副使	富弼	饑者益甚	資政殿學士知鄆州	鄆州	山東鄆州	京東路
	工部侍郎平章事兼樞密使	杜衍	彰朋比之風	尚書左丞知兗州	兗州	山東濟寧市兗州區	京東路
	樞密副使右諫議大夫	韓琦	水洛城事失職	加資政殿學士知揚州	揚州	江蘇揚州市	淮南路
	知制誥	余靖	出使契丹失使者體	知吉州	吉州	江西吉安市	江南路
	起居舍人直龍頭閣知潞州	尹洙	私貸公使錢	崇信軍節度副使	崇信軍	甘肅省崇信縣	陝西路
	河北轉運按察使龍頭閣直學士右正言	歐陽修	被誣私生活不檢	知制誥知滁州	滁州	安徽滁州	淮南路
	國子監直講	孫復	交遊不當	監虔州稅	虔州	江西贛州	江南路
	提點刑獄太常博士	楊畋	按部苛察	知太平州	太平州	安徽當塗縣	江南路
慶曆六年	太常博士監察御史裏行	孫抗	奏事不合意	落御史裏行，知復州	復州	湖北仙桃市	荊湖路
	右正言知制誥知吉州	余靖	少游廣州犯法受笞	將作少監分司南京	南京	河南商丘市	京東路
慶曆七年	戶部副使戶部員外郎	梅摯	失儀	知梅州	梅州	廣東梅州市	廣南路
慶曆八年	樞密使河陽三城節度使同平章事	夏竦	言者論其姦邪	罷樞密使判河南府	河南府	河南洛陽	京西路

	翰林學士兼端明殿學士右諫議大夫史館修撰	張方平	交遊不當	落職知滁州	滁州	安徽滁州	淮南路
	右諫議大夫權御史中丞	楊察	失察舉	落職知信州	信州	江西上饒	江南路
	翰林學士右諫議大夫知制誥史館修撰	宋祁	失職	落職知許州	許州	河南許昌市	京東路
	翰林學士禮部侍郎知制誥史館修撰	李淑	作詩辭涉謗訕	落翰林學士知應天府	應天府	河南商丘市	京東路
皇祐三年	翰林侍讀學士兼龍頭閣學士給事中史館修撰	宋祁	坐其子交遊不當	出知亳州	亳州	安徽亳州市	淮南路
	工部尚書平章事	宋庠	不戢子弟，居位無補	刑部尚書觀文殿學士知河南府河南府		河南洛陽	京西路
	禮部尚書平章事	文彥博	諫官論奏交結內廷	吏部尚書觀文殿學士知許州	許州	河南許昌	京西路
	殿中侍御史裏行	唐介	言事得罪	春州別駕改英州別駕	英州	廣東英德市	廣南路
皇祐五年	屯田員外郎直史館知鄂州	楊畋	棄城	太常博士知光化軍	光化軍	湖北乾德縣	京西路
至和元年	太常博士史館檢討	張燾	奏事前後異同	落職監潭州稅	潭州	湖南長沙	荊湖路
	龍頭閣學士吏部郎中	歐陽修	被饞執法不公	知同州	同州	陝西大荔縣	陝西路
	開封府推官祠部員外郎集賢院校理	刁約	言語不當	提點在京刑獄			
嘉祐元年	翰林學士兼端明殿學士翰林侍讀學士	李淑	姦邪又嘗匿服	兼龍頭閣學士，落翰林學士			
	殿中侍御史	趙抃	與宰相不協	知睦州	睦州	浙江建德市	兩浙路

嘉祐三年	吏部尚書平章事	文彥博	被劾求退	河陽三城節度使同平章事判河南府	洛陽	河南洛陽	京西路
嘉祐四年	右司諫	趙抃	言事不已	知虔州	虔州	江西贛州	江南路
	知并州觀文殿學士禮部侍郎	孫沔	不法	知壽州	壽州	安徽壽縣	淮南路
	觀文殿學士禮部侍郎知壽州	孫沔	淫縱不法	檢校工部尚書寧國軍節度副使寧國軍		安徽宣城治下	江南路
嘉祐五年	樞密使兵部尚書同平章事	宋庠	臺諫論奏	河陽三城節度使同平章事判鄭州	鄭州	河南鄭州	京西路
嘉祐六年	禮部郎中知諫院	唐介	言事不已	知洪州	洪州	江西南昌	江南路
	廣南西路轉運使度支中	宋咸	不法	追一官勒停			

　　宋仁宗即位之時，經過了真宗統治時期的休養生息，北宋經濟已經是最繁榮昌盛的時期，在政治制度層面也進入了穩定和完善的階段。但北宋統治的隱憂也慢慢暴露出來。契丹在北部邊境對北宋造成威脅，要不斷以歲幣的形式也就是金錢來贖買和平，給北宋經濟帶來沉重的負擔。党項族建立的西夏在首領元昊的帶領下逐漸強盛起來，經常騷擾西北邊境，給當地的百姓生活帶來很大困擾，而北宋朝廷上下卻對此狀況束手無策。與此同時，經過幾代涵養，北宋士大夫群體在這個時期開始形成與壯大，他們對於國家大事的參與熱情極度高漲，普遍充滿了淑世精神和天下情懷。新的學術流派和學術思想此時也已經開始嶄露頭角，學習和繼承韓愈古文、復興儒家之道已經成為這個時代的潮流。臺諫制度也經過真宗時期的整頓，開始在朝廷發揮重要作用，士大夫群體間的議論之風也越來越盛。這些情況都使仁宗時期的士大夫群體更加具有憂患意識和歷史責任感，想要通過改革使北宋能擺脫內憂外患困境，是眾多有識之士的迫切而強烈的願望。正是因為如此，在仁宗時期，因與固守傳統、不思改變但又貪權固位的權臣鬥爭，就使得一批代表新的學術與政治理念，並且心憂天下的士人們歷經多次貶謫。同時，宋仁宗繼承皇位時年紀幼小，由劉太后垂簾聽政，而在仁宗成人之後，關於太后是否還政

於仁宗，以及劉太后死後仁宗親政，這些政局的變化，都導致一批朝廷官員被貶。

在太后當政期間，晏殊就因反對太后任用自己的親信張耆任樞密使而被貶出京城。宋真宗年間，晏殊被作為神童送往朝廷，據《長編》卷六十，載：

> 宰相寇準以殊江左人，欲抑之以進蓋，上曰：『朝廷取士，惟才是錄，四海一家，豈限遐邇？如前代張九齡輩何嘗以僻陋而棄置耶？』乃賜殊進士出身，蓋同學究出身。後二日，復召殊試詩、賦、論，殊具言賦題嘗所私習，上益愛其淳直，改試他題，既成，數稱善。擢秘書省正字，秘閣讀書，仍命直史館陳彭年視其所學，及檢查其所與遊者。〔註36〕

可見當時宋真宗對於晏殊的賞愛之情，也可以看出，在宋真宗眼裏，已經打破了狹隘的南人北人的地域歧視。在真宗朝，晏殊一直以沉謹周密為真宗所賞愛，其仕途也是一帆風順。但是宋真宗死後，劉太后掌權期間，他卻沒能避免自己被貶謫的命運。宋仁宗天聖五年正月，晏殊被罷樞密副使。而這次他被貶，表面上看是因為晏殊對待從者的態度暴躁，「忿燥無大臣體」，但其實是因為自己的直言不諱，觸怒了仁宗在位初期實際執掌政權的劉太后。據《長編》卷一百五，載：

> 庚申，降樞密副使、刑部侍郎晏殊知宣州。先是，太后召張耆為樞密使，殊言：『樞密與中書兩府，同任天下大事，就令乏賢，亦宜使中才處之。耆無它勳勞，徒以恩倖，遂極寵榮，天下已有私徇非才之議，奈何復用為樞密使也？』太后不悅。於是從幸玉清昭應宮，從者持笏後至，殊怒，撞以笏，折其齒。監察御史曹修古，王沿等劾奏：『殊身任輔弼，百僚所法，而忿燥無大臣體。古者三公不按吏，先朝陳恕於中書榜人，即時罷黜。請正典刑，以允公議。』殊坐是免，尋改知應天府。殊至應天，乃大興學，范仲淹方居母喪，殊延以教諸生。自五代以來，天下學廢，興自殊始。〔註37〕

晏殊此次被貶的地點並不偏遠，在離汴京不遠的應天府（現河南商丘），晏殊本人雖沒因此次貶謫而心灰意冷，但此次直言被貶的經歷對他日後為官的謹慎圓滑還是有著直接的影響。他到任之後，大興學校，並延請當時因母

〔註36〕〔宋〕李燾：《續資治通鑑長編》卷六十，中華書局，2004年版，第1341頁。
〔註37〕〔宋〕李燾：《續資治通鑑長編》卷一百五，中華書局，2004年版，第2435頁。

喪在家守孝的范仲淹來教習諸生。如此舉措，使當時從五代起就已經廢而不舉的學校，重新興盛起來。應該說，晏殊此次被貶之後，在貶地的所作所為，為後來被貶的范仲淹等人做出了正面的榜樣。晏殊後來很快又被召回朝廷任職。而晏殊再次入朝，已變得更加小心謹慎。由他所推薦的諫官范仲淹上書請太后還政仁宗，就使他非常焦慮，以致其當面指責范仲淹不應該如此沽名釣譽，因為他擔心甚至會連累到舉薦者自己。如果說盧多遜、寇準、丁謂等人對於權力的追逐是積極主動的，那麼晏殊則是以消極應對的方式來保住自己的權位。他以謹慎自守、不得罪權貴作為自己的行事原則，以期明哲保身。明道二年，劉太后去世，仁宗親政，為了建立自己的政治勢力，顯示自己的權威性，他把太后任用過的中樞大臣都貶出朝廷。晏殊時任參知政事，也被貶往亳州。因為此原因一起被貶的還有夏竦、陳堯佐兩人。

　　臺諫制度的完善和發揮作用，也製造了一大批貶謫事件。晏殊第三次被貶時已官居宰相，其時他苦於自己擢拔的諫官歐陽修論事煩數，就把他派出京城，為河北轉運使，其他諫官奏請留下歐陽修，沒能成功。於是諫官孫甫、蔡襄就上書仁宗，彈劾晏殊在為章懿皇太后寫墓誌時，沒有寫出其誕生皇子的功勞。又論奏晏殊曾經役使官兵來建房牟利。晏殊因此而被貶黜為工部尚書、知潁州。可見，在仁宗時期，臺諫官員敢於攻擊宰相，並且他們的話語權相當有力。晏殊作為宰相，也無力與之抗衡，最後只能落得被貶出京的下場，但其實這兩個罪名對他來說實在冤枉。因宋仁宗的身世比較奇特，他在劉太后死後才知自己的生母另有其人，但他的生母終其一生沒能與他相認，死時晏殊應詔為她寫墓誌，因劉太后當時正臨朝秉政，所以晏殊不敢明言其事。這是可以理解的。其所役兵也是作為宰輔本來就有可以借兵這個特權，因此輿論都認為其實這些都不能算是晏殊的罪狀。但是，仁宗時期的臺諫官員勢力已經非常強大，皇帝也很支持和鼓勵諫官對執政宰相上言彈劾，在這種情況下，晏殊又非像呂夷簡那樣的權臣，在當時的政治風氣下，晏殊的被罷免和貶黜就成了一種必然。而范仲淹、孔道輔等臺諫官員在呂夷簡當權時因集體伏閣諫阻宋仁宗廢后而被貶謫出京。仁宗後期的侍御史唐介因彈劾宰相文彥博而被貶往英州。雖然結果是被貶黜，但他們直言敢諫、剛直不阿的風采也由此天下聞名。范仲淹也正是由於其多次直言進諫，言他人之所不敢言而被貶，在士大夫群體裏獲得了極高的聲名，得到了士大夫群體的擁護，最後能夠出將入相，並主持了著名的「慶曆新政」。

　　宋仁宗時期，北宋士大夫群體更加壯大。因為學術思想與政治理念的不同，他們之間的差異與分歧也越來越大。作為新的學術思想與政治理念代表的范仲淹，以國事為重，「寧鳴而死，不默而生」的強烈的歷史責任感使他與當時的宰相呂夷簡朝政處理方面產生很大的分歧，為此而在朝堂產生了激烈的爭論與鬥爭。呂夷簡為了打擊范仲淹，以「朋黨」的罪名將其貶出朝廷。而為了論救與自己為同道的范仲淹，余靖上書朝廷而被貶，尹洙、歐陽修等人甚至以「自求貶謫」的方式，表示自己對范仲淹的支持，對朝廷處置不當的反抗。可見在此時，士大夫的集體力量已經初步顯現，他們不再為了自己的個人政治前途而有所顧忌，而是能夠為自己的政治信念和對國家的歷史責任感而置自己的仕途於不顧。士大夫群體開始崇尚作為作為主體個人的錚錚風骨與高尚節操。在某種程度上，「自請貶謫」甚至成了一種鬥爭的工具。作為北宋文壇宗主的歐陽修，也在宋仁宗時期兩次被貶，其第一次是其自己激於極憤而寫信痛斥諫官高若訥，因而被貶，第二次則是因支持范仲淹等主持的「慶曆革新」，被反對派嫉恨，而遭人誣陷入獄，以生活不檢為由被貶，從此在州縣流落十餘年。歐陽修在貶謫期間對於自己如何在貶謫生活中自處具有非常清醒的自我道德形象設計，他的貶謫生活中的文學作品以及生活方式是我們研究宋代貶謫文學的一個重要資源。

　　西夏問題的出現，也導致了部分貶謫事件的發生。為了抗擊西夏對北宋西北邊境的襲擾，范仲淹臨危受命，被任命為陝西經略安撫副使兼知延州龍頭閣直學士戶部郎中。在此期間，他私自焚燒了元昊給皇帝的回書而被彈劾，被貶為戶部員外郎知耀州職如故。而論奏范仲淹以為「該斬」的參知政事宋庠也因論事不當被貶出京城。著名的古文家尹洙也因私貸公使錢被貶為崇信軍節度副使，結果因病死於到任途中。滕宗諒在西北邊境知慶州任上和知鳳翔府任上兩次因枉費公使錢被貶，在范仲淹的大力救助下被貶到岳州任職，他在岳州重新岳陽樓，請當時身在鄧州的范仲淹為其樓作記，范仲淹為作《岳陽樓記》，其所提出的著名的「先天下之憂而憂，後天下之樂而樂」，代表了北宋時期儒家士大夫憂國憂民的高度歷史責任感和崇高的精神境界。他的貶謫生涯中的作為是北宋前期代貶謫文化中最光輝也是最具代表性的。

　　「慶曆革新」最後因失去宋仁宗的支持而失敗，其原因也是因為一起集體貶謫事件的發生，也即著名的「奏邸之獄」事件。此次事件是以政治保守

派王拱辰為首，以蘇舜欽為突破口向政治革新派所發起的政治進攻。因為蘇舜欽是革新派領袖范仲淹舉薦、支持范仲淹改革的宰相杜衍的女婿，王益柔是范仲淹所薦舉，其他參與者均是支持改革的青年官員，有這兩層關係，蘇舜欽以「監守自盜」的罪名被貶，實際上是間接打擊了革新派的氣勢。宰相杜衍因此被以「頗彰朋比之風」的罪名罷相知兗州，范仲淹以資政殿學士知頒州，韓琦加資政殿學士知揚州。因此，此次貶謫事件，也是「慶曆革新」失敗的導火線。蘇舜欽本是一位有前途的詩人及青年官員，但從此隱居蘇州，後英年早逝。其貶謫後的作品其思想行為模式成為貶謫文學研究的一個典型。

整個仁宗時期的貶謫事件非常之多，其被貶理由也各種各樣。但其貶謫事件的誘因，主要還是因為政治觀念的不同而導致的。尤其值得注意的是，仁宗時期開始了以「黨爭」為罪名來攻擊對手而導致的貶謫行為，以及臺諫勢力大漲而導致的貶謫事件的發生。

第三節　北宋前期文士貶謫區域的定量分析

表 7：北宋前期文士貶官地域分布情況

	京東路	京西路	江南路	淮南路	陝西路	兩浙路	荊湖路	河東路	河北路	廣南路	總計
太祖	1			2			1				4
太宗	3	3		1	4	1	2			2	16
真宗	1	7		8	2	1	2		1	4	26
仁宗	5	10	14	12	5	2	5	2	1	2	58
總計	10	20	14	21	14	4	10	2	2	8	104

從貶謫地域的統計來看，北宋前四朝貶謫地區可以合併為八個區域，分別是京東路、京西路、淮南路、江南路、兩浙路、陝西路、河北路、荊湖路、廣南路。京東、京西路都在汴京城的東西兩個區域，距離京城不遠。淮南路、江南路、兩浙路都屬於經濟文化比較發達、自然條件也較好的地方，陝西路和河北路則由於自然環境和地理位置的問題（陝西北部與西夏毗鄰，河北路則與契丹毗鄰），屬於比較惡劣的地區。荊湖路與廣南路自然條件惡劣，離京城汴京距離遙遠，是歷代王朝貶謫官員的傳統區域，尤其是廣南路，也就是

歷史上經常提到的嶺南地區，更是在貶謫當中最偏遠、自然條件最惡劣、經濟文化最不發達的地區，據《宋朝事實類苑》卷第六十一載：

> 嶺南諸州多瘴毒，歲閏尤甚。近年多選京朝官知州，及吏部選授三班使臣，生還者十無二三，雖幸而免死，亦多中風氣，容色變黑，數歲發作，頗難治療。舊日小郡及州縣官，率用土人，攝官蒞之，習其水土。後言事者以為輕遠任，朝廷重達其言，稍益俸入，加以賜齎，貪冒之徒，多亦願往，雖喪軀不悔也。〔註38〕

貶謫或者流放到嶺南，無論在唐代還是宋代對一個官員來說都是相當嚴重的懲罰。不過我們通過統計可以看出，北宋前四朝文人士大夫被貶人數達104人次，被貶嶺南的共有8人，被貶往環境最險惡距離京城最遠的崖州（今海南省三亞市）的只有盧多遜以及丁謂二人。參見下表：

表8：北宋前期被貶嶺南官員

姓名	罪名	處罰結果	貶謫地	現地名	備註
盧多遜	交通廷美	削奪官爵並家屬流崖州	崖州	海南三亞市	廣南西路
胡旦	陰謀廢立	安遠軍行軍司馬尋削籍流潯州	潯州	廣西桂平縣	廣南西路
陳堯佐	言事切直	潮州通判	潮州	廣東潮州市	廣南東路
姚鉉	納部內女口諸不法事	除名為連州文學	連州	廣東連州市	廣南東路
寇準	丁謂迫害	雷州司戶參軍	雷州	廣東雷州市	廣南東路
丁謂	交遊不當語涉妖誕妄	崖州司戶參軍	崖州	海南三亞市	廣南西路
梅摯	失儀	知梅州	梅州	廣東梅州市	廣南東路
唐介	言事得罪	春州別駕改英州別駕	英州	廣東英德市	廣南東路

這主要是因為北宋實行的「右文政策」導致其對於士大夫群體在刑罰上的寬容。在貶謫制度的實施上，對於有罪的臣下「止於罷黜」，就在罷黜之時還採取的是「仁義為本，綱紀為輔」。這種政策的導向，就決定了北宋朝廷在一般情況下是很少會採取把犯罪的官員貶往嶺南這樣的刑罰的。貶往嶺南的基本都是捲入皇位傳承等嚴重的權力鬥爭裏的官員。比如太宗時期的盧

〔註38〕〔宋〕江少虞：《宋朝事實類苑》卷第六十一，上海古籍出版社，1981年版，第807頁。

多遜，就是如此。胡旦罪名為陰謀廢立，如此嚴重的罪名也沒有犯殺身之禍，而是被削籍流放潯州。後遇赦移通州，最後還回到了朝廷。宋真宗末年仁宗初即位時的丁謂則是因為讒害寇準、李迪、曹利用等人，本人又奸詐狡猾、品行極差，引起朝中大臣的強烈不滿，再加上他縱容包庇內侍雷允恭擅改真宗陵址，所以才被貶到崖州。即使如此，丁謂最後也還是得以生還嶺海。如果不是在光州死去，他甚至可能回到朝廷，被重新啟用。其他人雖被貶嶺南，但沒有過海。寇準是因丁謂迫害而被貶嶺南，但其當時也是以交通周懷政和坐朱能叛的罪名被貶的。宋仁宗本要把唐介貶往水土頗惡的春州，但在大臣的勸說之下，改為水土較好的英州，並且在一年內獲得量移，兩年內就重新回朝，升任殿前侍御史。姚鉉與梅摯則是因為犯了私罪而被貶嶺南，可見如果官員所犯私罪比較嚴重的話，北宋朝廷對其的處置還是比較嚴屬的。陳堯佐與唐介都因言事得罪被貶嶺南，但陳堯佐三年任滿後回京，因其文學獲得館職，得到了升遷。其《赴潮陽倅》詩：「沉醉猶難別帝州，滿城春色重淹留。公閒預想消魂處，望闕頻登海上樓。」「休把空言較短長，算來齊物也無妨。蠻民解唱升平曲，願領閒愁入醉鄉。」〔註39〕雖然詩中仍有濃濃的離別之情，但其能以莊子齊物之意自解，其心態之平和安閒與唐憲宗時被貶潮州的韓愈「一封朝奏九重天，夕貶潮陽路八千。欲為聖明除弊事，肯將衰朽惜殘年。雲橫秦嶺家何在，雪擁藍關馬不前。知汝遠來應有意，好收吾骨瘴江邊」（《左遷至藍關示侄孫湘》）的悲憤蒼涼不可同日而語。由此也可見出唐宋兩朝政治文化環境的極大不同。這也是導致文人貶謫心態大相徑庭的重要原因。

　　再觀察每一朝代的貶謫區域與人數問題。從上表可以看出，在北宋太祖時期，貶官人數較少，貶謫的地區也比較單一，集中在京東路、陝西路和荊湖路。隨著北宋的統一步驟，官員被貶的地區不斷增多。從北宋直接承繼來的北周的原有的統治區域向新佔據的當時諸多小國割據的地區進一步擴大。分析北宋四朝貶謫地的分布，我們可以發現，太祖時期被貶的地區只有三個地區，京東路1人，陝西路2人，荊湖路一人。被貶京東路的高錫因司受節度使賂遣，屬於與武將私下交往，在太祖朝是比較受猜忌的行為，因此被貶京東路，現山東萊州，並不算是非常偏僻的地區，算是一般的處罰。兩

〔註39〕北京大學古文獻研究所編：《全宋詩》第二冊卷九七，北京大學出版社，1998
　　　年版，第1089～1090頁。

人被貶陝西路，郭忠恕因懸競朝堂被貶乾州，李昉則是因為被陶穀誣告為所
親求官，為太祖所疑而被貶彰武行軍司馬，延州居住，其實彰武這個地方當
時在契丹的佔領下，職務只是虛銜，他還是居住在隸屬陝西路的延州，在北
宋時期，那個地方是靠近少數民族區域，屬於比較偏遠的地方了。將這兩人
貶到陝西路，說明宋太祖著力於整頓官吏作風的問題。至於太祖朝唯一被貶
到荊湖路的扈蒙，其被貶完全是因為盧多遜對他的陷害，也可以看出盧多遜
對於對他的權位有威脅的人物，是毫不留情的。太宗時期貶謫區域依然沒有
江南路、兩浙路、河北路，其原因在於南唐與吳越國均是剛剛受降歸附的國
土，正是要派得力重臣去整頓重建的時候，不適合作為官員貶謫之地。貶往
荊湖路的兩人，范旻是因為擅市竹木入官，鄭文寶則是因為撓邊。被貶往陝
西路的是三位，其中王禹偁因議獄不當，徐鉉因請託，其他三次均是胡旦因
文字悖謬、私相接交、陰謀廢立被貶。仔細分析，可見這三人的罪狀基本是
出於違逆或者觸犯了了宋太宗本人的意思和忌諱，不能說有具體的危害性。
不過王禹偁在兩年後就得以量移解州，並很快就回到了朝廷任職。北宋時期
第一位被貶嶺南崖州的盧多遜是在宋太宗時期，主要因為他捲入了皇權與相
權的雙重鬥爭中間。其他的官員犯罪基本都是在京東、京西兩路，可見並未
有真正遠貶之人。真宗時期貶謫人數相對增多，但依然沒有被貶往江南路和
兩浙路的。其中貶謫人數明顯增多的地域是京西路、淮南路和廣南路。京西
路、淮南路都是屬於一般官員的罪失。貶往嶺南諸人上文已經分析，此間不
再贅述。除了被貶嶺南的 4 人，21 人中只有 2 人被貶到傳統的貶謫地荊湖路。
可見，真宗時期對於官員的貶謫是比較寬鬆的，一般官員是不會被貶到比較
偏遠和條件惡劣之地的。仁宗朝最明顯的是貶謫人數增加，主要是因為仁宗
統治了四十二年，時間較長。貶謫區域也增加了兩個地區，一個是江南路、
一個是兩浙路，貶謫官員最多的地區是京西路、江南路、淮南路、陝西路。
因言獲罪的官員其貶謫地基本都在江南路或淮南路，可見，宋仁宗時期諫官
即使因進言被貶，朝廷也會給予較好的待遇。另外仁宗期間被貶 57 人中有
35 人的貶謫地都在江南路、淮南路和京西路。

　　縱觀四朝文人貶官區域，從貶謫人數最多的地方來看，大部分都是距
離京城較近，自然條件較為優越，經濟文化發展也很成熟的地區。這種情況，
由貶謫官員的詩歌和謝表中都可以得到證明，比如王禹偁被貶滁州，有《題
滁州懷嵩樓》：「昔是優賢地，今為省過州。非賢亦非過，醉臥懷嵩樓。」

〔註40〕可證，滁州在過去歷朝是作為賢人退居養身的州縣，在宋代則是作為臣子反省的貶謫之地。范仲淹在被貶睦州之時，寫有《謫守睦州作》，其中有句：「銅虎恩猶重，鱸魚味復佳。聖明何以報？沒齒願無邪。」其《新定感興五首》中也寫道：「山水真名郡，恩多補諫官。」「風物真堪喜，民靈獨可哀。稀逢賢太守，多是謫官來。」〔註41〕可見，這些謫官被貶所處的州郡，皆是名州大郡，並不是窮僻困頓之地。並且被貶謫之後，時間不長，或因赦宥，或因朝廷重臣推薦，很快就會得到量移或敘復。在貶謫期間，依然可以按照官資秩序得以升遷。歐陽修《揚州謝上表》就可以看出這一點：「坐安憂逸，未久歲時，亟就易於方州，仍陟遷於秩序。有以見聖君之意，未嘗忘言事之臣。孤拙獲全，忠善者皆當感勵；奸饞不效，傾邪者可使息心。」〔註42〕他在被貶滁州之後，任滿就移到揚州這個大州，仍然按照秩序升遷。在《謝復龍頭閣直學士表》中，他寫道：「臣才不迨於中人，功無益於當世，用之未見其效，去之未足可思。矧罔極之饞交興而並進，易危之跡何恃而不顛？而聖心不忘，恩意特至，辨罔欺於曖昧，沮仇嫉於眾多。雖暫居譴謫之中，而屢被升遷之渥。」〔註43〕人雖身在貶謫，但屢次得到升秩的優厚待遇，上次在滁州得以遷轉大州揚州，此次在揚州又得以復龍頭閣直學士這樣的侍從之臣的資格，歐陽修內心還是充滿感激的。正是因為北宋前期對於文人士大夫的涵容與培育，所謂「待士大夫之恩唯恐不厚，以結士大夫之心。」在這種政治文化環境下，宋代士大夫的精神氣質與貶謫心態與唐代的貶謫士人截然不同。他們對待貶謫的心理範式與行為模式也由唐代的抑鬱不平、彷徨失意轉為心胸開闊、寵辱不驚。「進則憂國，退則行己」，體現的是北宋前期士大夫群體鮮明的主體意識，他們於仕途之上進退裕如，無論在朝還是在外州偏郡，甚至被除名流放，都能尋求到合乎自己處境身份的方式與行動，來實現自己內心所追求的道與個人的人生價值。

〔註40〕《全宋詩》第二冊卷七十，第 801 頁。
〔註41〕《范仲淹全集》卷五，第 85 頁。
〔註42〕《歐陽修集編年箋注》第五冊卷九一，第 349～350 頁。
〔註43〕《歐陽修集編年箋注》第五冊卷九一，第 354 頁。

第四章　北宋前期貶謫事件與
　　　　士人主體精神的重塑

　　對於處在封建專制下的北宋士大夫來說，學而優則仕是實現自我價值的傳統方式。而宦途遭貶更是大部分儒家士大夫不可超越的歷史境遇。貶謫給士人們的現實生活及思想情感帶來強烈的衝擊，而作為社會精英的士大夫又總是會主動尋求超越這些有限的生存境遇。如何在政治事功的挫折逆境中尋求主體精神的內在超越，以重建獨立自由的文化人格、精神世界就成為遭貶士人的當務之急和普遍心態。在這樣的目的和理想的激勵下，北宋前期士大夫們用他們貶謫生涯中的種種思考與行動，回答了上述問題。北宋「優待士大夫」及貶謫、量移、敘復的特殊政策，也使得士大夫們對北宋王朝產生了很強的向心力與責任感。貶謫的困厄境遇客觀上是一次人生的契機，大大激發了士大夫對自身生命意義和個體價值的探求衝動，這種宗教般的自我救贖歷程也賦予宋代文人獨特的文化性格：溫潤當中不失剛健之氣，困境之中不乏超越之思。士大夫作為一個階層的身份意識開始覺醒，由現實世界的政教事功之外開始主動地去尋求、拓展士人自身安身立命的恒久的精神世界。

第一節　「屈於身不屈於道」──王禹偁「三黜」中的
　　　　　自我調適與精神重塑

　　清代厲鶚在《宋詩紀事》中記載：「晁以道與三泉李奉議書云：本朝王元之之後晏公，晏公之後歐陽公，歐陽之後東坡，皆號一代龍門。其門下灑掃

應對之士，後為名公巨卿者，不可勝數也。」〔註1〕青年時期的王禹偁，生在剛剛結束五代戰亂、「以文立國」的宋代初期，因此能有機會從一個山東平民家庭出身的「磨家兒」，登上北宋初期的文壇和政壇。他一生歷經「三黜」，又以詩文為「一代龍門」。他在貶謫期間的詩文創作、書信、章表奏摺等都非常清晰地記錄和展現了宋初士人的心路歷程。其政治命運中所蘊含的歷史文化意蘊，文學成就中所反映出的對士人自我價值的思考及追求，對宋代士人主體精神的重塑來說應該是開其先路。

一、王禹偁「三黜」之境遇心態

王禹偁出生於後周世宗顯德元年（954）年，宋太祖「黃袍加身」當上皇帝那年（建隆元年 960），王禹偁七歲。在他的青年時期，宋太祖、太宗為了糾正五代以來的亂世頹風，使社會盡快進入正軌，有意識的推行「右文政策」。其重要舉措之一就是再次推行科舉制度，抑置豪右，獎賞孤寒。在這種社會背景下，王禹偁於宋太宗太平興國八年（983）得中進士，並且在端拱元年三十五歲時，「春正月丙寅，以大理評事王禹偁為右拾遺，羅處約為著作佐郎，並直史館。先是，禹偁知長洲縣，處約知吳縣，相與日賦五題，蘇、杭間人多傳誦。上聞其名，召赴中書，命試詔臣僚和御製雪詩序稱旨，故皆擢用為直史館，賜緋；舊止賜塗金帶，特擇犀帶寵之。」〔註2〕王禹偁初入仕途，便以自己的出眾文采贏得了宋太宗的青睞和賞識。但王禹偁的仕途十分坎坷，「十年三黜」，命運多舛。

宋太宗淳化二年（991）三十八歲時，王禹偁初次被貶。具體原因是盧州尼道安誣陷左散騎常侍徐鉉與妻甥姜氏奸，王禹偁執法為徐鉉雪冤，抗疏論道安告奸不實罪。〔註3〕王禹偁因此解知制誥，貶為商州團練副使，不得簽署州事。再貶是在宋太宗至道元年（995）四十二歲時，此次的原因是私議宋太祖開寶皇后喪儀事。《續資治通鑒長編》卷三十七記載：「翰林學士王禹偁兼知審官院及通進、銀臺、封駁司，制敕有不便，多所論奏。開寶皇后之喪，眾臣不成服，禹偁與賓友言：『後嘗母天下，當遵用舊禮。』或以告，上不悅。甲寅，禹偁坐輕肆，罷為工部郎中、知滁州。」〔註4〕第三次被貶在真宗咸平

〔註1〕〔清〕厲鶚：《宋詩紀事》卷四，上海古籍出版社，1983 年版，第 85 頁。
〔註2〕《長編》卷二十九，第 646 頁。
〔註3〕《宋史》卷二百九十三，第 9794 頁。
〔註4〕《長編》卷三十七，第 646 頁。

元年（998）四十五歲時，《續資治通鑑長編》卷四十三記載：「刑部郎中、知制誥王禹偁預修太祖實錄，或言禹偁以私意輕重其間，甲寅，落職知黃州。」〔註5〕

　　三次被貶黜出京的慘痛經歷，對於具有政治抱負的王禹偁來說，顯然是很大的打擊。馬茂軍在《王禹偁儒學思想與詩歌創作》裏這樣寫道：「這三次貶謫，都是與王權的衝突而致，第一次是為了維護法律的公正性，第二次是為了維護孝禮的純潔性，第三次是為了維護史筆的真實性。雖然在儒者王禹偁心目中，真理大於王權，可在加強中央集權與帝王權威的宋代，雖然君主大倡儒學，優待士子，可帝王對儒學的利用又是有限度、有條件，以不觸犯帝王權威為前提的，一旦儒學與帝王發生衝突，帝王就會撕下面具毫不留情地予以打擊。」〔註6〕在這種實際情況下，王禹偁面對著政治與輿論的壓力，以及內心理想的破滅感。他在第一次被貶出京時，就感受了貶謫的殘酷性。在《酬種放徵君》這首詩裏，王禹偁回憶到：「太歲在辛卯，九月萬木落。是時太陰虧，占雲臣道剝。王生出紫微，譴逐走商洛。扶親又抱子，迤邐過京索。……逐臣自可死，何必在遠惡。刺史不我顧，古寺聊淹泊。」〔註7〕他在那年秋天，攜妻帶子，攙扶著老父，踏上艱難的旅途。這其中的心酸甚至讓他發出了生不如死的感慨（逐臣自有死，何必在遠惡），把自己從京城跋涉到商州的艱苦過程，到商州後受到的冷遇以及自己惡劣的心境淋漓盡致地表現了出來。但幸運的是，兩年後因南郊大禮，他隨例量移解州團練副使。王禹偁在《量移自解》中寫道：「商山五百五十日，若比昔賢非滯留。試看江陵元相國，四年移得向通州。自注：元稹自江陵士曹四年移通州司馬。」〔註8〕同中唐元稹相比，他被貶兩年就得以量移，並且在量移後不久就被詔還朝。由此也可以看出他欣幸的心情和宋太宗對他才學的賞識和個性的瞭解。

　　第二次被貶，王禹偁在《答鄭褒書》中提到「在內庭果百日而罷。然遷秩臨民，恩也。去近侍，治小郡，罪也。」〔註9〕這是宋初對貶謫官員的特殊處理方式：「加恩去職」。此次被貶滁州擔任知州。滁州在宋屬上郡，知州是

〔註5〕　《長編》卷四十三，第923頁。
〔註6〕　馬茂軍：《王禹偁儒學思想與詩歌創作》，《北方論叢》，1996年第6期，第73頁。
〔註7〕　〔宋〕王禹偁：《王黃州小畜集》卷三，《四部叢刊初編》（集部）本，上海書店，1939年版。
〔註8〕　《王黃州小畜集》卷九。
〔註9〕　《王黃州小畜集》卷十八。

主政一方的主要行政官員，與上次貶謫商州相比在境遇上有了很大的改善。王禹偁在詩中寫道：「尚愧臨民為父母，終當學稼養妻兒，自憐此度辭京闕，猶勝商山副使時。」〔註10〕（《詔知滁州軍州事因題二首》其二）雖待遇還算優厚，但其黜官制詞的措辭卻令他難以接受：「頃以文詞，薦升科級，而徘徊臺閣，頗歷歲時，朕祗荷丕圖，思皇多士，擢自綸閣，置於禁林。所宜大雅以修身，蹈中庸而率性；而操履無取，行實有違，頗彰輕肆之名，殊異甄升之意。宜遷郎署，俾領方州。勉務省躬，聿圖改節。」〔註11〕詔書沒有明確的罪名，只提到「操履無取」與行為「輕肆」，是對他人格和道德的嚴重詆毀和攻擊。對於注重名節的王禹偁來說，肯定是不能接受的。他後來在書信及詩文中多次表達了對這次貶謫的不滿和反抗，直接指出自己「後出滁上，莫知罪名。」〔註12〕（《謝轉刑部郎中表》）在《闕下言懷上執政三首》詩中，對於此次貶官滁州也是憤憤不平。其第三首詩云：「誥詞黜責子孫羞，欲雪前冤事已休。浴殿失恩成一夢，鼎湖攀駕即千秋。道旁任死心終直，澤畔長吟淚暗流。……」〔註13〕對於不能在宋太宗面前辯明自己的冤屈，而因此給子孫後世遺留下恥辱，感到內心極大的失落和痛苦。到滁州一年半，王禹偁就奉詔移知揚州軍州。

第二年三月癸巳，太宗崩，真宗即位，特授王禹偁尚書刑部郎中，散官賜勳如故。五月丁卯，真宗下詔求直言，王禹偁上《應詔言事書》，真宗即召王禹偁還朝，以刑部郎中守本官，復知制誥，是為王禹偁三度任知制誥。但好景不長，真宗咸平元年（998）王禹偁四十五歲時，在本年的十二月二十九日（歲除日）落知制誥，出知黃州。在貶謫黃州期間，由於王禹偁曾預修《重修太祖實錄》，還特授朝請大夫，賜絹五十匹，銀五十兩。十一月大赦天下，特授王禹偁上柱國之勳官。在黃州第二年十月，「初，黃州境二虎鬥，其一死，食之殆半；群雞夜鳴，經月不止；仲冬，震雷暴作。知州、刑部郎中王禹偁手疏言之，且引《史記天官書》、《洪範五行傳》為證。上亟命中使乘驛勞問，醮禳之。又詢於日官，言守土者當其咎。上惜禹偁才名，即命徙知蘄州，至，未逾月卒。戊午，訃聞，上甚嗟悼之，厚賻其家，賜一子出身。」〔註14〕

〔註10〕《王黃州小畜集》卷十。
〔註11〕《宋大詔令集》卷二○三，第 575 頁。
〔註12〕《王黃州小畜集》卷二十二。
〔註13〕《王黃州小畜集》卷十一。
〔註14〕《長編》卷四十九，第 1064 頁。

通過觀察王禹偁三次被貶的實際情況和處罰力度，我們可以發現，王禹偁被貶後的境遇無論從貶謫地、貶謫時間還是社會輿論氛圍、皇帝的態度，比起唐代士人來說要好很多。王禹偁在三次貶謫期間，在仕途上感到失落和孤立的同時，趙宋皇帝對貶謫官員的溫和寬鬆的政策，也使得王禹偁感戴不已，就如他在《應詔言事疏》中所言：「臣本自草萊，擢居臺閣，雖罷譴放，尋沐甄收。每欲酬恩，恨無死所。智小謀大，惟俟誅夷，報國捐軀，豈復顧慮。」〔註 15〕而正是因為這樣雖非罪而貶卻又留有餘地的處理方式，使王禹偁在被貶之後懷有一種矛盾的心理：一方面，他對於自己被貶本身深表不滿；但另一方面他對皇帝及當時的政治文化環境卻抱有信心，並衷心擁戴。

二、王禹偁「三黜」的思與行

王禹偁本是一個正直謇諤、多自反省的直臣與諍臣。他初入仕途，以大理評事知蘇州長洲縣時就寫有《橄欖》詩：「我今何所喻，喻彼忠臣詞。直道逆君耳，斥逐投天涯。世亂思其言，噬臍焉能追。」〔註 16〕在端拱元年上《三諫書序》時寫道：「臣遭遇大明，叨竊名器。更直多暇，閉門讀書，見前代理亂之源，覽昔賢諫諍之語，念空文之未泯，痛直道之難行，放逐以終，而詞氣不屈，佈在方冊，千古如生，苟舉而行之，則其道未墜。」〔註 17〕這些詩文顯示出王禹偁入仕之初，就把直道事君作為自己的政治信條。他追慕前賢直臣，惋惜他們直道難行，放逐以終，把他們的政治主張與精神人格作為學習借鑒的典範。

王禹偁清楚地知道「直道事君」難免貶黜，而自己也確實因此而連遭三黜。那麼如何在這種境遇下實現儒家士大夫的政治文化價值？王禹偁在《東觀集序》中專門就君臣道位之間的關係進行了思考，他認為：「士君子者，道也；行道者，位也。道與位並，則敷而為業，《皋陶》《益稷謨》《尹訓》之類是也。道高位下，則垂之於文章，仲尼經籍，荀、孟、揚雄之書之類是也。」〔註 18〕士君子代表著儒家之道，行道則需要位，也就是權力。代表了道的士君子有了行道的權位，就可以成就如皋陶、益稷般的功業。如果擁有的道高，卻沒有相應可以用來行道的位，就應該像孔、孟諸位儒家聖賢一樣

〔註 15〕《長編》卷三十五，第 771 頁。
〔註 16〕《王黃州小畜集》卷六。
〔註 17〕《王黃州小畜集》卷十八。
〔註 18〕《王黃州小畜集》卷十九。

用自己的文章來體現和發揚儒家之道。也就是說，對於代表著道的士君子來說，要實現自身行道的理想與價值，是存在著「道與位並」與「道高位下」兩種情況的。在這兩種情況下，分別有不同的方式來行道。他對宋朝士人所處的政治文化環境也有自己的認識：「我法天崇道皇帝之宅天下也，守堯之仁，躬禹之勤，奮成湯之武，闡姬昌之文。……是以儒教興，賢臣出，事業昭於上，文章燦於下。德生人而未有，道與皇而比崇。天下文明，我弗多讓。」〔註 19〕（《東觀集序》）這篇文章寫於貶謫商州期間，是為他去世的朋友羅處約詩文集《東觀集》作的序。即使自身處於貶謫期間，他對於當時的政治文化環境仍然非常樂觀，在文中給予熱情洋溢的讚頌。在他看來，在重儒崇道的仁厚君主治下，作為士君子的宋朝士人，更應該有弘揚儒家道德文章的自覺和擔當。他被貶商州時在《吾志》中寫道：「吾生非不辰，吾志復不卑。致君望堯舜，學業根孔姬。自謂志得行，功業如皋夔。既登俊秀科，又在清切司。諫紙無直言，綸誥多愧辭。黽勉為何事，親老與妻兒。一旦命執法，嫉惡寄所施。丹筆方肆直，皇情已見疑。斥逐深山中，寵辱何羸羸。於張（于定國，張釋之）及不得，安用此生為？」〔註 20〕但現實總是與個人的願望背道而馳，一個志節高尚的人物生逢其時，希望用自己的學問德才致君堯舜，但是就在這樣一個清明的時代，詩人的仕途卻因執法而受挫，也因此失去了行道的「位」，他對此感到不安和困惑。但雖「皇情見疑」，詩人自己堅持做一個剛正不阿、不屈服於權勢的士大夫的信念卻沒有改變，透露出他作為宋初士人極欲有所樹立、有所作為的精神追求以及強烈的文化自信。

王禹偁在因貶謫而給皇帝的《謝上表》中多次提到「孤貧無援」、「擢自草萊」、「別無媒援」等等，說明他感受到了宋初士人在朝廷上的勢單力薄，也說明了當時朝廷上還沒有形成像仁宗時期被指為「朋黨」的政治文化格局相似的文人集團。據《玉壺清話》卷四記載，王禹偁第三次被貶黃州時，「時交親最密者，徇時好惡，不敢私近，惟竇元賓執其手泣於閤門曰：『天乎，得非命歟？』公後以詩謝，略云：『惟有南宮竇員外，為余垂淚閤門前』。」〔註 21〕可見，當王禹偁面對非罪而貶的境況，不但無人出來替他辯明，甚至因為忌憚上意，都沒人敢去為他送行。不光是王禹偁，當時的直臣田錫被貶

〔註 19〕《王黃州小畜集》卷十九。
〔註 20〕《王黃州小畜集》卷三。
〔註 21〕〔宋〕釋文瑩：《玉壺清話》卷四，選自朱易安、傅璇琮等主編：《全宋筆記》（第一編第六冊），大象出版社，2003 年版，第 122～123 頁。

後也是同樣的情況。王禹偁曾在《寄田舍人》詩中寫道：「出處升沉不足悲，羨君操履是男兒。左遷郡印辭綸閣，直諫書囊在瑣幃。未有僉諧徵賈誼，可無章疏雪微之。朝行孤立知音少，閒步蒼苔一淚垂。」〔註22〕在安慰和讚美田錫的同時，也表達了他們同樣的知音難覓，無人救援的痛苦，集中展現了宋初士人的政治處境。作為平民出身的士人，出於對君子道孤的擔憂，王禹偁非常注重對於後輩的延譽與提拔，希望盡自己的力量來促進宋初士大夫群體的成長與壯大。後來的狀元孫何以及宰相丁謂都是在王禹偁的賞識拔擢下脫穎而出。端拱二年，孫何初過王禹偁之門，王禹偁貽之以文，曰：「國家乘五代之末，接千歲之統，創業守文，垂三十載，聖人之化成矣，君子之儒興矣。然而服勤古道，鑽仰經旨，造次顛沛，不違仁義，拳拳然以立言為己任，蓋亦鮮矣。」〔註23〕（《小畜集》卷十九《送孫何序》）他肯定了宋朝建立之後儒道的興盛與社會風氣的好轉，希望孫何能夠成為一個不管如何「造次顛沛」都能夠「不違仁義」，始終以「立言為己任」的「君子之儒」。在貶謫期間，王禹偁依然把提攜後進作為自己的任務。在《答鄭褒書》中，他提到自己本打算「不復議進士之臧否以賈謗矣」〔註24〕，然而「中夕思之，心又甚悔。士君子立身行道，是是而非非，造次顛沛不易其心。吾以一失職而不交賢士，是自棄也。」〔註25〕到滁州抵任後，來滁州持文求知者甚多。有記載的就有鄭褒、張扶、高弁、黃宗旦、江翌黃等人。王禹偁對後輩循循善誘，甚至為來求學的貧窮書生買馬送行。《續資治通鑑長編》就記載了一樁，

> 禹偁嘗為李繼遷草制，繼遷送馬五十匹備濡潤，禹偁以狀不如式，卻之。及在滁州，閩人鄭褒徒步來謁，禹偁愛其才，及別去，為買一馬。或言其買馬價虧者，上曰：「彼能卻繼遷五十匹馬，顧肯虧價哉。」〔註26〕

王禹偁雖人被貶出朝廷，但以自己的才華與道德贏得了大批士人的追隨以及宋太宗對他的信任與尊重。

在貶謫商州期間，王禹偁一直以儒家士大夫的道德標準要求自己，以平民的身份來要求自己的家人甘於貧賤：

〔註22〕《王黃州小畜集》卷十六。

〔註23〕《王黃州小畜集》卷十九。

〔註24〕《王黃州小畜集》卷十八。

〔註25〕《王黃州小畜集》卷十八。

〔註26〕《長編》卷三十七，第813～814頁。

吾為士大夫，汝為隸子弟。身未列官常，庶人亦何異。無故不
食珍，禮文明所記。況非膏粱家，左宦乏貲費。商山複水旱，穀價
方勝貴。更恐到前春，藜藿亦不繼。吾聞柳公綽，近代居貴位。每
逢水旱年，所食惟一器。豐稔即加籩，列鼎又何愧。且吾官冗散，
適為時所棄。汝家本寒賤，自昔無生計。菜茹各須甘，努力度凶歲。
〔註27〕（《蔬食示舍弟禹圭並嘉祐》卷三）

　　除了教育子弟安貧樂道之外，王禹偁用詩歌反映商山百姓的生活，「亦
欲采詩官聞之，傳於執政者，苟擇良二千擔暨賢百里。使天下之民如斯民之
義，庶乎污萊盡闢矣。」〔註28〕（《畬田詞》序）又表彰商州先賢，撰《四
皓廟碑》。雖然不親公事，但他對於商州百姓乃至整個國家充滿了高度的責
任感。如同他在《東觀集序》中寫到的，他把詩文創作當成了實現自己人生
價值的一個重要手段。他在一首詩裏寫到：「命屈由來道日新，詩家權柄敵
陶鈞。任無功業調金鼎，且有篇章到古人。本與樂天為後進，敢期子美是前
身。從今莫厭閒官職，主管風騷勝要津。」〔註29〕（《前賦春居雜興詩二首
間半歲不復省視因長男嘉祐讀杜工部集見語意頗有相類者咨於予且意予竊
之也喜而作詩聊以自賀》）他在商州的詩文著作，很多內容都是表現商州百
姓的生活，如《感流亡》《金吾》《雷》《自嘲》等，是他平生詩文創作數量
最多、質量最高的階段。即使在量移解州團練副使期間，他自己本人情緒不
佳，所謂「可憐蹤跡轉如蓬，隨例新移近陝東。便似人家養鸚鵡，舊籠騰倒
如新籠。」〔註30〕（《量移後自嘲》），但在與解州領鹽池事、太常博士王侗
遊鹽池後，他因鹽池之大，古今文人名士遊者甚眾，而無一辭以紀勝概，遂
發憤作《鹽池十八韻》一首（《外集》卷七）。他謫官商州當年，商州多災，
王禹偁寫了《雷》《自嘲》《秋霖》等詩，記錄商州的災情，表達對當地百姓
的同情和關心。尤其《感流亡》長詩，開篇講述自己在商州時早起遇見到處
流亡的貧民家庭，由此引起的反思與傷感：「爾為流亡客，我為冗散官。左
宦無俸祿，奉親乏甘鮮。因思筮仕來，倏忽過十年。峨冠蠹黔首，旅進長素
餐。文翰皆徒爾，放逐故宜然。」〔註31〕把流亡的平民與遭貶的自己相比較，

〔註27〕《王黃州小畜集》卷三。
〔註28〕《王黃州小畜集》卷八。
〔註29〕《王黃州小畜集》卷九。
〔註30〕《王黃州小畜集》卷九。
〔註31〕《王黃州小畜集》卷三。

認為自己作為官員，沒有盡到為官的責任，這樣想來，被放逐也是應該的。全詩流露出愧疚之情，反映出王禹偁對流亡百姓的同情與憐憫（《小畜集》卷三）。在商州一年，唱和及百首，編成《商於唱和集》一冊。「貧久心還樂，吟多骨亦清。他年文苑傳，應不漏吾名。」〔註32〕（《覽照》）可見，王禹偁對自己詩文創作的價值充滿了自信。

三、王禹偁三黜後的精神抉擇及文化人格的形成

　　「從歷史上來看，作為對負罪官吏的懲罰，貶謫一直是歷代封建君主用來維護極權、強化統治、打擊異己的有力工具。」〔註33〕宋代自然也不例外，王禹偁被貶後在給皇帝的謝表中多次提到「孤貧無援」、「擢自草萊」、「別無媒援」等等，對自己的非罪而貶而卻無人援救表現出憤激不平的情緒。翻閱王禹偁《小畜集》，可以發現，他對自己所面臨的不公，曾多次在詩歌和謝表中據理力爭，毫不退讓。這種尖銳執著的態度對比唐時貶官的心態和應對來說要勇敢激烈得多。貶官黃州時，他曾有詩寄宰相李沆，詩云：「出入西垣與內廷，十年四度直承明。又為太守黃州去，依舊郎官白髮生。貧有妻賢需薄祿，老無田宅可歸耕。未甘便葬江魚腹，敢向臺階請罪名。」〔註34〕他激烈反抗朝廷對他的不公正待遇，並不僅僅是為了自己的仕途本身，同時也是為了維護「儒道」的尊嚴。這同當時朝廷上一批明哲保身、官位為重的庸俗官僚是大相徑庭的。《續資治通鑒長編》卷四十九記載「禹偁詞學敏贍，時所推重，鋒裁峻厲，以直躬行道為己任，遇事敢言，雖履危困，對奏無輟。嘗云：『吾若生元和時，從事於李絳、崔群間，斯無愧矣』。又為文著書，師慕古昔，多涉規諷，以是不容於流俗，故累登文翰之職，尋即罷去焉。」〔註35〕可見，對王禹偁而言，「直躬行道」是他最看重的儒家士大夫的天職。他不僅敢於冒著被貶謫的危險，在朝堂上直言奏對，還著書作文，諷諫時事，他的思想與行為都使他不能為當時的朝廷所容。他曾經揄揚提拔的丁謂就代表了官場的另一類人。他來書勸說王禹偁，說他被貶是因為過於高亢剛直。王禹偁對他的指責給予強烈的回擊，在回信中直言指出「今謂之第一進士，得一中允，

〔註32〕《王黃州小畜集》卷十。
〔註33〕尚永亮：《唐五代逐臣與貶謫文學研究》，武漢大學出版社，2007年版，第117頁。
〔註34〕《王黃州小畜集》卷十八。
〔註35〕《長編》卷四十九，第1064頁。

而欲與世沉浮，自墮於名節，竊為謂之不取也。……是蓋以成敗為是非，以炎涼為去就者說之云。」〔註36〕（《小畜集》卷十八）。他對丁謂這種趨炎附勢、隨波逐流的人生態度非常不滿。丁謂勸他「與世沉浮」，他認為這是「自墮名節」，更對丁謂這個他曾經非常賞識的後輩感到極大的失望。同為平民出身、以科舉進身的士子，丁謂具有王禹偁所稱揚的才氣，但卻缺乏王禹偁的境界。王禹偁關於「道位」的思考，是丁謂所不能理解的。他只追求「位」，但卻並不懂得行「道」，雖然後來爬上了宰相的寶座，但最後仍然被貶嶺南，留下奸臣的惡名，也是另一種宋初平民士子的悲劇。

作為宋代初期士大夫典型代表的王禹偁，深受儒家教育的薰陶，在「以寬大養士人之正氣」的政治文化背景中，積極參與政治生活，雖然以其剛直而被「三黜」出京，但這種仕途挫折更加強化了他作為士人的主體精神的崛起。「主體是哲學中關於人的本質屬性的一個重要命題，文學創作則是主體活動的一種特殊表現形態。從哲學的角度觀之，人的主體主要由兩大部分組成。一是建立在社會秩序、倫理規範、政治準則等實踐理性之上的群體主體；一是建立在情感、欲望、自由等生命本質之上的個體主體。群體主體內在地蘊含著『應當』，個體主體實現『應當』。」〔註37〕王禹偁作為宋代初期的著名詩人與朝廷官員，是非常典型的儒家士大夫。他把儒生的社會責任感與詩人的敏感和才情相結合，把個人立身行道與所思所想、所聞所見，用文學創作的形式表達出來。從初次貶謫商州時「遷謫獨熙熙，襟懷自坦夷。孤寒明主信，清直上天知」〔註38〕（《謫居感事》）的自信，到再貶滁州的「所嗟吾道關消長，豈為微軀繫盛衰」〔註39〕（《詔知滁州軍州事因題二首》其二）的憂慮，再到被貶黃州時作《三黜賦》時的文化人格的體現：「屈於身兮不屈於道，任百謫而無虧！吾當守正直兮佩仁義，期終身以行之。」〔註40〕王禹偁以自己個人主體的文學創作與文化人格實現了士大夫群體所應恪守及履行的「儒道」。正如他自己在《滁州謝上表》裏寫的：「況臣粗有操修，素非輕易，心常知於止足，性每疾於回邪。位非其人，誘之以利而不往。事非合道，逼之

〔註36〕《王黃州小畜集》卷十八。

〔註37〕沈松勤：《宋代文學主體論綱》，選自王水照主編：《首屆宋代文學國際研討會論文集》，復旦大學出版社，2001年版，第1頁。

〔註38〕《王黃州小畜集》卷十。

〔註39〕《王黃州小畜集》卷八。

〔註40〕《王黃州小畜集》卷一。

以死而不隨。」〔註41〕其高潔的情操，對儒道的堅持，由此可見一般。

　　被貶滁州時，王禹偁曾撰《答張扶書》，指出：「夫文，傳道而明心也。古聖人不得已而為之也。……及其無位也，懼其心之所有，不得明乎外，道之所畜，不得傳乎後，於是乎有言焉。」〔註42〕也提到道與位的關係問題。他認為對於古聖人來說，為文是一種不得已的選擇。如果不幸有道卻無位，就必須借文來「傳道而明心」。而王禹偁一生三黜，顯然屬於失位之人。因此，他對於自己的文學創作是非常重視的。被貶黃州時，王禹偁開始著手整理自己平生所為詩文，將其命名為《小畜集》，自作其序曰：「咸平二年，守本官知齊安郡，年四十有六，髮白目昏，居常多病，大懼沒世而名不稱矣。因閱平生之文，散失焚棄之外，類而第之，得三十卷。將名其集，以《周易》筮之，遇乾之小畜。乾之象曰：『君子以自強不息』。是禹偁修辭立誠守道行己之義也。小畜之象曰：『風行天上，小畜。君子以懿文德。』說者曰：『未能行其施，故可懿文而已！』是禹偁位不能行道，文可以飾身也。」〔註43〕王禹偁在自己人生的晚年，總結一生成就，比照他初貶商山時所作《東觀集序》，他真的做到了「道高位下，則垂之於文章」。他的這種對於自身價值的認識，也讓我們想起北宋中後期歷經貶黜的蘇軾《自題金山畫像》所言：「問汝平生功業，黃州、惠州、儋州。」不能不說，二者之間，確有極大的精神相通之處。從文學創作上看，王禹偁的《朋黨論》對歐陽修《朋黨論》的創作有直接的啟發。《黃州新建小竹樓記》中展現的高潔情操與文化人格在歐陽修的《醉翁亭記》、范仲淹《岳陽樓記》、蘇軾的《前後赤壁賦》中得到繼承和發展。

　　經歷仕途「三黜」之後，王禹偁既體會到宋初士人「孤貧無援」的現實政治處境，同時又對宋初皇帝對士人的恩遇感懷於心。在這種複雜的現實境遇與心理狀態的影響之下，他深刻反思自身及宋初士大夫的政治文化處境，在政治事功的挫折逆境中尋求主體精神的內在超越、自我實現，以求重建獨立士大夫自由的文化人格及精神世界。王禹偁以其「雄文直道」，以其對士人主體價值的思考與文學政事的實踐，成為宋代士人主體精神重塑與文化人格追求的先聲。宋仁宗慶曆年間，被貶滁州的歐陽修遊琅琊山，有《書王元之畫像側》七律一首云：「偶然來繼前賢跡，信矣皆如昔日言：諸縣豐登少公事，

〔註41〕《王黃州小畜集》卷十八。
〔註42〕《王黃州小畜集》卷十八。
〔註43〕《王黃州小畜集・序》，《四部叢刊初編》（集部）本，上海書店，1939年版。

一家飽暖荷君恩。想公風采常如在,顧吾文章不足論。名姓已光青史上,壁間容貌任晨昏。」〔註44〕宋神宗元豐元年六月,知徐州蘇軾撰《王元之畫像贊並敘》云:「……故翰林公王元之,以雄文直道獨立當世,……方是時,朝廷清明,無大奸慝,然公猶不容於中,耿然如秋霜夏日不可狎玩,至於三黜以死。有如不幸而居於眾邪之間,安危之際,則公所為必將驚世絕俗,使斗筲穿窬之流心破膽裂,豈特如此而已乎!始余過蘇州虎丘寺,見公之畫像,想見其遺風餘烈,願為執鞭而不可得。」〔註45〕歐陽修讚歎王禹偁的文學成就,而蘇軾則重點在於稱揚王禹偁的耿介直道。由此一詩一贊,可見歐陽修與蘇軾對王禹偁「雄文直道」的敬佩與仰慕。

第二節 「修於身、施於世、見於言」——歐陽修貶謫生涯的自勉與力行

　　王禹偁之後,歐陽修作為北宋仁宗時期的文壇宗主,一生也同樣經歷了數次貶謫。貶謫使他在州縣沉淪數十年,去體驗生命流逝的焦灼,思考如何使自己的生命價值得以充分的體現。正如他所寫的「草木鳥獸之為物,眾人之為人,其為生雖異,而為死則同,一歸於腐壞,漸近泯滅而已。而眾人之中有聖賢者,固亦生且死於其間,而獨異於草木鳥獸眾人者,雖死而不朽,逾遠而彌存也。其所以為聖賢者,修之於身,施之於世,見之於言,是三者所以能不朽而存也。」〔註46〕(《送徐無黨南歸序》)歐陽修在這篇文章裏,重新論述了儒家「三不朽」的概念,分為「修之於身、施之於世、見之於言」。歐陽修希望自己能夠「異於草木鳥獸眾人」,憑藉這「三不朽」而「雖死而不朽,逾遠而彌存」。「修之於身」,體現在歐陽修立朝的剛正,也正是因此,導致他屢次被黜。他本人也具有「見之於言」的能力。作為北宋詩文革新的領袖和文壇宗主,歐陽修的名望與影響力對於整個宋代文風的走向都具有非常重大的意義。後世所謂的唐宋八大家中有六家都來自北宋,其中包括歐陽修自己,其他五大家或是他的門生或是經過他的賞識提拔。在「施之於世」方

〔註44〕〔宋〕歐陽修:《歐陽修集編年箋注》第一冊卷一一,李之亮箋注,巴蜀書社,2008年版,第445頁。

〔註45〕〔宋〕蘇軾:《蘇軾文集》第二冊卷二十一,孔凡禮點校,中華書局,1986年版,第603頁。

〔註46〕《歐陽修集編年箋注》第三冊卷四三,第183頁。

面，歐陽修對於政治的積極參與同樣可圈可點。對於北宋仁宗時期的歐陽修來說，在國家政局穩定，表面繁華但國內種種矛盾已經凸顯、亟需改革的情況下，支持以范仲淹為代表的具有長遠眼光和深重的憂患意識、強烈的擔當精神的士大夫，是他必然的選擇。但是，遭遇貶謫的歐陽修在並不順遂的人生境遇中，在北宋政治、學術、文學等方面都留下了不可抹殺的成績。在他身上，初步體現了宋代士大夫集文學、政事、學術於一身的複合型文化主體的特徵。

一、「慎職、少飲、修史、疑經」──夷陵之貶的理性克制和　行為設定

景祐三年，范仲淹因與宰相呂夷簡在朝廷相爭，被貶知饒州。此事在當時引起軒然大波。余靖、尹洙等人因上書支持范仲淹而被貶斥，朝廷下旨「戒百官越職言事。」歐陽修此時的官職是試大理評事兼監察御史，他激於義憤，寫信給左司諫高若訥，嚴厲指責他「不復知人間羞恥事也」。高若訥將這封信繳交朝廷，歐陽修因此被貶為夷陵縣令。

據《長編》卷一百十八記載：

> 戊戌，貶鎮南節度掌書記、館閣校勘歐陽修為夷陵縣令，初，右司諫高若訥言：「范仲淹貶職之後，臣諸處察訪端由，參驗所聞，與敕榜中意頗同，因不敢妄有營救，今歐陽修移書抵臣，言仲淹平生剛直，通古今，班行中無與比者。責臣不能辨仲淹非辜，猶能以面目見士大夫，出入朝廷稱諫官，及謂臣不復知人間有羞恥事。仍言今日天子與宰臣以忤意逐賢人，責臣不得不言，臣謂賢人者，國家恃以為治也。若陛下以忤意逐之，臣合諫，宰臣以忤意逐之，臣合爭。臣愚以為范仲淹頃以論事切直，急加進用，今茲狂言，自取譴辱，豈得謂其非辜？恐中外聞之，謂天子以忤意逐賢人，所損不細。請令有司召修戒諭，免惑眾聽。」因繳進修書。修坐是貶。〔註47〕

作為一個親身體驗貶謫的官員，從歐陽修給尹洙的信裏，我們可以看到他離開京城時的狼狽與窘迫。他在《與尹師魯第一書》裏寫道：「臨行，臺吏催苟百端，不比催師魯人長者有禮，使人惶迫不知所為，是以又不留下書在

〔註47〕《長編》卷一百十八，第2786～2787頁。

京師，但深託君貺，因書道修意以西，始謀陸赴夷陵，以大暑，又無馬，乃作此行。沿汴絕淮，泛大江，凡五千里，用一百一十程，才至荊南。」〔註48〕可見，歐陽修當時離京之時，被御史臺執行相關公務的吏人百般催促刁難，態度惡劣，以致歐陽修感到惶惑不安不知所措。本來準備走陸路到夷陵赴任，但是又因為天氣大暑，經濟條件不好沒有馬匹，所以只能走水路五千里到荊南。所幸「行雖久，然江湖皆昔所遊，往往有親舊留連，又不遇惡風水。」水路如此遙遠，但他一路走走停停，同親戚朋友聚會飲宴，也算緩解了內心的惶惑不安。據此可以瞭解，雖然在出京之時，他備受臺吏刁難，但朝廷對於他的具體到任時間，卻沒有做硬性規定，一路上的交遊停留，也沒有受到制約。歐陽修在這次旅途所作的日記《于役錄》裏也詳細記載了一路之上停留飲宴的具體事件和相關人士。

　　雖然如此，貶謫路途的遙遠與艱苦已然讓他充滿了對貶謫生活的苦難想像，在《回丁判官書》中他設想貶謫官員的生活應該是：「故修之得罪也，與之一邑，使載其老母寡妹，浮五千五百之江湖，冒大熱而履深險，一有風波之厄，則叫號神明，以乞須臾之命。幸至其所，則折身下首以事上官，吏人連呼姓名，喝出使拜，起則趨而走。設有大會，則坐之壁下，使與州校役人為伍，得一食，未徹俎而先走出。上官遇之，喜怒呵詰，常斂手栗股，以侍顏色，冀一語之溫和不可得。所以困辱之如此者，亦欲其能自悔咎而改為善也。故修之來也，惟困辱之是期。」遙遠而又驚險萬狀、艱辛無比的路途讓他感受到了被貶謫的痛楚，從他的那首《琵琶亭》詩「樂天曾謫此江邊，已歎天涯涕泫然。今日始知予罪大，夷陵此去更三千」〔註49〕就能感覺得到。對於來到夷陵之後，將要面對的長官和同僚的挫折侮辱，他自己也做了心理準備，在他認為那是一個貶官應該遭受的困辱。無論如何，對被貶之後來夷陵途中驚惶不安的處境，以及自己想像中的貶謫生活的描述，都非常清楚地顯現出他對於貶謫生活的不安、不平和壓抑的心理。正因為做了這樣的精神準備，有了這種對於貶謫生活的悲慘想像，歐陽修在《與尹師魯書》中特地強調了在貶謫中該如何自處：「每見前世名人，當論事時，感激不避誅死，真若知義者。及到貶所，則戚戚怨嗟，有不堪之窮愁形於文字，其心歡戚無異

〔註48〕〔宋〕歐陽修：《歐陽修集編年箋注》第四冊卷六七，李之亮箋注，巴蜀書社，2008 年版，第 280～281 頁。
〔註49〕《歐陽修集編年箋注》第三冊卷五六，第 562 頁。

庸人，雖韓文公不免此累，用此戒安道，慎勿作戚戚之文。」〔註 50〕他告誡
尹洙，不要像前世名人一樣，在朝廷論事時可以不顧身家性命，而一旦到了
貶所，則變得戚戚怨嗟，跟一般人沒什麼兩樣，而且作出很多悲怨的文字。
也即是說，在貶所也一樣要有不以遷謫為心的曠達態度，這樣才算是真的知
義之人。可見，歐陽修在來夷陵的路上，就已經做好了各種貶謫期間的準備，
要以理性克制的態度來面對和設定自己在貶謫期間的種種行為，希望以此來
改變當時的士林風氣。歐陽修的這些話與他以後的行動，說明了宋仁宗時期
士大夫已經開始注重內心的修養，注重個人對苦難的承受和擔當，並把對自
身的關注轉化到對國家民族和社會的關注上來。

　　正因為如此，歐陽修到夷陵後，能夠以「遷謫自處」，反而受到了當時的
峽州知州、駕部郎官朱正基的禮遇。對於這種被禮遇的原因，宋人釋文瑩《玉
壺清話》卷三解釋為一種神明的啟示：

> 寶應元年，朱正基駕部知峽州。一夕，夢一吏白云：『城隍神
> 遣某督修夷陵縣廨宇，願速葺，不宜後。』時朱不甚為意，連三夕
> 夢之，方少異焉。因語同僚，亦盡異之，然亦未加葺。明日報至，
> 歐陽永叔謫授夷陵，報吏云：『已及荊門。』朱感其夢，待之特異。
> 將入境，率僚屬遠郊訝之。歐公臨邑，亦以遷謫自處，益事謙謹，
> 每稟白，皆斂板於庭。州將常伺之，俟入門，先抱笏降於階，至滿
> 任，不改前容。歐公親語其事於其孫集賢初平學士焉。〔註 51〕

相對於神的啟示這種有些荒誕的說法，在《與師魯第二書》中，他寫到
「又朱公以故人日相慰勞，時時頗有宴集。」〔註 52〕可見，歐陽修與朱正基
應該在以前就相識，並有一定的交情，因此朱公對他「日相慰勞。」在《夷
陵縣至喜堂記》裏歐陽修也提到：「某有罪來是邦，朱公於某有舊，且哀其以
罪而來，為至縣舍，擇其廳事之東以作斯堂，度為舒潔高明，而日居之以休
其心。堂成，又與賓客偕至而落之。夫罪戾之人，宜棄惡地，處窮險，使其
憔悴憂思，而知自悔咎。今乃賴朱公而得善地，以偷宴安，頑然使忘其有罪
之憂，是皆異其所以來之意。」〔註 53〕歐陽修在文章中時時把自己想像中的

貶謫生活與眼前自己所受到的優待相比較，一可見出他對此次被貶夷陵的怨憤，更可見出，他對在夷陵所遇到的深具同情心的上司的感激。同時，他在夷陵還有交往甚密的好友元珍，他們兩人本在未來峽州之前就有過從，後來居然又先後在峽州任職，又有元珍所作之夢在先預兆，更顯兩人命中注定該有此段在峽州的交集。他們相約遊山玩水，創作了不少關於夷陵山水的詩歌及文學作品。歐陽修在夷陵所作的一首名作《戲答元珍》，就是和元珍詩《花時久雨》而作。其詩為：「春風疑不到天涯，二月山城未見花。殘雪壓枝猶有橘，凍雷驚筍欲抽芽。夜聞歸雁生鄉思，病入新年感物華。曾是洛陽花下客，野芳雖晚不須嗟。」〔註 54〕這首詩裏有對貶謫地夷陵的偏遠和新年思鄉的感慨，同時又有自我安慰的曠達情懷。歐陽修在夷陵所創作的詩文基本都像這首詩一樣展現了他被貶謫後的心態。他的詩歌所體現出來的感情依然是沉鬱中有兀傲。正如黃庭堅所說：「觀歐陽文忠公在館閣時與高司諫書，語氣可以折衝萬里。謫居夷陵，詩語豪壯不挫，理應如是。」〔註 55〕雖然身處貶謫境遇，歐陽修的心態還是自信平和的。可見，歐陽修本人在夷陵的貶謫生活與他想像中的大相徑庭。以致他日後在紛擾的官場鬥爭中多次懷念起在夷陵的貶謫生涯來，「卻思夷陵囚，其樂何可述」（《班班林間鳩寄內》），是其人生中一段快樂的時光了。

　　歐陽修在面對第一次貶謫時，就對於貶謫期間應持的心態有清醒而理智的看法，對於自己貶謫期間的行為模式有清楚的設定。在與峽州本地官員交往的同時，歐陽修與其同道故舊也有相當密切的聯繫。他與尹洙、余靖皆有書信往來，互相勉勵，互通聲氣。他贊同尹洙來信中所提到的「益慎職，無飲酒」。在《與尹師魯第二書》中他寫到在夷陵他如何事必躬親的處理縣衙公務問題，「夷陵雖小縣，然爭訟甚多，而田契不明。僻遠之地，縣吏樸鯁，官書無簿籍，吏曹不識文字，凡百制度，非如官府一一自新齊整，無不躬親。」〔註 56〕他用實際行動證明了他到夷陵之後勤官的許諾。他希望自己與同道處於貶謫境地時，能夠保持平和的心態，認真履行自己的職責。歐陽修被貶夷陵時間雖短，但對於他卻意義重大，夷陵縣令這個親民官，給了他接近老百姓，瞭解基層事務運作的機會，「因取舊案，反覆觀之。見其枉直乖錯，不可

〔註54〕《歐陽修集編年箋注》第一冊卷一一，第 427 頁。
〔註55〕〔宋〕黃庭堅：《宋黃文節公全集》，劉琳、李勇先等校點，四川大學出版社，2001 年版，第 691～692 頁。
〔註56〕《歐陽修集編年箋注》第四冊卷六七，第 285 頁。

勝數。於是仰天而歎曰：以荒遠小邑且如此，天下固可知。」〔註57〕（《與尹師魯第二書》）他「自此用事不敢忽也。學者求見，所與言未及文章，惟談吏事，謂文章止於潤身，政事可以及物。」劉子健在《歐陽修的治學與從政》中也注意到夷陵之貶對於歐陽修在政事方面的重要影響：「歐陽遠在一〇三六年初謫夷陵時，即開始注意實際行政方面的治術。凡改革之得失當否，他認為不能憑理論，須以實際施行的效果如何而定。」〔註58〕

在重視吏職的同時，歐陽修也注重學術研究和撰寫史書。他在《尹師魯第二書》中與尹洙除了討論當地吏事之外，主要就他所著《十國史》展開討論。他提到「開正以來，始似無事，治舊史。前歲所作《十國志》，蓋是進本，務要卷多。今若便為正史，盡宜刪削，存其大要，至如細小之事，雖有可記，非干大體，自可存之小說，不足以累正史。數日檢舊本，因盡刪去矣，十亦去其三四。師魯所撰，在京師時不曾細看，路中昨來細讀，乃大好。師魯素以史筆自負，果然。河東一傳大妙，修本所取法此傳，為此外亦有繁簡未中，願師魯亦刪之，則盡妙也。……」〔註59〕歐陽修利用貶謫時期的空閒時間來閱讀和刪改自己和尹洙所作的《十國志》，並和尹洙詳細討論如何修改五代史的方法，他認為：「吾等棄於時，聊欲因此粗伸其心，少希後世之名。如修者幸與師魯相依，若成此書，亦是榮事。」〔註60〕在《答李淑內翰書》裏，他也提到「問及《五代》紀傳，修曩在京師，不能自閒，輒欲妄作，幸因餘論，自罹咎責。爾來三年，陸走三千，水行萬里，勤職補過，營私養親，偷其暇時，不敢自廢，收拾綴輯，粗若有成。」〔註61〕可見，在被貶夷陵的三年裏，他利用公餘時間，基本完成了《五代史》的資料收集和寫作。只是史書的體例、編排的順序，議論褒貶的準確，這些東西還沒有完全做好。在失位之時，通過撰著史書，以「立言」的形式表達自己的見解，以期獲得千古不朽的聲名，是歐陽修追求實現個人價值的積極行動。

除了修史，他還寫作了諸多學術文章，對儒家經典中的很多議題發表自己的看法。如《易或問三首》，分別討論六經中《易經》中「大衍之數」的問

〔註57〕　《歐陽修集編年箋注》第四冊卷六七，第 285 頁。

〔註58〕　〔美〕劉子健：《歐陽修的治學和從政》，臺灣新文豐出版公司，1984 年版，第 225 頁。

〔註59〕　《歐陽修集編年箋注》第四冊卷六七，第 284～285 頁。

〔註60〕　《歐陽修集編年箋注》第四冊卷六七，第 285 頁。

〔註61〕　《歐陽修集編年箋注》第四冊卷六八，第 299 頁。

題，《繫辭》「非聖人所作」，「筮占之說」的是非，提出了著名的「疑經」說，「孟子曰：『盡信書，不如無書。』孟子豈好非六經者？黜其雜亂之說，所以尊經也。」〔註62〕他借用孟子的話，提出自己的觀點，之所以對經典中不合道理的雜亂之說提出質疑，並進一步剔除它們，正是為了尊經。又作《春秋論》上中下篇和《春秋或問》一、二章，對《春秋》記載的三個事件進行討論。黃震《黃氏日鈔》卷六一：「《春秋論》，謂學者不信經而信傳，不信孔子而信三子。隱公非攝，趙盾非弒，許世子止非不嘗藥，亂之者，三子也。起隱公，止獲麟，皆因舊史而修之，義不在此也。卓哉之見，讀《春秋》者，可以三隅反矣。」〔註63〕認為歐陽修所作《春秋論》見解卓越，讀《春秋》的人可以藉此論而舉一反三，從中學到思考問題的方法。另外還作有《泰誓論》和《縱囚論》，皆是對當時人習以為常的觀點進行反駁和批評，開了北宋時期學術方面「疑經」的先河。

二、「醉翁」之樂與太守之樂──再貶滁州的心態與作為

歐陽修第二次被貶時官居河北都轉運按察使、龍頭閣學士、右正言。這次被貶，深層次的原因在於歐陽修在政治上支持范仲淹等人推行的慶曆新政，從而引起反對派的嫉恨。在范仲淹任參知政事主持改革大局之時，歐陽修也回到京城任職諫官。其在諫官任上遇事敢言，史載其自入諫院，「論事切直，人視之如仇，帝獨獎其敢言，面賜五品服。顧侍臣曰：『如歐陽修者，何處得來？』」〔註64〕在保守派王拱辰等利用「奏邸之獄」把改革派「一網打盡」，范仲淹、韓琦、杜衍等主持和支持改革的重要官員紛紛被罷免之際，歐陽修上疏為其辯護，極論其不當罷，引起了改革反對派的仇視和憤恨。他們利用開封府審理歐陽修妹妹的繼女與奴通姦這個案件的機會，把歐陽修牽扯進來，由諫官錢明逸出面彈劾歐陽修與張氏有私情，並侵佔張家財產一事。此事引起宋仁宗的高度重視，皇帝下詔命令蘇安世與內侍王昭明一起查明真相，雖然沒有查出歐陽修的確切罪狀，但依然以他用張氏財物買田立歐陽氏券的罪名，將他降為知制誥、知滁州。據宋史《歐陽修傳》記載：

> 時仁宗更用大臣，杜衍、富弼、韓琦、范仲淹皆在位，增諫官

〔註62〕《歐陽修集編年箋注》第二冊卷一八，第 94 頁。
〔註63〕〔宋〕黃震：《黃氏日抄》卷六十一，影印摛藻堂《四庫全書薈要》本，臺灣世界書局印行，1985 年版，第 708 冊，第 511 頁。
〔註64〕《宋史》卷三百一十九，第 10376～10377 頁。

員，用天下名士，修首在選中。每進見，帝延問執政，咨所宜行。
既多所張弛，小人翕翕不便。……修論事切直，人妒之如仇……方
是時，杜衍等相繼以黨議罷去，修慨然上書曰：「杜衍、韓琦、范仲
淹、富弼，天下皆知其有可用之賢，而不聞其有可罷之罪。自古小
人讒害忠賢，其說不遠。欲廣陷良善，不過指為朋黨。欲動搖大臣，
必須誣以專權，其何故也？去一善人，而眾善人尚在，則未為小人
之利；欲盡去之，則善人少過，難為一一求瑕，唯指以為黨，則可
一時盡逐。至如自古大臣，已被主知而蒙信任，則難以他事動搖，
唯有顓權是上之所惡，必須此說，方可傾之。正士在朝，群邪所忌，
謀臣不用，敵國之福也。今此四人一旦罷去，而使群邪相賀於內，
四夷相賀於外，臣為朝廷惜之。」於是邪黨益忌修，因其孤甥張氏
獄傅致以罪，左遷知制誥、知滁州。〔註65〕

《續資治通鑑長編》卷一百五十七，也記載了此事的來龍去脈。〔註66〕

此次被貶，歐陽修早有預感，在寫給妻子的五古《班班林間鳩寄內》中
他以林間鳩起興，感歎自己宦海沉浮，而妻子患難相隨。「跬步子所同，淪棄
甘共沒。投身去人眼，已廢誰復嫉。山花與野草，我醉子鳴瑟。但知貧賤安，
不覺歲月忽。」〔註67〕回想到當年被貶夷陵，雖然奔波勞累，但有妻子相伴，
已廢之身，無人嫉恨，在貧賤之中卻得到了安樂的生活。如今「孤忠一許國，
家事豈復恤。橫身當眾怒，見者旁可栗。近日讀除書，朝廷更輔弼。君恩憂
大臣，進退禮有秩。小人妄希旨，議論爭操筆。又聞說朋黨，次第推甲乙。
而我豈敢逃，不若先自劾。」〔註68〕「小人妄希旨，議論爭操筆」，指的是工
部侍郎、平章事、兼樞密使杜衍罷為尚書左丞，知兗州時，學士承旨丁度所
作的制詞：「自居鼎輔，靡協岩瞻。頗彰朋比之風，難處咨謀之地。」〔註69〕
誣杜衍以朋黨之罪。從當時的政局變動中，歐陽修感覺到自己也必將成為下
一個被排擠的對象，因此他決定不如先採取措施，自我彈劾，以避免反對派
的迫害。在這種情況下，昔日被竄逐荊蠻的貶謫生活，回想起來居然是擺脫
嫉恨、平安度日的好時光，自請貶謫成為擺脫目前困境的最好方式。但還沒

〔註65〕《宋史》卷三百一十九，第 10376～10378 頁。
〔註66〕《長編》卷一百五十七，第 3798～3799 頁。
〔註67〕《歐陽修集編年箋注》第一冊卷二，第 81 頁。
〔註68〕《歐陽修集編年箋注》第一冊卷二，第 81 頁。
〔註69〕《長編》卷一百五十四，第 3741 頁。

來得及行動，他的政敵們就借孤甥事件將歐陽修貶往滁州。歐陽修在《滁州謝上表》中為自己辯誣的同時，也向皇帝對他的寬大處理表示感謝：「然臣自蒙睿獎，嘗列諫垣，議論多及於權貴，指目不勝於怨怒。若臣身不黜，則攻者不休，苟令讒巧之愈多，是速孤危於不保。必欲為臣明辯，莫若付與獄官；必欲措臣少安，莫若置之閒處。使其脫風波而遠去，逼陷阱之危機。雖臣善自為謀，所欲不過如此。」〔註70〕在這種被眾多政敵圍攻的情況下，歐陽修也認為只有貶黜出京，才能逃離政敵的圍剿，才能真正得到保全。對比第一次被貶黜到夷陵，雖然為了保持「知義者」的形象而要求自己不作戚戚之文，但其內心對於被貶還是充滿怨憤不平的。而此次被貶，對於歐陽修來說，是一種歷盡劫波的疲憊後所得到的休憩。兩次貶謫心態大為不同了。

歐陽修自鎮陽來到滁州，是慶曆五年十月。據《盧陵歐陽文忠公年譜》：（慶曆五年）甲戌，落龍圖閣直學士，罷都轉運按察使，降知制誥、知滁州，十月甲戌，至郡。滁州任滿後，再守揚州、潁州、應天府，沉淪下僚十幾年，一直到至和元年才回到京城。此時的他，就如他在慶曆六年所作《送章生東歸》中所寫的：「窮山荒僻人罕顧，子以一身千里來。問子之勤何所欲，自慚報子無瓊瑰。非徒多難學久廢，世事漸懶由心衰。」〔註71〕對於從千里之外來滁州向他求教的章望之，他很慚愧已經沒有什麼東西教給他。不僅僅是因為遭遇太多人生艱難使自己荒廢了學問，更主要的是他內心已經衰憊不堪，對於世事已經懶於用心了。在《啼鳥》一詩中，更是通過描寫聽聞啼鳥叫聲時自己的矛盾心態，展現了他在滁州的百無聊賴、自尋安慰與苦中作樂。「我遭讒口身落此，每聞巧舌宜可憎。春到山城苦寂寞，把盞常恨無娉婷。花開鳥語輒自醉，醉與花鳥為交朋。花能嫣然顧我笑，鳥勸我飲非無情。身閒酒美惜光景，唯恐鳥散花飄零。可笑靈均楚澤畔，《離騷》憔悴愁獨醒。」〔註72〕在這首詩裏，他把本應討厭憎恨的巧舌如簧的鳥聲，當成了勸他飲酒的佳人妙語，與花鳥為友，在大自然裏得到最大的安慰。他痛飲美酒、聽鳥觀花，留連光景，想起汩羅江畔獨吟《離騷》的屈原，反而覺得他認真得有些可笑了。這些話似真似假，其實是安閒的外表掩蓋著焦灼的內心，對於屈原的譏諷是內心更深處的共鳴引起的反彈，充分展現了歐陽修被貶滁州之

〔註70〕《歐陽修集編年箋注》第五冊卷九一，第338頁。
〔註71〕《歐陽修集編年箋注》第一冊卷二，第98頁。
〔註72〕《歐陽修集編年箋注》第一冊卷三，第100頁。

後的複雜心態。在滁州期間，除了處理公務，他經常都在滁州西南的琅琊山中游賞。他的門下弟子曾鞏在其所和《遊琅琊山》中寫到「先生鸞鳳姿，未免燕雀猜。飛鳴失其所，徘徊此山隈。萬事於人身，九州一浮埃。所要挾道德，不愧丘與回。先生逐二子，誰能計垠崖？所懷雖未寫，所適在歡咍。」〔註73〕這首詩非常準確地寫出了歐陽修在滁州時的處境與心態，也寫出了自己對歐陽修遊賞琅琊山的心理體察與瞭解。歐陽修的名篇《醉翁亭記》也是寫於貶守滁州期間。當年，歐陽修的年齡才三十九歲，就已經自號為「蒼顏白髮」的「醉翁」，可見其內心的頹唐與心境的淒涼。但是在他的文字裏，他依然是以「樂」的形象出現，正所謂，「樹林陰翳，鳴聲上下，遊人去而禽鳥樂也。然而禽鳥知山林之樂，而不知人之樂；人知從太守之樂，而不知太守之樂其樂也。醉能同其樂，醒能述以文者，太守也。太守謂誰？廬陵歐陽修也。」〔註74〕他在文學作品中創造了這樣一個醉翁的形象，借著「醉翁之意不在酒，在乎山水之間也」，掩蓋了清醒時內心的痛楚。「醉翁之樂」在山水之間，借山水以銷自己內心之憂傷，而「太守之樂」則在於「樂人之樂」，為自己為政「粗有所成」，給百姓帶來福祉而感到快樂。在這篇文章裏，歐陽修把自己分為了兩個，醉翁代表了掩蓋在曠達頹放外表下的內心失落與痛楚，而作為太守卻為能實現自己的政治理想、個人價值而感到快樂。在《與梅聖俞書一七》中，他寫道：「某此愈久愈樂，不獨為學之外有山水琴酒之樂也，小邦為政期年，粗有所成，固知古人不忽小官，有以也。」〔註75〕正是《醉翁亭記》這篇文章的最好的注腳。不僅自己注重吏事，他也勸說同他一樣處在謫官期間的王素：「君官雖謫居，政可療民瘼。奈何不哀憐，而反怨訶詬。」〔註76〕（《汝瘻答仲儀》）告誡王素正應該利用被謫居在州做親民官的機會，好好地為老百姓做事。可見，對於歐陽修來說，謫官到州縣，就應該利用這個做州縣官的機會，負起州縣官的責任。他對如何為政有他自己的獨特見解。他認為「凡治人者，不問吏才能否，施設何如，但民稱便，即是良吏。」〔註77〕（《考歐陽文忠公事蹟》）所以他到州郡處理公務，不

〔註73〕〔宋〕曾鞏：《曾鞏集》卷二，陳杏珍、晁繼周點校，中華書局，1984年版，第28頁。

〔註74〕《歐陽修集編年箋注》第三冊卷三九，第89～90頁。

〔註75〕《歐陽修集編年箋注》第八冊卷一五〇，第183頁。

〔註76〕《歐陽修集編年箋注》第一冊卷三，第118頁。

〔註77〕〔宋〕朱熹：《晦庵先生朱文公文集》卷七十一，選自朱傑人、嚴佐之等主編：

求聲譽、不見治跡，以寬簡不擾民為意。而所到之處人民感到便利，離任之後百姓都會思念他。由此也可見，他注重吏事不是為了製造政績，以謀求高官厚祿，而是發自內心想要憑藉自己作為郡守的權力為百姓謀求真正的福祉。這也正是北宋太祖至仁宗時期士大夫群體經過幾十年涵容與培育，所體現出來「以道自許」的擔當意識和社會責任感，這些思想與行動來自於士大夫群體對於儒家學說的信仰和復興儒學的理想信念。這些處理吏事的公務實踐也給他後來在中央朝廷任參知政事時的政治實踐帶來了很大的影響。

把歐陽修初貶夷陵的心情與再貶滁州相比，可以看出，初貶夷陵的歐陽修還處在心高氣銳的年齡，沒有經歷更多的政治風浪和人生滄桑。貶謫夷陵雖遠，但他依然充滿理想主義的激情，從某種程度上來說是一種對他人格和氣節的考驗。他也主動把被貶夷陵當成對自己的考驗，從而自覺地樹立起新的對待貶謫的態度與方式。而十年後再貶滁州，歐陽修年近四十，經歷了慶曆新政的失敗，看到了作為自己同道、充滿改革熱情和治世之才的范、韓、富、杜等人的黯然去位，自己本人也因小人誣陷以陰私之罪，再被貶謫，他的心情與十年前已是大有區別。當年的銳氣變為今日的失落與彷徨。在此種情境下，正如陳湘琳在《歐陽修的文學與情感世界》裏講到的：「歐陽修在初貶夷陵時曾表明心跡：『師魯相別，自言益慎職，無飲酒，此事修今亦遵此語。……到縣後勤官，以懲洛中時懶慢矣。』而十年之後，他卻在滁州改變了自己當初設定的『形象』，這轉變本身無疑引人深思。一方面，這樣的改變或者有其現實背景，體現了歐陽修思想變化的痕跡；但另一方面，這樣的「醉翁」形象正與前面所說的「玩易」、「戲筆」有關，所謂『自號醉翁聊戲客』。醉翁實際上是性格與形象的表徵，而不是醉的真實狀態之描述，這種「清醒的醉」既不違背他當初「慎職」、「勤官」的誓言，還進一步寄寓了他以玩笑遊戲的口吻，書寫人生殘酷真相的心情。」〔註78〕到了滁州，他的心境與筆觸都變得更加成熟。與夷陵時不同的是，他能更加冷靜詩意的度過自己的貶謫生涯，遊刃有餘地用文學來表達自己的內心情感。他描寫滁州的山川物態、（《琅琊山六題》）自己的生活起居、與同僚友人的遊賞玩樂，（《懷嵩樓晚飲示徐無黨》《希真堂東手種菊花十月始開》《題滁州醉翁亭》《啼鳥》等等）詩

《朱子全書》（第二十四冊），上海古籍出版社；安徽教育出版社，2002 年版，第 3436 頁。

〔註78〕〔馬來西亞〕陳湘琳：《歐陽修的文學與情感世界》，復旦大學出版社，2012年版，第 130～131 頁。

化了自己的謫居生活。此種詩意的生活方式使他忘記了負謗謫官的痛苦，以致他在離開滁州的時候，內心充滿依依不捨的情懷。正如他在《別滁》一詩裏所寫「花光濃爛柳輕明，酌酒花前送我行。我亦且如常日醉，莫教絃管作離聲。」〔註79〕滁州這個謫官之地，卻成了使他留戀的安寧舒適的心靈棲息之所。

三、「進不為喜、退不為懼」——生命主體面對貶謫的思考與實踐

　　歐陽修在沒有考中進士之前，在朋友家的舊書堆裏偶然發現了破敗不堪的唐昌黎先生文集。翻閱之後，歐陽修深深被韓愈的文章所吸引，並立志要以韓愈之文之道作為自己努力的方向。歐陽修雖然不得不把時文當成應舉入仕的敲門磚，但他對於韓愈所提倡的古文一直念念不忘。在擔任西京留守推官時，歐陽修遇到尹洙這樣的同道，他們互相切磋琢磨，學作古文，北宋崇韓之風與古文之道終於開始在士大夫群體中得到發揚。多年以後，歐陽修在《記舊本韓文後》寫道：「韓氏之文沒而不見者二百年，而後大施於今，此又非特好惡之所上下，蓋其久而愈明，不可磨滅，雖蔽於暫而終耀於無窮者，其道當然者。予之始得於韓也，當其沉沒廢棄之時，予固知其不足以追時好而取勢利，於是就而學之，則予之所為者，豈所以急名譽而干勢利之用哉？亦志乎久而已矣。故予之仕，於進不為喜，退不為懼者，蓋其志先定，而所學者宜然也。」〔註80〕可見，歐陽修對於韓愈的熱愛，不僅是愛其文，更愛其文所載的道。正是韓愈文章所推崇闡發的儒家之道，使歐陽修能夠對於自己的仕途「於進不為喜，於退不為懼。」也正是這個儒家的道統說，使歐陽修在面對貶謫之時，能夠保持冷靜平和的態度。而與唐代士人韓愈、柳宗元等遭受貶謫之後的痛苦不平、抑鬱悲憤的情緒與心態不同，歐陽修理性的要求自己能夠避免此種看上去是「不知道」的表現。初次被貶夷陵，他有著清醒理智的對待貶謫的態度與行為的設定。他在給尹洙寫信時講到：「然師魯又云暗於朋友，此似未知修心。當與高書時，已知其非君子，發於極憤而切責之，非以朋友待之也，其所為何足驚駭？路中來，頗有人以罪出不測見弔者，此皆不知修心也。」〔註81〕（《與尹師魯第一書》）可見，歐陽修在寫信給高

〔註79〕《歐陽修集編年箋注》第一冊卷一一，第452頁。
〔註80〕《歐陽修集編年箋注》第四冊卷七三，第406頁。
〔註81〕《歐陽修集編年箋注》第四冊卷六七，第280頁。

若訥之時，就已經做好了高會將此信上繳朝廷，而自己很可能也會被貶謫的準備。他是有意為之，因此不是「罪出不測」。他對於當時像高若訥那樣，「五六十年來，天生此輩，沉默畏慎，佈在世間，相師成風」非常不滿。同時，對那些「深相歎賞者」也不滿意，認為他們是「不慣見事人也」。他也指出「幸今世用刑至仁慈」，沒有前代的「砧斧鼎鑊」，否則「使有而一人就之，不知作何等怪駭也。」可見歐陽修同范仲淹一樣，對當時沉默畏慎的士風非常不滿。這種碌碌庸人充斥朝野的狀況是歐陽修希望能夠改變的。他希望借自己的行為來矯勵士風，振奮士氣，以達到重新復興儒家之道的目的。在這封信裏，他告誡尹洙：「每見前世名人，當論事時，感激不避誅死，真若知義者。及到貶所，則戚戚怨嗟，有不堪之窮愁形於文字，其心歡戚無異庸人，雖韓文公不免此累，用此戒安道，慎勿作戚戚之文。」同時，他又提到「近世人因言事，亦有被貶者，然或傲逸狂醉，自言我為大不為小」。此兩種行為，都是不值得仿傚的，作為北宋仁宗時期的士大夫，歐陽修做了自己不同於上述兩種的行為選擇，他既不戚戚怨嗟，不作戚戚之文，同時也不狂傲自大，而是贊同尹洙信中所提到的「益慎職，無飲酒」，決定他自己「今亦遵此語。」到夷陵做縣令要「勤官，以懲洛中時懶慢矣。」可以說，被貶夷陵是歐陽修對自己所崇尚的儒家之道的一次具體的實踐，無論是因道而貶還是因貶而更有機會很好的持守自己所尚之道，貶謫都是一次對他及其同道余靖、尹洙等的試金石。從他在夷陵的所作所為來看，夷陵之貶給他帶來的不僅是精神道義上的磨練，並且有實際吏事的歷練，為他以後注重行政實務、關注民生打下了堅實的基礎。

與被貶夷陵不同的是，第二次被貶滁州，歐陽修是負謗被貶。第一次被貶時年少氣銳，充滿了理想主義色彩，希望能夠以自己的犧牲換來士林風氣的改變，提振北宋幾朝以來「沉默畏慎」的士風。他的理想是實現了的，一時之間，范仲淹與歐陽修、余靖、尹洙等人名震天下，被稱為「四賢」。蔡襄還因此寫有《四賢一不肖詩》，歌頌他們四人的高風亮節，諷刺高若訥的不肖作為。此詩在當時轟傳都下，紅極一時，極大地振奮了想要有所作為的文人士大夫，而對呂夷簡等保守派則是一次強有力的衝擊。而十年後的再次被貶，卻是在「慶曆新政」失敗之後，他被保守派們以陰私罪名誣謗下獄，最後雖查無實據但卻依然被貶到滁州，其內心之痛苦憤懣與前次的慷慨激昂顯然不同。幸運的是在滁州的生活「郡齋靜入僧舍，讀書倦即飲射，酒味甲於淮南，

而州僚亦雅。親老一二年多病，今年夏秋以來安樂，飲食充悅。省自洛陽別後，始有今日之樂。」〔註82〕（《與梅聖俞書一九》）正因為如此，歐陽修在滁州自號為醉翁，就蘊含著一種自我麻醉、自我戲謔的味道。也正如陳湘琳所說：「從夷陵而滁州，他在文學世界中所呈現的，其實是主體在貶謫情境中雖惶迫而又試圖重構貶謫地的開闊視野；表述了個體生命在集體世界的壓力中仍然追求獨立自主生命價值的反思與堅持；同時還初步建構了他以遊戲嘲謔性質完成的對人生困境的理性超越和從容玩賞，進而影響了後來的北宋士人，成為北宋一代知性思辨和審美意趣風氣的先行者與領導者。」〔註83〕也就是說，歐陽修正是在夷陵與滁州兩次被貶的狀況下，面對外界壓力之時能夠堅持以自己的方式去實現對人生困境的超越，不輕小官，堅持以學術、政績來實現個人的生命價值，為北宋士大夫樹立了一個如何對待貶謫的典型和榜樣。

　　歷經數次貶謫的歐陽修，與王禹偁不同的是，他的政治作為及貶謫緣由已經同北宋仁宗時期的士大夫群體結合在一起了。也是因此，他思考問題的出發點不再是個人，而是整個宋仁宗時期士風的改變。歐陽修以積極的參與精神，推動了北宋仁宗時期崇尚氣節風骨的慶曆士風的形成。他在貶謫期間與同道的共勉及友朋間的密切交流，是士大夫群體的主體精神面貌的展現。

第三節　「吹入滄溟始自由」——蘇舜欽除名後的「自勝」之道

　　作為詩人，蘇舜欽不可以說不幸，但作為充滿政治抱負的宋代士人，蘇舜欽以「監守自盜」的罪名被迫離開政治舞臺，並因此牽連一批名士，間接導致「慶曆新政」的失敗，卻是他一生難以放下的痛苦。也是因此，蘇舜欽認清了仕途的險惡，他遠走吳中，以一種自我放逐的形式，完成了精神上的自我救贖。「滄浪亭」的建立，是精神上的「自勝」。擺脫溺人至深的仕宦之途，解除了封建君臣倫理的束縛，「人生內有自得，外有所適，亦樂矣！何必高位厚祿，役人以自奉養，然後為樂」。這種心態也顯示了宋代士大夫由外在事功走向內斂自省的心理趨勢。

〔註82〕　《歐陽修集編年箋注》第八冊卷一五〇，第184頁。

〔註83〕　〔馬來西亞〕陳湘琳：《歐陽修的文學與情感世界》，復旦大學出版社，2012年版，第141頁。

一、「奏邸之獄」的發生

蘇舜欽作為早期宋詩代表人物之一，與梅堯臣並稱為「梅蘇」。但與梅堯臣終生未曾一第、始終沉淪下僚不同。他的仕途前期還是比較順利的。作為北宋太宗朝狀元、參知政事蘇易簡的孫子，他同梅堯臣一樣是靠蔭補入仕。由於宋代當時的風氣是重進士，輕蔭補。為了更好的政治前途，他冒著失去已有官職的風險，「鎖廳而去」，最終靠自己的實力考中進士。「十年苦學文，出語背時向，策力不自知，藝園輒掉鞅。薄技遭休明，一第君所唱，拔身泥滓底，飄跡雲霞上。氣和朝言甘，夢好夕魂王，軒眉失舊斂，舉意有新況，爽如秋後鷹，榮若凱旋將。臺府張宴集，吾輩縱謔浪，花梢血點污，酒面玉紋漲，狂歌互喧傳，醉舞迭閬侅。茲時實無營，此樂亦以壯。去去登顯途，幸無藥素尚！」〔註84〕（《及第後與同年宴李丞相宅》）這首他高中進士後所寫的詩歌明確地表現出他當時的心情，有唐朝孟郊考中進士之後「一日看盡長安花」那樣的揚眉吐氣，可以看出他對自己的前途抱有很大的希望，同時也有著對未來的隱隱擔憂和不安。事實證明，仕途也確實是一條「險途」。他二十七歲舉進士，三十七歲以范仲淹之薦授集賢校理、監進奏院。正是在監進奏院任上，發生了著名的「奏邸之獄」事件。其事在李燾《續資治通鑑長編》卷一百五十三卷有詳細的記載：

> 甲子，監進奏院右班殿直劉巽、大理評事集賢校理蘇舜欽，並除名勒停。工部員外郎、直龍頭閣兼天章閣侍講、史館檢討王洙落侍講、檢討，知濠州；太常博士、集賢校理刁約通判海州。殿中丞、集賢校理江休復監蔡州稅，殿中丞、集賢校理王益柔監復州稅，並落校理。太常博士周延雋為秘書丞，太常丞、集賢校理章岷通判江州，著作郎、直集賢院、同修起居注呂溱知楚州，殿中丞周延讓監宿州稅，校書郎、館閣校勘宋敏求籤書集慶軍節度判官事，將作監丞徐綬監汝州葉縣稅。

> 先是，杜衍、范仲淹、富弼等同執政，多引用一時聞人，欲更張庶事。御史中丞王拱辰等不便其所為。而舜欽仲淹所薦，其妻又杜衍女也，少年能文章，議論稍侵權貴。會進奏院祠神，舜欽循前例用鬻故紙公錢召妓女，開席會賓客。拱辰廉得之，諷其屬魚周詢、

〔註84〕〔宋〕蘇舜欽：《蘇舜欽集》卷一，沈文倬校點，上海古籍出版社，2011年版，第3頁。

劉元瑜等劾奏，因欲動搖衍。事下開封府治。於是舜欽及巽等俱坐
自盜，洙等與妓女雜坐，而休復、約、延嗣、延讓又服慘未除，益
柔並以謗訕周、孔坐之，同時斥逐者，多知名士。世以為過薄，而
拱辰等方自喜曰：「吾一舉網盡矣！」〔註85〕

　　從上引文可以看出，「奏邸之獄」的興起、蘇舜欽之所以在此次事件中
被處以「除名勒停」的嚴重懲罰，與蘇舜欽的身份以及政治見解有直接的關
係。在身份上他是當時宰相杜衍的女婿，同時他的監進奏院的職位又是范仲
淹所薦。而杜衍和范仲淹當時處於政治革新的領導地位，已經受到諸多反對
革新的大臣嫉恨。他與這兩個改革派領導人的關係，就足以讓他成為一個傾
軋范仲淹和杜衍的突破口。因此，此事一出，不光蘇舜欽本人被「減死一等
除名」，其他參與者均被貶謫出京。杜衍、范仲淹等改革的領導者也紛紛去
位，慶曆革新從此走向失敗。

　　面對「減死一等除名」這樣的處罰結果，蘇舜欽感到怨憤不平但卻無處
伸冤。宋代建立初期就實行「右文」政策，宋太祖甚至在太廟立碑「誓不殺
上書言事人。」對於宋代士大夫恩遇猶恐不厚。對於有罪被貶的官員，處罰
上也比唐代要輕。但唯獨對於貪賄行為，處置甚重。蘇舜欽在「奏邸之獄」
事件是被處以「堅守自盜」的罪名的。「自盜」的意思是貪污公款，這樣說
來，就沾上了貪賄的罪名。按照這種嚴格處置貪賄的制度本身來說，這種判
決是沒問題的。但問題在於有沒有貪污。正因為如此，蘇舜欽才會把自己同
當時被臺諫彈劾「貪污公使錢」的滕宗諒來比較。他在《與歐陽公書》中除
了解釋此案的前因後果以及具體過程之後，寫道：「今以監主自盜定罪，減
死一等科斷，使除名為民，與貪吏掊官物者同。閣下觀其事，察其情，豈當
然乎？二相恐栗畏縮，自保其位，心知非是，不肯開言。復令坐客因飲食被
刑，斥逐奔竄，銜憤瀝血，無人哀矜，名辱身冤，為仇者所快。……近者葛
宗古、滕宗亮、張亢所用官錢鉅萬，復有入己，惟范公橫身當之，皆得末減。
非范公私此三人，於朝廷大體，實有所補多矣。」〔註86〕他認為自己所犯罪
過跟一般的貪污受賄佔有公物並不一樣，但御史臺卻以「監主自盜」這樣的
貪污罪名定罪，又判他減死一等除名，以對待貪官的方式來對待他。而這樣
的冤屈卻沒人肯為他說一句話。反觀距離此案不久的葛宗古、滕宗亮、張亢

〔註85〕《長編》卷一百五十三，第3715~3716
〔註86〕《蘇舜欽集‧拾遺》，第220頁。

等人的「公使錢」案，卻有范仲淹為他們竭力開脫，因此得以從輕處理。歐陽修當時在河北轉運使任上，得此信，顯然非常同情蘇舜欽，他在蘇舜欽的信後寫了：「子美可哀，吾恨不能為之言；子美可哀，吾恨不能言。」〔註87〕（《梁溪漫志》卷八）對於范仲淹來說，他當時已經出外巡邊，杜衍作為宰相，也是蘇舜欽的岳父，出於避嫌的原因，也不能為蘇舜欽說話。而當時歐陽修等人也不在諫官任上。所以，蘇舜欽等人只能接受這樣的處理結果。

關於蘇舜欽等因祠神被貶，學術界還有另一種說法，那就是認為宋仁宗藉此以戒士風的「浮薄」。葉郎主編的《中國美學通史》裏講到：「北宋社會及其文化心理和審美意識的矛盾是多重性、錯綜複雜而又具有對峙性的內在矛盾與衝突。就社會基本結構而言，經濟社會的空前發達與民族危機的極端深重，即繁榮與憂患的同時並存；就社會文化心理結構而言，道德規範的極度強化與生命情感的肆意追求，即倫理與情慾的並駕齊驅（如理學與宋詞的雙璧生輝、儒家道統與禪悅之風的並行不悖）；就社會審美意識結構而言，審美倫理教化說與審美自由論感受，即功利與超功利的對立並峙，如此等第，都是這種內在矛盾特徵的體現。」〔註88〕蘇舜欽「奏邸之獄」的發生恰好證明了宋代社會文化的內在矛盾與衝突。蘇舜欽在一批新進士人中間有較高的號召力和影響力。他為人豪放，不拘小節。參與蘇舜欽「賽神會」飲宴的都是支持改革的年輕官員，他們一方面高談闊論國家大事，另一方面卻在宴會上飲酒恣謔，招營妓並坐共飲。王益柔更酒醉作《傲歌》，至有「醉臥北極遣帝扶，周公孔子驅為奴」的狂誕之語。坐中更有人「服慘未除」。這副場景成功地給予改革反對派們極大的口實，他們以此去說服宋仁宗，顯然達到了目的。這種「浮薄之風」引起宋仁宗的怒火，以致親自派內侍去連夜抓人。雖然在韓琦的勸說之下，宋仁宗最終決定寬大處理此事。但是蘇舜欽卻因為北宋對於貪污罪名的嚴格處置，在歷次的大赦中不能得到赦免。據釋文瑩《湘山野錄》記載：

> 後朝廷有哀之之意，因郊赦文中特立一節：「應監主自盜情稍
> 輕者，許刑部理雪。」言者又抨云：「郊赦之赦，先無此意，必挾情
> 曲庇蘇舜欽，固以此文舞之。析言破律殺無赦，乞付立法者於理。」

〔註87〕〔宋〕費袞：《梁溪漫志》卷八，選自上海師大古籍整理研究所編：《全宋筆記》（第五編第二冊），大象出版社，2003年版，第216頁。
〔註88〕葉朗主編：《中國美學通史》（宋金元卷），江蘇人民出版社，2014年版，第2頁。

竟不遂而死。有《郊裡感事詩》云「不及雞竿下坐人」之句，哀哉。
〔註89〕

　　後來朝廷有同情蘇舜欽的大臣，想要在郊赦文中加入主要針對蘇舜欽情況的條文，以使其能獲得赦免，卻因遭到諫官言者的嚴辭反對而沒有成功。後來文彥博任宰相，才起復他為湖州長史這樣沒有實權的散官，但蘇舜欽很快就去世了。蘇舜欽死後，在韓琦的建議下，朝廷追復他為大理評事、集賢校理。但斯人已逝，對他本人來說也沒什麼意義了。

　　無論是因為何種原因，蘇舜欽以及一批名士被貶，卻是一個事實。從充滿希望與激情的仕途生活中，忽然以不堪的罪名被除名為平民，給蘇舜欽帶來的仕途挫折以及心理傷害是顯然易見的。

二、南下吳中——蘇舜欽謫居生活的選擇

　　處在宋朝這個「以文立國」，儒家士大夫開始佔據政治權力的時代，蘇舜欽與他的父輩一樣，具有追求政治權力、實現自己「治國濟民」之志的抱負。在「鎖廳而去」考中進士之後，他的自信心更加地高漲。在被杜衍賞識，成為當朝宰相的乘龍快婿，又被當時最具聲望的賢人范仲淹舉薦，為集賢校理，監進奏院。當此時也，應該是蘇舜欽人生最順利的時候。在文學方面，他的成就也開始得到當時的文壇領袖歐陽修的賞識。與他結交的都是一流的文士。可見，蘇舜欽當時無論從政治和文學的角度來看，都是一顆冉冉升起的新星。然而，「奏邸之獄」事件使他從人生的巔峰跌倒了谷底。這次事件引起了嚴重的政治後果，對於蘇舜欽本人的政治前途也是致命一擊。正如歐陽修所說，蘇舜欽「其材雖高，而人亦不甚嫉忌，其擊而去之者，意不在子美也。賴天子聰明仁聖，凡當時所指明而排斥，二三大臣而下，欲以子美為根而累之者，皆蒙保全，今益列於榮寵。雖與子美同時飲酒得罪之人，多一時之豪俊，亦被收採，進顯於朝廷。而子美獨不幸死矣，豈非其命也？」〔註90〕（《蘇氏文集序》）並且，自己個人的政治前途的失敗還只牽扯到個人，但這次事件牽扯到了其他與會的多人。蘇舜欽作為召集人，其內心的痛苦與愧疚是非常深重的。他《與歐陽公書》中寫道：「舜欽年近四十，齒搖髮蒼，才為大理評事。廩祿所入，不足充衣食。性復不能與凶邪之人相就，近得脫去仕籍，非

〔註89〕〔宋〕釋文瑩：《湘山野錄》卷下，選自朱易安、傅璇琮等主編：《全宋筆記》（第一編第六冊），大象出版社，2003年版，第47頁。
〔註90〕《歐陽修集編年箋注》第三冊卷四一，第144頁。

不幸也。自以所學教後生，作商賈於世，必未至餓死。故當緘口遠遁，不復
更云。但以遭此構陷，累及他人，故憤懣之氣不能自平，時復嶒竑於胸中，
一夕三起，茫然天地間無所赴訴。天子仁聖，必不容奸吏如此，但舉朝無一
言以辯之，此可悲也！」〔註91〕此次事件，讓他對當時主持朝政的官員充滿
了失望之情，對自己的遭遇深感憤懣不平。在這種情況下，他對於自己除名
後生活的處理也是具有深意的。他既沒有回遠在四川蜀地的老家，也沒有留
在親戚所在自己從小生長的京城，而是買舟南下，來到吳中。做這個選擇的
原因，他在給自己的表哥韓絳的信中是這樣說的：「昨在京師官時，不敢犯人
顏色，不敢議論時事，隨眾上下，心志蟠屈不開，固亦極矣！不幸在嫌疑之
地，不能決然早自引去，致不測之禍，摔去下吏，無人敢言，友仇一波，共
起謗議；被廢之後，喧然未已，更欲置之死地然後為快；往者來者，鉤賾言
語，欲以傳播，好意相存卹者幾希矣！故閉戶或密出，不敢與相見，如避兵
寇，惴惴然唯恐累及親戚耳。」〔註92〕而自己南下東吳，則「此雖與兄弟親
戚相遠，而伏臘稍充足，居室稍寬，又無終日應接奔走之勞，耳目清曠，不
設機關以待人，心安閒而體舒放；三商而眠，高春而起，靜院明窗之下，羅
列圖史琴尊，以自愉悅，踰月不跡公門，有興則泛小舟出盤閶，吟嘯覽古於
江山之間；渚茶野釀，足以消憂；蓴鱸稻蟹，足以適口；又多高僧隱君子。
佛廟勝絕；家有園林，珍花奇石，曲池高臺，魚鳥流連，不覺日暮。昔孔子
作春秋而夷吳，又曰：『吾欲居九夷。』觀今之風俗，樂善好事，知予守道好
學，皆欣然願來過從，不以罪人相遇，雖孔子復生，是亦必欲居此也。……
人生內有自得，外有所適，亦樂矣！何必高位厚祿，役人以自奉養，然後為
樂」。〔註93〕（《答韓持國書》）在信中，他把自己離開京城親戚的原因解釋為
避謗，求適。在京城政治中心，自己作為「罪人」，言語稍有不謹，就可能招
禍上門，甚至累及親戚。而在吳中，自己「家有園林，耳目清曠」，所交往者
又「不以罪人相遇」，無論從物質還是精神上，自己都獲得了前所未有的解脫
和舒適，既然如此，又「何必高位厚祿，役人以奉養，然後為樂。」蘇舜欽
這樣思考問題，可見京城給他留下的極其惡劣的印象。政治環境的險惡、某
些政治人物的陰險也逼他從內心遠離政壇，去尋找新的實現人生價值的方
向。正如李強在《北宋歷史語境下的文人政治博弈——「進奏院獄」和北宋

〔註91〕 《蘇舜欽集・拾遺》，第 220 頁。
〔註92〕 《蘇舜欽集》卷十，第 109 頁。
〔註93〕 《蘇舜欽集》卷十，第 110 頁。

文人心態》中講到的「專制政權中傳統政治倫理的守望者對文人獨立人格發展的暴力矯正，雖然不可能使中國文人的淑世情懷釋然冰解，但確實對權力中心之外文人的政治熱情潑了一頭冷水。『直回天地入悲吟』是這樣文人心態的真實寫照。值得注意的是，進奏院獄主角蘇舜欽的『悲吟』，並不是中國傳統行吟精神的回歸，而是開放後的封閉，奔湧後的壅塞，舒展後的束縛。」〔註94〕蘇舜欽在被除名後表現出的對政治中心的疏離，正體現出北宋前期充滿變革精神、意氣風發的青年士子受到政治打擊之後的痛定思痛的反思。這次打擊，使他從外向的事功心態轉回了尋求自適的個人心境。這種急轉彎對於為了尋求好的政治前途而冒著失去官職的危險，「鎖廳而去」參加進士考試的蘇舜欽來說，是一件非常無奈和絕望的事情。這種對自己政治前途的預期與眼前殘酷現實的強烈反差，使蘇舜欽作出了遠離親人朋友，遠離官場政治，南下吳中向自己內心去尋求個人存在價值的行動。

三、蘇舜欽被除名後的文化心態

　　從文學主張來看，蘇舜欽早年即同穆修一起學習古文，反對當時西崑體的靡靡之風，他的詩文創作給北宋詩壇帶來了清新豪邁的新氣息。從慶曆四年（1044）到慶曆八年（1048），蘇舜欽都在被除名的冤屈壓抑中度過。他的政治主張、人生抱負都沒有得到施展，至於他的文學理想，由於他生命的短暫，其成就也不能與跟他同輩但比他壽命更長的歐陽修等人相比。但蘇舜欽的意義就在於他被除名後對士人群體人生價值的反思以及在生活創作上的實踐。從唐代柳宗元的壓抑悲憤到宋代遭貶文人的任情自遣，蘇舜欽顯然是依違其間，表現出自己的個性及所處時代的特色。

　　蘇舜欽出獄以後，選擇遠離傷心之地。他離開汴京，遠走吳越，自我放逐。而這種自我放逐不可避免得給他帶來了強烈的孤獨感。尤其是在節日期間，「每逢佳節倍思親」，蘇舜欽在《中秋夜吳江亭上對月懷前幸張子野及寄君謨蔡大》中寫道：「獨坐對月心悠悠，故人不見使我愁，古今共傳惜今夕，況在松江亭上頭。可憐節物會人意，十日陰雨此夜收，不惟人間重此月，天亦有意於中秋。長空無暇露表裏，拂拂漸上寒光流，江平萬頃正碧色，上下清澈雙璧浮。自視直欲見筋脈，無所逃遁玉龍憂，不疑身世在地上，只恐槎去觸天斗。景情境勝返不足，歎息此際無交遊，心魂冷烈曉不寝，勉為筆此

〔註94〕李強：《北宋歷史語境下的文人政治博弈——「進奏院獄」和北宋文人心態》，《學術研究》，2007 年第 7 期，第 109 頁。

傳中州。」〔註95〕在中秋之夜欣賞江上明月之時，他遺憾的是此情此景無人與他共同欣賞，強烈的孤獨感使他徹夜難眠，只有發為歌詩傳給中原的諸位好友。他通過與詩友的詩歌唱和來獲得精神和情感上的交流。他曾經把自己所作滄浪亭詩寄給當時身處滁州的歐陽修。歐陽修作《滄浪亭》詩和之：「子美寄我滄浪吟，邀我共作滄浪篇。滄浪有景不可到，使我東望心悠然。……清風明月本無價，可惜只賣四萬錢。又疑此境天乞與，壯士憔悴天應憐。……丈夫身在豈長棄，新詩美酒聊窮年。雖然不許俗客到，莫惜佳句人間傳。」〔註96〕歐陽修對蘇舜欽新修滄浪亭的美景極盡讚美，並給予他精神上的安慰。除了這些朋友詩歌場合的交流，蘇舜欽還收到了來自范仲淹和他的岳父杜衍的來信寬慰。在給范仲淹的回信中，他寫道：「日甚閒曠，得以縱觀書策，及往時著述有未備者，皆得綴輯之。治易頗有所得，時苦奧處無人商論，乃知君子理身格物之道，自有本也，險難以萌而不之見，宜其悔焉。況某性疏且拙，疏則多觸時忌，不能防閒小人；拙則臨事不敏，無所施為，因此遂得退藏，蓋亦自幸，苟致之劇地，責其功績，徒自勞困，而無補於時也。」〔註97〕（《答范資政書》）在信中，他提到研究易經後，對自己之所以惹得被除名之禍的反思，認為自己學識、個性均有不足與缺陷，如果留在官場任重要的職位，其結果必然是自困又無補於時。因此，這樣的退藏，也正是自己的幸運。在《答馬永書》裏，蘇舜欽從精神思想的根源分析了自己之所以能夠「不以得喪累其所守，不為怨誹不懌之詞」的內在原因，闡述了自己對於「道」「位」問題的思考。「夫士之學經術，知道義，非所以貿易爵祿之來，無有以應之耳。道勝而位喪，於道何傷而不樂邪？世有知道而居位者，尚或為眾牽躓，不得盡施其所學，憂道之削，處甚危，內負於己，外愧於人，畏時刑而懼鬼誅，何所樂哉！然賢者必欲推己之樂以樂眾，故雖焦苦其身，而不捨爵位者，非己所樂也。苟去其位，則道日益，宜其安而無悶也。」〔註98〕蘇舜欽之所以這樣說，主要有鑒於他對「慶曆革新」領導者范仲淹與杜衍所遭遇的政治困境的瞭解。對於蘇舜欽來說，道「是施於眾則勞，而足於己則易，亦物理之常勢。」也是因此，真正的賢人不會因為失位而感到痛苦，反而會因為去位而「道日益，宜其安而無悶也。」正因為如

〔註95〕《蘇舜欽集》卷二，第 17 頁。
〔註96〕《歐陽修集編年箋注》第一冊卷三，第 121～122 頁。
〔註97〕《蘇舜欽集》卷十，第 113 頁。
〔註98〕《蘇舜欽集》卷十，第 111～112 頁。

此，他才能做到「不以得喪累其所守，不為怨誹不懌之詞」。他的這種認識，也代表了宋代士大夫心態由外向開始走向內斂的趨勢。正是這種對於道的理解，使蘇舜欽認為「夫道無古今，但時有用捨，有志之士，不計時之用捨，必趨至極之地以學，探求聖賢之意而跡其所行，本原既明，則將養其誠心而泯去異端也。當其未知於人用於世，則修之益勤，守之益堅，內自貴珍而有待也。蓋先能置身名爵祿於慮外，然後乃能及此，故君子雖被賊害，顛沛其身，不更所守。」〔註 99〕（《答李銳書》）在蘇舜欽這裡，道與時成為相對的兩個概念。道是永恆存在的，但是時也就是士人所存在的社會是變動的。有道之士有時會得到施展其道的機會，有時則不會。但是真正的有志之士，學道不是為了時之用捨，而是為了探求道的本原。只有瞭解了道的本原，才能夠得到真正純粹的道。「修之益勤，守之益堅，內自珍貴而有待也。」道的價值，不在於外在的承認，而在於士人本身內在的修持。而正是因為有了內心對道的體悟，所以君子才能夠「雖被賊害，顛沛其身，不更其守。」可以說，蘇舜欽對道的思考，已經不是王禹偁對於道與位的思考時，用文來代替位來行道，也不是歐陽修在其位就謀其政的與現實的妥協，他更專注於道之於士人內在修養的價值。正是因為蘇舜欽有這樣對於「道」的認識，所以他才能說「予所以廢棄於時，而晏然無悶者，此其得也。」〔註 100〕（《答李銳書》）

蘇舜欽的除名事件也導致他的詩歌風格的直接轉變。他早期的詩歌創作表現了他對社會民生的關心，詩風豪邁，同時也有些流於粗豪的缺點。但在宋代初期普遍尊崇白體的平易流暢、崑體的華麗板滯的情況下，蘇舜欽的豪邁顯然是一種新的詩歌風格，他也因此受到當時的文壇領袖歐陽修的讚賞，把他與當時另一位著名的詩人梅堯臣並稱為「蘇梅」。蘇舜欽早期詩歌一直採用直抒感情、直書其事的歌行體或排律。他的大部分詩歌都是關於國事和黎民蒼生的大事。如《慶州敗》《對酒》諸事，誠如歐陽修所言：「眾其子美貌，堂堂千人英。我獨疑其胸，浩浩包滄溟。滄溟產龍蛋，百怪不可名。是以子美辭，吐出人輒驚。其於詩最豪，奔放何縱橫。眾絃排律呂，金石次第鳴。間也險絕句，非時震雷霆。兩耳不及掩，百屙為之醒。」〔註 101〕（《答蘇子美離京見寄》）而「奏邸之獄」之後，蘇舜欽遠走蘇州的詩歌內容基本

〔註 99〕《蘇舜欽集》卷十，第 115 頁。

〔註 100〕《蘇舜欽集》卷十，第 115 頁。

〔註 101〕《歐陽修集編年箋注》第一冊卷一一，第 420 頁。

是山水景致，個人心境，其風格也變得含蓄優美，清幽明淨，其內心的痛苦掩蓋在優游山水、品味四季自然風光的淡然情懷之中，絕句、律詩的詩歌創作形式成為主流。他的詩歌也從早期的豪放甚至粗獷過渡到精緻、含蓄，在句式上具有一定的宋人特色，但在意境上又具有唐人的韻致。比如他的《淮中晚泊犢頭》：「春陰垂野草青青，時有幽花一樹鳴。晚泊孤舟古祠下，滿川風雨看潮生。」《和淮上遇便風》：「浩蕩清淮天共流，長風萬里送歸舟。應愁晚泊喧卑地，吹入滄溟始自由。」《夏意》：「別院深深夏簟清，石榴開遍透簾明。樹蔭滿地日當午，夢覺流鶯時一聲。」這些詩句無疑是蘇舜欽在宦海風波之後心路歷程變化後的真實反映。蘇舜欽在人生晚期由「騷人之思」的矛盾心態轉化為「吟嘯覽古於江山之間」的舒放之作，其詩歌藝術成就也達到了一定高度，也奠定了他在宋代詩壇的地位。可以這樣說，進奏院事件毀滅了一位文人的政治夢想，那麼它同時也造就了一位卓有成就的詩人。

　　詩歌風格的變化，同他的生活狀況分不開，更同他遭貶之後的心態有很大的關係。自放吳中之後，一個偶然的機會，他發現了城南的一塊荒廢已久的名園。引起了他對自己身世的某種共鳴。他在此建滄浪亭，並寫了《滄浪亭》一文，來闡發自己建此亭以自勝的理由，以及由此而領悟到自我存在的真實面目。其在滄浪亭的生活可以說是真正得到了精神上的自由與解放，「君攜妻子居蘇州，買水石作滄浪亭，日益讀書，大涵肆於六經，而時發其憤悶於歌詩，至其所激，往往驚絕。又喜行狎書，皆可愛。故其雖短章醉墨，落筆爭為人所傳。天下之士聞其名而慕，見其所傳而喜，往揖其貌而竦，聽其論而驚以服，久與其居而不能捨以去也。」〔註102〕（《湖州長史蘇君墓誌銘》）歐陽修為蘇舜欽所作墓誌銘非常具體而形象的展現了蘇舜欽在滄浪亭的日常生活。他在此讀書求道、寫詩抒憤怡情，與天下慕名而來的士人坐而論道，是一種完全屬於自己個人的生活方式。「滄浪之歌因屈平，子美為立滄浪亭。亭中學士逐日醉，澤畔大夫千古醒。醉醒今古彼自異，蘇詩不愧《離騷》經。」〔註103〕蘇舜欽之所以給這座亭起名《滄浪亭》，來源於《楚辭‧漁父》中漁父對屈原講的一段話：「滄浪之水清兮，可以濯吾纓，滄浪之水濁兮，可以濯吾足。」漁夫勸解屈原應該適應環境，做到隨波逐流，放下內心的執著與倔強，

〔註102〕《歐陽修集編年箋注》第二冊卷三一，第531頁。
〔註103〕〔宋〕楊傑：《無為集‧滄浪亭》卷三，影印《四庫全書》文淵閣本，第1099冊，第695頁。

使自己的心靈得到解脫。但屈原顯然是無法做到的。就是到了唐代，那些遭遇貶謫流放的士人們如韓愈、柳宗元、李德裕之輩，也是深深沉溺在個人失落壓抑的情緒之中，無法從被貶黜的痛苦中解脫出來。而到了宋代，右文政策的實行，士大夫主體意識的崛起，對於復興儒家之道的理想信念的勇氣與信心，使北宋的文人士大夫不再會永久的沉溺於失落之中。正像歐陽修說過的「不作戚戚之文」，才是真正的知道之士。因此，蘇舜欽能夠在《滄浪亭》一文中，反思歷代才哲君子因仕宦升黜得失而造成的心靈傷痛：「惟仕宦溺人至深，古之才哲君子，有一失而至於死者多矣，是未至所以自勝之道。予既廢而獲斯境，安於沖曠，不與眾驅，因之復能見乎內外得失之原，沃然有道，笑傲萬古，尚未能忘其所寓目，用是以為勝焉。」〔註104〕蘇舜欽因被除名而失去仕宦之機，而正是這樣完全的絕望卻使他能夠徹底的反思仕宦之對人情性的異化，以致多少才哲君子，陷溺於此，不能自拔，甚至因此而死。這完全是因為在這種士人必有用於世的倫理框架中，被綁架而不自知罷了。官場名利欲望之情壓倒了作為人的自然本性，蘇舜欽甚至慶幸自己，正是因為被貶廢這樣的機會，才使他能夠「予時榜小舟，幅巾以往，至則灑然忘其歸，箕而浩歌，踞而仰嘯，野老不至，魚鳥共樂，形骸既適則神不煩，觀聽無邪則道已明，返思向之汩汩榮辱之場，日與錙銖利害相磨戛，隔此真趣，不亦鄙哉！」貶廢使他遠離原來的生活，在拉開一定距離之後，有機會深入思考自身以及這個群體的內外得失的最根本的問題，得到真正的答案之後，他就達到了「自勝」的目的。從其寫作的背景及原因可以看出《滄浪亭記》與唐時柳宗元創作《永州八記》的情景是非常類似的。但他與這些歷史文化記憶又有所不同。唐朝柳宗元因「永貞革新」被貶永州，其內心充滿了失落和被廢棄的徹骨的孤獨。無論是他的《小石潭記》中所描寫的「淒神寒骨」「不可久居」的「小石潭」，還是被他命名為「愚溪」的雖景致絕佳、但不為人知的山間小溪，都充滿了不為人知的孤獨和清寒蕭瑟的悲劇感，其作品主要表現的是此種悲愴的情緒。而蘇舜欽的《滄浪亭記》更多的是一種理性的反思和以道自勝的對現實困境的超越。這種思想也是宋代貶謫文人們經過幾代的思考和實踐，才發展和總結出來的普遍的對待貶謫生涯的心理狀態與行為模式。這種政治理想失落的士人的文化記憶在恰當的時刻被激發，使蘇舜欽創

造了北宋時期文人貶謫心靈的一種意象符號——「滄浪亭」。蘇舜欽之後歷代士大夫對於其所創園林「滄浪亭」的多次修復與詩文吟詠，顯示了蘇舜欽所創「滄浪亭」意象對於後世文人仕途失意之後所持文化心態的重要影響。

第四節　北宋前期貶謫士人主體精神的內涵及演變

　　士作為中國歷史上承擔文化精神的階層，從一產生，就與統治階級密不可分。自古以來，士人就作為文化的傳承者與統治者共治天下。漢宣帝就說過：「與我共治天下，其良二千石乎？」〔註105〕東漢末年的黨人清議，更是證明了士人對於社會政治生活強烈的參與意識與干預精神。隋唐時期，科舉制度的建立，給了大量讀書人走上仕途的機會，也使得這些讀書人對於皇權的依附性越來越強。要想獲得機會施展抱負，就必須走上仕途，進入官僚體系。這種實現自我價值的唯一途徑，使得有志之士在面對貶謫時失去常態，也正是歐陽修與尹洙的信中所講到的：「及到貶所，則戚戚怨嗟，有不堪之窮愁形於文字，其心歡戚無異庸人，雖韓文公不免此累。」連韓愈這樣一個從學術傳承上把自己高置於繼承孔孟道統的大家，也不能免俗。這也是柳宗元等人憂愁抑鬱、無法自拔的強烈的被拋棄感的痛苦來源。經歷了晚唐五代的衰世與亂世，北宋統治者採取的右文政策，使士大夫們重新走上了正常的生活軌跡。穩定公平而有相當規模的科舉考試，對文人士大夫的寬容，總之，這一套發達的文官治理體制及政治秩序的建立和完善，使得宋代的文人士大夫們比以往任何時代更具有積極的入世精神、參政意識，充滿強烈地與君主「共治天下」的政治主體意識。隨著政治主體意識的增強甚至是膨脹，以及以文治國的政治方略，也極大地激起了宋代的文儒官僚在整個社會中的道義擔當和歷史責任感。這種道義擔當，不僅是先天下之憂而憂的天下情懷，而且還表現在官員的日常行為上的「慎名器」、「守名節」、「持廉隅」的道德主體的自律意識。同樣，在封建皇權社會裏，由於宋代皇帝「以寬容養士人之正氣」，即使被貶，也並不意味著政治生命的完全結束。而北宋士大夫強烈的責任感和擔當精神也使得他們沒有像其他朝代的文人那樣沉浸在失位的痛苦當中，而是「得君行道」與失位也可行道。這種對於貶謫的思考和實踐充分體現了北宋士大夫超越依附型人格的精神主體意識。宋代文人士大夫的貶謫經歷，

〔註105〕〔宋〕王溥：《唐會要》卷六十八，中華書局，1955年版，第1198頁。

恰是構成了他們文化人格和精神境界的試金石。這些放臣逐客在貶謫境遇中，通過反思道與位、道統與治統的問題，在「士不可不弘毅，任重而道遠」的淑世情懷中仍能優游自處。儘管個人的仕途受到一定挫折，但是作為士人的行道使命卻依然存在，他們在放逐過程中雖然失去一定的權位，但可以選擇以文行道、不輕小官，勤於吏職，鑽研學術等等。這一理念和意識，使得他們在被貶謫的境遇中仍勇於進諫，上疏論政，究其原因就在於他們以道自居的文化身份意識，使他們佔據著精神的至高點，並懷著宗教般的神聖感和使命意識去行道，去做治國安邦的事業。北宋前期文人身處貶謫的種種行動，來自於這種不依附皇權的行道意識和人格獨立意識，表明著宋代士大夫精神主體意識的覺醒。

　　而北宋前期士大夫的主體精神的內涵，隨著時代的不同而有著一個演變的過程。北宋太宗時期的名臣王禹偁可以說是北宋初期對於貶謫問題思考最多的一位。對於王禹偁來說，貶謫使他意識到了作為官員，行道的權位是來自於統治者也就是皇帝的，然而一旦「皇情見疑」，這樣的權位也是很容易失去的。王禹偁的親身經歷也正驗證了這一點。他在給皇帝的謝上表以及其他奏摺當中多次提到自己「身處孤寒」，說明王禹偁非常清楚自身在仕途上的處境。但同時，「孤」雖然意味者沒有支持者，但孤單、孤獨的同時也具有了獨立思考的能力。一個人越是處在孤單的境地，越能體現出個人的獨立思考。「寒」則意味者王禹偁出身的寒微，出身寒微而能少年成名，走上高位，這種現實的境遇又使他從內心深信相對前代，自己所處的時代是清明的。既有獨立意志，又生逢盛世，作為一個儒生，想在這樣的時代作出一番事業是王禹偁必然的想法，他在《吾志》中寫道：「吾生非不辰，吾志復不卑。致君望堯舜，學業根孔姬。自謂志得行，功業如皋夔。」因此，王禹偁對於道與位的思考，對他而言，就是一個擺在面前的現實問題。他在被貶商州時所寫的《東觀集序》裏通過對歷史的回顧解決了這個問題。「士君子者，道也；行道者，位也。道與位並，則敷而為業，《皋陶》《益稷謨》《尹訓》之類是也。道高位下，則垂之於文章，仲尼經籍，荀、孟、揚雄之書之類是也。」〔註106〕道與位兼具者，就用此建立功業，而有道而無位之人，就以文來弘道，以文來尋求永恆的文化價值。王禹偁本人在貶謫期間，並沒有完全消解掉被貶的苦悶和不滿，他所認為的行道之位在朝廷金馬玉堂之上，而不是江湖州郡之

〔註106〕《王黃州小畜集》卷十九。

間。因此，王禹偁把自己被貶之後用以寄託自己精力、實現自己人生價值的方式，設定為「以文行道」，希求「他日文苑傳，應不漏吾名」的不朽。

到北宋仁宗時期，由於臺諫制度的實行，諫官可以與宰相一起參與國家大政的討論，士大夫議論之風大起，也因此引起了眾多的貶謫事件。范仲淹、歐陽修、尹洙等人均在此時期數次被貶。范仲淹、歐陽修等人對於貶謫的態度與處理與王禹偁相比有所不同。歐陽修更是在數封與友人的書信當中表達了自己的態度。首先，他提到，他希望自己及友人的直言敢諫、不畏貶謫，能夠起到改善士風的作用，二，在貶所的作為，不要像前代文人如韓愈那樣戚戚怨嗟，也不要像前朝被貶士人，輕小官而不為。而是保持平和的心態，「慎職」，勤於吏事。三，作為文人，在吏職之餘，鑽研學術，撰寫史書，以求「少希後世之名」。從歐陽修與同道友人的交往與互相勉勵來看，仁宗時期的士大夫已經擺脫了宋初王禹偁「身處孤寒」的狀態，而進入了注重士大夫群體的主體精神的階段。歐陽修在《答李大臨學士書》中說得明白：「修在滁三年，得博士杜君與處，甚樂。今足下在滁，而事陳君與居，足下知道之明者，固能達於進退窮通之理。能達於此而無累於心，然後山林泉石可以樂；必與賢者共，然後登臨之際有以樂也。」〔註107〕歐陽修認為，對待貶謫，在達於窮通進退之理，內心沒有負擔的情況下，就可以親近自然為樂，但最重要的是要有同道的賢者一起登臨，才能真正體會到登山臨水的樂趣。歐陽修本人在滁州時，就有博士杜君與其共處同樂。不僅是在滁州，在夷陵時，他也有好友元珍與其交往同遊。除此之外，他還注重與友人書信來往，比如他在夷陵、滁州期間，經常與尹洙、蘇舜欽、梅堯臣等書信往來，詩文唱和，互相交流，互相鼓勵。這些行為對於建立新的士風，擺脫對權力本身的追求與依附，擴大作為士大夫的價值實現的途徑，具有非常重要的實踐效果。歐陽修在《送徐無黨南歸序》中就對儒家的「三不朽」做了具體分疏。他認為修身是最不受外界干擾而由自己所控制的，只要努力追求，必能有所得的。立言，有能力者則可立言以求不朽。而立功則有時或不時的問題。所以在不能得時立功之時，應選擇修身與立言。與此同時，不要輕視小官卑職，所在之處，正該為民理政，為民謀福。在這種思想指導之下，歐陽修重視的是政治實踐。「歐陽公云：「吾昔貶官夷陵，方壯年未厭學。欲求《史》《漢》一觀，公私無有，因取架間陳年公牘，反覆觀之，見其枉直乖錯，不可勝數，違法徇情，滅情

〔註107〕《歐陽修集編年箋注》第四冊卷六十九，第316頁。

害義，無所不有。夷陵荒遠僻小，尚如此，天下固可知也！當時仰天誓心，自邇遇事不敢忽。」〔註108〕貶謫期間的親身經歷，使歐陽修看到了基層行政的「枉直乖錯，不可勝數，違法徇情，滅情害義，無所不有」，在大為震驚的同時，也提醒了他政治實踐的重要性。

相比前代，宋代文人士大夫在此呈現出複合型的文化主體特徵。而這種士大夫群體的主體精神的崛起，引起了專制皇權天然的猜忌，而當時一部分保守官員窺知內中消息，借機利用皇權來打擊這些主體意識鮮明的士大夫。蘇舜欽「奏邸冤獄」就是他們的傑作。藉此一事，他們把支持改革的士人們「一網打盡」，也使得這批士大夫的精神領袖范仲淹以及范仲淹的支持者杜衍、韓琦、富弼、歐陽修等人紛紛被罷免貶謫。而此案的關鍵人物蘇舜欽則因此遭到「減死一等除名」的處罰，失去了進入宦途的可能。正是因其政治生命毀滅的徹底性，他所感受到的絕望超過了前述諸位，使其對於道的思考，不再是王禹偁的「道位之思」、歐陽修士大夫群體的主體精神改造與實踐，而是在於對整個士人群體的價值感及存在方式的反思。他親見范仲淹、杜衍等人博通經典，曉知大道，胸懷「致君堯舜，大濟蒼生」的宏偉理想，其所經歷的艱難困苦有目共睹，最後卻歸於失敗。再加上他自身所受到的殘酷打擊，使他認為道的追求不應該或者不僅僅是外求人知，外為人用，而是認清自我，以個人的存在為主體來思考問題，尋求自己的本性之所在，最後做到「以道自勝」。正是這種對於道的理解，使蘇舜欽認為「夫道無古今，但時有用捨，有志之士，不計時之用捨，必趨至極之地以學，探求聖賢之意而跡其所行，本原既明，則將養其誠心而泯去異端也。當其未知於人用於世，則修之益勤，守之益堅，內自貴珍而有待也。」〔註109〕（《答李銳書》）他的這種認識，也代表了宋代士大夫心態由外向事功開始走向內斂自省的趨勢。

〔註108〕〔宋〕吳曾：《能改齋漫錄》卷十三，劉宇整理，選自上海師大古籍整理研究所編：《全宋筆記》（第五編第四冊），大象出版社，2012年版，第118頁。
〔註109〕《蘇舜欽集》卷十，第115頁。

第五章　北宋前期貶謫事件與
　　　　士人政治氣節的作成

　　自從范仲淹走上仕途，就因直言進諫而歷經「三黜」。他在貶謫生活中「興學利民」、專心政務的同時，寫下《桐廬嚴先生祠堂記》以思考專制皇權之下君臣的相處之道。他以「寧鳴而死，不默而生」的強烈的擔當精神和具體的政治實踐，以其極具感召力的「以天下為己任」的精神境界喚醒了當時的士大夫群體，共同為復興儒家之道、改革宋仁宗時期政治弊病而努力。在與保守派官僚的鬥爭中，他們為了救免被貶謫的范仲淹，不惜「自請貶謫」。而這種剛直不屈的忘我精神卻被政敵誣之為朋黨。儘管歐陽修撰《朋黨論》、范仲淹為宋仁宗當面解釋過「朋黨」問題，但保守派依然憑藉專制皇權對於朋黨天然的猜忌和排斥心理，將支持范仲淹、力主改革的士大夫們以「朋黨」的罪名貶謫出京。而「慶曆新政」就在政敵的攻擊之下夭折了。范仲淹在無奈之下退居鄧州，寫下了千古名句「居廟堂之高則憂其民，處江湖之遠則憂其君」，「先天下之憂而憂，後天下之樂而樂。」在范仲淹的引領之下，這種崇高的政治氣節對北宋及後世產生了極其深遠的影響。

第一節　范仲淹的「三光」風範

　　范仲淹「三光」的典故來自於宋代釋文瑩《湘山野錄》，其書《續湘山野錄》卷記載了范仲淹三次被貶，其同僚朋友餞別之時，分別以「此行極光」「此行愈光」「此行尤光」來讚揚他直言敢諫的作為，范仲淹笑曰：「仲淹前後三

光矣。」〔註1〕可見，范仲淹的三次被貶在當時的士大夫眼中是值得讚揚和表彰的光榮之舉。相對於前代士人被貶離京時的淒涼哀怨，范仲淹的遭貶離京透露出不同的氛圍與消息。而正是這樣不避權貴、不畏貶謫的行為操守，成為北宋及以後歷朝歷代士大夫群體持守政治氣節的楷模和典範。正如朱熹所說：「本朝忠義之風，卻是自范文正公作成起來也。」〔註2〕

一、范仲淹「三光」原因概述

范仲淹（989～1052），出生於北宋太宗端拱二年八月二十九日，河北成德軍（即真定府，今河北省正定縣）節度掌書記官舍。其父范墉時任成德軍節度掌書記。但不幸的是，他於范仲淹兩歲時病逝。由於家貧無依，其母謝夫人帶著幼小的范仲淹改嫁淄州長山朱文翰。范仲淹因此改姓朱，名說。其繼父對他「既加養育，復勤訓導」，范仲淹在青少年時「已慨然有志於天下。」真宗大中祥符八年，范仲淹以朱說的名字中了蔡齊榜進士，從此步入仕途，釋褐授廣德軍（今安徽省廣德縣）司理參軍。天禧元年，范仲淹擢任文林郎，權集慶軍（即亳州）節度推官，於是年奉母親之命認祖歸宗，開始以范仲淹的名字出現在北宋真宗、仁宗時期的政治舞臺。此後幾年，范仲淹一直在地方為官，輾轉各地，均有不凡政績。仁宗天聖五年，晏殊因得罪劉太后被貶出守南都（河南商丘），闕丁母憂居此的范仲淹執掌應天府教席。據司馬光《涑水記聞》卷十載：「晏公請掌府學，仲淹常宿學中，訓督學者，皆有法

〔註1〕〔宋〕釋文瑩：《湘山野錄》，鄭世剛整理，選自朱易安、傅璇琮等主編：《全宋筆記》（第一編第六冊），大象出版社，2003年版，第71～72頁。其書云：「范文正以言事三黜。初為校理，忤章獻旨貶倅河中，僚友餞於都門曰：「此行極光。」後為司諫，因廢郭后，率諫官伏合爭之不勝，貶睦州，僚友又餞於亭曰：「此行愈光。」後為天章閣待制，知開封府，撰百官圖進呈，丞相怒奏曰：「宰相者所以器百官。今仲淹盡自掄擢，安用彼相？臣等乞罷。」仁宗怒，落職貶饒州，時親賓故人又餞於郊曰：「此行尤光。」范笑曰：「仲淹前後三光矣，此後諸公更送，只乞一上牢可也。」按此語不甚可解，聞見近錄載此事云：直待上牢了，仲淹方是了期耶。客大笑而散，惟王子野質，力疾獨留數夕，抵掌極論天下利病，留連惜別。范語人曰：「子野居嘗病羸不勝衣，及其論忠義，則龍驤虎賁之氣焉。」明日子野歸，客有迎大臣之旨，憚之者曰：「君與仲淹國門會別，一笑語，一樽俎，採之皆得其實，將有黨錮之事，君乃第一人也。」子野對曰：「果得覘者錄某與范公數夕之論進於上，未必不為蒼生之福，豈獨質之幸哉！」士論壯之。」

〔註2〕〔宋〕朱熹：《朱子語類》卷四十七，選自朱傑人、嚴佐之等主編：《朱子全書》（第十八冊），上海古籍出版社；安徽教育出版社，2002年版，第1636頁。

度，勤勞恭謹，以身先之。」並且於丁母憂期間「冒哀上書，言國家事，不以一心之戚，而忘天下之憂」，寫下了《上執政書》，針對當時形勢，對太平盛世下的內外隱憂做出了自己的預測，並指出「窮則變，變則通，通則久。非知變者，其能久乎？」此封上書得到了當時宰相王曾的賞識。在朝廷要求推薦人才時，王曾提示晏殊舉薦范仲淹應學士院試。據《續資治通鑑長編卷》一百六載：

> 甲子，以大理評事范仲淹為秘閣校理。初，仲淹遭母喪，上書執政，請擇郡守、舉縣令、斥遊惰、去冗僭、遴選舉、敦教育、養將才、實邊備、保直臣、斥佞人，使朝廷無過，生靈無怨，以杜奸雄，凡萬餘言。王曾見而偉之，亦知仲淹乃晏殊客也。於是，殊薦人充館職，曾謂殊曰：「公實知仲淹，捨而薦此人乎？已為公置不行，宜更薦仲淹也。」殊從之。〔註3〕

天聖六年十二月，范仲淹守喪期滿，因晏殊舉薦被召為秘閣校理，從此躋身館職，擔任京官。范仲淹擔任館職的第二年，就上書諫阻仁宗不可在殿廷帥百官行拜太后壽的儀式，因為「天子有事親之道，無為臣之禮，有南面之位，無北面之儀，」〔註4〕「虧君體，損主威，不可為後世法。」〔註5〕後來又上書要求太后「卷收大權，還上真主」〔註6〕，還政已經成年的仁宗。此奏疏上奏以後沒有得到回應，范仲淹自求補外，出為河中府通判。此次范仲淹在朝廷初露啼聲，讓舉薦他的晏殊大為驚懼，因為劉太后當政之時，根本無人敢於提及還政之事，反而是處處阿諛奉承，甚至有人送上《武后臨朝圖》，暗示劉太后可以學習武則天，自己臨朝稱帝。在這種情況下，范仲淹如此做法，簡直就是逆龍鱗而行。尤其是晏殊，正是因為反對劉太后的親信張耆做樞密使而被貶出朝廷，剛回朝不久的他還心有餘悸，范仲淹如此作為，顯然有悖當時的官場潮流。

> 晏殊初薦仲淹為館職，聞之大懼，召仲淹，仲淹正色抗言曰：「仲淹繆辱公舉，每懼不稱，為知己羞。不意今日反以忠直獲罪門下。」殊不能答。仲淹退，又作書遺殊，申理前奏，不少屈，殊卒愧謝焉。又奏疏請皇太后還政，亦不報，遂乞補外。尋出河中府通

〔註3〕《長編》卷一百六，第 2485 頁。
〔註4〕《長編》卷一百八，第 2526 頁。
〔註5〕《長編》卷一百八，第 2526 頁。
〔註6〕《長編》卷一百八，第 2526 頁。

判。〔註7〕

明道二年，劉太后去世，宋仁宗親政，范仲淹被召回朝廷任右司諫。此職位專掌言路，上書言事是其專職。范仲淹直言敢諫，先後諫阻追斥太后垂簾時事，認為「太后受遺先帝，調護陛下者十餘年，宜掩其小過，以全后德。」當年十二月，范仲淹剛從江、淮地區救災回來，就遇到了宰相呂夷簡慫恿宋仁宗廢后之事。為了諫阻此事，范仲淹與權御史中丞孔道輔、知諫院孫祖德，率領御史臺與諫院的所有成員集體出動，要求進殿面見皇帝，陳述不當廢后的理由。而仁宗則緊閉宮殿大門，要宰相呂夷簡去向臺諫解釋之所以廢后的原因。臺諫官員侃侃而談，呂夷簡理屈詞窮，只好使用緩兵之計，要求諫官們回去，明日再與百官一起廷爭辯論。待諫官御使離開之後，呂夷簡就以「臺諫伏閣請對，非太平美事」為理由，在此事發生的第二天就不遵循一般降黜的制度與程序，在他們兩人沒有任何準備的情況下，「遣使押道輔及范仲淹亟出城」，立刻逐出國門。也可以說呂夷簡與宋仁宗為了盡快解決廢后問題，倉促地把范仲淹他們逐出京城。〔註8〕范仲淹此次被貶時間為景祐元年，朝廷派其出守睦州。他在赴任途中作詩一首：「重父必重母，正邦先正家。一心回主意，十口向天涯。銅虎恩猶厚，鱸魚味復佳。聖明何以報，沒齒願無邪。」顯示出范仲淹諫阻廢后的思想理論基礎，在他看來，儒家倫理道德強調家國一體，宋仁宗無故廢后，不但破壞了家庭和諧，也會動搖國家的根基。同時，也表現出他對自己因此被貶的矛盾的心態，一方面，他忠心進諫卻被貶謫，內心不可能沒有任何波動，但另一方面，貶為睦州知州的任命又讓他感到皇帝對他的厚待和恩遇，因此，他忠心報國的決心變得越加強烈。

景祐二年三月，范仲淹升為禮部員外郎、天章閣待制，躋身侍從之列。此次入朝，范仲淹同以前一樣論事無所避忌，執政大臣因此都很忌憚厭惡他。宰相呂夷簡秉政多年，勢力穩固，朝廷官員多奔走其門下。他因循守舊，盡力維持仁宗朝表面的和平穩定，不做任何深層次的思考與改革。他曾派人勸說范仲淹不要過多進言，但被范仲淹拒絕。因此他特意把范仲淹調知開封府，以使他忙於政務，無暇分心來關心其他朝廷大事。據《長編》卷一百一十五載：

　　癸亥，龍頭閣學士、右諫議大夫、權知開封府王博文為給事中、

〔註7〕《長編》卷一百八，第 2526 頁。
〔註8〕《長編》卷一百十三，第 2648 頁。

　　知天雄軍，禮部員外郎、天章閣待制范仲淹為吏部員外郎、權知開封府。仲淹自還朝，言事愈急。宰相陰使人諷之曰：「待制侍臣，非口舌任也。」仲淹曰：「論事正侍臣職，余敢不勉。」宰相知不可誘，乃命知開封，欲撓以劇煩，使不暇他議，亦幸其有失，亟罷去。仲淹處之彌月，京師肅然稱治。〔註9〕

　　范仲淹在知開封府任上政績很好，呂夷簡的計策沒有得逞。針對呂夷簡任官不公的問題，范仲淹向宋仁宗上《百官圖》，指出官員升遷「人主當知其遲速、升降之序，其進退近臣，不宜全委宰相。」呂夷簡因此更加不悅。加上宋仁宗又以遷都之事徵詢呂夷簡的意見，呂夷簡認為范仲淹「迂闊，有名無實。」范仲淹聽後，又寫四論獻給仁宗，「一曰帝王好尚，二曰選賢任能，三曰近名，四曰推委，大抵譏指時政，又言：『漢成帝信張禹，不疑舅家，故終有王莽之亂。臣恐今日朝廷亦有張禹壞陛下家法，以大為小，以易為難，以未成為已成，以急務為閒務者，不可不早辨也。』」〔註10〕把呂夷簡比作漢代姑息養奸、釀成王莽之禍的宰相張禹。呂夷簡因此大怒，在帝前自辯，且訴范仲淹越職言事，薦引朋黨，離間君臣。范仲淹也上書辯駁，言辭愈加嚴厲。因為與宰相的直接衝突，范仲淹再次被降黜，此次被貶饒州。

　　經過此次事件，范仲淹的名望已經達到頂點。朝廷公論皆以范仲淹為賢。但是，掌握權力的一方利用「朋黨」這一罪名來打擊支持和同情范仲淹的士大夫。這種情況下，有些被范仲淹舉薦之人在朋黨之論的壓力之下，不得不向皇帝上書來解釋自己與范仲淹的關係。如同知樞密院事韓億就是如此：

　　　　戊子，同知樞密院事韓億言：「昨蒙宣諭范仲淹嘗密薦臣。臣自歷周行，惟歷樸忠。宸聰過聽，擢贊相府，未嘗涉朋黨之跡，結左右之容。況臣與仲淹即匪姻親，又非故舊，緣何契義，輒有薦論。若仲淹舉臣以公，則臣素無交託。伏望曲照孤衷，免嬰浮議。必若以臣備位無補，即進退之際，惟陛下裁賜。」優詔答之。〔註11〕

　　可見當時朝廷上下與范仲淹於公於私有所交集的人，都處在與范仲淹互為「朋黨」的嫌疑之中。這種情況下，天章閣待制李紘、集賢校理王質，冒著「朋黨」的嫌疑，帶著酒去給范仲淹送行，王質還單獨留下與范仲淹交談

〔註9〕　《長編》卷一百十七，第2766頁。
〔註10〕　《長編》卷一百十八，第2783～2784頁。
〔註11〕　《長編》卷一百十八，第2784頁。

好幾個晚上，有人以此來譏誚王。王質回答說：「果得覘者錄某與范公數夕郵亭之論，條進於上，未必不為蒼生之幸，豈獨質之幸哉？」〔註12〕可見，當時對於范仲淹的認識已經分為兩派，朝廷認為范仲淹「薦引朋黨」而將其貶謫出京，而在士大夫群體的輿論中范仲淹則是公認的為國盡忠、不避權貴的賢者。正是在這樣的輿論壓力下，范仲淹及余靖、尹洙、歐陽修等人在被貶三年之後，宋仁宗命令執政把他們量移到近地。這次量移引起了朝廷裏他的政敵的恐慌。他們為再次排擠范仲淹而羅織罪名，大肆誣衊，而宋仁宗聽信讒言，大怒之下，甚至想要把范仲淹貶到嶺南，正賴參知政事程琳為其辯白，他才得以幸免。

范仲淹三次被貶，均為以言獲罪。第一次與第三次均在擔任館職期間。而宋代館職，名列侍從之列，雖沒有諫官言事的職責，卻具有向皇帝進言建議的權力和義務。第二次被貶，正是在右司諫的位置。北宋皇帝對於言事得罪的大臣，都持優容的態度，即使被貶謫，也大多在一兩年內得以量移和敘復。尤其是諫官因言事得罪的，「不過薄責，旋即超遷。」范仲淹前兩次被貶，都在一年左右的時間被召回，升職任用。第三次被貶，是因「朋黨」的罪名，但也是在三年後量移近地，後在韓琦推薦下於康定元年三月復天章閣待制，知永興軍。范仲淹被貶與敘復的過程，就具備了這樣的時代特徵。

二、「寧鳴而死，不默而生」──范仲淹直言進諫的心理動因

富弼所作《范文正公仲淹墓誌銘》裏講到，「公為學好明經術，每道聖賢事業輒跂聳勉慕，皆欲行之於已。自始仕，慨然有康濟之志。凡所設施，必本於仁義而將之以剛決，未嘗為人屈撓。歷補外職，以嚴明馭吏使不得欺，於是民皆受其賜。立朝益務勁雅，事有不安者，極意辯論，不畏權倖，不蹙憂患。故屢亦見用，然每用必黜之。黜則忻然而去，人未始見其有悔色。或唁之，公曰：『我道則然，苟尚未遂棄，假百用百黜，亦不悔。』咦！如公乃韓愈所謂信道篤而自知明者也。」〔註13〕范仲淹作為忠實的儒家弟子，擅長和樂於鑽研儒家經術，尤其對《易》經有非常高深的造詣。《宋史・范仲淹傳》記載，當時天下士子都來向他「執經請教。」范仲淹對於儒家經典尤

〔註12〕〔宋〕釋文瑩：《湘山野錄》《續湘山野錄》卷，選自朱易安、傅璇琮等主編：《全宋筆記》（第一編第六冊），大象出版社，2003 年版，第 72 頁。

〔註13〕〔宋〕杜大珪編纂：《名臣碑傳琬琰集》中集卷十二，影印《四庫全書》文淵閣本，第 450 冊，第 303 頁。

其是《易》經的熟悉，對他的思想行為起了很強的指導性作用。「先秦儒學
六經中的《周易》，已提供了一個將價值變化與宇宙變化合一的世界觀。到
漢代，《周易》講天道並推出儒家倫理，其後果是天人感應的迷信猖獗。從
王弼開始，用「有」和「無」注解《周易》成為新方向，從本體論高度來談
宇宙生成和變化。佛教傳入中土經過漫長的中國化過程，到唐代形成了中國
式的心性論佛教，中國文化接受了存在普遍主體的觀念，它與《周易》注釋
的本體化傾向相結合，在唐代出現了不少著名的易學大家。因此，宋代哲學
家可以在常識理性基礎上重新定義《周易》中使用的理和氣、陰和陽等概念，
並以這些概念來重建新儒學。〔註14〕」范仲淹對《易》經的熟悉，表現在他
對《易》經在現實層面的運用上。在《睦州謝上表》中，他諫宋仁宗廢后時
引用《易》經「履霜堅冰至」的道理，提醒宋仁宗，無故廢后是失德的開始，
以後可能會帶來更大的災難。范仲淹在《與胡安定屯田書》中也寫道：「某
念入朝以來，思報人主，言事太急，貶放非一。然僕觀《大過》之象，患守
常經。九四以陽處凶，越位救時，則王室有棟隆之吉。九三以陽處陽，固位
安時，則天下有棟橈之凶。非如『艮』止之時，思不出位者也。吾儒之職，
去先王之經則茫乎無從矣，又豈暇學人之巧，失其故步？但惟精惟一，死生
以之。」〔註15〕這封給胡瑗的信裏，范仲淹以《易》經《大過》之象來觀照
現實世界，指導自己的政治行為。並且認為：「吾儒之職，去先王之經則茫
乎無從矣」。正因為有這樣的學術基礎與精神追求，范仲淹才會三次上書直
言進諫，三次被貶出朝。正如范仲淹自己所說：「我道則然，苟尚未遂棄，
假百用百黜，亦不悔。」從范仲淹貶謫期間的詩文來細究他的內心思想，考
察他對君臣關係的思考，以及在不受君主理解而被貶謫時如何自處，可以窺
知范仲淹之所以屢次被貶仍直言進諫的心理動因。

　　范仲淹在商丘居母喪期間，就曾寫有《四民》詩，集中思考了士農工商
四民在宋朝這個社會階段應當何為，以及當代四民之中所存在的社會問題，
對於所謂「四民之首」的士，更是給予強烈的關注。茲引如下：

　　　　前王詔多士，咸以德為先。道從仁義廣，名由忠孝全。美祿報
　　爾功，好爵縻爾賢。黜陟金鑾下，昭昭噓與妍。此道日以疏，善惡

〔註14〕金觀濤、劉青峰：《中國思想史十講》（上卷），法律出版社，2015 年版，第
　　　　239～240 頁。

〔註15〕〔宋〕范仲淹：《范仲淹全集》上冊，〔清〕范能濬編集，薛正興校點，鳳凰
　　　　出版社，2004 年版，第 629 頁。

何茫然。君子不斥怨，歸諸命與天。術者乘其隙，異端千萬惑。天
道入指掌，神心出胸臆。聽幽不聽明，言命不言德。學者忽其本，
仕者浮於職。節義為空言，功名思苟得。天下無所勸，賞罰幾乎息。
陰陽有變化，其神固不測。禍福有倚伏，循環亦無極。前聖不敢言，
小人爾能臆。裨竈方激揚，孔子甘寂寞。六經無光輝，反如日月蝕。
大道豈復興，此弊何時抑？末路競馳騁，澆風揚羽翼。昔多松柏心，
今皆桃李色。願言造物者，回此天地力。〔註16〕

　　在這首詩裏，范仲淹對於當時的士風非常不滿，他在詩中提到的諸多怪
相，都與儒家經典以及前王聖賢所要求的「士以德為先」完全不同。求取功
名不由正道，善惡對錯的區分變得模糊不清。范仲淹在守喪期間就對此種現
狀痛心疾首，希望造物者能夠有回天之力，改變這種士德淪喪的亂象。一旦
踏上仕途，范仲淹就以身作則，即使是做地方州縣的小官，也為了吏事「日
報簿書」與知縣爭論是非，不怕因得罪上司而循默無為。到了中央朝廷以後，
更是不改初衷，把自己的政治理想與從政風格帶到了北宋仁宗時期「姑息求
安」的朝堂之上，並不惜因此與宰相呂夷簡起劇烈的衝突。

　　景祐元年，范仲淹因為諫阻宋仁宗廢后而被貶睦州。在睦州，他重修了
漢光武帝時高士嚴光的祠堂，並寫《桐廬嚴先生祠堂記》來發明自己之所以
重修嚴光祠堂的用意。嚴光作為一個高士，在少年時與微時的漢光武帝劉秀
相交甚好。後來劉秀登上帝位，再三請嚴光出山為官，都被嚴光拒絕。光武
帝請他一聚，大被同眠時他把自己的腳放在了皇帝的身上，以至於管理星象
的官員第二天上奏說昨晚有客星犯帝星。但是漢光武帝並不加罪，而是尊重
他的選擇，放他回歸山林。范仲淹此文既表現自己對嚴光的仰慕，嚴光能夠
對漢光武「以節高之」，「得聖人之清，泥塗軒冕」，同時也對漢光武帝能「以
貴下賤，大得民也」表示欽佩。嚴光與漢光武帝兩人能夠互相成就，「蓋先
生之心，出乎日月之上；光武之器，包乎天地之外。微先生，不能成光武之
大；微光武，豈能遂先生之高哉？」這樣的互相成就也使當時的士人得到勸
勉，社會風氣得到改善，正所謂「貪夫廉、懦夫立，是有大功於名教也」。
范仲淹之所以表彰嚴光，不僅是崇尚嚴光不為功名利祿所動的高潔情操，同
時是要指出嚴光的高尚節操之所以能夠存在的深層次原因，在於漢光武帝闊
大的器宇與胸懷。作為在封建專制皇權下生存的范仲淹，已經深刻認識到在

〔註16〕《范仲淹全集》上冊卷二，第 26 頁。

一個時代裏，帶動社會風氣的正是這個帝國的最高統治者。他為嚴光的高潔情操所感動，「先生之風，山高水長」，嚴光代表了士人的尊嚴和以個人為主體的獨立性。世俗追求的功名利祿，並不能涵蓋士人對於自己人生的所有選擇。他的品格如高山流水一般長存世間，作為儒家後學的榜樣而存在。范仲淹在被貶睦州期間寫作這樣一篇文章，實質上是在呼喚士人能夠像嚴光一樣不慕功名利祿，堅持個人的道德選擇，堅守自己的尊嚴與節操。同時，也希望北宋的帝王之器宇能夠如漢光武帝劉秀一般，包容與理解尊重士大夫的道德抉擇。這樣才能夠與代表儒家文化道統的士人相互成就，才能改變社會風氣，使北宋的士風能同東漢一樣「貪夫廉、懦夫立」，做有功於名教也就是儒家之道的人。無獨有偶的是，南宋著名理學家朱熹在談起道學家的議論時，認為從范仲淹開始就有了好議論，其所舉例子正是范仲淹的《祠堂記》這篇文章。

> 先生曰：「亦有其漸。自范文正以來已有好議論，如山東有孫明復，徂徠有石守道，湖州有胡安定。到後來遂有周子、程子、張子出。故程子平生不敢忘此數公，依舊尊他。……某又問：「以前說後漢之風，皆以為起於嚴子陵，近來說又別。」曰：「前漢末，極有名節人。光武起，極崇儒重道，尊經術，後世以為法。如見樊英築壇場，猶待神明。嚴子陵直分明是隱士，渠高氣遠邁，直是不屈。又論其不矯激，呂伯恭作祠堂記，卻云它中和。嘗問之：「嚴子陵何須如此說？使他有知，聞之豈不發一笑！」因說：「前輩如李泰伯們議論，只說貴王賤伯，張大其說，欲以劫人之聽，卻是矯激，然猶有以使人奮起。今日須要作中和，將來只便萎靡了。如范文正公作《子陵祠堂記》云：「先生之志出乎日月之上，光武之器包乎天地之外。微先生不能成光武之大，微光武豈能遂先生之高哉？」胡文定公父子極喜道此語。大抵前輩議論粗而大，今日議論細而小，不可不理會。」〔註17〕

可見，在朱熹的眼裏，已經把范仲淹作為宋代道學發展的前驅。朱熹認為嚴光的氣質正在於「高氣遠邁，只是不屈」，正是范仲淹所指出的「眾方有為，而獨不事王侯，高尚其事，先生以之」的獨立不屈的精神。如像呂祖謙

〔註17〕〔宋〕朱熹：《朱子語類》卷一二九，選自朱傑人、嚴佐之等主編：《朱子全書》（第十八冊），上海古籍出版社；安徽教育出版社，2002年版，第4025～4026頁。

那樣說嚴光是中和之氣，顯然是不符合實際的。並且朱熹也看出了范仲淹作此文的用心，在於同時稱讚嚴光之志與光武之器。南宋理學家胡安國父子極喜道此語，說明范仲淹此文所闡發的君臣相輔相成、相互成就的道理對南宋道學家的影響也很大。

其實，范仲淹在這裡也隱隱的把自己與宋仁宗的關係比擬為嚴光與漢光武帝的關係，如他的《瀟灑桐廬郡十絕》最後一首：「瀟灑桐廬郡，嚴陵舊釣臺。江山如不盛，光武肯教來。」〔註18〕事實上，嚴光本來就是桐廬郡人，他自己選擇的隱逸之地，跟漢光武帝是沒有關係的。真正被皇帝指派到這裡來的人，正是范仲淹自己。所以也就是說，范仲淹已經認識到，在人治的專制社會制度下，士人的氣節操守的培育與涵養在一定程度上取決於統治者也就是皇帝個人的器宇和心胸。來到睦州，他感覺到皇帝對於貶謫官員的處理還是比較寬容的。在這樣的時代，正是士人人格尊嚴養成的好時代，他也希望宋代的統治者能夠像漢光武帝劉秀那樣器宇恢弘，同時也希望宋朝的士人們能夠出現象嚴光那樣具有個人的尊嚴和持守的高尚之士。

范仲淹後來因與呂夷簡相爭再次被貶饒州。此次被貶，引起朝野上下的震動。尹洙、余靖、歐陽修因為范仲淹辯護而集體被貶出朝，朋黨之論也因此而起。在他來到饒州之後，在饒州附近做官的詩人梅堯臣寫了篇《靈烏賦》寄贈給他，本意是勸他趨吉避禍，不要引火上身，同時也勸與他志同道合的其他人，不要多說話，這樣就不會有任何的禍患，不會給自己帶來仕途的挫折。即所謂「結爾舌兮鈐爾喙，爾飲喙兮爾自遂。同翺翔兮八九子，勿噪啼兮勿睥睨，往來城頭無爾累。」梅堯臣雖是一片好心，但他的勸解就像宋真宗時丁謂寫給王禹偁的信所起的效果一樣。范仲淹是不能接受梅堯臣這種做官只求自保的理念的。因此范仲淹也寫作了同題的《靈烏賦》來表達自己的政治理念及為官之道。在序裏，他表達了對梅堯臣用心的感謝，但同時開章明義的表示：「梅君聖俞作是賦，曾不我鄙，而寄以為好。因勉而和之，庶幾感物之意同歸而殊途矣。」說明兩個人同是因靈烏而有感而發，但所感所想卻並不相同。在他的《靈烏賦》裏，他首先通過設問的方式，回答了很多人不能理解的問題：「靈烏靈烏，爾之為禽兮，何不高翔而遠翥？何為號呼於人兮，告吉凶而逢怒？方將折爾翅而烹爾軀，徒悔焉而亡路。」靈烏的自訴就是范仲淹的夫子自道。之所以不避禍福，告人吉凶，是因為心懷感恩，

〔註18〕《范仲淹全集》上冊卷五，第 84 頁。

「思報之意，厥聲或異。警於未形，恐於未熾。知我者謂吉之先，不知我者謂凶之類。故告之則反災於身，不告之者則稔禍於人。」為了不留禍患給別人，他寧願「雖死而告，為凶之防」，又進一步反駁梅堯臣文中提到的「胡不若鳳之時鳴，人不怪兮不驚」，認為「彼希聲之鳳皇，亦見譏於楚狂；彼不世之麒麟，亦見傷於魯人。鳳豈以譏而不靈，麟豈以傷而不仁？」最後，范仲淹指出自己的選擇是「寧鳴而死，不默而生」。又進一步指出，如果大家都對禍患閉口不言，就像官倉裏的老鼠一樣，不必做任何仁愛之事，就能吃得腦滿腸肥，但是如果官倉吃完了，那時又怎麼辦呢？像住在荒蕪城堡的狐狸一樣，不做任何有關義的事情，就住在自己深深的巢穴裏，覺得自己很威風，但假使哪一天城牆坍塌了，又要怎麼辦呢？人與人的選擇不一樣，就像千里馬在馳騁的過程中會感到困倦，而劣馬卻被安適地豢養在馬廄。鵷鷀在雲霄之上飢餓的飛翔，而鷗鳶則在草叢中求得一飽。作為靈烏，我豈是喜歡多言，正如孔子所說，我想不要說話，可是卻是不得已啊。最後，他總結道：「我烏也勤於母兮自天，愛於主兮自天；人有言兮是然，人無言兮是然。」我范仲淹正如靈烏一樣對於母親的孝敬來自天性，對於主人也就是皇帝的忠愛出於天性，不管別人說什麼，我的天性不會改變。通過這篇《靈烏賦》，我們可以看到，范仲淹對於國家的強烈的責任感，以及他的深重的憂患意識。同時也能感到他對作為官員不顧天下國家的利益，為了個人安危和仕途而選擇明哲保身的厭惡。《靈烏賦》就表現了范仲淹「寧鳴而死，不默而生」的剛烈與執著。

　　宋仁宗慶曆四年，范仲淹的好友滕宗諒因被彈劾侵佔公使錢，經范仲淹多次為其辯白，最終被貶謫到岳州做知州。〔註19〕應滕宗諒之邀，范仲淹為他重建的岳陽樓作了《岳陽樓記》這一千古名文。岳陽樓處在「北通巫峽，南極瀟湘」的交通要道，是貶官外放之人經常會路過的地方。而滕宗諒此時正以貶官的身份在此，所以范仲淹此文，首先就交代了寫這篇記的來龍去脈。接著就岳陽樓的地理位置，想像遷客騷人「登斯樓也」，在「淫雨霏霏，連月不開」的季節，其「去國懷鄉，憂讒畏譏」的悲傷至極的心情，在「春和景明，波瀾不驚」的天氣，又是如何「心曠神怡，寵辱偕忘」，心情愉悅。一般人都是比較容易受外界事物影響的。范仲淹認為古代的仁人志士其起心動念應與這兩者不同，他們不受外界萬事萬物的干擾，「不以物喜，不以己

〔註19〕《長編》卷一百四十六，第 3527～3528 頁。

悲」。不管身處廟堂還是身在江湖，其憂國憂民之心是不會變的。最後，范仲淹提出了自己踐行一生的理想與信念：「先天下之憂而憂，後天下之樂而樂。」將這篇文章與《靈烏賦》比較，可以看出，《岳陽樓記》這篇文章的思想與《靈烏賦》裏所表達的觀點是一脈相承的。《靈烏賦》的靈烏「我烏也勤於母兮自天，愛於主兮自天；人有言兮是然，人無言兮是然。」不畏人言，堅持自己愛母愛主的天性，正是《岳陽樓記》裏「不以物喜，不以己悲」的前奏。范仲淹在寫這篇文章時，已經經歷了「慶曆新政」的失敗，從宰相的位置上退下來，退居鄧州，此時的他心情是沉重的，朝廷上下新政的反對派們以各種方式向皇帝指陳他的過錯，其中「朋黨」說是最為嚴重的，甚至有人多次在宋仁宗面前講范仲淹曾經上書要求廢掉仁宗。這樣的讒言非常致命，「眾口鑠金，積毀銷骨」，范仲淹雖然為了避讒，已經遠離了朝廷，但內心的憂懼傷痛是很難消除掉的。同樣，重修岳陽樓的滕宗諒也是經歷了一番波折，在范仲淹的連續上書、甘願同貶的大力支持下才得到現在的比較輕微的貶謫處置。范仲淹在這裡不但是勉勵自己，也是勉勵自己的好友要能夠像「古仁人」一樣，做到「不以物喜，不以己悲」，「先天下之憂而憂，後天下之樂而樂」。

這篇文章表達的思想是范仲淹一生政治實踐的反映，這種高尚的擔當精神與歷史責任感對中國儒家士大夫的影響是非常大的。朱熹就認為：「本朝忠義之風，卻是自范文正公作成起來也。」〔註20〕當代歷史學家余英時也認為：「以范仲淹為宋代士大夫的典範，並非出自朱熹一人的私見，而是北宋以來士階層的共識。」〔註21〕當代學者尚永亮教授也提到「荊湘貶謫文學體現著歷代文人強烈的關懷現實的精神，荊湘的景物也成為展示遷謫主體仁民愛物之淑世情懷的客觀對應物，成為『先天下之憂而憂，後天下之樂而樂'之人文關懷的明確象徵。范仲淹的《岳陽樓記》可以說是一個界碑，對這種淑世精神和人文關懷予以明確釐定和提升，由此內化為身處逆境之貶謫文人的心理要素，並擴大成一個頗具感召力的人文傳統，對後人發揮著代復一代的深遠影響。」〔註22〕這是范仲淹對於自己屢次言事遭遇貶謫的動機的解釋，他這

〔註20〕〔宋〕朱熹：《朱子語類》卷四十七，選自朱傑人、嚴佐之等主編：《朱子全書》（第十八冊），上海古籍出版社；安徽教育出版社，2002 年版，第 1636 頁。
〔註21〕余英時：《朱熹的歷史世界——宋代士大夫政治文化的研究》，北京三聯書店，2004 年版，第 210 頁。
〔註22〕尚永亮：《遷客離憂楚地顏——略說貶謫文學與荊湘地域之關係及其特點》，《湛江海洋大學學報》，2003 年第 2 期，第 29 頁。

麼做，完全出於對儒家聖賢經典的專精體悟與嚴格遵守，以此報國，不畏生死，更何況貶謫這樣的處罰呢？《續資治通鑑長編》卷一百十七就記載了內侍閻文應害死被廢的郭皇后，范仲淹冒死劾奏內侍閻文應的事件。

> 昭宣使、恩州團練使、入內都都知閻文應，……天章閣待制范仲淹將劾奏其罪，即不食，悉以家事屬其長子，曰：『吾不勝，必死之。』上卒聽仲淹言，竄文應嶺南，尋死於道。」〔註23〕

可見，范仲淹忠心報國，追求符合儒家道統的政治理念，死且不懼，何況貶謫。幸運的是，宋代厚待士大夫與言官的國策，使范仲淹這樣忠直的士大夫能夠免遭迫害，從而能夠培養士大夫正氣，使北宋一代士風得以張揚。

三、「先憂後樂」的貶謫心態及「興學利民」的政治作為

范仲淹在貶謫生涯中所做的三件事情，分別是處理政務，興辦學校，以及作詩寫文。從范仲淹貶謫期間所創作的詩文，我們可以觀察到范仲淹對於仕途遇挫、遭遇貶謫的態度。而這個態度，又會影響他在貶謫地的作為。正如歐陽修所講：「公少有大節，於富貴貧賤、毀譽歡戚，不一動其心，而慨然有志於天下。」〔註24〕（《資政殿學士戶部侍郎文正范公神道碑銘》）范仲淹在初入仕途之時，就表現出強烈的責任心，做廣德縣司理參軍時，就因為案件是非問題「日報簿書」與太守爭論。此種為官之道一直保持下來，所以才有做京官時直言敢諫，與宰相呂夷簡據理力爭，才會導致後來仕途的屢次遭貶。初次貶謫睦州，范仲淹與當時同時伏閤諫諍的御史中丞孔道輔一起，被直接從家裏押解出京城。作為一個非罪而貶的官員，范仲淹不可能沒有一點戚戚之情，好在他被貶謫的待遇要比唐代的柳宗元、韓愈等好很多。唐朝時期的皇帝對於文人官員並沒有特殊的愛護之意，高高在上的威嚴及專制使得罪皇帝而被貶的官員在精神上備感壓力，在實際生活中也受到較大的打擊和迫害，他們的貶謫地一般都在當時非常偏遠的經濟文化都不發達的遠小州郡。比如韓愈在潮州，柳宗元在永州和柳州。范仲淹生活的宋代本就採取右文政策，宋仁宗是著名的仁愛之君，所以他的貶謫地不是偏遠荒僻的小郡，而是物產豐饒，風光宜人的江南大州。范仲淹自己也在《睦州謝上表》中寫道：「伏蒙陛下皇明委照，洪覆兼包，贖以嚴誅，授以憂寄。……惟賴高明

〔註23〕《長編》卷一百十七，第2764頁。
〔註24〕《歐陽修集編年箋注》第二冊卷二十，第169頁。

之鑒，不投遐遠之方」，使他能夠「樂道忘憂，雅對江山之助；含忠履潔，敢移金石之心？」〔註25〕再加上范仲淹本人作為儒家之道的忠實履行者，無論在朝還是在外都將為百姓解難作為自己仕宦為官的宗旨。因此，范仲淹被貶官的一絲哀戚之情很快就被沖淡了。在乘船江上遇風之時，船幾乎傾覆，家人妻子驚恐不已。他則充滿自信和堅定，「聖宋非強楚，清淮異汨羅。平生仗忠信，盡室任風波。舟楫顛危甚，蛟黿出沒多。斜陽幸無事，沽酒聽漁歌。」〔註26〕（《赴桐廬郡淮上遇風》）。在出守睦州途中，他作有《出守桐廬道中十絕》，

> 隴上帶經人，金門齒諫臣。雷霆日有犯，始可報君親。
>
> 君恩泰山重，爾命鴻毛輕。一意懼千古，敢懷妻子榮。
>
> 妻子屢牽衣，出門投禍機。寧知白日照，猶得虎符歸。
>
> 分符江外去，人笑似騷人。不道鱸魚美，還堪養病身。
>
> 有病甘長廢，無機苦直言。江山藏拙好，何敢忘天閣？
>
> 天閣變化地，所好必真龍。軒意正迂闊，悠然輕萬鍾。
>
> 萬鍾誰不慕？意氣滿堂金。必若枉此道，傷哉非素心。
>
> 素心愛雲水，此日東南行。笑解塵纓處，滄浪無限情。
>
> 滄浪清可愛，白鳥鑒中飛。不信有京洛，風塵化客衣。
>
> 風塵日已遠，郡枕子陵溪。始見神龜樂，悠悠尾在泥。〔註27〕

在這組詩裏，他回顧了自己作為諫官，因直諫而得罪被貶、到江南履職的整個事件的發生及心路歷程。其中展現了自己忠貞報國的執著、出乎意料的結局，以及自我的反思與對隱者的欽羨。總體來說，這組詩還是表明了范仲淹對於自己直言進諫的不悔與堅持和貶謫生活的平和心態。到睦州之後，他曾仿白居易《琵琶行》作七言歌行《和葛閎寺丞接花歌》〔註 28〕，借對一因得罪被流放到睦州的京洛花匠身世的描寫，來表達自己對於人生榮辱得失的看法。這位花匠「中途得罪情多故，刻木在前何敢訴？竄來江外知幾年，骨肉無音雁空度。」極端的悲苦與傷感使他的身體一日不如一日，「多愁多恨信傷人，今年不及去年身。」有感於這個花匠與自己身世的相似，作者寫了自己被貶睦州的心態與行動：「我聞此語聊悒悒，近曾侍從班中立。朝違日下

〔註25〕 《范仲淹全集》上冊卷十六，第 341 頁。

〔註26〕 《范仲淹全集》上冊卷五，第 82 頁。

〔註27〕 《范仲淹全集》上冊卷五，第 83 頁。

〔註28〕 《范仲淹全集》上冊卷三，第 44～45 頁。

暮天涯，不學爾曹向隅泣。」聽到花匠的哭訴心裏有些傷感，因為他自己也
曾侍從皇帝身邊，早上違背了皇帝的意思，晚上就流落天涯，但即使如此，
他也不會像花匠一樣悲傷的向隅而泣，原因在於「人生榮辱如浮雲，悠悠天
地胡能執？賈誼文才動漢家，當時不免來長沙。幽求功業開元盛，亦作流人
過梅嶺。我無一事逮古人，謫官卻得神仙境。自可憂憂樂名教，曾不恓恓弔
形影。」撫今追昔，他看到過去文才武功出眾的才子賢人都曾經有過貶謫的
經歷。與他們相比，自己現在的處境還是比較幸運的。在這種環境下，剛好
可以好好追求名教（也就是儒家）所追求的樂境，而不是恓恓遑遑的自悲自
憐。正是在這樣的心境支配下，范仲淹在睦州、饒州等地政務之餘，通常都
置身於兩地的山水之間，寫詩作文來歌詠當地風光，展現自己的瀟灑情懷。
到睦州之後，他寫了《瀟灑桐廬郡十絕》，每首以「瀟灑桐廬郡」開頭，表現
了自己在睦州悠悠山水之中安閒平靜的心情。遷官蘇州時也作有《蘇州十
詠》，吟詠蘇州的名勝古蹟與自然山水。

　　在他因與呂夷簡相爭而被貶饒州時，他寫了《依韻酬黃灝秀才》：

　　　　再貶鄱川信不才，子規相愛勸歸來。客心但感江山助，天意難
期日月回。

　　　　白雲孤琴彌冷淡，浮雲雙闕自崔嵬。南方歲晏猶能樂，醉盡黃
花見早梅。〔註29〕

　　從這首詩裏可以明顯感覺到范仲淹再次被貶後內心的憤懣、無奈與失
落。但同時，他對朝廷的處置又抱著感恩之情：「可負萬乘主，甘為三黜人。
豈量堯舜心，如日照孤臣。薄責落善地，雅尚過朝倫。」〔註30〕（《酬葉道
卿學士見寄》）饒州與睦州一樣都是山清水秀的江南魚米之鄉，對於一個貶
官而言，能來此地，也算是朝廷對他的特殊照顧。兩首不同的和詩，表現了
范仲淹被貶官之後的兩種心情。這兩種心情都是真實的，無論誰被貶官尤其
還是第二次，都會有不平之意，但是貶官落善地，又令他感到慶幸與感恩。
由於饒州離廬山很近，所以范仲淹也多次到廬山遊玩，有《遊廬山作》，其
中描述了廬山優美的風景，同時也展現了自己遊山之後的心境：「客愛往來
何所得？僧言榮辱此間無。從今愈識逍遙旨，一聽升沉造化爐。」〔註31〕遷
官潤州之後，作《移丹陽郡先遊茅山作》：「竭節事君三黜後，收心奉道五旬

〔註29〕《范仲淹全集》上冊卷六，第 98 頁。
〔註30〕《范仲淹全集》上冊卷二，第 42 頁。
〔註31〕《范仲淹全集》上冊卷六，第 99 頁。

初。」〔註32〕優游山水，與出世之人的交往，使范仲淹對於仕途的得失升沉比以前看得開，心情也變得輕鬆多了。

范仲淹三次貶謫，無論到任何地方，所做之事除了處理日常政務以外，還格外注重教育與作興人才。他到睦州之後，就重修東漢高士嚴光的祠堂，並親自為祠堂作《桐廬郡嚴先生祠堂記》，並且動用權力，免除了四家嚴氏後人的徭役賦稅。他這樣做，就是為了表彰嚴光的高潔情操，顯示光武帝劉秀的宏偉器量，為當時的社會風氣帶來好的借鑑和榜樣。宋元之際的謝枋得就看出了范仲淹的用心所在，指出《嚴先生祠堂記》：「字少意多，文簡理詳，有關世教，非徒文也。」〔註33〕另外就是大興州學，南宋《淳熙嚴州圖經》裏提到，范仲淹到任後，州學「始建堂宇齋廡」。數月之後，范仲淹奉命調到蘇州。因其老家就在蘇州，范仲淹買了南園，準備興建住宅，以作歸老之用。但聽到算命先生說，此地風水極好，居住於此，世代皆可出公卿。范仲淹便決定把此處捐出，來建蘇州府學，他說：「吾家有其貴，孰若天下之士，咸教育於此，貴將無已焉。」〔註34〕當時恰逢蘇州遭遇大水災，范仲淹疏導河流，招募工人興作水利工程，造福一方。《長編》卷一一五載：

> 范仲淹知睦州，不半歲，徙蘇州。州比大水，民田不得耕，仲淹疏五河，導太湖注之海，募游手興作。未就，又徙明州。轉運使言仲淹治水有緒，願留以畢其役。庚子，詔仲淹復知蘇州。〔註35〕

到饒州之後，也是同樣。他在謝上表中寫道：「守土非輕，報天無所。竊念臣出自畎畝，階於縉紳，驟昇天閣之遊，親委王畿之政。至孤難立，屢請弗諧。眷寵既渥，補報宜異，必將危墜，猶或建明。處事未精，發言多率。智者千慮而有失，愚臣一心而豈周？情雖匪他，罪實由己。然而有犯無隱，惟上則知。許國忘家，亦臣自信。此時為郡，陳優優布政之方；必也立朝，增蹇蹇匪躬之節。」〔註36〕表達了自己無論立朝與為郡，都許國忘家的自信與決心。因此，他把自己對教育的重視也帶到了饒州，他為州郡學校選定新

〔註32〕《范仲淹全集》上冊卷六，第 100 頁。

〔註33〕〔宋〕謝枋得：《文章軌範》卷六，影印《四庫全書》文淵閣本，第 1359 冊，第 604 頁。

〔註34〕〔宋〕樓鑰：《范文正公年譜》，上海書店《叢書集成續編》本，第 31 冊，第 291 頁。

〔註35〕《長編》卷一百十五，第 2699 頁。

〔註36〕《范仲淹全集》上冊卷十六，第 343 頁。

的校址，興建新的學舍。新校舍建成之後，學生越來越多，饒州的教育事業也越來越興盛了。而饒州人也因此而為他立祠紀念。

> 公又遷建饒之郡學。又饒有九賢堂，自開寶迄紹聖，郡守六十八人，而在九賢之序者，公一人而已。饒人為立祠頌春堂、天慶觀、州學之講堂，凡三所。由景祐距此六十載，牲牢日盛。凡禱晴雨及州官之到罷，皆致禮焉。講堂每上丁具禮祝。〔註37〕（《范文正公年譜》）

《朱子語類》裏記載：「朱文公言曰：本朝范質，人謂其好宰相，只是欠世宗一死耳。如范質之徒，卻最敬馮道輩，雖蘇子由議論亦未免此。本朝忠義之風，卻是自范文正公作成起來也。」〔註38〕論振作士氣時，因人問：「本朝如王沂公人品甚高，晚年乃求復相，何也？」曰：「便是前輩都不以此事為非，所以至范文正方厲廉恥，振作士氣。」曰：「如寇萊公，也因天書欲復相。」曰：「固是。」〔註39〕可見，在南宋理學家心裏，范仲淹是宋代第一偉大的人物。觀察其在面對朝政大事之時，他「寧鳴而死，不默而生」〔註40〕，考慮的不是個人的仕途，而是國家的前途命運。即使被一貶再貶，也「惟精惟一，死生以之」〔註41〕，沒有改變自己按照儒家之道行事的原則與做人的操守。無論立身朝廷還是貶謫到郡縣地方，他都抱著「此而為郡，陳優優布政之方；必也入朝，增蹇蹇匪躬之節」〔註42〕的許國忘家的信念。他在多次的貶謫經歷中磨練了自己的意志，堅定了自己的信念，提煉出了北宋時期文人士大夫忠君愛民的最深切的關懷和牽掛。他的所作所為，展現了北宋時期文人士大夫「以天下為己任」的強烈的政治主體性意識及歷史責任感，也是原始儒家道德「人溺己溺」精神的典型體現和後來的理學家張載「民胞物與」思想的前驅。

〔註37〕〔宋〕樓鑰：《范文正公年譜》，上海書店《叢書集成續編》本，第31冊，第291頁。

〔註38〕〔宋〕朱熹：《朱子語類》卷四十七，選自朱傑人、嚴佐之等主編：《朱子全書》（第十八冊），上海古籍出版社；安徽教育出版社，2002年版，第1636頁。

〔註39〕《朱子語類》卷一二九，第4021頁。

〔註40〕《范仲淹全集》上冊卷一，第12頁。

〔註41〕《范仲淹全集》上冊，第629頁。

〔註42〕《范仲淹全集》上冊卷十六，第343頁。

第二節 「朋黨論」的興起及其負面影響

范仲淹與呂夷簡的朝堂之爭，導致了呂夷簡的極端憤怒。他將范仲淹以「越職言事，薦引朋黨，離間君臣」的罪名貶出朝廷，卻引來余靖、尹洙、歐陽修等士大夫以「自請貶謫」等各種方式，向范仲淹表示支持。呂夷簡利用皇帝對於「朋黨」天然的猜忌與排斥，將他們都以「朋黨」罪名貶黜出京。從此北宋朝廷「朋黨之論」興起，也直接導致了後來「慶曆新政」的失敗。朋黨之論使范仲淹及其支持者的政治抱負化為泡影，也對後來的北宋政治造成了極大的負面影響。

一、「自請貶謫」與朋黨之論的興起

景祐二年三月，范仲淹因屢次言事，與宰相呂夷簡發生激烈衝突，最後被以「朋黨」的罪名貶往饒州。此次事件在當時朝廷上下引起了軒然大波。歐陽修在為范仲淹所撰寫神道碑裏提到：「自公坐呂公貶，群士大夫各持二公曲直，呂公患之，皆指為黨，或坐竄逐。及呂公復相，公亦再起被用，於是二公歡然相得，戮力平賊，天下之士皆以此多二公，然朋黨之論遂起而不能止。」〔註43〕（《資政殿學士戶部侍郎文正范公神道碑銘》）可見，在當時的朝廷，支持范仲淹和支持宰相呂夷簡的分為兩派，各是其是。呂夷簡把所有支持范仲淹的官員都指為范仲淹的同黨，將其貶逐而流竄在外。從此以後，北宋朝廷之上的朋黨之論就開始起而不止。當時范仲淹被以「朋比」之罪貶謫出京去饒州任職時，據說一路的官員因為懼怕被指為范仲淹的朋黨而不敢去為他送行或者接風。在朝廷任職的只要聽聞自己是范仲淹曾薦舉過的，都要上書說明自己與范仲淹的關係。

但是即使是在會被指為朋黨、面對貶謫的壓力下，依然有人主動站出來，要為范仲淹鳴不平。在范仲淹被貶之時，懾於宰相呂夷簡的權勢，當時的諫官御史沒人為范仲淹發聲。集賢校理余靖為范仲淹辯解，請求仁宗收回前命。余靖所言，有理有據，引經據典，但仍然因此得罪，落職被貶監筠州酒稅。在這種情況下，太子中允、館閣校勘尹洙上《乞坐范天章貶狀》曰：

> 朝奉郎、守太子中允、充館閣校勘、騎都尉臣尹某。右，臣伏睹朝堂榜示，范仲淹落天章閣待制，知饒州，敕辭內有「自結朋黨，妄有薦引」之言。臣知慮闇短，嘗以其人忠亮有素，義兼師友。自

〔註43〕《歐陽修集編年箋注》第二冊卷二十，第 174～175 頁。

其被罪，朝中口語藉藉，多云臣亦被薦論，未知虛實。仲淹若以他
事被譴，臣故無預；今觀敕意，乃以朋比得罪。臣與仲淹，義分既
厚，縱不被薦論，猶當從坐；況如眾論，臣則負罪實深。雖然國恩
寬貸，無所指明；臣內省於心，有靦面目。況余靖自來與仲淹蹤跡
比臣絕疏，今來止因上言，獲以朋黨被罪。臣不可苟免，願從降黜，
以昭明憲。」〔註44〕

　　「自請貶謫」本是臺諫官員在進言之後不被朝廷採納時，所採用的倒逼
朝廷表達態度的方式，本取自儒家所謂「三諫不從則去之」的政治傳統，到
了北宋時期，成了臺諫官員常用的一種表明自己政治態度，而朝廷也可以此
下臺階的處理臺諫官員的方式。范仲淹就曾在任左司諫時上疏要求劉太后還
政而朝廷不報的情況下，自求補外，而獲朝廷允許。但一年後就被重新召回。
早在范仲淹在反對仁宗與呂夷簡廢后被貶之時，侍御史楊偕就曾上奏請求與
孔道輔、范仲淹同貶。本來當時對於他的處罰只是罰銅，但他為了表達對此
次進言不被採用的不滿而要求同貶，皇帝為了息事寧人，對於他的上書採取
了「不報」的態度。尹洙此種行為，也是基於同樣的理由。尹洙性素剛，他
採用此種「自求貶謫」的方式顯然是不滿於朝廷對於范仲淹以及余靖的處理，
他自認自己與范仲淹「義兼師友」，朝廷如果以「朋比」的罪名貶黜范仲淹的
話，就算范仲淹沒有舉薦他，他也應該從坐。況且連余靖這樣跟范仲淹交往
很少的人，都以「朋黨」獲罪。從這個邏輯出發，他請求皇帝把他也以「朋
黨」罪名降黜。在呂夷簡大肆打擊范仲淹及其支持者的時候，他態度如此強
硬，激怒了呂夷簡，不出所料地被貶謫出京，為崇信軍節度掌書記，監潁州
酒稅。

　　無獨有偶，右司諫高若訥不但不論救范仲淹，反而在與眾人議論此事時，
認為范仲淹該貶。他的這種態度激起了鎮南節度掌書記、館閣校勘歐陽修的
極度不滿，他寫信給高若訥，指責他的種種不當行為，並說高若訥如此作為
是「不復知人間有羞恥事」。高若訥將其信件繳納上朝廷，歐陽修被指為「顯
露朋黨之跡」，因此被貶為夷陵縣令。

　　范仲淹、余靖、尹洙、歐陽修等相繼被貶，引起了朝廷之外地方官員的
關注，支持范仲淹的西京留守蔡襄作《四賢一不肖詩》，在當時流傳甚廣，而

〔註44〕曾棗莊、劉琳主編：《全宋文》第二十七冊卷五八一，上海辭書出版社；安徽
　　　　教育出版社，2006年版，第248頁。

泗州通判陳恢則是宰相呂夷簡一派，他上章請求追究作詩者的罪責。朝堂上左司諫韓琦又對陳恢進行彈劾，朝廷息事寧人，兩邊都不追究，以此了結了這件事情。

> 西京留守推官仙遊蔡襄作《四賢一不肖詩》，傳於時。四賢指仲淹、靖、洙、修，不肖斥高若訥也。泗州通判陳恢尋上章，乞根究作詩者罪。左司諫韓琦劾恢越職希恩，宜重行貶黜，庶絕奸諛，不報，而襄事亦寢。〔註45〕

光祿寺主簿蘇舜欽雖不是言官，也對此事發表了看法，他上疏認為：「前孔道輔、范仲淹剛直不撓，致位臺諫，後雖改它官，不忘獻納。二臣者，非不知緘口數年，坐得卿輔。蓋不敢負陛下委注之意，而皆罹中傷，竄謫而去，使正臣奪氣，鯁士咋舌，目睹時弊，口不敢論。」〔註46〕他認為朝廷對於直言敢諫的忠直之臣進行貶竄，必然使正直之士失去進言的勇氣，造成壓制輿論的嚴重後果，以此來引起皇帝對於以言逐人的反思，從而營救范仲淹等人。並且賦詩一首《聞京尹范希文謫鄱陽尹十二師魯以黨人貶郢中歐陽九永叔移書責諫官不論救而謫夷陵令因成此詩以寄且慰其遠邁也》，對范仲淹、余靖、尹洙、歐陽修等人表示支持、讚揚和勉勵。

> 朝野蔚多士，衰然良可羞。伊人秉直節，許國有深謀。大議搖岩石，危言犯採旒。蒼黃出京府，憔悴謫南州。引黨俄嗟尹，移書遽竄歐。安慚言得罪，要避曲如鉤。郢路幾束馬，荊川還泝舟。傷心眾山集，舉目大江流。遠動家公念（師魯父做牧於東川），深貽壽母憂（永叔有母垂老）。橫身罹禍難，當路積仇讎。衛上寧無術，元宗非所憂。吾君思正士，莫賦畔牢愁。〔註47〕

「安慚言得罪，要避曲如鉤」，對他們來說，因言得罪並不是一件值得慚愧的事情，最重要的評價標準已經不是朝廷和權臣對他們的價值判斷，他們追求的是個人政治氣節的崇高。歐陽修以一封《與高司諫書》而被貶往夷陵，尹洙以為歐陽修失於察覺高若訥的人品，但歐陽修表示自己「當與高書時，已知其非君子，發於極憤而切責之，非以朋友待之也，其所為何足驚駭？」〔註48〕（《與尹師魯第一書》）由此可以看出，歐陽修也是預料到了被貶謫的

〔註45〕《長編》卷一百十八，第 2787 頁。
〔註46〕《長編》卷一百十八，第 2788 頁。
〔註47〕《蘇舜欽集》卷六，第 67～68 頁。
〔註48〕《歐陽修集編年箋注》第四冊卷一七，第 281 頁。

可能，並且決定承擔這樣的後果。他同尹洙一樣，是出於義憤，敢於冒著被貶的風險，支持范仲淹與呂夷簡的鬥爭。尹洙與歐陽修的這種勇於與權臣做鬥爭的正氣凜然的態度與品格，體現出當時士大夫群體中崇尚氣節、追求直道的政治風尚正在形成。他們的這種行為得到了時人的讚揚。蘇舜欽對他們行為的闡釋說明了一個士大夫群體新的價值判斷標準的形成。

范仲淹被貶事件之所以引起如此大的風波，朝野內外都分為兩派，互相鬥爭。主要的原因在於北宋經過太祖、太宗、真宗三朝的發展和積累，一方面，結束了五代十國的混戰局面，百姓在一定程度上過上了太平日子。但真宗時期的澶淵之盟，解決了遼宋之間的戰爭，卻留下了沉重的經濟負擔。自從結盟以後，怕戰、厭戰的情緒在宋朝皇帝與大臣之間蔓延，為了掩飾和解決這個心理問題，宋真宗在王欽若、丁謂的慫恿與幫助下，東封西祠，勞民傷財，花費巨大。仁宗時期，西北的西夏也越來越強大，嚴重威脅到北宋西北邊境。東北與西北的外患是壓在宋人頭上的兩座大山。而呂夷簡等老臣卻如孫沔所批評的「以姑息為安，以避謗為知」，只知鞏固自己的權勢，一味掩飾社會矛盾和社會問題。范仲淹批評他「以小為大，以易為難，以未成為已成，以急務為閒務」〔註49〕，這樣就導致朝廷積累的問題越來越多，已經到了不得不改革的地步。范仲淹屢次上書，直言敢諫，其所講的問題也都符合當時的社會現實，是大多數人心中所想而不敢或者沒有資格講的。從學術傳承的角度看，《宋史》載：「仲淹泛通《六經》，長於《易》，學者多從質問，為執經講解，亡所倦。嘗推其俸以食四方遊士，諸子至易衣而出，仲淹晏如也。每感激論天下事，奮不顧身，一時士大夫矯厲尚風節，自仲淹倡之。」〔註50〕范仲淹通曉儒學六經，對《易》經尤其擅長，四方學者經常向他質疑請教，他都認真講解，不知疲倦。而尹洙與歐陽修都學習韓愈，致力於古文寫作。韓愈之古文，在當時代表著儒家之道的復興。所以從學術傳承上講，范仲淹同尹洙、歐陽修等人對儒學的重視和學習是一致的。史載「洙內剛外和，博學有識度，尤深於《春秋》。自唐末歷五代，文格卑弱。至宋初，柳開始為古文，洙與穆修復振起之。其文簡而有法。」〔註51〕歐陽修在《記舊本韓文後》也提到：「後七年，舉進士及第，官於洛陽。而尹師魯之徒皆在，遂相與作為古文。因出所藏《昌黎集》而補綴之，求人家所有舊本而校訂之。

〔註49〕《長編》卷一百十八，第 2784 頁。

〔註50〕《宋史》卷三百一十四，第 10267～10268 頁。

〔註51〕《宋史》卷二百九十五，第 9838 頁。

其後天下學者漸趨於古，而韓文遂行於世。」〔註52〕歐陽修與尹洙之所以能夠在范仲淹被貶之時，憤而起之為其辯護，與他們相同的崇尚儒家之道的政治理想是分不開的。正如錢穆先生在《國史大綱》中所講到的：「與胡、范同時、前後，新思想、新精神蓬勃四起。他們開始高唱華夷之防。又盛唱擁戴中央。他們重新抬出孔子儒學來矯正現實。他們用明白質樸的古文，來推翻當時的文體。他們一起闢佛老，尊儒學，尊六經。他們在政治上，幾乎全體有一種革新的要求。他們更進一步看不起唐代，而大呼三代上古。他們說唐代亂日多，治日少。他們在私生活方面，亦表現出一種嚴肅的節制謹度，而又帶有一種宗教狂的意味，與唐代士大夫恰恰走上相反的路徑，而相互映照。因此他們雖則終於要發揮到政治社會的現實問題上來，而他們的精神，要不失為含有一種哲理的或純學術的意味。所以唐人在政治上表現的是『事功』，而他們則要把事功消融於學術裏，說成一種『義理』。『尊王』與『明道』，遂為他們當時學術之兩骨幹。」〔註53〕這批以天下為己任的士人群體所代表的時代精神，正是在范仲淹的感召之下而被呼喚出來的。從更深的文化層次來看，范仲淹代表著新進士人的銳氣和剛直不撓的道德勇氣，在對抗宰相呂夷簡的過程中得到了大部分新進士人的支持。宋朝採取「右文政策」，注重科舉取士，涵養人才。在這個時期，很多官員都是藉由科舉走上政治舞臺。作為儒家之道的承繼者和實踐者，他們關心朝政，心憂天下，自然會站在范仲淹的一方。

就以歐陽修為例，他在明道二年任西京留守推官之時，就曾寫信給范仲淹，鼓勵他恪盡諫官之職責，「若天下之失得、生民之利害、社稷之大計，唯所見聞而不繫職司者，獨宰相可行之，諫官可言之爾。故士學古懷道仕於時，不得為宰相，必為諫官，諫官雖卑，於宰相等。天子曰不可，宰相曰可，天子曰是，諫官曰非，天子曰必行，諫官曰必不可行，立殿陛之前於天子爭是非者，諫官也。宰相尊，行其道；諫官卑，行其言。言行，道亦行也。」〔註54〕（《上范司諫書》）諫官的地位雖然卑微，但是諫官的職責卻和宰相一樣重要。他指出范仲淹任諫官是眾望所歸，但任職以來，未見范仲淹「直辭正色，面爭廷論」，因此感到疑惑，催促范仲淹珍惜擔任諫官的機會，「思天子所以見用之意，懼君子百世之譏，一陳昌言，以塞重望，且解洛之士大夫

〔註52〕《歐陽修集編年箋注》第四冊卷七三，第406頁。
〔註53〕錢穆：《國史大綱》下冊，商務印書館，1996年版，第560頁。
〔註54〕《歐陽修集編年箋注》第四冊卷一六，第240頁。

之惑，則幸甚幸甚。」〔註55〕（同上）當時歐陽修在洛陽與尹洙等人交往遊
從，其所謂「解洛之士大夫之惑」，顯然包括尹洙等人。可見，范仲淹在朝
廷上屢屢言事是諸位新進士人所樂於見到的，而在此之前范仲淹已經以直言
敢諫成為當時新進士大夫中的翹楚和領袖。歐陽修在景祐元年在給范仲淹的
一封信中，就認為范仲淹是「每顧事是非，不顧自身安危，則雖有東南之樂，
豈能為有憂天下之心者了哉？」認為范仲淹是有「憂天下之心」者，同時他
也認為范仲淹身繫天下士君子的希望，所以他安慰范仲淹「自古言事而得
罪，解當復用。遠方久處，省思慮，節動作。此非希文自重，亦以為天下士
君子重也。」〔註56〕（《與范希文書》）歐陽修甚至因為贊同和支持范仲淹的
行政舉措與政治思想，而與對自己有知遇之恩同時也是自己岳父的胥偃都有
了嫌隙。據《長編》載：「初，偃愛歐陽修有文名，置門下，妻以女。及偃
數糾仲淹立異不循法，修乃善仲淹，因與胥有隙。〔註57〕也是因此朝廷中以
呂夷簡為代表的守舊派官員以「朋黨」的名義將范仲淹貶謫，自然激起了這
些新進士人們的憤怒與反對。既是朋黨，那當然有朋，承認自己是范仲淹的
朋黨、自請貶謫是對朝廷成命的一種不滿與反抗，也是表示自己對范仲淹所
作所為的堅定支持。事實上，尹洙、歐陽修與范仲淹是真正的道義之交。正
如後來元人臺哈布哈所論：

> 范文正公以論事忤執政，遂落職知饒州。於時直范公者相屬於
> 朝，尹師魯亦自請同黜，可以見一時賢才之盛矣。師魯既貶監郢州稅，
> 觀魏公二書中語，略不及當時事，亦不以師魯因己被黜而加存問，蓋
> 范公所論為國也，而師魯之請以義也。是豈有一毫私意於其間哉？書
> 末云『惟君子為能樂道前賢之用心』，於此可見矣。」〔註58〕

　　而歐陽修也曾為了避嫌，在范仲淹重新起復任陝西經略安撫招討，招辟
其為軍中掌管箋奏的掌書記時，以親老而推辭了范仲淹對自己的辟舉。歐陽
發《先公事蹟》中記述歐陽修解釋自己這樣做的原因：「吾初論范公事，豈
以為己利哉！同其退不同其進可也。」〔註59〕他在《與梅聖俞書》中也說過：

〔註55〕　《歐陽修集編年箋注》第四冊卷一六，第 242 頁。
〔註56〕　《歐陽修集編年箋注》第四冊卷六七，第 263 頁。
〔註57〕　《長編》卷一百二十二，第 2775 頁。
〔註58〕　〔清〕卞永譽編：《式古堂書畫匯考》卷九，影印《四庫全書》文淵閣本，第
　　　　　827 冊，第 432 頁。
〔註59〕　〔宋〕歐陽發：《先公事蹟》，選自歐陽修：《歐陽修集編年箋注》第八冊附錄
　　　　　卷五，李之亮箋注，巴蜀書社，2008 年版，第 560 頁。

「安撫見辟不行，非惟奉親避嫌而已，從軍常事，何害奉親？朋黨蓋當世俗見指，吾徒寧有黨耶？」〔註60〕可見，歐陽修與尹洙等人主要是基於與范仲淹同樣的政治理想和信念，崇尚范仲淹「先憂後樂」、直言不諱、不避權貴的高貴節操和勇於擔當的精神，而根本不是世俗所謂的互相提攜支持的「朋黨」。

「仲淹初在制中，遺宰相書，極論天下事，他日為政，盡行其言。……考其當朝，雖不能久，然先憂後樂之志，海內固已信其有弘毅之器，足任斯責。」〔註61〕余靖、尹洙、歐陽修等的作為、自請貶謫以及以成為范仲淹朋黨為榮的現象的出現，說明從道義上和行動上，支持范仲淹的士大夫已經成為一個群體，也說明范仲淹的人品道德與才幹識見得到了很大一部分士大夫的認可和推崇。他已經成為宋仁宗時期士人們的精神領袖和時代精神的代表。但這種群體性的推崇與認可卻恰恰成了某些人用來攻擊范仲淹及其同黨的絕佳理由，「朋黨之論」也由此而起，並愈演愈烈。

二、「朋黨論」的興起與「慶曆新政」的失敗

朋黨，是歷代專制王朝的統治者們深深忌憚的問題。其關鍵點在於臣下私相朋黨，有可能分化君主的權力，甚至威脅到君主的統治。中國歷史上最早的著之史冊的「朋黨」之說應該是東漢末年的黨錮之禍。當時的東漢朝廷宦官專權，朝政混亂。反對宦官專權的士大夫們則形成了處士橫議、私相品題的局面。當時在士大夫群體中有著名的「三君」「八駿」「八廚」「八顧」「八及」等具有清望的君子，這些人在與宦官的鬥爭中失利，被宦官以「養太學遊士，交接諸郡生徒，更相驅馳，共為部黨，誹訕朝廷，疑亂風俗」〔註62〕的罪名誣陷。漢桓帝大怒，詔告天下，大肆搜捕黨人，接連激起兩次黨錮之禍，所逮捕者多為天下名士，其中的代表人物李膺、范滂等人都被處死。唐中期，朋黨之亂再起，這次的黨爭以牛僧孺與李宗閔為首。牛僧孺代表了以進士及第而進入政壇的一部分平民出身的官員，而李宗閔則代表了即將沒落的唐代貴族勢力。這兩派在中唐朝廷纏鬥幾十年，給唐朝內部帶來極大的內耗，也給很多士人帶來人生和仕途的磨難。著名詩人李商隱就是在黨爭的夾

〔註60〕《歐陽修集編年箋注》第八冊卷一五〇，第178頁。
〔註61〕《宋史》卷三百一十四，第10259頁。
〔註62〕〔南朝宋〕范曄：《後漢書‧黨錮列傳》卷六十七，中華書局，第2007年版，第639頁。

縫中生存，最後鬱鬱而終。連當時的皇帝唐文宗也對朋黨問題感到頭疼不已。他無奈地說道：「去河北賊易，去此朋黨難！」〔註63〕可見，朋黨，是封建專制王朝裏皇帝最忌憚的事情。而朋黨，正如唐朝名臣李絳所說：「自古人君最惡者朋黨，小人揣知，故常藉口以激怒上心。朋黨者，尋之則無跡，言之則可疑。小人常以利動，不顧忠義；君子者，遇主知則進，疑則退，安其位不為它計，故常為奸人所乘。」〔註64〕在沒有個人實際罪狀的情況下，以此作為罪名，又是最方便一網打盡政敵的一個方法。

宋朝歷代皇帝同樣對於朋黨問題抱有警惕之心。宋太祖在奪得政權的第三年，就曾下詔，要求「及第舉人，不得呼舉官為恩門、師門及自稱門生。」〔註65〕太宗朝中後期，就多有以「朋黨」之罪攻擊政治對手，最後成功將其逐出朝堂的案例。端拱年間，以趙普為首的元老派擊敗了以胡旦、趙昌言為首的太平興國三年進士「同年黨」，至淳化二年，又有以寇準為首的太平興國五年進士「同年黨」扳倒宰相呂蒙正。趙普公布趙昌言的罪狀是：「訏謨之效，未見於盡忠；險詖之蹤，頗聞於植黨。交結非類，玷辱清朝。」〔註66〕責胡旦、陳象輿等詔則為：「結黨乃通於非類，險詖無已，蹤跡自彰。」〔註67〕而《呂蒙正罷相除吏部尚書制》謂呂蒙正罪在：「其有訏謨獻納，蔑聞苦口之言；朋黨比周，深失蒼生之望。」〔註68〕宋真宗也曾發表過要使大臣們彼此「異論相攪」，則各自「不敢為非」的意見。這都說明，宋朝統治者們所最害怕的，「是在朝的大臣之間或大臣和一般士大夫之間結合成派系和朋黨，以致成為中央集權的一個分割力量。」〔註69〕宋仁宗天聖七年三月癸未，在下詔令「百官轉對，極言時政闕失如舊儀」時，就曾囑咐輔臣說：「所下詔，宜增朋黨之戒。」〔註70〕在任命朝廷大員時，皇帝更是注重此事，

景祐中，王沂公曾、呂許公夷簡為相，宋綬、盛度、蔡齊為參

〔註63〕〔宋〕歐陽修、宋祁：《新唐書‧李宗閔傳》卷一百七十四，中華書局，1975年版，第5236頁。

〔註64〕《新唐書》卷一百五十二，第4841頁。

〔註65〕《長編》卷三，第71頁。

〔註66〕〔宋〕徐自明：《宋宰輔編年錄校補》卷二，王瑞來校補，中華書局，1986年版，第52頁。

〔註67〕《宋大詔令集》卷二百三，第756頁。

〔註68〕《宋大詔令集》卷六十五，第319頁。

〔註69〕鄧廣銘：《宋史十講》，中華書局，2015年版，第63頁。

〔註70〕《長編》卷一百七，第2504頁。

知政事。沂公素喜蔡文忠，呂公喜宋公垂，惟盛文肅不得志於二公。晚年王、呂相失，交章乞退。一日，盛文肅致齋於中書，仁宗召問曰：『王曾、呂夷簡乞出甚堅，其意安在？』文肅對曰：「二人腹心之事，臣亦不能知。但陛下各詢以誰為代者，即其情可察矣。」仁宗果以此問沂公，公以文忠薦。一日又問許公，公以公垂薦。仁宗察其朋黨，於是四人者俱罷政事，而文肅獨留焉。〔註71〕

　　盛度就是利用了宋仁宗對於朋黨的高度警惕，而成功得以趕走政敵，獨任宰相的。

　　可見，宋仁宗對於朋黨問題如他的祖宗一樣，非常戒備。在宋仁宗當政期間，呂夷簡與范仲淹因朝政問題在朝廷之上爭論，呂夷簡在無法招架范仲淹的進攻之下，就祭起了「朋黨」這面大旗。初次使用，呂夷簡就成功擊敗范仲淹，以「越職言事、薦引朋黨、離間君臣」〔註72〕的罪名將其排擠出朝廷，貶謫到饒州。宋仁宗聽從了侍御史韓瀆的建議，把范仲淹的「朋黨」張榜公布在朝堂之上。這次的事情簡直是打開了潘多拉的魔盒，以後的多次群體性貶謫，均以「朋黨」名義進行。呂夷簡此後也是以「朋黨」的名義，把「並據要地，銳於作事」的葉清臣、吳遵路、宋庠、鄭戩排擠出朝廷。其原因主要在於宋庠與呂夷簡在政事上數次爭論，而皇帝又對宋庠頗有好感，呂夷簡怕宋庠威脅到自己的位置，想辦法要把他排擠出朝廷。最後利用了范仲淹擅通書與元昊的事件，使宋庠處於輿論譴責的中心，最終以朋黨的名義把他罷免。據《長編》卷一百三十二載：

　　　　庚午，龍頭閣直學士、權三司使葉清臣知江寧府，權知開封府、天章閣待制吳遵知宣州。陝西都轉運使、龍頭閣直學士姚仲孫權三司使，知制誥賈昌為龍頭閣直學士、權知開封。清臣與遵路雅相厚，而宋庠、鄭戩皆同年進士也，四人並據要地，銳於作事，宰相以為朋黨，請俱出之。

　　　　辛未，右諫議大夫、參知政事宋庠守本官，知揚州，樞密副使、右諫議大夫鄭戩加資政殿學士，知杭州。先是，呂夷簡當國，同列不敢預事，唯諾書紙尾而已，獨庠數與爭論，夷簡不悅。上顧庠頗

〔註71〕〔宋〕江少虞撰：《宋朝事實類苑》卷第十六，上海古籍出版社，1981年版，第186頁。

〔註72〕《續資治通鑒長編》卷一百十八，第2784頁。

善，夷簡忌之，巧為所以傾庠未得。及范仲淹擅通書元昊，又焚其
報，夷簡從容謂庠曰：「人臣無外交，希文何敢如此？」庠以夷簡誠
深罪仲淹也，他日於上前議其事，庠遽請斬仲淹，樞密副使杜衍力
言其不可，庠謂夷簡必助己，而夷簡終無一言，上問夷簡，夷簡徐
曰：「杜衍之言是也，止可薄責而已。」上從之，庠遂倉皇失措，論
者譁然，皆咎庠，然不知實為夷簡所賣也。於是，用朋黨事與戩俱
罷。〔註73〕

　　呂夷簡之所以能如此輕易地以「朋黨」的名義把自己的政敵排擠出去，
主要還是利用了宋仁宗對於朝臣結為「朋黨」的恐懼。對於專制皇權而言，
朝廷的中心只有一個，那就是皇帝本人，如果朝臣結為朋黨，皇室的權力就
有可能被架空。這是歷代專制君主絕對不可以容忍的。所以在呂夷簡以「朋
黨」罪名攻擊范仲淹時，宋仁宗馬上就同意下詔「以仲淹朋黨牓朝堂，戒百
官越職言事，從之」。甚至在呂夷簡罷相之後，還有人不斷以「朋黨」的名義
攻擊當時已回到朝廷，並擔任要職的富弼、韓琦、范仲淹、歐陽修等人。

初，呂夷簡罷相，夏竦授樞密使，復奪之，代以杜衍，同時進
用富弼、韓琦、范仲淹在二府。歐陽修為諫官，石介作《慶曆聖德
詩》，述進賢退奸之不易，蓋斥夏竦也。竦銜之，而仲淹等皆修所善。
修言事一意徑行，略不以行跡嫌疑顧避。竦因與其黨造為黨論，目
衍、仲淹及修等為黨人。修乃作《朋黨論》上之。於是為黨論者惡
修。摘語其情狀，至內侍藍元振上疏，言范仲淹、歐陽修、尹洙、
余靖，前日蔡襄謂之四賢。斥去未幾，復還京師。四賢得時，遂引
蔡襄以為同列。以國家爵祿為私惠，膠固朋黨，苟以報謝當時歌詠
之德。今一人私黨止作十數，合五六人，門下黨與已無慮五六十人。
遞相提攜，不過三二年，布滿要路，則誤朝迷國，誰敢有言？」上
終不之信也。〔註74〕

　　在經歷了西夏元昊的叛亂之後，宋仁宗看到了范仲淹一心為國的忠誠，
以及處理軍國大事的能力。為了改變當時國家積貧積弱之態勢，宋仁宗聽從
士大夫的輿論，決定任用范仲淹等人來進行改革。但是他對於范仲淹等人的

〔註73〕《長編》卷一百三十二，第3127頁。
〔註74〕〔宋〕徐自明：《宋宰輔編年錄校補》卷五，王瑞來校補，中華書局，1986
　　　　年版，第252頁。

「朋黨」問題，依然保持警惕，於是他再次下詔，戒百官朋黨。參知政事李若谷因此向仁宗建言：「近歲風俗薄惡，專以朋黨誣善良。蓋君子小人各有類，今一以朋黨目之，恐正臣無以自立。」〔註75〕李若谷對仁宗分析了朋黨問題被其他別有用心之人利用的情況，並建議仁宗不要輕易使用朋黨的罪名來打擊臣下。仁宗認為他說得有道理。但是他對范仲淹「朋黨」的問題仍然疑惑不定，甚至自己親自向范仲淹求證是否真有朋黨：

> 戊戌，上謂輔臣曰：「自昔小人多為朋黨，亦有君子之黨乎？」范仲淹對曰：「臣在邊時，見好戰者自為黨，而怯戰者亦自為黨，其在朝廷，邪正之黨亦然，唯聖心所察爾。苟朋而為善，與國家何害也？」〔註76〕

范仲淹根據自己在邊境的親身經歷，回答了宋仁宗的問題，但他等於間接承認了君子有黨，這給宋仁宗疑懼的心理增加了負擔。為了進一步解決宋仁宗關於朋黨的認識問題，被指為范仲淹一黨的歐陽修專門撰寫了《朋黨論》〔註77〕一文進獻給宋仁宗。其在文章中承認朋黨之說是有的，而且也只有君子才有朋，小人則無朋。因為君子「所守者道義，所行者忠信，所惜者名節。以之修身，則同道而相益；以之事國，則同心而共濟；終始如一，此君子之朋也。」而小人追求的是利，「及其見利而爭先，或利盡而交疏，則反相賊害，雖其兄弟親戚，不能相保。故臣謂小人無朋，其暫為朋者，偽也。」他希望宋仁宗能夠「退小人之偽朋，用君子之真朋，則天下治矣。」並且舉了堯舜禹三代時期的君主怎樣對待朝廷的君子之朋與小人之朋，君主能夠善用君子之朋，所以天下大治，而東漢漢獻帝時期「取天下名士囚禁之，目為黨人」，唐代後期，興起朋黨之論，最後的結果是天下大亂，國家滅亡。他從正反兩面舉例，邏輯嚴謹，有理有據，希望皇帝能夠從歷史中得到借鑒。所謂「治亂興亡之跡，為人君者，可以鑒矣！」這篇文章是歐陽修非常經典的一篇論說文章，但他同范仲淹一樣承認君子有黨。關於這個問題，劉子健講到：「歐陽修在仁宗問范朋黨以後，即進《朋黨論》。本來自古都是說朋黨不好。當時實情，已有朋黨之名，何況范仲淹自己又先承認了？歐陽乃別出心裁，作翻案文章，反說君子才有朋黨，小人倒沒有。換言之，被稱為朋黨的才是好

〔註75〕《長編》卷一百二十二，第 2881～2882 頁。
〔註76〕《長編》卷一百四十八，第 3580 頁。
〔註77〕《歐陽修集編年箋注》第二冊卷一七，第 68～70 頁。

人。……南宋葉適評論甚切。他說此文乃『迫切之論，失古人意。徒使人悲傷，而不足以為據也。』歐陽儘管如此寫，他也明知理論上君子不應該有朋黨，實際上他和范仲淹等人也根本無黨。所謂朋黨，只是政敵用來作為破壞慶曆革新的利器。」〔註78〕因為，只要是朝廷上形成了某個新的政治集團，他的影響力越大，人數越多，在專制皇權看來，都是對他的絕對權力的威脅。宋代雖然說與士大夫共治天下，但也崇奉「異論相攪」，就是不希望在朝廷士大夫中間出現以某個人為精神核心的「朋黨」。看後面的情形，他的文章能否起到釋仁宗之惑的作用，還是比較可疑的。

關於朋黨問題的討論，在唐代就已經開始了。唐時名臣李絳就曾經在回答皇帝關於朋黨的問題時講到，又進一步向皇帝解釋「聖人同跡，賢人求類，是同道也，非黨也。」〔註79〕甚至舉了皇帝尊重奉行堯、舜、禹、湯的德行，難道皇帝與數千年之前的君主為朋黨嗎？同時也講了東漢黨錮之獄造成的亡天下的嚴重後果。很好的緩解了皇帝對朋黨的疑懼之情。

> 帝患朋黨，以問絳。答曰：『自古人君最惡者朋黨，小人揣知，故常藉口以激怒上心。朋黨者，尋之則無跡，言之則可疑。小人常以利動，不顧忠義；君子者，遇主知則進，疑則退，安其位不為它計，故常為奸人所乘。夫聖人同跡，賢者求類，是同道也，非黨也。陛下奉遵堯、舜、禹、湯之德，豈謂上與數千年君為黨耶？道德同耳。漢時名節骨鯁士，同心愛國，而宦官小人疾之，起黨錮之獄，訖亡天下。趨利之人，常為朋比，同其私也；守正之人，常遭構毀，違其私也。小人多，譖言常勝；正人少，直道常不勝。可不戒哉！』絳居中介特，尤為左右所不悅，遂因以自明。」〔註80〕

正如李絳所言：「君子者，遇主知則進，疑則退，安其位不為它計，故常為奸人所乘。」范仲淹與歐陽修作為君子，並沒有意識到君主內心關於「朋黨」的疑懼之情。在皇帝的認識裏，范仲淹與歐陽修等於都承認自己有朋黨的事實。雖然歐陽修專門撰寫《朋黨論》來解釋和分析君子之黨與小人之黨的分別。且認為君子有黨，小人無黨。他引經據典，指出了歷朝歷代以來君主啟用君子之朋帶來的天下大治，而整治君子之朋，「夫前世之主，能使人人

〔註78〕〔美〕劉子健：《歐陽修的治學和從政》，臺灣新文豐出版公司，1984年版，第190頁。
〔註79〕《新唐書》卷一百五十二，第4841頁。
〔註80〕《新唐書》卷一百五十二，第4841頁。

異心不為朋，莫如紂；能禁絕善人為朋，莫如漢獻帝；能誅戮清流之朋，莫如唐昭宗之世。然皆亂亡其國。」可以說是苦口婆心，但歷史事實證明，范仲淹與歐陽修的努力暫時得到了效果，但是宋仁宗的疑慮並沒有被完全打消。所以在「慶曆新政」實行一年半之後，正如朱熹在論及呂范交際時講到的：

> 至仲淹陝西召還，稍愜公議，日夜謀劃，圖報主知。然按察之令嚴，磨堪之法密，未有惬僥倖之意，小人不悅，再以黨論之，仲淹於是復為陝西之行。是行也，身再去國，饞者益甚。賈朝昌主王拱辰而逐益柔，仲淹所薦也；錢明逸論章得象而去富弼，富弼，仲淹所厚也；陳執中因孫甫而去杜衍，杜衍嘗為仲淹言也。邸獄之起，朋黨作仇，一網之打，私徒相慶。雖歐陽公以去國之身，懷不自己，抗疏力言，至謂群邪相賀於內，四夷相賀於外，未嘗不忠於國者，而大勢卒不可挽矣。」〔註81〕

由於新政損害了一部分官員的既得利益。范仲淹在沙汰官員方面又非常嚴格，對於無能與不稱職的官員通常都是直接免掉他們的官職。同時當政的富弼提醒他說：「十二丈則是一筆，焉知一家哭矣！」范仲淹說：「一家哭何如一路哭耶？」〔註82〕新政頒布的「恩蔭法」也比以前要嚴格很多，各級官員恩蔭子弟的數量和恩蔭授官的等級都作出了更為嚴格的規定。諸如此類，都直接從官員的層面來進行革新，大大引起了這些人的反彈，他們為了反擊，再次以朋黨的罪名向仁宗進讒。甚至利用蘇舜欽在進奏院祭神時組織的一場飯局而發起了「奏邸之獄」，項莊舞劍，意在沛公。因為蘇舜欽與王益柔是范仲淹所舉薦，蘇舜欽又是參知政事杜衍的女婿，杜衍是堅定支持范仲淹改革的高層官員，在這種情況下，王拱辰在宰相賈朝昌的支持下，發起奏邸之獄，成功獲得了宋仁宗的支持，通過打擊一批支持新政的年輕新進官員，把范仲淹及其支持者再次排擠出朝廷。順帶也毀掉了蘇舜欽這個詩人的政治生命，使他在閒居蘇州幾年後鬱鬱而終。歐陽修本人當時並不在朝，他上書朝廷，以悲憤的口吻說這樣的處置：「今此四人（杜衍、韓琦、范仲淹、富弼）一旦罷去，而使群邪相賀於內，四夷相賀於外。」〔註83〕但是無濟於事，慶曆新政也因為「朋黨」罪名而夭折了。慶曆四年十一月十二日，仁宗

〔註81〕 《范文正公集》附錄《褒賢集・朱文公論呂范交際》卷五，上海商務印書館《四部叢刊初編本》，1929 年版。
〔註82〕 〔宋〕朱熹：《朱子語類》卷七，第 216 頁。
〔註83〕 《宋史》卷三百一十九，第 10378 頁。

借「進奏院案」打擊范仲淹，特地發布詔書云：

> 朕聞至治之世，元、凱共朝，不為朋黨，君明臣哲，垂榮無極，
> 何其德之盛也！朕晨食屬志，庶幾古治。而承平之弊，澆競相蒙，
> 人務交遊，家為激訐，更相附離，以沽聲譽。至或陰招賄賂，陽託
> 薦賢。又按察將命者，恣為苛刻，構織罪端，奏鞫縱橫，以重多辟。
> 至於屬文之人，類亡體要，詆斥前聖，放肆異言，以訕上為能，以
> 行怪為美。自今委中書、門下、御史臺採察以聞。〔註84〕

這道詔書明確的把奏邸之獄牽扯到的年輕官員王益柔等人歸於范仲淹
的一黨，嚴厲指責范仲淹新政導致的種種弊端，實際上等於皇帝宣告天下，
他推翻了自己對於范仲淹新政的支持。當時因西北邊境形勢趨緊，范仲淹奏
請巡邊，八月啟程宣撫河東、陝西。在這種情況下，也知道自己重回朝廷已
經是無望了。歐陽修聽聞此信，也匆忙上書仁宗，極言范仲淹等人不當罷。
他在《論杜衍范仲淹等罷政事狀》中，指出「朋黨」是小人慾「廣陷良善」
的極好的理由。其原因在於「去一善人而眾善人尚在，則未為小人之利。欲
盡去之，則善人少過，難為二一求瑕；惟有指以為朋黨，則可一時盡逐。」
〔註85〕他還舉例證明，杜衍、韓琦、范仲淹、富弼等人不是朋黨，「臣料杜
衍為人清審而謹守規矩，仲淹則恢廓自信而不疑，韓琦則純正而質直，富弼
則明敏而果銳。四人為性，既各不同，雖皆歸於盡忠，而其所見各異，故於
議事多不相從。至如杜衍欲深罪滕宗諒，仲淹力爭而寬之；仲淹謂契丹必攻
河東，請急修邊備，富弼料九事，力言契丹必不來。至如尹洙，亦號仲淹之
黨，及爭洛水城事，韓琦則是尹洙而非劉滬，仲淹則是劉滬而非尹洙。此數
事尤為彰著，陛下素已知者。此四人者，可謂公正之賢也。平日閒居，則相
稱美之不暇；為國議事，則公言廷爭而無私。以此而言，臣見杜衍等真得漢
史所謂忠臣有不和之節，而小人饞為朋黨，可謂誣矣。」〔註86〕甚至痛心疾
首得說出：「陛下於千官百辟之中，親選得此數人，一旦罷去，而使群邪相
賀於內，四夷相賀於外，此臣所以為陛下惜矣。」〔註87〕可惜，宋仁宗對於
范仲淹等人的耐心已經消失，疑忌卻與日俱增，無論韓琦還是歐陽修，他們
的進言都是無濟於事的。

〔註84〕《長編》卷一百五十三，第3718頁。
〔註85〕《歐陽修集編年箋注》第六冊卷一〇八，第297頁。
〔註86〕《歐陽修集編年箋注》第六冊卷一〇八，第298頁。
〔註87〕《歐陽修集編年箋注》第六冊卷一〇八，第303頁。

三、「朋黨」與皇權的衝突及其被利用

自此之後，「朋黨」在宋仁宗以及他之後的皇帝在位期間，成為打擊政敵的利器。宋神宗時期，以是否支持王安石新法為判斷標準，把朝廷官員分為新黨與舊黨。新舊黨當政之時，互相排擠與自己不是一黨的政治人物，但還能做到就事論事，沒有進行人身迫害。到了宋哲宗和宋徽宗時期，黨爭雙方則形成了惡性競爭，其排擠官員也不是出於公心，完全成了公報私仇的幌子，尤其是蔡京當政期間，「元祐黨人碑」的樹立，標誌著以「朋黨」的名義，對士大夫的迫害達到了登峰造極的地步。推究起來，宋代的所謂「朋黨」從呂夷簡對范仲淹的指控開始，到范仲淹以「朋黨」的罪名被貶出朝，「慶曆新政」推行的整個過程都籠罩在「朋黨」的陰翳之下，到最後因「朋黨」之說而失敗的時候，就已經表明「朋黨」之說已經是北宋王朝最大的隱憂了。呂夷簡是一個複雜的政治人物，他既是一個能夠支撐朝廷大局的顧命大臣，同時，又會使用不太光明正大的手段以達到自己的目的。正如朱熹所分析的：

> 且朋黨之倡，其萌於范呂交隙之時乎！謂申公為小人耶？爭宸妃誕育之功，而喪於成禮；當宮廷避災之頃，而顧望清光。乃拜手疏八事，如正朝綱，塞邪徑，禁賄賂，辨佞士，值得大臣輔相之體。而其大者，釋仲淹之宿怨，容孫沔之直言，是未可以小人訾之也。謂申公為君子耶？敕有司不受臺諫，夷簡倡之；戒百官越職言事，夷簡主之，罷相之後，密表之頻奏，內侍之陰結，是失大臣進退之義。而其大者，因私憾而預瑤華之議，因北事而忌富弼之能，是未純於君子也。仲淹與之比肩聯事，豈能帖帖阿附而為詭隨之態乎？方其姑蘇召還，正愜公議，待制之除，俾伸素蘊。而處鈞衡之地者思有以陷之，以侍臣嗾其口，以劇務撓其心。然百官之圖，四論之獻，凜然生言者之氣。大臣不堪，遂以朋黨目之，仲淹於是有都陽之行。是行也，李紘、王質載酒往餞，而欲附黨以為幸。歐陽修、余靖、尹洙抗疏力爭，而願同貶以為榮，仲淹何慊哉？以至韓琦求蔡襄之詩，程琳議黨人之謗，若谷辨君子之類，此皆營救仲淹也。惜夷簡之黨勝，仲淹之黨不勝，至使受知、薦主方爾從坐，同年進士又相繼出，諸賢皆以朋黨逐矣。」〔註88〕

〔註88〕《范文正公集》附錄《褒賢集‧朱文公論呂範交隙》卷五，上海商務印書館《四部叢刊初編本》，1929 年版。

　　按照朱熹的分析，呂夷簡此人是一個複雜的政治人物，他曾經做過很多與朝廷有利的大事，但他也做了很多不是君子所為的事情，因不堪范仲淹的直言進諫而指責范仲淹「朋黨」，並把范仲淹以及其支持者全部逐出朝廷。其實呂夷簡自己才真的有黨，只是呂夷簡本身已經在宋仁宗的心目中佔據了有利地位，范仲淹一心為國，忠誠謀事，但卻沒有料到在人治的國家裏，處於最高端的政治人物的想法，才是決定成功失敗的最重要因素。宋真宗時，王旦也曾經與真宗談起過用人的問題：

> 　　時二州歲當代，上遍閱侍從官姓名，謂輔臣曰：「此等各有所長，然求其文雅適用，可威方面者鮮矣。每念唐賢比肩而出，何當時人才之多也。」王旦曰：「方今下位，豈無才俊？或恐拔擢未至爾。然觀前代求賢，不求其備，不以小疵掩大德。今士大夫孰為無過，陛下每務保全之。然流言稍多，則不便於任使。大都迭相稱譽近乎黨，過相糾訐近乎公。鑒其愛憎，惟託上聖，則庶幾無棄人矣。」
> 〔註89〕

　　可見對於人才的拔擢與任用，是非常複雜的事情。在宰相王旦的眼裏，也只能取決於皇帝的聖明。只有皇帝明察，才能做到野無遺賢。這是皇權專制社會用人的本質。

　　諸葛憶兵在《論范仲淹與宋仁宗之關係》中提到：「范仲淹出將入相之豐功偉業，皆建立於仁宗朝。換言之，范仲淹能夠得以施展雄才大略，在仕途上走向顯達，或者在仕途上屢遭挫折，終至『慶曆新政』被廢棄，都與宋仁宗有至為密切之關聯。」〔註90〕很顯然，專制王朝的性質決定了一個信奉儒家之道的士大夫，其政治理想的實現在很大程度上取決於當時的統治者。對於范仲淹而言，他面對的就是宋仁宗。宋仁宗在歷史上以寬厚仁慈著稱，從其行事上來看，也確實如此。但這不能改變他作為統治者對於君權的高度關注和維護，一旦他開始懷疑有人或者某些集團威脅或想要染指他的絕對權力，他必然是會採取斷然措施的。「如果說，宋仁宗代表「皇權」，他的政治思想和行為體現的是趙宋皇室的政治理想及價值判斷，則范仲淹可以說代表的是北宋儒家「原道」主義者群體，他的思想和行為，代表的是這一群體的

〔註89〕　《長編》卷八十五，第 1952～1953 頁。
〔註90〕　諸葛憶兵：《論范仲淹與宋仁宗之關係》，《江蘇社會科學》，2010 年第 5 期，第 222 頁。

政治理想及價值追求。」〔註91〕其實，君臣相得的問題在宋真宗與寇準之間就已經發生過了。寇準在知開封府時，與王禹偁的兒子王嘉祐有一段對話，其中就談到了作為宰相能否建功立業，取決於君臣能否相得而毫無猜疑防範之心。據《長編》載：

> 嘉祐，禹偁子也。嘉祐平時若愚騃，獨寇準知之。準知開封府，一日，問嘉祐曰：「外間議準云何？」嘉祐曰：「外人皆云丈人日夕但入相。」準曰：「於吾子意何如？」嘉祐曰：「以愚觀之，丈人不若未為相，為相則譽望損矣。」準曰：「何故？」嘉祐曰：「自古賢相，所以能建功業澤生民者，其君臣相得，皆如魚之於水，故言聽計從，而功名俱美。今丈人負天下重望，相則中外以太平責焉，丈人之於明主，能若魚之有水乎？嘉祐所以恐譽望之損也。」準喜，起，執其手曰：「元之雖文章冠天下，至於深識遠慮，殆不能勝吾子也。」〔註92〕

寇準自己也認為王嘉祐的分析非常準確，誇他有深識遠慮。而寇準在澶淵之盟以後，也確實沒有作出太大的功績，還多次被罷免相位，出居外藩。連遼國的使節都替他不平，《長編》卷七十載：

> 辛亥，命戶部尚書寇準知天雄軍兼駐泊都部署。契丹使嘗過大名，謂準曰：「公望重，何故不在中書？」準曰：「主上以朝廷無事，北門鎖鑰，非準不可爾。」〔註93〕

雖然寇準在契丹使者面前回答的冠冕堂皇，但也掩飾不了自己不被皇帝完全信任與倚重的事實。寇準最後貶死南荒，雖然有奸臣丁謂作祟，但真宗對寇準內心的不滿和猜忌也是其中非常重要的因素。范仲淹在幾次貶謫之後，也注意到了君臣關係的重要性。這也是范仲淹被貶睦州之後，對於嚴光與漢光武帝劉秀之間的關係再三致意的原因。他寫作《桐廬嚴先生祠堂記》，最關注的不是嚴光不慕榮利的高風亮節，而是漢光武帝劉秀對昔日老友的理解與尊重，以及兩者之間開誠布公、毫無嫌猜的君臣關係。但是，遺憾的是，宋仁宗對於士大夫群體來說，是相當尊重和寬厚的，也有從諫如流的美德。但是，對於士大夫個人，尤其是范仲淹這樣在士林中具有崇高威望、能力卓

〔註91〕鄭志強：《范仲淹與宋仁宗政治關係新論》，《社會科學研究》，2010 年第 6 期，第 155 頁。
〔註92〕《長編》卷五十五，第 1217 頁。
〔註93〕《長編》卷七十，第 1582 頁。

著的人來說，他們之間並沒有建立起一種完全相互信任的關係。再加上反對派的挑撥離間，宋仁宗很難繼續保持對范仲淹及改革派的信心。

　　而這也是范仲淹兩次被貶的重要原因。對此問題，宋太宗時期的王禹偁有很精當的分析。在歐陽修之前，王禹偁在讀唐史時，讀到李德裕因朋黨之爭而被貶海南，有感而發，寫了《朋黨論》一文。他不認同唐文宗所謂「破河北賊甚易，破此朋黨甚難」的論調。他認為：「君子直，小人諛。諛則順旨，直則逆耳。人君惡逆而好順，故小人道長，君子道消也。」他引用《尚書》指出：「書曰：『有言逆於汝心，必求諸道。有言遜於汝志，必求諸非道。』君天下者，能踐斯言而行之，則朋黨辨矣。」〔註94〕王禹偁認為朋黨問題由來已久，主要在於君主是否有能力和意願辨別君子與小人，大部分情況下君子之黨戰勝不了小人之黨，主要的原因在於皇帝本人「惡逆而好順」。由此可見，朋黨問題解決不了最根本的原因在皇帝本人。王禹偁此文直指皇帝，批評的鋒芒是很尖銳的。同時，此文也為仁宗時期歐陽修作《朋黨論》提供了一定的理論支撐。宋仁宗慶曆四年尹洙也在聽聞歐陽修、蔡襄等諫官被補外之後上《論朋黨疏》，他也提到了皇帝對於辨別是否「朋黨」的重要：「伏惟念知之之已明，任之之已果，而終之之甚難，則天下幸甚。然臣愛修等之賢，故恤其去朝廷而不盡其才。如陛下待修等未易於初，則臣有稱道賢者之美；如其恩遇已移，則臣則負朋黨之責矣。夫今世所謂朋黨，甚易辯也。陛下試以意所進用者姓名詢於左右，曰：『某人為某人稱譽。』必有對者曰：『此至公之論。』異日其人或以事見疏，又詢於左右，曰：『某人為某人營救』，必有對者曰：『此朋黨之言。』昔之見用，此一臣也，今之見疏，亦此一臣也，其所稱譽與營救一也，然或謂之公論，或謂之朋黨。是則公論之與朋黨，常繫於上意，不繫於忠邪。此御臣之大弊也。」〔註95〕尹洙同樣認為，所謂忠邪、朋黨之辯，在於下臣揣測皇帝之意而已，皇帝想要進用誰，那麼誇讚他的人，就會被說是天下公論，如果皇帝已經決定疏遠他，那麼去營救的人就會被稱為朋黨。

　　正因為如此，在封建社會裏，以朋黨的名義去攻擊對手，主要還是看皇帝本人對被攻擊者的態度及辨別能力。如果作為統治者的君主沒有清楚的辨別能力，或者說根本沒有意願去思考和辨別朋黨問題背後掩蓋的真實目的，

〔註94〕《王黃州小畜集》卷五。

〔註95〕曾棗莊、劉琳主編：《全宋文》第二十七冊卷五八一，上海辭書出版社；安徽教育出版社，2006 年版，第 253～254 頁。

任由朋黨之爭在朝野蔓延，給國家造成嚴重的內耗和傷害，正如李絳、王禹偁、歐陽修所言，其結果必然是國破家亡。也正是宋仁宗時期喧囂一時的「朋黨」之說，給北宋中後期神宗、哲宗、徽宗朝士大夫之間因政見不同或者權力之爭，提供了鬥爭的理論武器。到神宗時期，由於對王安石改革持不同態度，士大夫被分為新舊兩黨。此後，兩黨之間傾軋不斷，就算是哲宗初期幸執們想要新舊兼用，但是兩黨之間的裂痕已很難彌合。神宗時期由新黨勾輯發動蘇軾的「烏臺詩案」、哲宗朝高太后主政時期由舊黨發起的導致新黨蔡確被貶新州的「車蓋亭詩案」，都是不同的政治派別之間為了打擊不同政見者所發起的「文字獄」，而這些事件導致新舊黨人冤冤相報。本來只是政見不同的君子之爭，如同王安石與蘇軾、司馬光等人一樣，到了後期，新舊兩黨已由政見之爭演變成了意氣之爭。新黨對舊黨的報復已經不是因為政見問題。比如蘇軾，其實比較能夠清醒地看到新法的具有合理性的一面，從而反對徹底廢掉新法的。但是在哲宗親政後，卻被一貶再貶，直到海南儋州。連同他的弟子黃庭堅、秦觀等人都受到牽連，被遠貶出京。徽宗時期蔡京等大肆整治舊黨，其所樹立的「元祐黨人碑」，徹底證明「朋黨」之說已經完全成了權力集團互相傾軋的工具。從宋哲宗親政之後，士大夫群體中的一部分小人利用皇權對於「朋黨」的警惕和恐懼，肆意製造朋黨之說，來迫害自己的政敵和私敵，雖然得到了一時的權力與利益，但「皮之不存，毛將焉附」。國破之時，也是他們離家遠徙之日，像宋徽宗時期炮製「元祐黨人碑」的蔡京，最後也是死在了遠貶南荒的路途之中，而北宋王朝，也在經受了「靖康之恥」之後，黯然結束了它的統治。

　　相對於宋代中後期的黨爭的殘酷性，范仲淹也算是比較幸運的了。宋仁宗在范仲淹對西夏戰事正確處理的情況下，以及當時士大夫集團對范仲淹的稱許聲中，啟用了他，雖然最後改革並未成功，但他能夠在「宣撫之初，饞者乘間峰起，蓋以奇中造端飛語，無所不及，甚者必欲擠之以死而後已，賴上寬度明照，知公無他，始終保全，獲歿牖下。」〔註96〕（富弼《范文正公仲淹墓誌銘》）也正如朱熹所分析的「唐自牛僧儒、李宗閔對策，至李德裕朱崖之貶，一報一復，凡四十二年而後息。我仁宗在位四十二年，待遇臣下恩亦至矣，夫豈無藥石以針砭之，湯沐以櫛制之？未幾雲開日出，所廢之人尋

〔註96〕〔宋〕杜大珪編纂：《名臣碑傳琬琰集》中集卷十二，影印《四庫全書》文淵閣本，第 450 冊，第 303 頁。

即召用，所罷之官隨已復職。如范文正公以忤申公而得貶，其始也雖為之下朋比之詔，及西事之興，不惟宥其過，而且大用。杜、富、歐、余以邸獄而盡去，始者所行之人雖盡廢黜，而陳執中既罷之後，諸賢復詔，而或畀之鈞衡。或列於論思，氣類相感，竟不至傷吾保泰之和，諸賢何憾哉？」〔註97〕朱熹只看到了范仲淹等人在被以「朋黨」之說廢棄後的重新起用，但是范仲淹在實踐儒道理想時遇到的重重阻礙，左支右絀的感覺，作為其同道的歐陽修是看得最清楚不過的了。「嗚呼公乎！學古居今，持方入圓。丘、軻之艱，其道則然。公曰彼惡，公為好訐；公曰彼善，公為樹朋；公所勇為，公則燥進；公有退讓，公為近名。」〔註98〕（歐陽修《祭資政范公文》）對於范仲淹這樣的「以天下為己任」的儒家道統的承襲者，其道得行才是真正的幸運吧？所以范仲淹在《岳陽樓記》中感歎：「嗟夫！予嘗求古仁人之心，或異二者之為，何哉？不以物喜，不以己悲，居廟堂之高則憂其民，處江湖之遠則憂其君。是進亦憂，退亦憂。然則何時而樂耶。其必曰：先天下之憂而憂，後天下之樂而樂乎！噫！微斯人，吾誰與歸？」其內心之孤獨失落，可想而知。

〔註97〕《范文正公集》附錄《襃賢集‧朱文公論呂范交隙》卷五，上海商務印書館《四部叢刊初編本》，1929年版。
〔註98〕《歐陽修集編年箋注》第三冊卷五〇，第320頁。

第六章 北宋前期貶謫文學與
文化的特徵及影響

　　北宋前期的貶謫事件層出不窮，而經歷了貶謫的文人士大夫們所創作的文學作品正是這些貶謫事件在他們心靈深處的烙印。北宋前期的貶謫文學，不但數量多，並且成就高。王禹偁、歐陽修、蘇舜欽、范仲淹等人均在貶謫期間創作出了他們的代表作品。從王禹偁《黃州新建小竹樓記》到歐陽修《醉翁亭記》再到范仲淹《岳陽樓記》，可以說都印證了文統與道統合一的過程。這也標誌著文人士大夫由原來近似附庸的注經者，漸趨轉化為彰顯價值自信和主體自覺意識的明道、傳道者。這樣的文學必然產生於彼此適應的文化當中。北宋士大夫普遍認為自己身處明時，並且具備鮮明的主體意識。從「道」與「位」的得失來看，即使宦途遭遇貶謫與坎坷，失去了行道之位，他們也並不以為自己的人生就失去了價值，因為他們還可以「以文行道、修身行己」。因此在被貶謫時，表現出「不以物喜，不以己悲」的超然心態，才是具有高超的自我修養與君子之道的體現。以范仲淹為代表的北宋前期士大夫，在面對和經歷仕途中的挫折——貶謫時，其所表現出的鮮明的主體意識與高尚的政治氣節是為後代士人所稱頌和欽佩不已的，這種精神財富也給宋代後期經歷貶謫的士大夫，如蘇軾、黃庭堅等人以借鑒和支持，使他們在身處貶謫時能夠擺脫壓抑與失落的情緒，積極冷靜地尋找屬於士大夫自己的人生價值。

第一節　北宋前期貶謫文學

　　貶謫無疑是士大夫仕途中的低谷，作為官員的他們職位遭到貶降，有的官員被貶謫為散官、閒官，甚至沒有權力簽書公事。這樣一來，他們就有充足的時間和條件來從事詩文創作；同時，儒家「立功、立德、立言」的傳統「三不朽」思想使得他們在沒有機會充分施展政治才能之時，期望通過修史、注經來影響社會，獲得作為儒家士大夫的價值感。另外，文學詩歌作為一種抒情言志的手段，是貶謫期間的文人抒發性情和表達思想、書寫在貶所所見所聞的極好方式。宋太宗在位期間三次被黜的王禹偁就在貶謫期間創作了大量的文學作品。他在第一次被貶商州團練副使時就將其在商州所作編為《商於唱和集》，後來的歐陽修、蘇舜欽、范仲淹等，在貶謫期間也都有大量的詩文作品問世。他們吟詠貶謫地的山水風光、人文景觀，抒發自己的內心情感及所思所想，創作了不少的名篇佳作。他們的作品既有文學的優美、又飽含人生況味的體驗，同時又提煉出自己對於士大夫人生價值的認識及對於個人信念的堅持，這些作品都體現了他們「傳道而明心」的文學精神與理論實踐。

一、北宋前期貶謫文學的內容與美學特徵

　　貶謫文學的創作從形式上看，詩詞文賦諸體皆有。從內容上看，包含以下幾個方面：感懷抒志、關懷民瘼、吟詠江山、表彰先賢等等。貶謫對一個懷有政治理想的士大夫來說，無論如何也是一個人生的挫折和失敗，這種狀態和境遇往往使他們感到迷茫、困惑甚至是憤懣，進而引起他們的思考。發諸於心，形之於文，感懷述志類的詩文在貶謫文學的創作中佔有相當大的比例。這些被貶的官員從京城來到州郡，親身參與州縣事務，對於老百姓的生活狀況有了切身感受，他們親身體驗和親眼目睹了國家政策的制定與實施對老百姓生活的影響。作為深受儒家「仁愛」思想薰陶的士大夫，儒家詩教中「興觀群怨」的思想使他們把對老百姓生活狀況的認識與思考都寫到自己的詩歌當中去，感懷述志、關懷民瘼就成為他們文學創作中重要的一部分。貶謫，通常是使這些被降職的官員遷徙到另一個自己並不熟悉的陌生環境。在宋以前，大部分是比較僻遠的山區與不發達的蠻荒之地。北宋時期，大部分文人幾乎都有著貶謫的經歷，但跟以前相比，貶謫地區基本不再特別偏遠，而且三年任滿甚至有時任期未滿就會被量移至近地。遭貶官員一路行來，滿

眼風光，或者到任之後由於事務較少，所以有時間通過遊賞山水去慰藉自己
內心抑鬱不平的情緒。所謂「平生詩句多山水，誰知謫宦是勝遊」〔註1〕（王
禹偁《聽泉》），「行見江山且吟詠，不因遷謫豈能來？」〔註2〕（歐陽修《黃
溪夜泊》）吟詠江山就成為貶謫文學的題中應有之意。同時，中國專制皇權
統治時期歷時悠久，每個朝代都有官員遭受貶謫，而北宋前期官員所貶之
地，很可能就是以前某位著名的文人士大夫遭貶之所，他們留下來的逸聞軼
事、創造的一些人文景觀從某種程度上成為了北宋被貶謫文人的精神資源。
另外貶謫之地本身就有一些文人高士曾在此居住，往往會留下一些遺跡和嘉
言懿行。被貶文人來到此地，必然要遊歷瞻仰，吟詠江山之時，或借他人酒
杯澆自己塊磊，或表達對前賢的傾慕與追懷，把他們的精神通過文字發揚光
大，也是貶謫文人們文學創作的一個重要方面。

　　從最早被貶謫到嶺南的盧多遜開始，他在崖州就寫有一些描述當地風光
的詩歌，其中一首就寫的是他在崖州時所居住村莊的風光，如《南水村》：
「珠崖風景水南村，山下人家林下門。鸚鵡巢時椰結子，鷓鴣啼處竹生孫。
魚鹽家給無虛市，禾黍年登有酒尊。遠客杖藜來往熟，卻疑身世在桃源。」
〔註3〕《宋史·丁謂傳》講到丁謂「在貶所，專事浮屠因果之說，其所著詩
並文亦數萬言」〔註4〕。其在嶺南的時間長達十幾年，創作的文學作品有《知
命集》與《青衿集》兩種。《東軒筆錄》卷三載：「丁晉公至朱崖，作詩曰：
『且作白衣菩薩觀，海邊孤絕寶陀山。』作《青衿集》百餘篇，皆為一字題，
寄歸西洛。又作《天香傳》，敘海南諸香。又作州郡名，配古人姓名詩。又
集近人辭賦而為之序，及他記述題詠，各不下百餘篇，蓋未嘗廢筆硯也。」
〔註5〕其《青衿集》《知名集》全集已經不可見，但有部分詩歌仍然留存。《青
衿集》按照《後村詩話》的說法：

　　　　鶴相在海南，效唐李嶠為單題詩，一句一事，凡一百二十篇，
　　寄洛中子孫，名《青衿集》，徐堅《初學記》之類也。貶所無書籍，
　　而默記舊讀，歷歷不忘，且篇篇用李韻。又自序云：『謂三歲欲齒諸

〔註1〕　《王黃州小畜集》卷八。
〔註2〕　《歐陽修集編年箋注》第一冊卷十，第418～419頁。
〔註3〕　《全宋詩》第一冊卷一八，第259～260頁。
〔註4〕　《宋史》卷二百八十三，第9566頁。
〔註5〕　〔宋〕魏泰：《東軒筆錄》卷三，燕永成整理，選自朱易安、傅璇琮等主編：
　　　　《全宋筆記》（第二編第八冊），大象出版社，2003年版，第20頁。

兄，行冠禮，祖母云：『汝能諷五七言詩數十章，當汝從。』至翌日
能誦之，遂免總角。六七歲，侍祖母讀《華嚴經》，即解句讀，辨難
字。十四五舉業，為前輩推賞，擢高第，登貴仕，皆早學之力。』
又云：『家僕至，得琪書，筆箚精麗，字字可愛。又得諸孫簡牘，各
言日夕所學。知患難之門，不廢素業，曠然忘遷謫之意。』今之貴
人，位望稍通顯，便放下書冊，子弟怙勢奢侈，為不肖而已。鶴相
處禍患遷謫，乃能以學自娛，又能以學勵其子孫，有過人者，不可
以人廢言也。坡公《書》《易》《論語》注成於儋耳，胡明仲《讀史
管見》作於新州，又非鶴相口耳記誦之學所及。〔註6〕

可見，北宋文人在貶謫期間能以學自娛從丁謂就開始了。但丁謂其學只
是「口耳記誦」之學，是為了幫其子孫增長知識，缺乏學術思想的探討與精
神境界的追求。但是，丁謂在嶺南所作的詩歌，描述嶺南奇麗景色、抒寫自
己嶺南生活的心情，還是具有相當的藝術價值。他的《有感》：「今到崖州事
可嗟，夢中常若在京華。程途何啻一萬里，戶口都無三百家。夜聽猿啼孤樹
遠，曉看潮上瘴煙斜。吏人不見中朝禮，麋鹿時時到縣衙。」〔註7〕深切表
達了自己對於京城的思念，以及崖州的荒涼偏僻。《山居》詩講到：「洞口清
香徹海濱，四時芬馥四時春。山多綠桂憐同氣，谷有幽蘭讓後塵。草解忘憂
憂底事，花能含笑笑何人？爭如彼美欽天壤，長薦芳草奉百神。」題下自注：
「雷化以南，山多凌零藿香，芬芳襲人，動或數里。」〔註8〕詩中以藿香自
擬，表達了一種雖身在貶所，卻意氣昂揚，仍然想要有所成就的積極的情緒。
丁謂嶺南詩作還有不少，總得來說，「丁謂海南詩的基調不是傷感和懊悔，
而是大有捲土重來之勢。後來，他的願望局部得以實現，從崖州逐漸內徙。
他的《自崖州召還寄友人》詩，有『九萬里鵬重出海，一千年鶴再歸巢。且
作瀟湘江上客，敢言瞻望紫宸朝』之句。其欣喜、期望之情躍然紙上。後兩
句及移道中司馬時的『君心應念前朝老，十載漂流若斷蓬』，都毫無掩飾地
表明有東山再起的雄圖。」〔註9〕丁謂其人的創作與他的心態都表明，丁謂
是一個有才但個人野心極重的人。王禹偁曾稱讚他：「其詩效杜子美，深入

〔註6〕〔宋〕劉克莊：《後村詩話》卷一，王秀梅點校，中華書局，1983 年版，第
　　　　55～56 頁。
〔註7〕《全宋詩》第二冊卷一〇一，第 1148 頁。
〔註8〕《全宋詩》第二冊卷一〇一，第 1146 頁。
〔註9〕〔日〕池澤滋子：《丁謂研究》，巴蜀出版社，1998 年版，第 250 頁。

其間；其文數章，皆意不常而語不俗，若雜於韓、柳集中，使能文士讀之，不之辨也。」〔註10〕王禹偁作為宋太宗朝的文壇宗主，其對丁謂的評價不可謂不高，丁謂的文學才華，可想而知。但可惜的是，丁謂的人品卻一直為人所詬病，李覯《答李觀書》中就講到：「彼孫、丁之文，舉人之雄者耳，其立朝不聞有所建明，而胎天下之禍，為吾徒羞。」〔註11〕《郡齋讀書志》卷一九說丁謂「善為古文章，尤工詩什。憸巧險詖，世鮮其儔」〔註12〕。可見，丁謂是典型的有才無德之人。他與盧多遜一樣，雖博學多才，但是他的才華主要用於對高官厚祿的攫取，還停留在「技」的階段，遠遠沒有進於「道」。這樣的人在北宋朝廷也是不絕於縷。但是，與宋代士大夫崇尚氣節，追求政治作為的主流群體相比，他們是宋代士大夫群體發展形成過程中的一小部分。

　　王禹偁在貶謫期間，專心致力於文學創作。他在被貶商州之時，就曾寫有《酬種放徵君》〔註13〕一百韻，把自己被貶商州時的狼狽情形，內心的淒苦無助，功業無成的失意無奈抒寫的淋漓盡致，抑鬱不平之氣充斥在字裏行間。他的《送林介》也是同樣，「八年困名場，萬里省慈親。吟變閩越聲，衣有京洛塵。況復長相依，知子文行淳。不能致一第，虛作金鑾臣。昔余貶商洛，相送遠涉溱。今予謫滁上，語別清淮濱。途窮與道喪，詎免同沾巾」〔註14〕。從詩內容上看，林介是一個常年與王禹偁相依相伴的書生，王禹偁兩次被貶，林介都曾去送別。而被貶滁州之時，恰好林介也科場落地，兩人都陷入途窮道喪的境地，免不得淚灑衣巾，濃濃的傷感之情，是詩人內心痛苦的真實流露。類似這樣感懷述志類內容的還有《七夕‧商州作》，回憶自己去年在京城做知制誥時的清高雅靜，與今年貶謫商州慘淡經營的牢落無聊。最後感慨「自念一歲間，榮辱兩偏頗。賴有道依據，故得心安妥。窮乎止旅人，達也登王佐。匏瓜從繫滯，糠秕任揚簸。批鳳不足言，失馬聊自賀。委順信吾生，無可無不可」的無奈與自我寬慰〔註15〕。在《吾志》中感歎自

〔註10〕　《王黃州小畜集》卷十九。
〔註11〕　曾棗莊、劉琳主編：《全宋文》第四十二冊卷八九五，上海辭書出版社；安徽教育出版社，2006 年版，第 22 頁。
〔註12〕　〔宋〕晁公武：《郡齋讀書志》卷四中，影印《四庫全書》文淵閣本，第 674 冊，第 277 頁。
〔註13〕　《王黃州小畜集》卷三。
〔註14〕　《王黃州小畜集》卷五。
〔註15〕　《王黃州小畜集》卷三。

己懷才不遇的憤憤不平等等。感懷述志的同時，王禹偁對於貶地百姓的生活也是非常的關心，在商州時遇到大旱，他寫有《合崖湫》，寫州民與郡吏辛苦求雨的過程，並指出「水旱蓋定數，災祥與政通。傅岩道喪久，咄爾貪天功」〔註16〕，尖銳地指出了朝廷上層統治者的失道與貪天之功的可恨。另有《感流亡》一詩，流露出對流亡百姓的同情與自責，「峨冠蠹黔首，旅進長素餐。文翰皆徒爾，放逐固宜然」〔註17〕。除了這類詩歌之外，王禹偁還寫了很多表彰前賢的詩歌作品。比如他在商州時作《懷賢詩》三首，分別歌頌桑魏公維翰、王樞密樸和李兵部濤。其序云：僕直東觀時，見近朝明賢立功立事業者，聳慕不已，思欲形於歌詠而未遑。今待罪上洛，不與郡政，專以吟諷為事業，因賦《懷賢詩》三首，仍以官氏列於篇首云。〔註18〕這組詩的序言裏明確說自己被貶謫之後，沒有政務可理，專事吟詠，所以有機會把自己以前所思慕的前賢事蹟形於歌詠。商州是漢代時商山四皓所隱居的地方，他還寫有《四皓廟》二首，作古風《不見陽城驛》對於陽城因直言進諫而被貶謫南荒的精神，表達自己的傾慕之情。第三次被貶滁州之時，他寫有《北樓感事》，其序為：「唐朱崖李太尉衛公為滁州刺史，作懷嵩樓，取懷歸嵩洛之義也。衛公自為之記，其中述在翰林時同僚存沒，且有白雞黃犬之歡，頗露知退之心。及自滁徵拜，再秉鈞軸，卒以怙權賈禍，貶死海外，則向之立言為空文爾。皇宋至道元年夏五月，僕自翰林學士、尚書禮部員外郎、知制誥，除工部郎中、知滁州軍州事。到郡之日，訪衛公舊跡，樓之與記皆莫知也。而郡有北樓，通刺史公署，登眺終日，甚亦自得，作《北樓感事》以見志。」〔註19〕對唐相李德裕雖有隱退之心卻沒能實現，最終被貶死海外的悲慘經歷發出感慨。他還做八絕詩，歌詠滁州山水及人文景觀八處。〔註20〕除了詩歌之外，他也創作有一定數量的文、賦與書信體作品。其中最著名的要數《黃州新建小竹樓記》以及《三黜賦》等等。

宋仁宗時，歐陽修被貶夷陵以及滁州之時，也多遊覽沿途及當地山水，創作了一系列以貶謫地的風景及生活為內容的詩文作品。他在旅途中所寫之詩，都在感慨遙遠的貶謫地帶給他的種種震撼和傷感：「雲間征雁水間棲，

〔註16〕《王黃州小畜集》卷三。
〔註17〕《王黃州小畜集》卷三。
〔註18〕《王黃州小畜集》卷四。
〔註19〕《王黃州小畜集》卷五。
〔註20〕《王黃州小畜集》卷五。

矰繳方多羽翼微。歲晚江湖同是客，莫辭伴我更南飛。」〔註21〕（《江行贈雁》）在《松門》詩中記錄自己「因遊始覺南來遠，行盡荊江見蜀江」〔註22〕。在《下牢津》中感歎「遷客初經此，愁詞做楚歌」〔註23〕，《琵琶亭》裏則沉吟「樂天曾謫此江邊，已歎天涯涕泫然。今日始知予罪大，夷陵此去更三千」〔註24〕。但奇麗的江山也使他感到新奇與驚喜，因此在詩中他寫到：「楚人自古登臨恨，暫到愁腸已九回。萬樹蒼煙三峽暗，滿川明月一猿哀，非鄉況復驚殘歲，慰客偏宜把酒杯。行見江山且吟詠，不因遷謫豈能來？」〔註25〕（《黃溪夜泊》）在《望州坡》中則是：「聞說夷陵人見愁，共言遷客不堪遊。崎嶇幾日山行倦，卻喜坡頭見峽州。」〔註26〕這兩種心情互相交織，表現了他初次面臨貶謫生活的憂傷以及面對奇麗江山的驚喜。到夷陵和滁州之後，也在寄情山水之時寫有很多歌詠當地民俗風光與名勝古蹟的詩歌與文章，如在夷陵所作《自枝江山行至平陸驛五言二十四韻》：「枝江望平陸，百里千餘嶺。蕭條斷煙火，莽蒼無人境。……九野畫荊衡，群山亂巫郢。煙嵐互明滅，點綴成圖屏。」〔註27〕這裡用很長的篇幅描寫了貶謫地的荒涼偏遠與美麗景色，還有《三遊洞》《下牢溪》《蝦蟆磧》《黃牛峽祠》等詩描寫夷陵的山水名勝。在滁州時見李陽冰篆《庶子泉銘》，作《石篆詩》讚歎歌詠之，其餘此類詩歌還有《柏子坑賽龍》《琅琊山六題》等。同時也有抒懷與關懷民情的諸多篇什，如景祐四年任夷陵縣令時作《新開棋軒呈元珍表臣》：「竹樹日已滋，軒窗漸幽興。人閒與世遠，鳥語知境靜。春光藹欲布，山色寒尚映。獨收萬慮心，於此一坪竸。」〔註28〕《新營小宅鑿地爐輒成五言三十七韻》中寫道：「微生慕剛毅，勁強早難屈。自從世俗牽，常恐天性失。仰茲微官祿，養此多病質。省躬由一言，無枉慕三黜。因知吏隱樂，漸使欲心窒。……負薪幸有瘳，舊學頗思述。興亡閱古今，圖籍羅甲乙。」〔註29〕均表達自己在貶謫期間以棋自娛或閱讀書史的閒適安然的生活與心境。滁州時所作

〔註21〕《歐陽修集編年箋注》第一冊卷十，第416頁。
〔註22〕《歐陽修集編年箋注》第一冊卷十，第416頁。
〔註23〕《歐陽修集編年箋注》第一冊卷十，第417頁。
〔註24〕《歐陽修集編年箋注》第三冊卷五六，第562頁。
〔註25〕《歐陽修集編年箋注》第一冊卷十，第418～419頁。
〔註26〕《歐陽修集編年箋注》第一冊卷十，第419頁。
〔註27〕《歐陽修集編年箋注》第三冊卷五二，第409頁。
〔註28〕《歐陽修集編年箋注》第三冊卷五二，第405頁。
〔註29〕《歐陽修集編年箋注》第三冊卷五二，第416～417頁。

《題滁州醉翁亭》:「四十未為老,醉翁偶題篇。醉中遺萬物,豈復記吾年。」
〔註30〕《會峰亭》裏吟哦:「野鳥窺我醉,溪雲留我眠。日暮山風來,吹我
還醒然。」〔註31〕諸如此類,抒寫自己被貶滁州之後流連山水的陶然之樂。
《永陽大雪》中描述了少見的大雪給滁州帶來豐收的喜悅之情。《汝瘻答仲
儀》則表達自己對於貶謫之地百姓的同情與對朋友的規勸。

范仲淹被貶睦州、饒州之時也同樣在是他詩文創作的高峰時期,他在睦
州時就作有《出守桐廬道中十絕》《瀟灑桐廬郡十絕》《新定感興五首》,其
《蘇州十詠》,分別吟詠蘇州著名的十處名勝古蹟:泰伯廟、木蘭堂、洞庭
山、虎丘山、閶門、靈巖寺、太湖、伍相廟、觀風樓、南園。還有其他一些
散文作品,如《桐廬郡嚴先生祠堂記》《清白堂記》,或感懷抒志、吟詠山水、
表彰先賢,其思想內容與藝術成就都是相當高的。

總體而言,丁謂的詩作是技巧性和知識性的,缺乏內心的反省和對現實
生活的關照。而王禹偁則在表現對自己非罪而貶的不滿的同時,又不斷勉勵
和提醒自己以道自持,以文自貴。到歐陽修與范仲淹時,他們已經能夠坦然
接受貶謫,他們的詩歌中多是對於自己貶所名勝古蹟、山水風光的賞愛,在
貶所自適自得的悠然心境,以及對於學術、政治、吏事的關注與思考。

北宋前期的貶謫文學,不但數量多,並且成就高。王禹偁、歐陽修、蘇
舜欽、范仲淹等人均在貶謫期間創作出了他們的代表作品。比如王禹偁被貶
黃州時所作《黃州新建小竹樓記》、《三黜賦》、歐陽修的《醉翁亭記》、蘇舜
欽寓居吳中後的五七言絕句以及《滄浪亭記》,范仲淹被貶饒州所著《靈烏
賦》,應被貶岳州的滕宗諒之請所作的《岳陽樓記》,無一不是世代傳誦的名
篇佳作。考察北宋前期貶謫文學,可以發現,貶謫文學清晰地展現了貶謫文
人心態與精神追求的發展變化過程。

作為太宗時期文壇宗主的王禹偁,被認為是宋初「香山派」的代表,他
在貶謫期間所作詩文基本模仿了中唐白居易通俗淺近的詩歌風格。從深層次
來看,他也繼承了白居易在仕宦遇到挫折之時的心態處理方式,作好「兼濟」
與「獨善」的協調。白居易在《與元九書》中寫道:「古人云:『窮則獨善其
身,達則兼濟天下。』僕雖不肖,常師此語。大丈夫所守者道,所待者時。
時之來也,為雲龍,為風鵬,勃然突然,陳力以出。時之不來也,為霧豹,

〔註30〕《歐陽修集編年箋注》第三冊卷五三,第 416～417 頁。
〔註31〕《歐陽修集編年箋注》第三冊卷五四,第 479 頁。

為冥鴻，寂兮廖兮，奉身而退。進退出處，何往而不自得哉：故僕志在兼濟，行在獨善。奉而始終之則為道，言而發明之則為詩。」〔註32〕對於白居易而言，「兼濟」與「獨善」在他一生中都是並存的，僅僅是根據外部世界的「有道」或「無道」而互為消長。「兼濟」與「獨善」的原則，在白氏的生活實踐中，已成為無可置疑的行之有效的平衡、協調的處世之道。在唐五代及北宋初期，白居易在士大夫群體中有著重要的影響力。李昉與徐鉉兄弟，都屬於白體詩人。而這些人在當時都和王禹偁有著比較密切的交往。王禹偁初次被貶商州，就是因為抗旨為徐鉉雪冤。在王禹偁被貶之後，李昉之子李宗鄂也曾寫詩給他，在《得昭文李學士書報以二絕》裏王禹偁向其表達了感激之情：「謫居不敢詠江蘺，日永間間何所為。多謝昭文李學士，勸教枕藉樂天詩。」在其詩下自注：「來書云：『看書，除莊、老，樂天詩最宜枕藉。』」〔註33〕莊子的曠達超脫與老子的自然無為、安時處順的思想，在一定程度上與白居易的樂觀堅定、兼容通脫的人生態度有高度的契合性，這是李宗鄂勸王禹偁多讀莊、老、白居易書的重要原因。顯然白居易在宦海風波中的人生境遇與王禹偁的仕途波折構成極大的相似性，更為重要的是白居易出處進退間泰然處之的自得態度與善道人心中事的平易詩風，對於身處逆境的王禹偁來說，無疑是絕佳的精神偶像。王禹偁在貶謫時期所創作的文學作品早期雖有憤懣不平之氣，但他還是能夠調節自己的內心，沒有沉溺於貶謫的傷痛之中不可自拔，其被貶黃州時所作《黃州新建小竹樓記》更是一篇將貶謫由悲傷轉為平靜淡泊的代表作。《小竹樓記》寫於王禹偁第三次被貶黃州期間。其內容主要寫自己被貶黃州之後，根據黃州風俗作小樓二間，在小樓之上遠望，可見山光水色，風景優美。竹樓還具有一定的清絕音效，所謂「夏宜急雨，有瀑布聲；冬宜密雪，有碎玉聲。宜鼓琴，琴調虛暢；宜詠詩，詩韻清絕；宜圍棋，子聲丁丁然；宜投壺，矢聲錚錚然：皆竹樓之所助也。」〔註34〕如此美好的小竹樓，成了詩人公退之後最好的休憩之所。在這所小竹樓裏的生活，使詩人感到「待其酒力醒，茶煙歇，送夕陽，迎素月，亦謫居之勝概也。」詩人在這篇小文裏，表現出了雖遭貶謫，但是仍能消遣世慮，保持寧靜平和的心

〔註32〕　〔唐〕白居易：《白居易集箋釋》第五冊卷四十五，朱金城箋注，上海古籍出版社，1988 年版，第 2794 頁。
〔註33〕　《王黃州小畜集》卷八。
〔註34〕　《王黃州小畜集》卷十七。

態。詩人對自己因被貶謫而仕宦奔波的生活也已能安然處之，「四年之間，奔
走不暇；未知明年又在何處！豈懼竹樓之易朽乎？幸後之人與我同志，嗣而
葺之，庶斯樓之不朽也。」〔註35〕作為一個貶謫官員，尤其是在宋代，一般
幾乎都是秩滿即被遷調，很多官員都做不滿一任都會被調走，所以王禹偁雖
然對小竹樓情有獨鍾，但他也清楚地知道，自己與此樓的緣份很短，所以只
能寄希望於後來的同道者，來接著修葺它，使此樓能夠得以不朽。整篇文章
通過對小竹樓中高潔雅致生活的描述，表達了詩人在貶謫中超然世慮、悠然
自得的生活態度。

　　如果說王禹偁這篇文章還重在貶謫心態的自我調適，而後來仁宗朝的歐
陽修在被貶滁州時所作《醉翁亭記》裏寫到「醉翁之意不在酒，在乎山水之
間也。山水之樂，得之心而寓之酒也。」〔註36〕像歷代其他貶謫文人一樣，
他也將自然山水當成自己被貶後的心靈家園。但同時，他又兼具了「人知從
太守遊而樂，而不知太守之樂其樂也。醉能同其樂，醒能述以文者」〔註37〕
的「與民同樂」的詼諧心態。在這篇文章裏，歐陽修雖還有著以醉掩飾其憂
的隱隱傷感，但其「與民同樂」的心態也已經顯現出他對於自己官員職責的
兼顧，作為太守的歐陽修，首先還是以「為政粗有所成」為樂，而這種為政
及民之樂連同自然山水之樂，已經大大消解了他負謗被貶的隱痛。

　　而幾年以後范仲淹應被貶岳州的滕宗諒所邀，為其新建岳陽樓作《岳陽
樓記》〔註38〕，則借著岳陽樓「北通巫峽，南極瀟湘，遷客騷人，多會於此」
的地域特徵，集中描寫了遷客騷人們在登臨岳陽樓後面對或陰或晴的自然景
觀而產生兩種截然不同的情感，或「去國懷鄉，憂讒畏譏，滿目蕭然，感極
而悲者矣」，或「心曠神怡，寵辱偕忘，把酒臨風，其喜洋洋者矣。」這兩
種不同的心態都是范仲淹所併不推重的，他所追求的是「不以物喜、不以己
悲」的古仁人之心。這種人「居廟堂之高則憂其民，處江湖之遠則憂其君，
是進亦憂，退亦憂。然則何時而樂耶？其必曰『先天下之憂而憂，後天下之
樂而樂』乎？」其實是范仲淹對於仕途遭貶之士的最高要求。正如王禹偁希
望有「後之人與我同志」，范仲淹則感歎「微斯人，吾誰與歸？」同樣都是
對於同道之人的內心期盼。但是從王禹偁「亦謫居之勝概」的個人心態的調

〔註35〕《王黃州小畜集》卷十七。
〔註36〕《歐陽修集編年箋注》第三冊卷三九，第89頁。
〔註37〕《歐陽修集編年箋注》第三冊卷三九，第90頁。
〔註38〕《范仲淹全集》上冊卷八，第168頁。

適，到歐陽修「醉能同其樂，醒能述以文」的「與民同樂」的兼顧，再到范仲淹「居廟堂之高則憂其民，處江湖之遠則憂其君」的高度的擔當精神，可以看出，北宋前期貶謫文人在文學作品中對於儒家之道的追求的不斷強化，無論進退出處，無論兼濟獨善，都應以國事君親為重，其士大夫群體的責任意識與歷史擔當在范仲淹這裡達到了頂峰。這種「先天下之憂而憂，後天下之樂而樂」的「以天下為己任」的精神給後代士大夫群體帶來了很大的影響。

　　北宋前期的士大夫志在復興儒學，重新接續中唐以來的儒家道統。其最重要的特徵即是對提出儒家道統學說的韓愈古文的學習。韓愈模彷佛家「祖統」的形式建立了儒家「道統」之說，他在《原道》裏講到：「斯吾所謂道也，非向所謂老與佛之道也。堯以是傳之舜，舜以是傳之禹，禹以是傳之湯，湯以是傳之文武周公，文武周公傳之孔子，孔子傳之孟軻，軻之死，不得其傳焉。」〔註 39〕這個由堯傳下來的道統，到了中唐，言外之意是傳到了韓愈這裡。「宋初三先生」之一的石介《怪說（中）》則明確地提出：「周公、孔子、孟軻、揚雄、文中子、吏部（韓愈）之道」〔註 40〕，將其與「楊億之道」對舉。這種現象表明在北宋前期士大夫的政治文化觀念中「道統」與「文統」已漸呈合流趨勢，他們將揚雄、韓愈等文儒為代表的宗經「文統」併入儒家的「道統」譜系脈絡當中，這一做法既提升了北宋文人士大夫在明道宗經中的文化正統地位，也使士大夫在「因文而明道」的文道關係中樹立了極強的理論自信和精神主體性地位。正如林繼中先生在《文化建構文學史綱》中所言：「道統與文統這一觀念模糊、混一的跡象，正反映了中唐至北宋士大夫深層意識中，倫理學逐漸入主文學的重要事實。」〔註 41〕這裡所指出的中唐至北宋階段倫理學逐漸入主文學的事實，本質上即是指文人士大夫由原來近似附庸的注經者，漸趨轉化為彰顯價值自信和主體自覺意識的明道、傳道者。從王禹偁《黃州新建小竹樓記》到歐陽修《醉翁亭記》再到范仲淹《岳陽樓記》可以說都印證了這樣一種文統與道統合一的過程。范仲淹在《南京府學生朱從道名述》裏講到：「抑文與學者，道之器也。」〔註 42〕因文傳道，文質

〔註 39〕〔唐〕韓愈：《韓昌黎文集校注》卷一，馬茂元整理，馬其昶校注，上海古籍出版社，2014 年版，第 20 頁。

〔註 40〕曾棗莊、劉琳主編：《全宋文》第二十九冊卷六二六，上海辭書出版社；安徽教育出版社，2006 年版，第 291 頁。

〔註 41〕林繼中：《文化建構文學史綱：魏晉─北宋》，北京大學出版社，2005 年版，第 215 頁。

〔註 42〕《范仲淹全集》上冊卷八，第 151 頁。

兼美，是宋代前期貶謫文學的一個典型特徵。

二、北宋前期貶謫文學與宋調的初步形成

在創作的同時，作為經歷貶謫的詩人，他們以其自身對生活的親身體驗，對文學作出了屬於自己的藝術判斷，提煉出了屬於宋代的詩歌文學理論。作為北宋初期文壇宗主的王禹偁，在當時是學習白居易詩歌的代表人物。但是經歷貶謫之後，他在詩歌形式、內容及情感方面開始傾向杜甫。在他被貶商州時，因寫有《春居雜興二首》中其一：「兩株桃杏映籬斜，妝點商山副使家。何事春風容不得，和鶯吹折數枝花。」〔註43〕其子嘉祐指出此詩與杜甫詩句有重合之處。王禹偁因此感到非常高興，特寫詩一首來自賀其事。其詩題目點明寫作此詩的緣由，《前賦春居雜興詩二首間半歲不復省試因長男嘉祐讀杜工部集見語意頗有相類者咨於予且意予竊之也予喜而作詩聊以自賀》：「命屈由來道日新，詩家權柄敵陶鈞。任無功業調金鼎，且有篇章到古人。本與樂天為後進（注：予自謫居多看白公詩），敢期子美是前身。從今莫厭閒官職，主管風騷勝要津。」〔註44〕本在貶謫期間的王禹偁心情鬱悶，平常是通過閱讀白居易的詩來調節自己的心態。但因為自己的一首詩與杜甫詩句無意間的契合，使他喜出望外，認為自己就算不能做到宰相之類的高位，但在文學上能夠引領風騷，也是成就一番事業。由此可見，王禹偁對於杜甫的推崇與熱愛。王禹偁生活的時代正是白體大行於世的時代。他在貶謫之時以白居易詩為隨身之物，主要還是學習白居易任運隨時、善於調節不良心態的生活智慧。五代亂世對文人心態的影響在宋初建國時期依然存在，在這種文化與文學相對滯後於政治環境的情況下，王禹偁作為北宋培養出來的文學大家，在貶謫生活當中開始意識到了杜甫詩歌的價值，並為自己能夠把詩歌寫得像杜甫而感到非常得意。事實上，王禹偁在貶謫商州期間，除白居易詩歌以外，也常常閱讀杜詩，並對杜甫詩歌內容的豐富內涵非常欽羨，如他的《日長簡仲咸》：「日長何計到黃昏，郡僻官閒晝掩門。子美集開詩世界，伯陽書見道根源。」〔註45〕可見，他的日常閱讀已不僅僅只是白詩的清切淺俗，而是已經轉向了杜甫詩的博大深厚。王禹偁不僅是像他自己所說有一首詩寫得像杜甫，他所擅長的五古也有向杜甫學習的痕跡，他喜歡作長篇

〔註43〕《王黃州小畜集》卷八。
〔註44〕《王黃州小畜集》卷九。
〔註45〕《王黃州小畜集》卷九。

格律，如《酬種放徵君一百韻》《七夕》《北樓感事》《月波樓詠懷》等，學習杜甫長篇排律的痕跡很是明顯；另外，他的部分作品題材取自日常生活，如《官醞》《觀鄰家園中種黍示嘉祐》都可追溯自杜甫，其《五哀詩》學杜的《八哀詩》，其自序云：「予讀杜工部《八哀詩》，唯鄭廣文、蘇司業名位僅不顯者，余多將相大臣，立功垂裕，無所哀矣。噫，子美之詩，蓋取『人之云亡，邦國殄瘁』而已，非哀乎時也。有未列於此者，待同志而嗣之云。」〔註46〕就提到杜甫《八哀詩》對他的啟發，但他認為杜甫詩中所詠大部分為將相大臣，有功業垂世，沒有什麼可哀之處。所以自己再寫五哀詩，均為有才卻遭貶，仕途多舛，壯志未酬而被埋沒之人，這也是詩人自己在貶謫生涯當中的切身體會，他借用了杜甫的詩歌形式，而從內容和意義上對其加以改造，吟詠了因各種原因而橫遭貶黜的五位同時代的賢人，對他們的仕途坎坷，未能大展奇才就鬱鬱而終表達深切的同情和感慨。其《甘菊冷淘》學杜甫《槐葉冷淘》，在詩末他也提到「子美重槐葉，直欲獻至尊（自注：事見杜工部《槐葉冷淘》詩）。起予有遺韻，甫也可與言」〔註47〕，直接點出杜甫此詩對自己的啟發和自己對杜甫的欣賞。但王禹偁對杜甫的學習只可以說是內容與形式方面的模仿，與杜甫「沉鬱頓挫」的語言風格差距還是很大的。他對杜甫的學習在當時的詩壇上沒有造成很大的影響，也沒有推動宋初詩壇學杜的風氣，正如近人黃節先生在《宋代詩學》篇中講到：「其時去西崑之風未遠，前乎蘇、梅者，有王禹偁，欲變之而未能，蓋王無師友講習也。至蘇、梅稍變之，而和著尚寡，至歐陽修出而盡變之。自歐公以後，宋詩之源流，可得而述，則存乎師友講習故也。」〔註48〕黃節看到王禹偁想要在改變文風方面有所建樹的努力，但他認為王禹偁之所以沒有成功的原因在於沒有師友講習，互相支持。誠然，在王禹偁的時代，他所最欣賞的士子是孫何與丁謂，他在《送丁謂序》中，稱其「其詩效杜子美，深入其間；其文數章，皆意不常而語不俗，若雜於韓、柳集中，使能文之士讀之，不之辨也。」〔註49〕又在《贈孫何丁謂》:「三百年來文不振，直從韓柳到孫丁。如今便可令修史，二子文章似六經。」〔註50〕王禹偁用「文類韓柳，詩似杜

〔註46〕《王黃州小畜集》卷四。
〔註47〕《王黃州小畜集》卷五。
〔註48〕黃節:《黃節詩學詩律講義》，天津古籍出版社，2007 年版，第 31～32 頁。
〔註49〕《王黃州小畜集》卷十九。
〔註50〕《全宋詩》第二冊卷七一，804 頁。

甫」來獎掖孫何與丁謂二位，可見在王禹偁的心目中，韓柳代表著古文創作的高峰，而詩歌創作的典範顯然就是杜甫。但是，他所欣賞的符合自己為文為詩理念的兩位，孫何為壽不永，早死。丁謂則有才無德，兩人最後也是分道揚鑣。所以，王禹偁「欲變之而不能，蓋王無師友講習也」，應該是說得通的。但無師友講習的背景更在於王禹偁所處的時代，正是五代末期宋代初期，五代的文學習氣和欣賞習慣還沒有完全消失，士大夫群體關於儒家思想與詩學的觀念也並不統一，他們的欣賞習慣還基本聚集在離宋朝較近的中晚唐時期。但說王禹偁作為北宋文士主體意識開始覺醒的第一代，首開宋詩之風，也是合乎事實的。

直到宋仁宗時期，北宋的詩文風格才開始建立。其主要原因在於當時宋朝「以文立國」的策略經過三代帝王的統治實踐，已經涵養出了一批以天下為己任，以恢復儒家之道、建立新的道統與學統為理想的士大夫群體。建立新的文風、詩風也成為一種時代的召喚。清人吳之振《宋詩鈔》講：「元之獨開有宋風氣，於是歐陽文忠得以承接流響。文忠之詩雄深過於元之，然元之固其濫觴矣。」〔註51〕歐陽修正是承接了王禹偁詩歌方面清新淺切之風的同時，也吸收和加強了他的詩歌內容上的現實性與政治性。貶謫生活使他對文學創作有了更深刻的體驗與領會，對詩歌理論也有了自己的深刻思考。韓愈在《送孟東野序》中寫道：「大凡物不得其平則鳴：草木之無聲，風撓之鳴；水之無聲，風蕩之鳴。……人之於言也亦然：有不得已者而後言，其歌也有思，其哭也有懷，凡出乎口而為聲音，其皆有弗平者乎！」〔註52〕意思是任何人與物，遇到不公平之事，總會要發出屬於自己的聲音，表達自己的情緒。歐陽修曾在《答蘇子美離京見寄》中寫道：「退之序百物，其鳴由不平。天方苦君心，欲我發其聲。」〔註53〕這首詩創作的背景正是蘇舜欽因「奏邸之獄」被除名，離開汴京之時，蘇舜欽寄詩給歐陽修表達自己的悲憤情緒，此首是歐陽修的答詩。歐陽修在此用了韓愈的「物不平則鳴」的觀點，來對蘇舜欽的處境表現同情。可見，他非常理解和接受韓愈這個關於文學起源的觀點。在經歷數次貶謫之後，他通過自身的體驗、觀察與實踐提煉出了「詩

〔註51〕〔清〕吳之振編：《宋詩鈔‧王禹偁小畜集鈔》卷一，影印摛藻堂《四庫全書薈要》本，臺灣世界書局印行，1985 年版，第 483 冊，第 11 頁。

〔註52〕〔唐〕韓愈：《韓昌黎文集校注》卷四，馬茂元整理，馬其昶校注，上海古籍出版社，2014 年版，第 260 頁。

〔註53〕《歐陽修集編年箋注》第三冊卷五三，第 444 頁。

窮而後工」的詩學理論。在《梅聖俞詩集序》裏，他講到：「予聞世謂詩人少達而多窮，夫豈然哉？蓋世所傳詩者，多出於古窮人之辭也。凡士之蘊其所有而不得施於世者，多喜自放於山巔水涯外。見蟲魚、草木、風雲、鳥獸之狀類，往往探其奇怪。內有憂思感憤之鬱積，其興於怨刺，以道羈臣、寡婦之所歎，而寫人情之難言，蓋愈窮則愈工。然則非詩能窮人，殆窮者而後工也。」〔註54〕這種「詩窮而後工」的詩歌理論接續了韓愈「物不平則鳴」的觀點，延續和深化了這種文學觀。詩人內心所鬱積的憂思怨憤使詩人見識更多，思考更深，當他們將這種深刻的思考發之於詩時，必然能夠「寫人情之難言」，並「愈窮而愈工」。這顯然是歐陽修經歷貶謫之後的親身體驗。貶謫到地方的具體吏事的經驗，也使他主張將個人的感憤鬱積與民生疾苦聯繫起來，使宋代詩歌接續《詩經》的怨刺傳統，對宋代詩歌關注現實、表現現實生活提供了重要的理論導向。而與這種詩歌內容相符合的形式必然是議論性和敘述性相結合。正如韓經太在《宋代詩歌史論》中講到的：「從宋詩之淵源的角度講，『國初沿襲五代之餘，士大夫皆宗白樂天詩』，而白居易詩就不乏議論化傾向。許學夷《詩源辨體》云：『其敘事詳明，議論痛快，此皆以文為詩，實開宋人之門戶也。』且摘鈔其議論之句，並終曰：「皆議論痛快，以理為盛者也。」至歐陽修出，論事『謂韓吏部絕倫』，而韓愈以文為詩而擅作議論的特點，自是不待述說的了。」〔註55〕歐陽修既承宋初王禹偁之後，又主張詩文皆學韓愈，其本人的部分詩作就體現了這樣的特徵，如他被貶滁州時所作《憎蚊》《重讀〈徂徠集〉》《汝瘝答仲儀》等，開始初步體現了宋詩後來的「以文字為詩、以議論為詩、以才學為詩」〔註56〕的典型特徵。

　　近人繆鉞《論宋詩》裏寫道：「仁宗之世，歐陽修於古文別開生面，樹立宋代之新風格，而於詩尚未能超詣，此或由於非其精力之所專注，亦或由於非其天才之所特長，然已能宗李白、韓愈，以氣格為主，詩風一變。梅堯臣、蘇舜欽輔之。其後，王安石、蘇軾、黃庭堅出，皆堂廡闊大。」〔註57〕正如繆鉞所說，宋詩早期皆宗白居易，王禹偁獨步一時。而仁宗時的歐陽修

〔註54〕《歐陽修集編年箋注》第三冊卷四二，第 177 頁。
〔註55〕韓經太：《宋代詩歌史論》，吉林教育出版社，1995 年版，第 2 頁。
〔註56〕〔宋〕嚴羽：《滄浪詩話校箋》詩辨五，郭紹虞箋注，人民文學出版社，1961年版。
〔註57〕繆鉞：《詩詞散論》，上海古籍出版社，1982 年版，第 35 頁。

則在樹立本朝文風、詩風方面具備強烈的領袖意識和前瞻眼光。他在未中舉前就立下志願，要學習和發揚韓愈之文與韓愈之道。剛入仕途的他，就在西京留守錢惟演幕下與尹洙等學習古文之士結為同道，互相切磋，共同推進宋代古文的寫作和風格的樹立。他雖學習韓愈之詩與文，但卻與韓愈喜歡使用古僻字眼不同，他的主要風格為平易流暢，提倡簡而有法。其貶謫滁州時所寫《醉翁亭記》是其古文風格的代表作品。正如繆鉞先生所認為的，歐陽修在詩歌創作方面沒有達到最高的造詣，成為宋詩風格獨具的大家。但他卻具有獨特的詩學審美眼光，能夠看到當時出現的代表詩歌新潮流的傾向。歐陽修仕途坎坷，一生大部分時間身處貶謫。這種經歷使他不能在政治上大展宏圖，轉而將大量精力傾注在文學與學術方面。他與梅堯臣、蘇舜欽等詩人保持著密切的聯繫。貶謫夷陵期間，他在《與梅聖俞書七》就要求梅堯臣寄新作給他：「自拜別將五歲矣，友益日疏，俗狀日增，篇詠之興，略無清思。聖俞新作，雖京師多事，不惜錄示，以開昏鈍，而慰相思，故人之惠，莫越於此也。」〔註58〕他同時要求梅堯臣對自己的詩加以評論，「外有亂道一兩首，在謝丈處，為無人寫錄得也，聖俞略與臧否之」〔註59〕。他在貶所與梅蘇二人詩歌唱和多篇，被貶夷陵時，梅堯臣曾寄《聞歐陽永叔謫夷陵》，《九月都下對雪寄永叔師魯》等詩安慰和思念歐陽修。滁州時則多有和詩如《和永叔琅琊山六詠》、《寄題滁州豐樂亭》等。歐陽修也在夷陵和滁州的貶地頻頻寫詩寄給梅堯臣，如《秋懷二首寄聖俞》、《別後奉寄聖俞二十五兄》等。蘇舜欽被貶吳中之後，曾寄《滄浪亭詩》給歐陽修，並邀請他共作此題，歐陽修寫《滄浪亭》七古應之。歐陽修被貶滁州之後，蘇舜欽也屢有應和之作，如《和永叔琅琊山庶子泉陽冰篆書》、《和菱溪石歌》、《和永叔石月屏歌》等等，無不體現了歐陽修與梅蘇二人在貶謫期間詩歌往還的密切。這些詩歌唱和既是感情上的慰藉，同時也是詩藝的切磋。其在慶曆四年任河北轉運使時《與梅聖俞書一四》寫道：「昨在真定，有詩七八首，今錄去，班門弄斧，可笑可笑。然相別久，無以為娛爾。前有《水谷詩》，見祁公，云子美密不令人見，畏時譏謗。吾徒廓然以文義為交，豈避此輩？子美豪邁，何乃如此！世途萬態，善惡由己。所謂禍福，有非人力而致者，一一畏避，怎生過日月也？」〔註60〕蘇舜欽此時已經因「奏邸之獄」被「減死一等除名」，遠走吳

〔註58〕《歐陽修集編年箋注》第八冊卷一五〇，第 173 頁。
〔註59〕《歐陽修集編年箋注》第八冊卷一五〇，第 173 頁。
〔註60〕《歐陽修集編年箋注》第八冊卷一五〇，第 180 頁。

中。為了不連累朋友，他把歐陽修所寫的《水谷詩》「秘不示人」，就是因為此詩中，歐陽修對於蘇舜欽詩歌給予很高的評價，而蘇舜欽怕引起時人的譏笑與誹謗。歐陽修信中所講《水谷詩》即是《水谷夜行寄子美聖俞》，在這首詩裏，歐陽修對梅堯臣和蘇舜欽的詩歌特色進行了總結，指出他們詩歌較強的個人風格，他說蘇舜欽：「子美氣尤雄，萬竅號一噫。有時肆顛狂，醉墨灑滂霈。譬如千里馬，已發不可殺。盈前當珠璣，一一難束汰。」梅堯臣則是「梅翁事清切，石齒漱寒瀨。作詩三十年，視我猶後輩。文詞愈清新，心意難老大。譬如妖韶女，老自有餘態。近詩尤古硬，咀嚼苦難嚼。初如食橄欖，真味久愈在。」〔註61〕但此時詩壇風氣還處在對晚唐李商隱的模仿之中，西崑體風行天下。蘇梅二人之詩「蘇豪以氣轢，舉世徒驚駭。梅窮獨我知，古貨今難賣。」〔註62〕歐陽修慧眼識珠，能夠欣賞他們兩人獨特的詩風與格調，看出兩人詩歌的可貴之處，並不斷進行評論和加以勉勵。他欣賞梅堯臣之古淡，將他的詩歌風格比喻為「初如食橄欖，真味久愈在。」無獨有偶的是，近人繆鉞《論宋詩》裏講到唐宋詩區別時也提到：「唐詩如啖荔枝，一顆入口，則甘芳盈頰；宋詩如食橄欖，初覺生澀，而回味雋永。」〔註63〕同時他也讚賞蘇舜欽詩歌豪健的氣勢。他所欣賞的古淡與豪健，恰好是後來被稱為宋調的宋代詩歌審美風格的重要特點。古淡亦可稱之為平淡，梅堯臣在《讀邵不疑學士詩卷》中寫道：「作詩無古今，惟造平淡難」〔註64〕，說明他認為「平淡」的詩風是最難以達到的詩歌的最高境界。而後來的宋詩大家蘇軾在講到詩歌風格時，也提到：「發纖穠於簡古，寄至味於淡泊。」〔註65〕（《書黃子思詩集後》）「外枯而中膏，似淡而實美。」〔註66〕（《評韓柳詩》），宋人所講的平淡，不是淡而無味，而是在平淡的表面之下，蘊含著豐富的耐咀嚼的情感和哲理。這也正是繆鉞先生所講的宋詩「初覺生澀，而回味雋永」的原因。歐陽修對於梅堯臣古淡詩風的推崇，為宋代詩歌審美風格的發展指明了方向，奠定了一定的理論基礎。而歐陽修對於蘇舜欽豪健風

〔註61〕《歐陽修集編年箋注》第一冊卷二，第 75 頁。

〔註62〕《歐陽修集編年箋注》第一冊卷二，第 75 頁。

〔註63〕繆鉞：《詩詞散論》，上海古籍出版社，1982 年版，第 35 頁。

〔註64〕〔宋〕梅堯臣：《梅堯臣編年校注》下冊卷二十六，朱東潤編年校注，上海古籍出版社，1980 年版，第 845 頁。

〔註65〕〔宋〕蘇軾：《蘇軾文集》第五冊卷六十七，孔凡禮點校，中華書局，1986 年版，第 2124 頁。

〔註66〕《蘇軾文集》第五冊卷六十七，第 2110 頁。

格的推崇，則是始於蘇舜欽對韓愈詩歌筆法的學習與新變。韓愈之詩已經開了「以文為詩」的先河，其在詩歌創作中多使用語助詞，把散文創作的句法運用到詩歌創作中來，而造成一種「橫空盤硬語」的氣勢。蘇舜欽的詩歌創作恰好體現了與韓詩在句法與用詞方面的類似之處。比如他早期的《對酒》：「丈夫少也不富貴，胡顏奔走乎塵世。予年已壯志未行，案上敦敦考文字，有時愁思不可撥，崢嶸腹中失和氣……」〔註67〕其中散文句式及語助詞的運用，加強了詩歌豪邁剛健的氣勢。如果說其早期詩歌還有些流於粗疏，那他被除名之後的作品則相對含蓄精緻許多。其被除名後退居吳中所創作的《獨步遊滄浪亭》：「花枝低敧草色齊，不可騎入步是宜。時時攜酒只獨往，醉倒唯有春風知。」〔註68〕「不可」「時時」，運用散文化的字句，使整首詩在句法上具有一種散文式的流暢。另一首《初晴遊滄浪亭》：「簾虛日薄花竹靜，時有乳鳩相對鳴。」〔註69〕也運用了「時」這個一般使用在散文中的狀語，來顯示一種時間上的流動感。蘇舜欽後期絕句在情韻上不減唐人，但其句式句法已入宋調。

　　葉燮《原詩》中認為「宋初，詩襲唐人之舊，如徐鉉、王禹偁輩，純是唐音。蘇舜欽、梅堯臣出，始一大變，歐陽修亟稱二人不置。自後大家迭興，所造各有至極，今人一概稱為『宋詩』者也。」〔註70〕王禹偁雖然未能改變北宋時期的詩歌風貌，但王禹偁在貶謫期間轉而學杜，也是開了宋代中後期黃庭堅、王安石等詩人學杜的先河。而歐陽修不但繼承了王禹偁關懷現實的詩歌主題，他詩學韓愈，繼承了韓愈詩歌的散文化與議論文的傾向。他身處貶謫之中，仍不忘與蘇梅二人詩歌唱和，切磋琢磨，推崇他們或古淡或豪健的藝術特色。歐陽修對梅蘇二人詩歌藝術的推崇，使他們受到了當時詩壇的重視，也使他們的詩歌能夠在當時廣為傳播。這幾種因素合併在一起，推動了宋代詩風的轉變和宋調的初步形成。蘇舜欽、梅堯臣之後，蘇軾、黃庭堅、王安石等大家輩出，他們的詩歌創作最終形成了宋詩的獨特風格，也即可與唐詩相抗衡的宋調。

〔註67〕《蘇舜欽集》卷一，第7頁。
〔註68〕《蘇舜欽集》卷八，第87頁。
〔註69〕《蘇舜欽集》卷八，第87頁。
〔註70〕〔清〕葉燮《原詩》，霍松林校注，人民文學出版社，第5頁。

第二節　北宋前期貶謫文化

　　如同前面論述過的，北宋的「右文」政策以及被奉為「祖宗家法」的「不殺士大夫與上書言事人」原則的建立，使貶謫成為控制士大夫的重要甚至是唯一的方式。但同時，北宋前期幾代帝王均採取依靠士大夫來統治的國策，其對士大夫「恩唯恐不厚」，在實施貶謫時採取「仁義為本，紀綱為輔」的人性化的處理方式，即使被貶之後，也會因「人才實難」而「雖罹譴放，尋沐甄收」，很快得到量移和敘復。在這種制度保障下，再加上北宋前期政治風氣較為清明，又歷經幾代君主的「涵養」，士大夫群體的主體意識與政治氣節逐漸形成。如此一來，士大夫在面臨以及面對貶謫時，其心態與前代士人面臨貶謫時有很大的差異，這種差異我們從宋代貶謫官員對於前代貶官的態度、看法特別是對屈原這個歷代貶謫詩人之祖的態度和認識上，可以略窺一二。而如何面對貶謫，也成為士大夫心胸氣度的重要判斷標準。

一、曠達坦蕩的貶謫心態與強烈的擔當精神

　　宋代貶謫官員和漢唐貶官一樣，在面臨貶謫困境時，最容易聯想到的就是屈原。宋太宗時期，王禹偁為徐鉉雪冤被貶商州，他有詩云：「身後聲名文章草，眼前衣食簿書堆。澤畔騷人正憔悴，道旁山鬼莫揶揄。」〔註71〕他把自己比喻為憔悴的屈原，希望山鬼不要因此而諷刺戲弄他，表露出幽默而又酸楚的心境。在《謫居感事一百六十韻》中，他也將自己比擬為被流放的屈原：「遷謫獨熙熙，襟懷自坦夷。孤寒明主信，清直上天知。消息還依道，生涯只在詩。何當論山水，詎敢詠江蘺？」〔註72〕《得昭文李學士書報以二絕》中也寫道：「謫降不敢詠江蘺，日永門閑作何為？多謝昭文李學士，勸教枕藉樂天詩。」〔註73〕兩首詩裏都出現了「不敢詠江蘺」這樣的語句，其意思已經和上首詩裏以屈原自比有所不同。他的心態已經得到調整，內心平靜坦蕩，不會像屈原一樣借吟詠香草美人來抒發自己的憤激不平。在王禹偁的時代，白居易善於調和現實與內心矛盾的達觀是士大夫群體期望達到的境界，屈原的怨憤纏綿已經不再成為主流。王禹偁就曾模仿元白

〔註71〕〔宋〕胡仔纂集：《苕溪漁隱叢話‧後集》卷一九，廖德明校點，人民文學出版社，1962年版，第135～136頁；北京大學古文獻研究所編：《全宋詩》第二冊卷七，北京大學出版社，1991年版，第810頁。
〔註72〕《王黃州小畜集》卷八。
〔註73〕《王黃州小畜集》卷八。

作《放言》詩，自序云：「元、白謫官，皆有《放言》詩著於編集，蓋騷人之道味也。予雖才不侔於古人，而謫官同矣。因作詩五章，章八句，題為《放言》云。」〔註74〕其主旨都在於以道自解，「吾道斯文如未喪，且憑方寸託穹旻。」「賢人雖學心無悶，君子須知道自消。」「人生唯問道如何，得喪升沉總是虛。」「靜算人間事偶然，窮通未必在穹玄。」詩人此組詩是模仿元、白所作，整首詩圍繞著關於是非進退的思考，最終詩人還是認為「誰信人間是與非，進須行道退亡機」，不管世間是非真假，進身就行道，貶退就忘掉所有的是非機心，他把貶謫這種痛苦的境遇歸結為命運的安排，而這正是上天對一個人是否真為賢人與君子的考驗，所謂「德似仲尼悲鳳鳥，聖如姬旦賦鴟鴞。看松好待嚴霜降，試玉宜將烈火燒。」詩人在面對貶謫時的選擇是「寧可飛鴻隨四皓，未能魚腹葬三閭。傅岩偶夢誰調鼎，彭澤高歌自荷鋤。不向世間爭窟穴，蝸牛到處是吾廬。」正因為對於得喪權位看得非常透徹了，所以他寧可像飛鴻一般追隨漢代的商山四皓，也不會像三閭大夫屈原一樣葬身魚腹。由這點我們也可以看出，處於宋代初期的王禹偁與屈原的貶謫心態完全不同。他已經具有了鮮明的個人主體意識，能夠把自己的個人價值與權力中心剝離開來，從而保持自己在精神上的獨立與自由。「放言詩什誰堪贈，焚贈微之與樂天。」在這裡，王禹偁非常明白地顯示出自己與中唐元、白的精神淵源，他的貶謫心態已經完全是元白平民化的自我消解憂愁，而不是屈原貴族式的執著與憤激。除了王禹偁，歐陽修也曾發表過對於屈原的看法。他在夷陵時，曾有《與謝景山書》，其中提到屈原：「古人久困不得其志，則多躁憤佯狂，失其常節，結輿、屈原之輩是也。景山愈困愈刻意，又能恬然習於聖人之道，賢於古人遠矣。」〔註75〕認為屈原長久處在不得志的狀態，變得「躁憤佯狂」，失去了其平時所秉持的節操。而謝景山處在困境之中，能夠心平氣和，是比屈原等人要好多了。《陳輔詩話》中還記載：「六一云：『屈原《離騷》讀之使人頭悶，然摘三句反覆味之，與《風雅》無異。宋玉比屈原，時有出藍之色。』」〔註76〕在這段話中，他雖然對於屈原的「躁憤佯狂」不太欣賞，但是他卻能體味到屈原《離騷》與詩經一樣「思無邪」的高貴精神。但相比屈原，他更欣賞宋玉，認為宋玉時有「青出於藍」的地方。

〔註74〕《全宋詩》第二冊卷七，第 720 頁。

〔註75〕《歐陽修集編年箋注》第四冊卷六八，第 294 頁。

〔註76〕郭信和、蔣凡編纂：《陳輔詩話》，選自吳文治主編：《宋詩話全編》第一冊，江蘇古籍出版社，1998 年版，第 332 頁。

這正是說明了宋代社會平民出身的士大夫群體與屈原的貴族精神漸漸有了疏離，而宋玉所表達的「傷春悲秋」的生命意識則更能使他們產生共鳴，進而打動他們。他甚至還認為，貶謫對於屈原來說，是一種幸運，「惟一賢之不幸，歷千載而猶傷，自古孰不有死？至今獨鈞乎沅湘。彼靈均之事業，初未見於南邦，使不遭罹於放斥，未必功顯而名彰。然則彼讒人之致力，乃借譽而俞揚。」〔註77〕（《祭丁學士文》）他認為屈原在事功上並不突出，如果他不是被讒人陷害而遭放逐斥退的話，還未必能夠「功顯而名彰」。歐陽修本人不但不贊成屈原在貶謫中的執著憂憤，他對韓愈被貶為潮州刺史時的怨嗟之態也同樣持反對態度。在初次被貶夷陵時，他寫《與尹師魯第一書》就曾講過：「每見前世有名人，當論事時，感激不避誅死，真若知義者。及到貶所，則戚戚怨嗟，有不堪之窮愁形於文字，其心歡戚無異庸人，雖韓公不免此累。」〔註78〕對於韓愈被貶時表現出來的戚戚之態與窮愁之文深表不滿，甚至指責他在貶謫之時的表現與庸人無異。可見，歐陽修認為越是在被貶的艱難困苦之中，越要表現得安之若素，這才是知義、有道之士該做到的。范仲淹也在遷謫之中寫下了跟屈原有關的詩句，其《新定感興五首》之第五首：「江上對嘉客，清歌進白醪。靈均良可笑，終日著離騷。」〔註79〕《赴桐廬郡淮上遇風三首》其一：「聖宋非強楚，清淮異汨羅。平生仗忠信，盡室任風波。舟楫顛危甚，蛟鼉出沒多。斜陽幸無事，沽酒聽漁歌。」〔註80〕他把自己同屈原類比，覺得自己與屈原雖同被貶斥在外，但幸運的是他所處的時代與屈原不同，因此他的心態坦蕩平和。可見，在北宋時期，貶官雖然仍以屈原自比，但認為自己身處「明時」也成為士大夫群體的共識。正是在這種共識的基礎之上，雖然遭遇了貶謫這樣的仕途坎坷，但大都還持有自信與達觀的心態。

蘇舜欽為自己的園林起名「滄浪亭」，也是用了屈原的典故。他的情況與其他謫官不同。因為對他來說，遭逢冤獄、成為政治鬥爭的犧牲品，真的像屈原一樣，充滿壓抑屈辱地永遠地離開了政壇。他的園林雖然起名為滄浪，表現的是一種看透是非，安時處順的人生態度。但他的內在精神其實是最接近屈原的。看他的《獨步滄浪亭》：「花枝低欹草生迷，不可騎入步行宜。時時

〔註77〕《歐陽修集編年箋注》第三冊卷五〇，第 337 頁。
〔註78〕《歐陽修集編年箋注》第四冊卷六七，第 281～282 頁。
〔註79〕《范仲淹全集》上冊卷五，第 85 頁。
〔註80〕《范仲淹全集》上冊卷五，第 82 頁。

攜酒只獨往，醉倒唯有春風知。」〔註81〕詩雖短，但細細體味，便能感受到他的孤獨傷感之情。但他作為宋人，依然會尋求以道「自勝」。蘇舜欽的友人江休復，因為參與了蘇舜欽祠神會飲而被謫監蔡州稅，其所寫《秋懷》詩：「西風萬里至，曠然天地秋。暮雨生夕涼，百蟲鳴啾啾。楚山曉蒼蒼，楚水亦悠悠。騷人試登臨，感物增離憂。所思在遐方，欲往路阻修。香草有蕙茝，嘉樹有梧楸。白露委芳馨，凋零使我愁。窮年倦羈窘，江湖思舊遊。紉蘭製芰荷，飄泛一葉舟。肆情雲水間，意適何所求。」〔註82〕描寫秋天來臨之際，被貶之人登臨遠望，念其所思的傷感與思鄉之情。詩中多用香草蘭蕙之語，最具騷人風旨，是北宋初期最有屈原風味的了，但他的這種情調在當時是不占主流的。

　　總得來說，北宋士大夫的貶謫心態是不同於以往前人的。他們普遍認為自己身處明時，並且他們具備了鮮明的主體意識，從「道」與「位」的得失來看，即使宦途遭遇貶謫與坎坷，失去了行道之位，他們也並不以為自己的人生就失去了價值感，因為他們還可以「以文行道、修身行己」。因此在被貶謫時，表現出「不以物喜，不以己悲」的超然心態，才是具有高超的自我修養與君子之道的體現。真宗末年被貶的名相寇準，「其在道州，晨具朝服如常時，起樓置經史道釋書，暇則誦讀，賓至笑語，若初無廊廟之貴者。」〔註83〕比他稍後的丁謂在崖州也能做到「知患難之門，不廢素業，曠然忘遷謫之意。」〔註84〕以致北宋哲宗時，「呂惠卿元祐年間貶建州，紹聖初復起，語人曰：「吾在謫籍九年，雖冷水亦不敢飲，設有疾病，則好事者必謂吾戚戚所致矣。」〔註85〕呂惠卿在貶謫期間如此注重養生，其主要原因就是怕被人譏諷其在貶謫期間心胸不夠開闊，不像君子所為。可見，這種對於在貶謫中如何自處的心態，影響已經及於整個北宋士大夫群體之中了。

　　同時，鮮明的主體意識與高尚的政治氣節，使他們在面臨大是大非之時，具有強烈的擔當精神和責任感，能勇敢地面對甚至自己選擇貶謫。范仲淹的名言「公罪不可無，私罪不可有」，意思就是在國家大事上要勇於擔當，不能

〔註81〕《蘇舜欽集》卷八，第 87 頁。
〔註82〕《全宋詩》第五冊卷二七二，第 3440～3441 頁。
〔註83〕《長編》卷九十六，第 2212 頁。
〔註84〕〔宋〕劉克莊：《後村詩話》後集卷一，王秀梅點校，中華書局，1983 年版，第 56 頁。
〔註85〕〔宋〕江少虞撰：《宋人軼事彙編》卷十一，上海古籍出版社，1981 年版，第 550 頁。

因為犯錯誤而避事不為。一個人如果一輩子從未因公事而得罪過，說明他不是一個盡職盡責，以天下為己任的官員。同樣，作為士大夫的一員，應該努力提高自己的個人修養，不應該在私德上犯錯。「公罪不可無」強調的就是擔當精神。而犯了公罪，就會面臨貶謫，這也使士大夫群體早就對遭受貶謫做好了心理準備。正是如此，他們才能夠在面臨貶謫時保持平靜的心態。比如王禹偁，雖然最初對自己被貶內心不平，但還是能夠以道自處，所謂「自念一歲間，榮辱兩偏頗。賴有道依據，故得心安妥。」〔註86〕（《七夕》）在貶謫期間還時刻想著以自己的文才詩筆為北宋的文治貢獻自己的力量。他在商州時，就寫有《畬田詞》，其序中提到：「僕愛其有義，作《畬田辭》五首，以侑其氣。亦欲采詩官聞之，傳於執政者，苟擇良二千石暨賢百里，使化天下之民如斯民之義，庶乎污萊盡闢矣。」〔註87〕即使被貶，也依然存天下之念。後來被量移解州時，因遊鹽池，寫《鹽池十八韻》，其序云：「鹽池之大，古無題者，有唐都長安，河東為近輔，地實屬焉，名人奇士，遊者多矣。遷都建郡已來，亦在千里之內，凡所臨位，率皆儒臣，竟無一辭以紀勝概，天實惠我，使之補亡。……雖不虞於前輩，豈敢誣於後生，人或繼之，實自予始。」〔註88〕對於能夠以自己的詩筆紀錄鹽池之大，為歷史補亡，他感到非常的幸運和驕傲。

　　歐陽修被貶夷陵之時，就把改變士風作為自己的重要職責，他之所以選擇寫信給高若訥，就是因為看不慣當時「沉默畏慎」的士風，就在被貶之後，他希望自己能夠在貶謫期間「居閒僻處，日知進道而已」，扭轉以前士人被貶之後「戚戚怨嗟，有不堪之窮愁形於文字，其心歡戚無異庸人」的形象。在貶謫期間，他重視吏事，希望能夠為民造福。編修史書，研讀經典並寫作文章，希望借自己的筆來傳達自己對於儒家綱常倫理、道德價值的理解。作為文學家，他自然也創作了不少優秀的文學作品，即使在貶謫期間，也與師友詩詞唱和，互相品評，推進了北宋詩歌特色的形成。而范仲淹更是「不以物喜、不以己悲」，無論是在朝還是被貶在外，都把履行自己的職責、救世濟民作為最重要的事情。正如他在被貶睦州之後所寫的《依韻酬周驟太博同年》裏所寫的：「不稱內朝俾耳目，多慚外補救皮膚。」〔註89〕除此以外，

〔註86〕《王黃州小畜集》卷三。
〔註87〕《王黃州小畜集》卷八。
〔註88〕《全宋詩》第二冊卷七〇，第800頁。
〔註89〕《范仲淹全集》上冊卷五，第87頁。

他還注重教育，所到之處無不興建學校，聘請名師。他在蘇州時就曾聘請名儒胡瑗為首席講師，從此吳學甲於東南。

蘇舜欽因「奏邸之獄」而被除名，他的岳父也是當時的宰相杜衍寫信安慰他，同時也提到自己有辭去宰相之職的想法。蘇舜欽勸他不要辭官，因為「丈人才略閎遠，而躋位如此，復值朝廷多事之時，必將開發素蘊，以尊主康民，使天下想望風采，謳歌德業，而後世法則其所為，以拯弊亂。」〔註90〕勸他在這多事之秋利用自己的位置好好為國為民做一番事業，「或以謂某呶呶煩辭勸解者，以丈人當途而己不得進，此庸人之說，恐或有之。若丈人得盡其才，使天下和平，某雖老死畎畝，終身不入仕宦，如在三旄之位也。所可痛者，丈人之心與古人通，而其才可以治世成務而不得盡發以救艱急，此義夫烈士之所感激慟哭也。日月可惜，功名易隳，處雖為難，退亦未易，今雖能悻然引去，無補於時，亦安足以為嘉事。」〔註91〕（《答杜公書》）他開誠布公地表示，自己之所以勸解杜衍不要辭官，不是因為自己的私心。他表示只要杜衍能夠盡其才華，使天下和平，自己哪怕終生不再仕宦也心甘情願。可見，貶謫期間的蘇舜欽依然能夠「以天下為己任」，沒有自怨自艾，而是把自己的眼光放在朝廷大事之上，即使不能親自去實現「天下和平」的理想，也希望有才德之人能夠得位行道，作出一番利國利民的事業。

北宋統治者採用「右文」政策，用較為寬鬆的科舉制度將大量的優秀士人吸納進統治階層，但同時也用貶謫、量移、敘復等制度加強了對士大夫的控制，但這些制度、政策反過來又保障了士大夫重回朝廷的機會。正如成瑋在《制度、思想與文學的互動——北宋前期試詩壇研究》中所言：「對士大夫控制的加強，乃是隨著士人階層地位的提升同步而來，這就使士人一面追求不受縛於朝廷祿位的精神自由，一面又始終未曾喪失對北宋政權的認同。」〔註92〕制度、文化與士風的相互推動、摩蕩激勵，再加上北宋前期幾朝君主對於士大夫的優容涵養以及臺諫政策的確立，極大地促發了儒臣士大夫們對名節操守的推重、君子人格及道德人格的砥礪。公共輿論的出現，也使他們能夠在關鍵時刻和大是大非面前仗義執言，表現出錚錚風骨，能夠有政治勇氣去自主選擇和面對貶謫。因此，與唐代中期貶謫文人們動輒十年不遷

〔註90〕《蘇舜欽集》卷十，第115～116頁。
〔註91〕《蘇舜欽集》卷十，第116頁。
〔註92〕成瑋：《制度、思想與文學的互動——北宋前期詩壇研究》，復旦大學出版社，2013年版，第25頁。

或者活在沉重的輿論壓力之下，並因此而導致「他們的生命由沉淪、磨難而一步步被貶值、被拋棄、被拘囚，甚而至於荒廢，他們的心理也由惶恐、焦慮而一步步發展為孤獨、苦悶、憂鬱，直至產生性格的變異。正是被貶謫，打破了他們生活的寧靜和心理的平衡，顛倒了他們的人生信仰和價值觀念。」〔註93〕北宋的士大夫在心態上與他們已經大不相同，面對貶謫，他們雖有小小失落，但不再會痛苦絕望，而是內心坦蕩，安然處之。在貶謫期間，依然心懷天下，「先天下之憂而憂，後天下之樂而樂。」這種心態的養成也給北宋後期士大夫的貶謫生活提供了借鑒，使他們在面對貶謫時同樣保持了曠達平淡的心態與強烈的擔當精神。蘇軾就是其中典型的代表。要研究後期著名的貶謫文人的心態與行為模式，北宋前期士大夫的貶謫生活狀態是繞不過去的。

二、鮮明的主體意識與高尚的政治氣節

　　北宋接續五代十國的混亂時代，國擅於將，將擅於兵，文人名士隨波逐流是這個時代的典型特徵。北宋開國皇帝趙匡胤統一天下之後，面臨著一個迫切需要重建統治秩序和倫理秩序的社會現狀。而這種現狀，就必須從注重文治，復興儒道開始。但這個過程並不是一蹴而就的。就連統治者本身，也存在一個對於儒家之道與士人節操重要性的認識過程。宋太祖趙匡胤最先提出了「宰相須用讀書人」的理念。到宋太宗時，才把文治作為宋朝立國的重要策略。但宋太宗對於士人還存在著一種不屑或者說居高臨下的態度。從他與當時的樞密使錢若水的一段對話，可以看出當時的統治者與士人之間的略顯不太和諧的關係。

　　據《續資治通鑒長編》記載：

　　　　工部侍郎、同知樞密院事錢若水罷為集賢院學士，判院事。

　　　　先是，太宗為若水言：「士之學古入官，遭時得位，紆金拖紫，躍馬食肉，前呼後擁，延賞宗族，此亦足以為榮矣，豈得不竭誠報國乎？」若水對曰：「高尚之人，固不以名位為光寵。忠貞之士，亦不以窮達易節操。其或以爵祿榮遇之故而效忠於上，中人以下者之所為也。」太宗然其言。及劉昌言罷，太宗問趙鎔等曰：「見昌言否？」鎔等曰：「屢見之。」上曰：「涕泣否？」曰：「與臣等言，多至流涕.」

〔註93〕尚永亮：《論元和貶謫詩人的後期心態》，《文史哲》，1991年第3期，第88頁。

太宗曰：「大率如此。當進用時，不能悉心補職，一旦斥去，即汍瀾涕洄。」若水言：「昌言實未嘗流涕，蓋鎔等迎合上意爾。」呂蒙正罷，太宗又謂若水曰：「人臣當思竭節以保富貴，蒙正前日布衣，朕擢用為宰相，今退在班列，想其目望穿復位矣。」若水對曰：「蒙正遂登顯貴，然其風望亦不為忝冒。僕射師長百僚，資品崇重，又非寂寞之地也，且蒙正固未嘗以退罷鬱悒，當今巖穴高士，不求榮爵者甚多，如臣等輩，但苟貪官祿，誠不足以自重。」太宗默然。若水因自念，人主待輔臣如此，蓋未嘗有秉節高邁，不貪名勢，能全進全退之道以感動人主故也，將俟滿歲即移疾。會春旱，太宗焦勞甚，若水不敢言。既而西邊用兵，越明年，太宗晏駕，章不果上。

　　上即位，若水以母老請解機務，章再上，乃得請。〔註94〕

　　據《宋史》記載：「（錢若水）幼聰悟，十歲能屬文。華山陳搏見之，謂曰：『子神清，可以學道，不然，當富貴，但忌太速爾。』雍熙中，舉進士，釋褐同州觀察推官，聽覺明允，郡治賴之。淳化初，寇準掌選，薦若水泊王扶、程肅、陳允、錢熙五人文學高第，召試翰林，若水最優，擢秘書丞、直史館。歲餘。遷右正言、知制誥。」〔註95〕其人「美風神，有器識，能斷大事，事繼母以孝聞。雅善談論，尤輕財好施。所至推誠待物，委任僚佐，總其綱領，無不稱治。汲引後進，推賢重士，襟度豁如也。精術數，知年壽不永，故懇避權位。其死也，士君子尤惜之。」〔註96〕可見，錢若水在當時的士大夫當屬佼佼者，並在士林中頗有聲望。在錢若水位列侍從期間，宋太宗與錢若水多次談論到士人對於高官厚祿榮辱得失的態度問題。太宗言下之意認為功名利祿是士人入仕的最根本動機。統治者可以用高官厚祿來吸引他們為自己竭忠盡智。錢若水顯然聽出了言外之意，他對宋太宗的這番話持不同意見。他認為只以爵祿榮遇之故而效忠於皇帝的，是士人中的中人以下者所為。而真正的高尚之士並不以名位為榮寵，而忠貞者也並不以窮達易其操。太宗雖然表面看上去認同了錢若水的見解，但後來的表現證明他並沒有對士人存有真正的尊重之意。

　　劉昌言被罷免，太宗見到其他官員，就問劉昌言是不是因為罷官而哭泣，其他官員為了迎合太宗，就回答說是。太宗據此大發議論，認為「大率

〔註94〕《長編》卷四十一，第868頁。
〔註95〕《宋史》卷二百六十六，第9166頁。
〔註96〕《宋史》卷二百六十六，第9170頁。

如此。當進用時，不能悉心補職，一旦斥去，即汍瀾涕泗。」錢若水告訴太宗「昌言實未嘗流涕，蓋鉉等迎合上意爾。」呂蒙正罷官，太宗又對錢若水說：「人臣當思竭節以保富貴，蒙正前日布衣，朕擢用為宰相，今退在班列，想其目望穿復位矣。」錢若水說：「蒙正遂登顯貴，然其風望亦不為忝冒。僕射師長百僚，資品崇重，又非寂寞之地也，且蒙正固未嘗以退罷鬱悒，當今岩穴高士，不求榮爵者甚多，如臣等輩，但苟貪官祿，誠不足以自重。」錢若水與宋太宗的對話不卑不亢，體現出他作為士大夫的錚錚風骨。經過幾次與宋太宗的交談，他深深感覺到宋太宗對士人的輕視與不尊重，以及不理解。他認為之所以會如此，是因為宰輔之中沒有「秉節高邁，不貪名勢，能全進全退之道」的人能夠感動君王，使他見識到有道之士的情操之高潔。因此錢若水決定在職滿一年之後辭官不做，以顯示自己不貪高官厚祿的清高節操，但是由於其他情況，以及後來太宗晏駕，沒有能夠實現。直到真宗繼位才以母老為由辭掉官位。可見，在宋太宗期間，為了改變統治者心目中士人的不太良好的印象，重新塑造儒家傳統士大夫的形象，錢若水已經開始做出實際的行動。也由此可以看出，在宋太宗的心目中，官員的罷免貶謫是他控制士人、要求士人為他竭忠盡智的重要手段。怎樣看待貶謫，是統治者與士人在精神心態上的一種拉鋸戰。具有理想、想要「致君堯舜上，再使風俗淳」的士人與想要通過「爵賞榮遇」來控制士人，使其為他所用的統治者，在北宋的朝廷上演出了一幕幕悲壯的活劇，導致多次非常緊張激烈的貶謫事件的發生。北宋士人也由此逐漸開始建立自己高遠的精神世界，在仁宗朝這個最開明寬容的時代，終於出現了「先天下之憂而憂，後天下之樂而樂」的以范仲淹為代表的一批重名節、有理想、有實踐能力的儒家士大夫群體。

　　北宋建立以後所採取的「右文」政策，以及「不殺士大夫及上書言事人」的祖宗家法，使貶謫成為對士大夫最重要的懲罰方式。也正是因此，宋代貶謫制度非常嚴密，貶謫之後的量移、敘復等制度的實施也給士大夫貶而復用帶來了心理上的期待。而士大夫對於貶謫的態度也是隨著時代的變化而變化。太祖時期，文官政治還未最終成型，此時對於文官的貶黜數量極少。而到了太宗時期，就有了被以各種理由而被貶謫的文官群體。宋太宗非常關注這些官員被貶謫後的心態與狀態，他希望看到的是官員被貶後的痛苦與失態，從而體現皇家權力對於士大夫的生殺予奪的威力。而事實上，像錢若水這樣自尊自重的儒家之士是看不下去宋太宗對於士大夫群體的不屑與蔑視

的。詳細考察太宗朝的貶謫官員，基本可以分成兩種，一種是盧多遜這樣，雖博學多才卻貪權固位之人，正因為如此，他陷入與開國元勳趙普爭奪相位，又牽扯進皇室內部的權力之爭，最後被遠貶嶺南。一心依附皇權，最後卻落得如此下場，也是可悲可歎。而太宗朝的另一位歷經「三黜」的詩人王禹偁，卻恰恰與盧多遜相反，他每次的被貶都是因為對朝廷事務有自己獨特看法，從而得罪皇帝或權臣，導致自己被一貶再貶。也是因為每次都「非罪而貶」，導致他不斷反思「道」與「位」的關係。在三次被貶之後，他寫有《三黜賦》以明志：「屈於身兮不屈於道，任百謫而無虧！吾當守正直兮佩仁義，期終身以行之。」〔註97〕皇帝和朝廷可以貶黜他的官職、放逐他於遠方，但他所信仰和奉行的儒家之道是不會向任何權力屈服的。在王禹偁這裡，儒家士大夫的自我主體意識已經開始蘇醒，他把「道」與「位」關係分開，認為在沒有「位」的情況下，士大夫依然可以行道。這種治統與道統的分開，為北宋前期貶謫文人主體精神的重塑打下了基礎。跟王禹偁同時並稱為「直臣」的田錫，也同樣由於其「在貶廢中樂得其心」，而受到范仲淹的推崇與仰慕。真宗朝宰相寇準與丁謂的貶謫，說明了這個時期士大夫群體的分化。寇準這樣以國事為重，能夠在遼國大軍壓境的情況下，不顧自身安危，力勸真宗御駕親征，最終簽訂「澶淵之盟」，給北宋爭取了多年的和平。但是他在真宗重病之際，謀事不密，反被丁謂設計陷害，結果被貶嶺南。寇準在這場權力的爭奪戰中暴露了很多性格上的弱點，他對於作為南方士人的丁謂的蔑視，使丁謂這個睚眥必報的人物對他產生了很深的惡感，同時他對權力的渴望，在他謀求再次登上相位的時候，為了投宋真宗所好，他用了進奏「天書」這樣的由頭，使自己重新登上相位。《朱子語類》記載了朱熹與門下弟子討論北宋前期官員對於爵祿權力的追求時，提到關於寇準的評價，「便是前輩都不以此事為非，所以至范文正方厲廉恥，振作士氣。」曰：「如寇萊公，也因天書欲復相。」曰：「固是。」〔註98〕說明北宋前期官員在追求功名權力這方面都是比較無顧忌的。歐陽修後來在洛陽作推官時，因王曙指責他們遊玩過度，應以寇準為戒時，歐陽修回答王曙，寇準之所以後來被貶嶺南，主要原因是因為他「仕不知止。」王曙默然，也等於是默認了。

真宗時期以「神童」入仕的晏殊為人非常謹慎，如真宗所言，他「沉謹，

〔註97〕《王黃州小畜集》卷一。
〔註98〕《朱子語類》卷一二九，第4021頁。

造次不逾矩，甚為縉紳所器」〔註99〕，但是由於仁宗朝初期比較複雜的政治局面，他也曾兩次被貶。經歷這些他意想不到的貶謫，晏殊的政治品格變得圓滑，他不像盧多遜、寇準、丁謂等那樣主動去追求權力，而是消極被動的避免被權力所傷害。也是因此，晏殊雖然舉薦了眾多賢才，但是一旦這些人像范仲淹，做出一些出格的舉動，比如諫太后還政等等，他就深怕受到牽累，以至於要面斥范仲淹。在受到范仲淹的反駁與申訴後，他又不得不承認，范仲淹的所作所為是對的。相對於前三人對權力的迷戀，晏殊是矛盾的，他認識到權力的反覆無常，以及權力的得失導致的人情翻覆，但卻無法擺脫權力帶給他個人的榮耀和利益。因此，他一方面盡自己所能，薦舉賢才，興辦學校，做好自己份內之事，另一方面，他要依違其間，為保全自己的地位而小心翼翼，不敢越雷池一步。也是因此，導致他既發現和引薦了范仲淹、歐陽修、富弼等人，但同時，他與他們的相處卻並不愉快。由此，我們可以看到，晏殊是北宋士大夫氣節操守發展確立過程中的一個重要轉折點，他作為太平宰相，不像寇準那樣經歷戰爭，具備為國謀百世太平的勇氣和決心，但也不像丁謂為了實現自我的權力欲望而對皇帝的任何要求竭忠盡智，不顧天下士子的議論與百姓的死活。他被貶之後在地方任上，興學薦賢，專心吏職，重新回到宰執位置，知貢舉時仁宗時期的大部分賢才幾乎都與他的選拔和薦舉有關。《續資治通鑑長編》卷一百七十八記載：「雖早貴，然養奉清儉。累典州，吏民頗畏其狷急。善知人，如孔道輔、范仲淹皆出其門，而富弼、楊察皆其婿也。」〔註100〕而他在貶謫生涯中的作為，對於范仲淹也產生了很大的影響。范仲淹在被貶睦州之時，曾寫信給晏殊，在《與晏尚書書》中，范仲淹寫道：「罪有餘責，尚叨一麾，敢不盡心以求疾苦？二浙之俗，燥而無剛。豪者如虎，示之以文；弱者如鼠，示之以仁。吞奪之害，稍稍而息。乃延見諸生，以博以約。非某所能，蓋師門之禮訓也。」〔註101〕他講述了自己如何根據民情引導和處理當地事務。而這些都是秉承師門禮訓，從老師晏殊那裡學習到的。晏殊在貶謫應天府期間重視教育、興辦學校的所作所為也對范仲淹產生了極大的影響，促使其在貶謫期間同樣重視教育興學，每到一地，必興辦府學，延請名師，把晏殊的這一做法發揚光大。這樣一來，晏殊恰好成

〔註99〕《長編》卷八十五，第 1959 頁。
〔註100〕《長編》卷一百七十八，第 4305 頁。
〔註101〕《范仲淹全集》上冊，第 619 頁。

為宋代士大夫主體意識及責任擔當意識萌發的中介，他薦舉的范仲淹、知貢舉所錄取的學生歐陽修，最後都成了宋朝的名臣。他們也沒能避免被貶謫的命運。范仲淹直言敢諫，即使自己不在諫官的位置，也依然向皇帝進言，以致得罪宰相呂夷簡，多次被貶，以其「三光」風範名聞天下。歐陽修為營救范仲淹，致書左司諫高若訥，結果也被貶夷陵。後來又因為積極支持范仲淹領導的「慶曆新政」，而再次被貶。歐陽修在貶謫期間，關心吏事、鑽研學術、積極創作，初步形成了文學、政事、學術三位一體的士人形象。他們在面對國家前途命運與大是大非面前，考慮的不是自己的仕途，而是天下國家的安危與百姓的福祉。在這些士大夫的心裏，與盧多遜、丁謂不同的是，他們追求的不再是自己的高官厚祿，也不是要滿足自己極強的權力欲望。他們不避權貴、不畏貶謫甚至為了尋求正義而自請貶謫，代表了北宋時期「不以物喜，不以己悲」「先憂後樂」的時代精神，他們追求的是千秋萬代的永恆價值，而不在乎一時一地的時君的貶謫與懲罰。

隨著政治經濟文化的發展，中國古代社會經歷了由封建士族地主向庶族士大夫群體轉化的過程，如《宋史》中所言，

> 士大夫忠義之氣，至於五季，變化殆盡。宋之初興，范質、王溥，猶有餘憾，況其他哉！藝祖首褒韓通，次表衛融，足示意向。厥後西北疆場之臣，勇於死敵，往往無懼。真、仁之世，田錫、王禹偁、范仲淹、歐陽修、唐介諸賢，以直言讜論倡於朝，於是中外縉紳知以名節相高，廉恥相尚，盡去五季之陋矣。故靖康之變，志士投袂，起而勤王，臨難不屈，所在有之。及宋之亡，忠節相望，班班可書，匡直輔翼之功，蓋非一日之積也。」〔註102〕

可以說，從中唐到北宋初期，庶族也就是平民士大夫已經成為中國封建社會中承載文化、參與政治的重要群體。但是，士大夫群體具備鮮明的主體意識，應該是從宋初開始，到宋仁宗時期完全建立起來的。從宋太祖「陳橋兵變」建立宋朝，然後「杯酒釋兵權」之後，中國傳統的士人群體就成為宋室皇帝依靠其來進行統治的必然選擇。宋太祖時期，並沒有完全提出「重武輕文」的口號，他只是憑藉自身在五代亂世的切身體會經驗性地認為，文人當國要比武人造成的社會危害性小得多。後來的宋太宗，在對北漢的戰爭勝利之後，想要乘勝追擊，攻打契丹所建立的遼國，卻沒想到無功而返，還差

〔註102〕《宋史》卷四百四十六，第 13149 頁。

點丟了自己的性命。在武力的失敗之後，宋太宗把建立一個文治王朝作為自己的畢生事業。他使科舉考試變得更加規範，錄取的人數更多，並且錄取之後馬上就授予官職，不像唐朝科舉考試，本身錄取的人數很少，還要經過吏部的考試，合格才能授予官職。這種情況下，宋朝培養的士大夫群體迅速擴大，這些被錄取的士人們被派往全國各地州縣為官，其中的優秀分子留在中央朝廷。可以說，文官在宋朝政府的各個部門佔據了重要位置。隨著士人群體的壯大，復興儒家之道的理念與實踐成為宋代士大夫的集體理想。自從漢武帝「罷黜百家，獨尊儒術」以來，儒家士大夫群體就以儒家之道的傳播者自居，到了中唐韓愈那裡，提出了道統的說法。宋代初期，柳開、穆修等人提出學習韓柳古文，但由於柳開等人的創作成就不高，沒有引起更大的關注。直到宋仁宗時期，歐陽修的出現，才使韓愈古文在文壇佔據了重要位置，而韓愈，也因為歐陽修的推崇，代表了道與文的結合，成為宋代中期重要的學術、政治及文學的偶像。對於以歐陽修為代表的宋代士大夫來說，韓愈不僅是著名的古文作家，他更是儒家之道復興的重要標誌和代表人物。歐陽修在《新五代史》中對馮道大加撻伐，認為人不知廉恥，則無所不為，「況為大臣而無所不取不為，則天下其有不亂，國家其有不亡者乎！」〔註103〕他甚至說「予於五代得全節之士三，死事之臣十有五，而怪士之被服儒者以學古自名，而享人之祿、任人之國者多矣，然使忠義之節，獨出於武夫戰卒，豈於儒者果無其人哉？」〔註104〕宋太宗對於馮道的態度應該與歐陽修是一致的，在評論太祖時期由周入宋的宰相范質時，他認為范質一切都好，只是「惟欠世宗一死耳。」可見他把范質身事二朝看成了一個污點。同樣，在同錢若水談到官員與皇帝的關係時，他認為官員應該對得起為他提供官職尊榮的國家，他顯然把士大夫做官的目的很簡單的看成是為了富貴尊榮。而作為士大夫的錢若水則不這樣認為，顯然他覺得士大夫的存在價值不僅僅是作為皇帝的附庸而存在。後來宋太宗多次在他面前提到對被貶官員的荒謬想像，使錢若水作為士大夫群體的一員，覺得很有必要維護士大夫群體的人格尊嚴。也是因此他直接戳破了有些官員為了討好太宗所說的謊言，並且決定以自己的行動為士大夫群體的尊嚴正名，毅然辭掉官職，以改變宋太宗對於士大夫的不夠全面和不夠尊重的看法。在錢若水這裡，士大夫群體的主體意識

〔註103〕〔宋〕歐陽修：《新五代史》卷五十四，〔宋〕徐無黨注，中華書局，1974 年版，第 611 頁。

〔註104〕《新五代史》卷五十四，第 611 頁。

已經若隱若現。

　　錢若水顯然成了儒家士大夫在政治秩序、倫理規範、政治準則等實踐理性上的群體的主體性的代表。錢若水與宋太宗關於官員被貶後態度的對話，體現了儒家士大夫群體與帝王在思想與情感上的距離感。作為皇帝，掌握著賦予儒家士大夫得位行道的最高權力，而儒家士大夫群體則相應的處在權力的弱勢方面。一旦得罪君主，就面臨著被貶失位的狀況。北宋王朝對於士人群體在統治上的倚重，甚至提出了「與士大夫共治天下」的理念。無論是前期范仲淹推行的慶曆新政，還是後來王安石主持的變法革新以及舊黨對新黨的反對活動，本質上他們體現的基本上還都是文儒士大夫們的「致君堯舜」的行道政治實踐。宋朝文人士大夫人格獨立精神、主體意識的覺醒甚至是帝師意識的膨脹，使得他們帶著強烈的行道意識和經邦濟世情懷積極幹世，特別是積極地介入政治活動、推動社會的改革，以此踐行儒家的政治文化理念。即便是屢遭貶逐，這些文臣仍然孤忠不減、志節不改，以至於後來屢遭黜陟的蘇軾將貶謫稱之為「無乃遷謫反便美」〔註105〕（《至秀州贈錢端公安道並寄其弟惠山老》）。不以貶謫為悲苦，反視貶謫為「便美」的孤臣心態，在宋代具有典型性。從宋初開始經歷慶曆新政、朋黨之議、新舊法之爭，文臣士大夫當廷諫諍、直言規勸，觸動皇帝、當權者以此獲貶。士人因為直言讜論獲罪，貶竄蠻荒、遠離朝廷中心，個體雖遭磨難，但卻在士林那裡獲得公論，甚至以此取得高名，這便是宋人「便美」貶謫心態的精神基礎。可以說，士大夫的政治地位和社會聲望從來沒有像宋代社會這樣如此之高，出現了一大批像田錫、張齊賢、王禹偁、王旦、范仲淹、錢若水、歐陽修、蘇軾這樣，以振士風、厲名節、弘揚儒家之道為己任的文士官員。孔子在《論語·先進》中指出：「所謂大臣者：以道事君，不可則止。」〔註106〕「以道事君」即是以正道事君，如果君主有過失，為臣者就應當以道諫正，做到「以道格君心之非」，道如不可行則去位申行己之志，鮮明地體現出宋代士人風骨錚錚、卓然挺立的精神。朱熹有言：「以道事君者，不從君之欲。不可則止者，必行己之志。」〔註107〕以現代的政治眼光來看，從宋初開始文人士大夫開始自覺有意識地建構起事君與為臣的關係共同體，在尊道的共同前提下君臣雙方默守君

〔註105〕〔宋〕蘇軾：《蘇軾詩集合注》第一冊卷八，〔清〕馮應榴輯注，黃任軻、朱懷春校點，上海古籍出版社，2001年版，第389頁。
〔註106〕〔宋〕朱熹撰：《四書章句集注·先進第十一》，中華書局，1983年版，第130頁。
〔註107〕《四書章句集注·先進第十一》，第130頁。

臣禮節，可以說在這個基礎上宋代士大夫成功地獲得了相對獨立自由的活動空間。所以在一定程度上，宋代文人獲得了孟子所說的古之賢士「樂其道而忘人之勢」〔註108〕的現實活動空間。儘管在皇權專制的基本體制下這個關係共同體內在地包含著不可克服的矛盾，結構關係還比較脆弱，特別是皇帝在皇權、相權、臺諫的制衡體制下，強化了士大夫對政權的依附性，並使得君臣關係共同體常常受到破壞。

在這種時代背景下，宋代士大夫以「自任以天下之重」的歷史責任感和儒家的「修齊治平」的理想結合起來，使士大夫群體的主體意識進一步增強。以王禹偁、范仲淹、錢若水等人為代表的宋代前期士大夫們直言敢諫，不惜得罪權臣甚至皇帝，「開口攬時事，議論爭煌煌」，希望通過自己的努力從而能夠「致君堯舜上，再使風俗淳」。正是宋代的士大夫將「修齊治平」的治國理想上升到道的高度，才使得他們能夠在榮辱浮沉之際、出處進退之間，以超然靜定的心態去看待坐罪遠謫的困厄處境，踐履獨善與兼濟並存的天下情懷。

歷史後來發展的結果是，這些充滿政治文化理想與獻身精神的士大夫，一個個都走上了貶謫的路途。在這種情況下，解決「得位」與「行道」的關係，就成了士大夫群體所面臨的必須解決的問題。只有解決了這個根本的問題，士大夫群體的主體性才能在被貶謫時仍然存在，也只有主體性的存在，才能使他們在面臨貶謫失位之時，仍然能保持平靜的心態，依然能以自己的方式行儒家之道，從而獲得主體存在的價值。這就是王禹偁和蘇舜欽在被貶和被除名之後，對「位」與「道」的問題進行深入探討的原因。王禹偁認為「士君子者，道也；行道者，位也。道與位並，則敷而為業，《皋陶》《益稷謨》《伊訓》之類是也。道高位下，則垂之於文章，仲尼經籍，荀、孟、揚雄之書之類是也。」〔註109〕士人君子的本質屬性和文化身份是以奉儒守道為職志，而文人士大夫因為被貶謫失位之後，依然可以依靠文章立言與對道德名節的堅守來樹立不朽的價值。蘇舜欽所遭遇的貶謫應該是最嚴重的，他是以「堅守自盜」的罪名被「減死一等除名」的，這種嚴重的污名化的罪名，使他背上了沉重的精神負擔，但他依然在努力的試圖借由深刻的思考，來解開心頭的鬱結：「夫士之學經術，知道義，非所以貿易爵祿之來，無有以應之耳。

〔註108〕〔清〕焦循：《孟子正義·盡心上》下冊卷二十六，沈文倬點校，中華書局，1987 年版，第 888 頁。
〔註109〕《王黃州小畜集》卷十九。

道勝而位喪，於道何傷而不樂邪？世有知道而居位者，尚或為眾牽躓，不得盡施其所學，憂道之削，處甚危，內負於己，外愧於人，畏時刑而懼鬼誅，何所樂哉！然賢者必欲推己之樂以樂眾，故雖焦苦其身，而不捨爵位者，非己所樂也。苟去其位，則道日益，宜其安而無悶也。是施於眾則勞，而足於己則易，亦物理之常勢。」〔註110〕士之秉持經義、道義是士人君子的立身行事之本，士人的習經義與知道義本身不是為了追求爵祿，而是士人主體文化人格的內在追求。就此而言，士人君子是將個體作為具有本體論意義上的道的承擔者，這種本體論意義上的道的承擔不因現實的貶謫境遇而就此消失，而是具體化為文人士大夫的日常行事準則、人格的修持。當然這一士大夫政治文化理念的理論確立，是在以張載、二程、朱熹等人為代表的宋代理學家那裡才真正得以完成。但是蘇舜欽在這裡鮮明強調了道體對於士人君子的重要性，對於他們來說要是得到道而喪失了權位，對於道來說又有什麼損失呢？這世上有知道又身居其位的人，也還是被人牽制不能施展所學，一方面憂慮道的日漸削弱，處在危險的境地，另一方面對內來說，負了自己，對外，又感到慚愧，畏懼刑罰害怕神鬼的怪罪，這在蘇舜欽看來又有什麼快樂呢？他認為賢者之所以不放棄爵位，是因為想要推己之樂以眾樂。賢者不捨棄爵位，不是為了自己的快樂。如果離開其位，對道的領悟反而日益增加。因此說，將道施與眾人是辛苦的，而使道來滿足自己，則是容易的，這是常理之所在，也因此，蘇舜欽在失位之後，能夠以道自持。作為建立在情感、欲望、自由等生命本質之上的個體主體，如何在現實世界的人生波動中踐行儒家的政治理想、外在事功，就成為宋初士人著力思考的時代典型問題。進一步講，就宋初遭受貶黜的大部分士大夫而言，正是因為王禹偁與蘇舜欽等人能夠從理論上較為有效地解決了「道」與「位」、「進身」與「行己」、「成己」與「成聖」的關係問題，使得他們能夠在精神心性上得以解脫，從而在貶謫生活中尋找到自身存在的價值根基、昇華自身的生命人格境界。

　　但使人欣慰的是，宋朝前期的朝廷政爭還處在比較正常的情境之下，沒有出現後期的惡性傾軋與報復。這些被貶的臣子大部分沒有被徹底廢棄，他們還會再回到廟堂，重新走上高位，實踐自己的政治理念。正如范仲淹和歐陽修等屢次因言獲罪，被貶到地方為官，但始終保持著「先天下之憂而憂，後天下之樂而樂」的理想信念，並沒有因為遭受貶謫而陷入深深的憂鬱而不

〔註110〕《蘇舜欽集》卷十，《續資治通鑒第 111～112 頁。

可自拔。這與宋仁宗時對貶謫官員的處理方式有關。一般情況下，他們被貶的地區都不是最偏僻邊遠的，像范仲淹，第一次因奏請太后被貶，自請外放河中府，第二次被貶睦州，第三次饒州，河中府距離都城不遠，睦州、饒州都是江南水鄉，並且三兩年內即召回復用。這種寬仁的做法使得大臣們言事之時更無後顧之憂，反而更大的激發了他們為國分憂的勇氣與信心。也使他們在貶謫所在的州縣能夠以吏事為重，不以遷謫為心。當然，歷史的侷限性決定了改革一旦觸動官僚集團的既得利益，其遭到猛烈反對、最終失敗的結局是必然的。但在這樣的歷史必然性之下，他們抱著「不以物喜、不以己悲」「先天下之憂而憂，後天下之樂而樂」的高尚的道德情操，憑藉自己的才能和努力獲得了施展抱負的機會，雖然失敗，但歷史上也留下了他們正氣凜然的光輝形象。潛說友在《吳郡建祠奉安文正公講義》中所說：「正如公生我朝盛時，實鍾天地間氣，光明俊偉，二三百年後猶使人竦然起敬，況當時乎？考亭朱子論本朝人物，或歉其初，或議其小，獨與公而稱其傑出之才。夫才而謂之傑出，則必有參天地之化，關盛衰之運者矣。蓋公之於仁義，如饑渴之於飲食，須臾不置。其見於修身齊家，處宗族，待閭里，居官行事，愛民利物，浩如也，此非富公之所謂道大德具者乎？我是以知公之德之立，皆仁義之所充拓。陳宮壺之戒，弭朝廷之憂，腹中甲兵，西賊破膽。而天章一疏，實將振起我宋一代大治。若使盡見施行，則後來者無所用其紛更，而國家蒙福莫之與京矣，此非韓公大忠偉節者乎？我是已知公之功之立，皆仁義之所成就。」〔註111〕以范仲淹為代表的北宋前期士大夫，在面對和經歷仕途中的挫折——貶謫時，其所表現出的鮮明的主體意識與高尚的政治氣節是為後代士人所稱頌和欽佩不已的，這種精神財富也給宋代後期經歷貶謫的士大夫，如蘇軾、黃庭堅等人以借鑒和支持，使他們在身處貶謫時能夠擺脫壓抑與失落的情緒，積極鎮定地尋找屬於士大夫自己的人生價值。正是因為如此，蘇軾才會在《自題金山畫像》時說：「問汝平生功業，黃州、惠州、儋州。」〔註112〕這三處貶謫之地，本是政治鬥爭失敗、宦途流落的象徵，但在蘇軾的眼裏，卻是成就其文化人格的機緣所在。大部分宋代貶謫文學的研

〔註111〕〔宋〕潛說友：《吳郡建祠奉安文正公講義》，選自范仲淹：《范仲淹全集》下
　　　　冊，〔清〕范能濬編集，薛正興校點，鳳凰出版社，2004年版，第1004頁。
〔註112〕〔宋〕蘇軾：《蘇軾詩集合注》第六冊卷五十，〔清〕馮應榴輯注，黃任軒、
　　　　朱懷春校點，上海古籍出版社，2001年版，第2475頁。

究都集中在北宋後期。誠然，北宋前期仁宗朝由范仲淹與呂夷簡的政治鬥爭
而引起的朋黨之論在北宋後期愈演愈烈，朋黨成為不同政治集團互相打擊對
方的工具，也直接導致北宋後期的政治鬥爭更加激烈，被貶人數增多、被貶
士大夫的境遇相對前期而言更加惡劣。但是，北宋前期大夫面對貶謫時的所
思所想、所作所為對於後期貶謫士大夫的精神面貌而言更具有不可忽視的連
續性，北宋前期的貶謫文化與文學應該可以看成是北宋後期貶謫文化與文學
的先聲與前驅。

參考文獻

　　凡例：一、本書所引古籍類，大致按著者或編者所處朝代編排。二、近今人著作（包括中國臺灣與外國地區），按作者姓名拼音首字母順序編排；三、論文按發表時間順序編排。

一、古籍類

1. 〔南朝宋〕范曄撰：《後漢書》，北京：中華書局，2012 年版。
2. 〔唐〕韓愈撰，馬其昶校注，馬茂元整理：《韓昌黎文集校注》，上海：上海古籍出版社，2014 年版。
3. 〔唐〕白居易撰，朱金城箋注：《白居易集箋釋》，上海：上海古籍出版社，1988 年
4. 〔宋〕竇儀等撰：《宋刑統》，中華書局，1984 年版。
5. 〔宋〕王禹偁：《王黃州小畜集》卷六，《四部叢刊初編》（集部）本，上海書店，1939 年版。
6. 〔宋〕田錫撰，羅國威校點：《咸平集》，成都：巴蜀書社，2008 年版。
7. 〔宋〕寇準撰：《忠愍公詩集》，《四部叢刊三編》本，上海商務印書館，1936 年版。
8. 〔宋〕歐陽修、宋祁撰：《新唐書》，北京：中華書局，1975 年版。
9. 〔宋〕歐陽修撰，〔宋〕徐無黨注：《新五代史》，北京：中華書局，1974 年版。
10. 〔宋〕歐陽修撰：《歐陽修全集》，北京：中國書店，1986 年版。
11. 〔宋〕范仲淹撰，〔清〕范能濬編集，薛正興校點：《范仲淹全集》，南京：鳳凰出版社，2004 年版。

12. 〔宋〕梅堯臣撰，朱東潤編年校注：《梅堯臣集編年校注》，上海：上海古籍出版社，1980 年版。

13. 〔宋〕蘇舜欽撰，沈文倬校點：《蘇舜欽集》，上海：上海古籍出版社，2011 年版。

14. 〔宋〕蔡襄撰：《端明集》，影印《四庫全書》文淵閣本，臺灣商務印書館，1986 年版。

15. 〔宋〕曾鞏撰，陳杏珍、晁繼周點校：《曾鞏集》，北京：中華書局，1984 年版。

16. 〔宋〕范純仁撰：《范忠宣集》，影印《四庫全書》文淵閣本，臺灣商務印書館，1986 年版。

17. 〔宋〕司馬光撰：《溫國文正司馬公文集》，《四部叢刊初編》本，上海商務印書館，1929 年版。

18. 〔宋〕蘇軾撰，孔凡禮點校：《蘇軾文集》，北京：中華書局，1986 年版。

19. 〔宋〕蘇軾撰，〔清〕馮應榴輯注，黃任軻、朱懷春校點：《蘇軾詩集合注》，上海，上海古籍出版社，2001 年版。

20. 〔宋〕黃庭堅撰：《豫章黃先生文集》，《四部叢刊初編》本，上海商務印書館，192 年版。

21. 〔宋〕呂祖謙編，齊治平點校：《宋文鑒》，北京：中華書局，1992 年版。

22. 〔宋〕李燾撰：《續資治通鑒長編》，北京：中華書局，2004 年版。

23. 〔宋〕鄭樵撰：《通志》，北京：中華書局，1987 年版。

24. 〔宋〕王應麟撰：《玉海》，京都：中文出版社，1977 年版。

25. 〔宋〕江少虞編撰：《宋朝事實類苑》卷六，上海：上海古籍出版社，1981 年版。

26. 〔宋〕徐自明撰，王瑞來校補：《宋宰輔編年錄校補》，北京：中華書局，1986 年版。

27. 〔宋〕呂中撰：《宋大事記講義》，影印《四庫全書》文淵閣本，臺灣商務印書館，1986 年版。

28. 〔宋〕杜大珪編：《名臣碑傳琬琰集》，影印《四庫全書》文淵閣本，臺灣商務印書館，1986 年版。

29. 〔宋〕朱熹撰：《四書章句集注》，北京：中華書局，1983 年。

30. 〔宋〕何坦撰：《西疇老人常言》，北京：中華書局，1985 年版。

31. 〔宋〕呂中撰：《宋大事記講義》，影印《四庫全書》文淵閣本，臺灣商務印書館，1986 年版。

32. 〔宋〕呂午撰：《左史諫草》，影印《四庫全書》文淵閣本，臺灣商務印書館，1986 年版。

33. 〔宋〕黃震撰：《黃氏日抄》，影印摛藻堂《四庫全書薈要》本，臺灣世界書局印行，1985 年版。

34. 〔宋〕趙升編，王瑞來點校：《朝野類要》，中華書局，2007 年版。

35. 〔宋〕魏泰撰，李裕民點校：《東軒筆錄》，北京：中華書局，1983 年版。

36. 〔宋〕晁公武撰：《郡齋讀書志》，影印《四庫全書》文淵閣本，臺灣商務印書館，1986 年版。

37. 〔宋〕江少虞撰：《宋朝事實類苑》，上海：上海古籍出版社，1981 年版。

38. 〔宋〕樓鑰撰：《范文正公年譜》，上海書店《叢書集成續編》本，1994 年版。

39. 〔宋〕王稱撰：《東都事略》影印本，臺北：文海出版社，1980 年版。

40. 〔宋〕胡仔纂集，廖德明校點：《苕溪漁隱叢話》，北京：人民文學出版社，1962 年版。

41. 〔宋〕謝枋得撰：《文章軌範》卷六，影印《四庫全書》文淵閣本，臺灣商務印書館，1986 年版。

42. 〔元〕脫脫等撰：《宋史》，北京：中華書局，1985 年版。

43. 〔元〕馬端臨撰：《文獻通考》，北京：中華書局，1986 年版。

44. 〔明〕陳邦瞻撰：《宋史紀事本末》，北京：中華書局，1977 版。

45. 〔清〕王夫之撰，舒士彥點校：《宋論》，北京：中華書局，2015 年版。

46. 〔清〕厲鶚輯：《宋詩紀事》，上海：上海古籍出版社，1983 年版。

47. 〔清〕翁方綱，富壽蓀校點：《石洲詩話》，郭紹虞編選：《清詩話續編》第三冊，上海：上海古籍出版社，1983 年版。

48. 〔清〕卞永譽編：《式古堂書畫匯考》卷九，影印《四庫全書》文淵閣本，臺灣商務印書館，1986 年版。

49. 〔清〕徐松輯：《宋會要輯稿》，北京：中華書局，1957 年版。

50. 〔清〕莊存與、孔廣森撰，郭曉東等點校：《春秋正辭　春秋公羊經傳通義》，上海古籍出版社，2014 年版。

51. 〔清〕焦循撰，沈文倬點校：《孟子正義》，北京：中華書局，1987 年版。

52. 〔清〕陸心源撰：《宋史翼》，北京：中華書局，1991 年版。

53. 〔清〕周碩勳撰：《（乾隆）潮州府志》，《中國方志叢書華南地方》第 46 冊，臺北：成文出版社，1966 年版。

54. 〔近〕丁傳靖撰：《宋人軼事彙編》，北京：中華書局，2003 年版。

55. 顧宏義、李文撰：《宋代日記叢編》，上海書店出版社，2013 年版。

56. 朱易安、傅璇琮等主編：《全宋筆記》（第一、二、三編），鄭州：大象出版社，2003 年版。

57. 朱傑人、嚴佐之等主編：《朱子全書》，上海古籍出版社；安徽教育出版社，2002 年版。

58. 司義祖整理：《宋大詔令集》，北京：中華書局，1962 年版。

59. 北京大學古文獻研究所編：《全宋詩》，北京：北京大學出版社，1998 年版。

60. 唐圭璋編：《全宋詞》，北京：中華書局，1965 年版。

61. 吳文治主編：《宋詩話全編》，南京：江蘇古籍出版社，1998 年版。

62. 曾棗莊、劉琳主編：《全宋文》，上海辭書出版社；安徽教育出版社，2006 年版。

二、近今人論著

B

1. 〔美〕：包弼德著，劉寧譯：《斯文：唐宋思想的轉型》，南京，江蘇人民出版社，2017 年版。

C

1. 陳來著：《中華文明的核心價值──國學流變與傳統價值觀》，北京：北京三聯書店，2015 年版。

2. 崔際銀著：《文化構建與宋代文士及文學》，天津：天津古籍出版社，2011 年版。

3. 〔馬來西亞〕陳湘琳著：《歐陽修的文學與情感世界》，上海：復旦大學出版社，2012 年版。

4. 〔日〕池澤滋子著：《丁謂研究》，巴蜀出版社，1998 年版。

5. 成瑋著：《制度、思想與文學的互動──北宋前期詩壇研究》，上海：復旦大學出版社，2013 年版。

D

1. 鄧廣銘著：《宋史十講》，北京：中華書局，2015 年版。

2. 鄧小南著：《祖宗之法：北宋前期政治述略》，北京：北京三聯書店，2014 年版。

F

1. 馮友蘭著：《中國哲學史》，重慶：重慶出版社，2009 年版。

G

1. 龔延明編著：《宋代官制詞典》，北京：中華書局，2013 年版。

H

1. 黃節著：《黃節詩學詩律講義》，天津：天津古籍出版社，2007 年版。

J

1. 金觀濤、劉青峰著：《中國思想史十講》，北京：法律出版社，2015 年版。
2. 金強著：《宋代嶺南謫宦》，廣州：廣東人民出版社，2009 年版。

L

1. 林繼中著：《文化建構文學史綱：魏晉—北宋》，北京大學出版社，2005 年版。
2. 勞思光著：《新編中國哲學史》，北京：北京三聯書店，2015 年版。
3. 李春青著：《在文本與歷史之間——中國古代詩學意義生成模式探微》，北京：北京大學出版社，2006 年版。

P

1. 潘守皎著：《王禹偁評傳》，濟南：齊魯書社，2009 年版。

Q

1. 錢穆著：《國史大綱》，北京：商務印書館，2015 年版。
2. 錢穆著：《宋明理學概述》，北京：九州出版社，2014 年版。
3. 錢穆著：《中國歷代政治得失》，北京：九州出版社，2015 年版。

S

1. 孫望、常國武著：《宋代文學史》，北京，人民文學出版社，1996 年版。
2. 尚永亮著：《貶謫文化與貶謫文學——以中唐元和五大詩人之貶及其創作為中心》，蘭州：蘭州大學出版社，2004 年版。
3. 施懿超著：《宋四六論稿》上海：上海古籍出版社，2005 年版。
4. 尚永亮著：《唐五代逐臣與貶謫文學研究》，武漢：武漢大學出版社，2007 年版。
5. 尚永亮等著：《中唐元和詩歌傳播接受史的文化學考察》，武漢：武漢大學出版社，2010 年版。
6. 尚永亮著：《棄逐與回歸：上古棄逐文學的文化學考察》，上海：上海古籍出版社，2017 年版。
7. 沈松勤著：《宋代政治與文學研究》，北京：商務印書館，2010 年版。
8. 孫康宜、宇文所安著：《劍橋中國文學史》北京，北京三聯書店，2013 年版。

T

1. 唐紅衛著：《二晏研究》，天津：南開大學出版社，2010 年版。

W

1. 王兆鵬著：《兩宋詞人年譜》，臺灣：文津出版社，1992 年版。
2. 王水照、崔銘著：《歐陽修傳》，天津：天津人民出版社，2013 年版。
3. 王澤應、唐凱麟著：《中華民族道德生活史》（宋元卷），上海：東方出版中心，2015 年版。

X

1. 徐規著：《王禹偁事蹟著作編年》，北京：商務印書館，2003 年版。
2. 許倬雲著：《說中國》，桂林：廣西師範大學出版社，2015 年版。

Y

1. 虞雲國著：《宋代臺諫制度研究》，上海：上海社會科學院出版社，2001 年版。
2. 余英時著：《朱熹的歷史世界——宋代士大夫政治文化的研究》，北京：北京三聯書店，2004 年版。
3. 余英時著：《國學與中國人文》，桂林：廣西師範大學出版社，2014 年版。
4. 葉朗主編：《中國美學通史》（宋金元卷），南京：江蘇人民出版社，2014 年版。

Z

1. 張興武著：《宋初百年文學復興的歷程》，北京：中華書局 2009 年版。
2. 張興武著：《兩宋望族與文學》，北京：人民文學出版社，2010 年版。
3. 祝尚書著：《宋才子傳箋證》（宋代前期），瀋陽：遼海出版社，2011 年版。
4. 曾棗莊著：《中國古代文體學‧上下卷中國古代文體學史》上海：上海人民出版社，2012 年版。
5. 諸葛憶兵著：《范仲淹傳》，北京：中華書局，2013 年版。

三、參考論文

（一）期刊及集刊論文

1. 杜文玉：《宋太祖誓碑質疑》，《河南大學學報》，1986 年第 1 期。
2. 徐規：《宋太祖誓約辨析》，《歷史研究》，1986 年第 4 期。
3. 馬茂軍：《王禹偁儒學思想與詩歌創作》，《北方論叢》，1996 年第 6 期。

4. 張海鷗：《宋代文人的謫居心態》，《求索》，1997 年第 4 期。

5. 楊果：《宋朝時期詔令文書的主要制度》，《檔案與歷史》，1999 年第 3 期。

6. 沈松勤：《宋代文學主體論綱》，選自王水照等編：《首屆宋代文學國際研討會論文集》，復旦大學出版社，2001 年版。

7. 尚永亮：《遷客離憂楚地顏——略說貶謫文學與荊湘地域之關係及其特點》，《湛江海洋大學學報》，2003 年第 2 期。

8. 周尚義：《北宋貶謫詩文論略》，《四川師範學院學報》，2003 年第 2 期。

9. 范立舟、蔣啟俊：《兩宋赦免制度新探》，《暨南學報》（人文社科版），2005 年第 1 期。

10. 張文靜：《唐宋貶謫文人的自我精神重建》，《天水師範學院學報》，2006 年第 6 期。

11. 尚永亮：《唐宋貶謫詩的發展與嬗變》，《山西大學學報》，2007 年第 3 期。

12. 李強：《北宋歷史語境下的文人政治博弈——「進奏院獄」和北宋文人心態》，《學術研究》，2007 年第 7 期。

13. 劉勇：《白居易、蘇軾貶謫詩文意蘊之比較》，《牡丹江大學學報》，2007 年第 11 期。

14. 〔馬來西亞〕陳湘琳：《夷陵與滁州——一個主題性空間的建構》，《長江學術》，2008 年第 2 期。

15. 尚永亮、錢建狀：《貶謫文化在北宋的演進及其文學影響——以元祐貶謫文人群體為論述中心》，《中華文史論叢》，2010 年第 3 期。

16. 諸葛憶兵：《論范仲淹與宋仁宗之關係》，《江蘇社會科學》，2010 年第 5 期。

17. 鄭志強：《范仲淹與宋仁宗政治關係新論》，《社會科學研究》，2010 年第 6 期。

18. 劉勇：《窮達皆能為國憂——論唐宋貶謫文學的濟世心態》，《牡丹江大學學報》，2010 年第 6 期。

19. 楊海文：《「宋太祖誓碑」的文獻地圖》，《學術月刊》，2010 年第 10 期。

20. 張英：《宋代詞人貶謫與詞體的「詩化」》，《文藝評論》，2011 年第 4 期。

21. 諸葛憶兵：《論唐宋詩差異與科舉之關聯》，《文學評論》，2012 年第 5 期。

22. 徐海容：《論宋代制書的文體形態和文學性》，《文藝評論》，2012 年第 8 期。

23. 郭慶材：《論宋代海南謫宦的渡海詩》，《中國文學研究》，2013 年第 2 期。

24. 趙彩娟：《關於宋朝「貶謫」文學的分析》，《語文建設》，2013 年第 5 期。

25. 王強：《淳化二年王禹偁與道安事件初考》，《洛陽理工學院學報》，2014 年第 1 期。

26. 李合群：《北宋東京太廟誓碑有無辨》，《開封大學學報》，2014 年第 4 期。

27. 張海鷗：《宋代謝表文化和謝表文體形態研究》，《學術研究》，2014 年第 5 期。

28. 楊芹：《宋代謝表及其政治功能》，《中州學刊》，2016 年第 10 期。

（二）博士論文

1. 高良荃：《北宋前四朝官員貶謫研究》，山東大學 2003 年歷史學博士論文。

2. 吳增輝：《北宋中後期貶謫與文學》，復旦大學 2011 年古代文學博士論文。

3. 趙忠敏：《宋代謫官與文化》，浙江大學 2013 級古代文學博士論文。